4,50 €

10|18

12 avenue d'Italie — Paris XIIIe

Sur l'auteur

Edward Marston — de son vrai nom Keith Miles — est un auteur prolixe. Tout à la fois auteur d'une quarantaine de pièces inédites pour la radio, la télévision, le théâtre ou le cinéma, d'une soixantaine d'ouvrages — romans, pièces, biographies, livres sur le sport, romans pour la jeunesse —, il est également critique littéraire et auteur de novélisations (*Dance with a Stranger* réalisé par Mike Newell avec Rupert Everett et *Falling in Love* d'Ulu Grosbard avec Meryl Streep, Robert De Niro et Harvey Keitel). En 1988, il prend le pseudonyme d'Edward Marston pour écrire *La Tête de la Reine*, premier titre d'une série policière élisabéthaine mettant en scène Nicholas Bracewell. Puis, toujours sous le nom d'Edward Marston, il lance une nouvelle série historique dont l'action se déroule au Moyen Âge, *The Domesday Books (Les Livres du cadastre de l'Angleterre)*. Et c'est au rythme d'un livre par an qu'il continue à mener de front ses deux séries auxquelles il ajoute, en 1999, le premier titre d'une trilogie se passant sous la Restauration, *The King's Evil*.

LA FEMME SILENCIEUSE

PAR

EDWARD MARSTON

Traduit de l'anglais
par Corine DERBLUM

10|18

INÉDIT

« Grands Détectives »
dirigé par Jean-Claude Zylberstein

Du même auteur
aux Éditions 10/18

La Tête de la Reine, nº 3144
Les joyeux démons, nº 3195
La route de Jérusalem, nº 3270
Les Neuf Géants, nº 3316
La folle courtisane, nº 3407
▶ La femme silencieuse, nº 3480

Titre original :
The Silent Woman

ISBN 2-264-03499-8

À ma propre femme silencieuse,
sans laquelle ma vie
aurait été insupportablement tranquille.

Combien de contrats furent conclus de force
Pour ajouter la terre à la terre, non l'amour à l'amour ?
Et pour unir une demeure à une demeure, non un cœur à un cœur ?
Autant d'occasions où des hommes se changèrent en monstres et des femmes en démons.

Thomas Heywood
A Curtaine Lecture

1

Le vent du ciel souffla sur le feu de l'enfer et répandit la damnation. Les spectateurs entassés dans la cour de *La Tête de la Reine*, sur Gracechurch Street, crurent d'abord à un élément nouveau et soigneusement répété, inséré dans la trame de la pièce à leur profit. Ils s'esclaffèrent de plus belle. Mais ils comprirent très vite qu'il n'y avait point là de place pour le rire et qu'ils étaient pris dans une véritable tourmente. Une comédie enjouée se muait en sombre tragédie. On courait peut-être à la catastrophe.

Par cet après-midi ensoleillé, ils étaient venus voir *Le Diable s'en vient à Londres*, une œuvre maîtresse dans le répertoire des Hommes de Westfield. L'intrigue en était simple. Ayant résolu de parcourir la ville afin de terroriser ses habitants, le Diable — interprété de manière hilarante par Barnaby Gill — se trouvait désemparé car la souffrance, la misère et la méchanceté qu'il rencontrait sur terre étaient bien pires que tout ce dont il disposait en enfer. L'homme qui à lui seul incarnait les maux de Londres, et autour duquel la pièce tourbillonnait à une vitesse étourdissante, était Sir Henry Whoremonger. Traître, lâche, fourbe, voleur, ivrogne, joueur et débauché, il jonglait avec les sept péchés capitaux en déployant la dextérité d'un bateleur. Ce rôle donnait lieu à une autre interprétation magistrale de Lawrence Firethorn, le chef et la vedette incontestée des Hommes de Westfield. L'acteur savait amuser, méduser, instruire et survolter tour à tour le public. D'une simple réplique, il déclenchait à sa guise des rires tonitruants. Firethorn prêtait de la séduction à la vilenie ; il conquérait le cœur et la raison de tous les spectateurs. Comment s'étonner que le Prince des Ténèbres s'inclinât devant Sir Henry Whoremonger, son maître en diablerie ?

Au lieu d'effrayer les citadins par la terrible évocation de leur sort à venir, Sa Majesté Satan était si bouleversé par les horreurs de la vie quotidienne à Londres qu'il s'enfuyait vers les régions infernales aussi vite que ses pieds fourchus pouvaient le porter. Penché sur un brasero au fond de la scène, il réchauffait ses mains au-dessus des charbons ardents en méditant sur sa folle équipée.

La puanteur sulfureuse de mon propre royaume
Est, auprès de Billingsgate, un merveilleux arôme.
Mes plus viles tortures sont d'infimes écorchures
Pour les putains d'Eastcheap, rongées de
[pourriture.
Les cris de mes damnés sont des soupirs de joie
À côté de Bedlam, dont les voix glacent d'effroi.
Mon plus immonde poison ne peut rivaliser
Avec la bière que Marwood nous fait ingurgiter.
Dans les bordels de Southwark, le sort paraît bien
[pire
Que pour ceux qui peinent au fond de mon empire.

La première rafale de vent attisa les flammes du brasero, qui vinrent lécher les mains gantées de rouge. Barnaby Gill feignit d'avoir volontairement avivé le feu et dansa tout autour avec un désespoir comique.

Mortels, voyez, témoins de mon désespoir !
Londres est le vrai purgatoire.
Je m'en vais vendre le froid et timide enfer
Pour établir à Clerkenwell l'antre flamboyant de
[Lucifer.

Vêtu de pied en cap d'un costume rouge sang, le Diable fit virevolter sa cape en arrière et prit une pose suggérant une totale capitulation. Il ne la garda pas longtemps. Au moment où l'étoffe passait au-dessus du brasero, un vent invisible souffla si fort que les flammes s'élevèrent en crépitant. La cape prit feu, changeant le Diable en être de lumière, et Barnaby Gill courut comme un forcené tout autour de la scène pour tenter de se dépêtrer du vêtement. Cette périlleuse situation ne lui valut aucune compassion de la part du public, qui riait à s'en tenir les côtes et clamait sa joie. Les spectateurs n'avaient jamais rien vu de si drôle que cette combustion spontanée et s'émerveillaient du talent de Gill. Cependant, quand le malheureux bouffon trébucha contre le rideau accroché à la galerie surplombant la scène, toute leur belle humeur s'envola en un instant. Les flammes peintes de l'enfer devinrent horriblement réelles. En fait, le public n'assistait pas à l'extraordinaire composition d'un comédien accompli : il voyait un être humain brûler vif devant lui.

La panique se répandit. Les hommes hurlèrent, les femmes poussèrent des cris stridents, les chevaux hennirent et se cabrèrent dans l'écurie. Sans plus de cérémonie, les centaines de clients pressés épaule contre épaule dans la cour se démenèrent furieusement pour atteindre la sortie la plus proche. Les gentilshommes et les belles dames, qui avaient déboursé un penny ou deux pence de plus afin de s'asseoir dans la galerie, renversèrent leurs bancs de désespoir tandis que des gerbes d'étincelles jaunes menaçaient de transformer leurs magnifiques atours en boules de feu. Nicholas Bracewell fut le premier à bondir sur la scène. Ayant contrôlé la représentation depuis les coulisses, le régisseur passa à l'action en montrant sa détermination coutumière. Il apparut avec un seau en bois rempli d'eau, qu'il jeta sur la cape de Barnaby Gill avant de l'arracher. Il se brûla légèrement les doigts, mais il sauva la vie de son camarade. Glapissant encore de terreur, le Diable déguerpit à toutes jambes vers la loge. Nicholas jaugea la situation, pris de court malgré son ingéniosité. Le feu dévorait goulûment le rideau vers le haut. Un mur de flammes se dressait devant les spectateurs hystériques.

Dans ce désordre indescriptible, l'auberge tout entière semblait flamber. Où que les gens courussent, ils étaient assaillis par la fumée. L'odeur âcre emplissait leurs narines, les flammes grésillaient à leurs oreilles, la peur d'une mort atroce les affolait. Ils étaient aussi frénétiques, aussi impuissants que les chevaux piaffant dans leur stalle. Préférant vivre pauvres que mourir riches, les vide-goussets disséminés dans la foule ne profitèrent pas de ce chaos et employèrent leurs deux mains à se frayer un passage. *Le Diable s'en vient à Londres* avait changé *La Tête de la Reine* en un véritable enfer. Seul prévalait l'instinct de conservation. L'égoïsme était assourdissant.

Nicholas Bracewell ne perdit pas de temps. Il savait que le principal danger venait du chaume qui pendait au-dessus de la galerie du haut. Séché par le soleil et effrité par l'âge, il flamberait à la moindre étincelle, et tout l'établissement serait détruit ainsi que les édifices adjacents. Il était vital de circonscrire l'incendie au plus vite. Nicholas tira sa dague et se précipita vers le fond de la scène pour trancher la corde qui maintenait le rideau. Celui-ci s'enfla dans l'air un instant avant de s'abattre, telle une énorme main aux doigts ardents tendus vers la multitude en fuite. Il ne s'agissait plus d'un joyeux divertissement. Le jour du Jugement semblait arrivé.

Le régisseur s'empara d'un autre seau d'eau dans la loge, et retourna en courant sur scène pour le déverser sur le rideau embrasé. Puis, n'écoutant que son courage, il sauta au milieu des flammes pour tenter de les piétiner. D'autres suivirent alors son exemple et apportèrent de l'eau. Thomas Skillen, le vieux machiniste, vida son seau sur le brasero et cria à ses assistants de jeter les leurs sur le rideau. Tandis que les simples employés de la troupe retournaient en hâte vers les tonneaux, les acteurs sortirent pour combattre l'ennemi commun. Le feu annihilait toutes les différences sociales. Le rang et la dignité étaient oubliés dans cette effervescence. Les Hommes de

Westfield n'aidaient pas seulement à sauver leurs clients. Ils voulaient préserver leur théâtre et leur gagne-pain.

Lawrence Firethorn revint en trombe, une couverture trempée entre les mains. Privé du salut final et d'acclamations qu'il tenait pour une juste récompense, après son interprétation sublime de Sir Henry Whoremonger, il criait, furieux, en s'attaquant aux flammes avec une ardeur vengeresse. Edmund Hoode, désespéré par l'interruption brutale d'une de ses meilleures œuvres, vint sur scène un seau d'eau dans chaque main. Barnaby Gill avait suffisamment recouvré son calme pour réapparaître muni d'une pelle à charbon, dont il frappa le bois fumant. La robuste silhouette d'Owen Elias surgit de ce qui paraissait être la bouche de l'enfer — en fait, la porte de la loge — en traînant une lourde barrique. Nicholas courut lui prêter main-forte et, à eux deux, ils réussirent à la renverser. Le rideau enflammé ressemblait à une rivière sifflante de fumée qui masquait la cour. L'affolement redoubla.

Et au beau milieu de tout cela, Alexander Marwood ajoutait au vacarme et gênait les secours en battant des bras tel un moulin à vent sous la bise, dressé sur la pointe des pieds. Toute l'existence du patron n'avait été qu'une continuelle répétition en vue de cet ultime moment de vérité. Le prophète du désastre avait vécu assez longtemps pour voir s'accomplir ses paroles et proclamait avec une terreur mêlée d'exultation :

— Le châtiment de Dieu !

— Prenez un seau et aidez-nous, l'exhorta Nicholas.

— Cette pièce était un blasphème ! geignit Marwood en courant çà et là sur la scène, se cognant tour à tour contre chaque membre de la troupe. On nous somme de rendre des comptes !

— Piétinez plutôt les roseaux !

Mais l'aubergiste était trop consumé par son feu intérieur. Une culpabilité brûlante taraudait tout son être. Des remords cuisants enfumaient son esprit. Il était rôti à mort tel un martyr protestant, au pilori. La sueur ruisselait par tous ses pores. Pourtant, au fond de cette horreur noire, de ce cauchemar, subsistait une infime consolation. Sa prédiction s'avérait juste. Alexander Marwood avait toujours cru que son association avec les Hommes de Westfield finirait par le ruiner. Gracechurch Street devenait une sorte d'Armaggedon. Il éprouva une satisfaction fugitive d'avoir délivré son message de malheur à bon escient.

Lawrence Firethorn se heurta violemment contre lui.

— Hors de mon chemin ! tonna-t-il.

— Voyez ce que vous avez fait à mon auberge !

— Elle peut encore être sauvée.

— Vous êtes la cause de tout, messire Firethorn. Vous et votre pièce diabolique ! Vous et vos sarcasmes sur ma bière ! Vous et votre bande de fous ! Je vous le dis tout net, messire...

Mais Firethorn en avait assez entendu et décida que son seau d'eau exercerait un effet beaucoup plus salutaire sur Marwood que sur le feu. Il se déchargea de son fardeau avec une précision rageuse, puis courut se réapprovisionner. Trempé jusqu'aux os, Marwood reprit ses imprécations avec un regain d'ardeur, mais nul n'avait le temps ni l'inclination de l'écouter. Seul au milieu d'une marée montante de corps qui s'activaient, le petit homme chétif proférait son monologue devant un public sourd et tirait sur les rares touffes de cheveux qui lui restaient, tel un jardinier fou s'acharnant sur de mauvaises herbes. Alexander Marwood brûlait d'indignation tout en dégoulinant.

C'est alors que le miracle se produisit. Le vent qui avait provoqué l'incendie et gâché la représentation se repentit ; il tomba aussi vite qu'il s'était levé, abattu par une petite averse. Les braises perdirent leur éclat rougeoyant. Les flammes s'élevèrent avec moins de conviction. La fumée se dissipa peu à peu. Il restait encore beaucoup à faire, mais la menace d'une totale dévastation était passée. Ceux qui luttaient pour maîtriser le feu se pressèrent autour de la scène et montèrent sur les galeries avec une nouvelle vigueur. Ils sentaient la victoire.

Nicholas était partout à la fois. Il lançait des ordres à

un groupe tout en galvanisant les autres par l'exemple. Il concentrait l'effort dans les coins les plus exposés et s'assurait que les flammes ne gagnaient pas les bâtiments voisins. Le risque d'un incendie était un danger constant pour les compagnies théâtrales, et la cendre abandonnée par les fumeurs de pipe négligents pouvait causer d'effroyables dégâts. Nicholas ne le savait que trop bien et prenait donc des précautions rigoureuses avant chaque représentation. D'abondantes réserves d'eau étaient placées de toutes parts et des douzaines de seaux restaient à portée de main. Il avait même enseigné aux employés de la troupe les mesures élémentaires à prendre en cas d'urgence. Si, de prime abord, ils avaient été dépassés par l'ampleur et la soudaineté du sinistre, cet entraînement commençait à porter ses fruits. On travaillait ensemble au lieu d'agir à l'aveuglette. L'eau atteignait systématiquement sa cible au lieu d'être gâchée par des mains prodigues. La méthode remplaçait l'instinct. La confiance grandissait. On aurait le dessus.

— Mon chaume !

Cette fois, tout le monde entendit Alexander Marwood, qui trépignait en tendant un doigt décharné vers la galerie du haut. Des éclats de bois embrasés avaient été emportés jusqu'au chaume, et celui-ci commençait à fumer. Dès le premier coup d'œil, Nicholas comprit que la célérité était leur seul espoir. Il courut vers le côté de la scène, grimpa au poteau de bois et escalada la balustrade de la première galerie. Les autres s'étaient arrêtés pour le regarder et l'encourager tandis qu'il poursuivait son ascension sur le bois calciné tel un marin dans le gréement. Le chaume, écarlate, se consumait avec rage et menaçait de flamber. D'un bras Nicholas balaya le foyer rougeoyant ; une cascade de roseaux en feu dispersa ceux qui se trouvaient au-dessous. En appui sur la balustrade, le régisseur balança ses jambes puis se propulsa vers le haut pour écraser sous son torse le chaume encore enflammé.

Cet acte de bravoure insensé arracha des applaudissements à ceux qui l'observaient d'en bas, emplis d'appréhension. Au-dessus de leur tête, à travers les volutes de fumée de cinquante feux mourants, un homme risquait sa vie pour préserver le toit de l'auberge. Les pieds en équilibre précaire sur la poutre noircie et sa dague plantée dans les roseaux, il pressait de toutes ses forces sa poitrine contre le chaume. Les paupières closes, les muscles tendus, il fut pris d'un violent haut-le-cœur et sentit une sueur brûlante couler sur son visage. Seuls un gilet de cuir et sa large poitrine le séparaient d'une mort atroce. Le courage de Nicholas commençait à paraître suicidaire.

Pourtant, il réussit. La pluie tomba plus dru, la fumée s'éclaircit et son supplice devint peu à peu moins pénible. Dompté, le feu fut étouffé pied à pied. Le vaste parallélogramme de chaume qui coiffait l'auberge était sauvé. Les seaux parvenaient sur la galerie du haut et des flots d'eau jaillissaient vers Nicholas. Le danger passé, celui-ci osa se détendre. Après tout, il ne finirait pas rôti sur le toit de *La Tête de la Reine*. En bas, des vivats saluaient le héros du jour. Il y avait laissé son gilet et cela lui avait valu plusieurs brûlures légères, mais c'était un faible prix à payer. En réalité, il venait de rendre le plus immense des services aux Hommes de Westfield. Il avait sauvé leur théâtre de l'anéantissement.

Dix minutes plus tard, les derniers vestiges du feu avaient été éteints. Au milieu de la cour, essoufflé par ses efforts, Nicholas adressait au ciel une prière silencieuse de gratitude. On comptait des brûlures et des contusions multiples parmi ses camarades, et quelques fractures parmi les spectateurs, survenues au cours de la débandade, cependant, grâce à la miséricorde divine, on n'avait aucune mort à déplorer et pas un des chevaux n'avait été blessé. Nicholas pouvait désormais recevoir les félicitations de ses amis. Lawrence Firethorn fut le premier à l'envelopper en une accolade chaleureuse et affectueuse.

— Nick, cher cœur ! Nous vous resterons éternellement redevables.

— Vous êtes notre sauveur ! renchérit Edmund Hoode.

— Je ne rejouerai jamais près d'un brasero, déclara Barnaby Gill avec humeur. Mon interprétation s'en est trouvée gâchée.

— Le sort de la compagnie importe plus que la qualité de votre jeu ! s'insurgea Firethorn. Votre stupidité est la cause de tout, Barnaby. Par votre faute, notre théâtre a failli être réduit en cendres. C'est bien grâce à Nicholas que nous avons encore de beaux jours devant nous à *La Tête de la Reine*.

— Pas avant un certain temps, soupira le régisseur.

La fumée s'était suffisamment dissipée pour qu'on pût mesurer l'étendue des dégâts. Ceux-ci étaient bien moins graves qu'on aurait pu le craindre et se bornaient pour l'essentiel à la loge et aux galeries immédiatement au-dessus, néanmoins ils nécessiteraient des travaux de réfection. Les poutres principales étaient brûlées ou sévèrement endommagées. Les planchers s'étaient effondrés. Nicholas jugea qu'il faudrait plusieurs semaines — sinon des mois — avant que *La Tête de la Reine* puisse de nouveau accueillir une compagnie théâtrale.

Alexander Marwood rendit cette date encore plus hypothétique. Quand l'incendie fut enfin maîtrisé, il ne sut s'il devait se réjouir que son auberge eût résisté ou s'offusquer de ce que sa prophétie ne se fût pas accomplie. Aussi opta-t-il, en guise de compromis, pour un accablement teinté de soulagement. Il abhorrait les pièces, exécrait les acteurs et se révoltait à la vue des décombres qui l'entouraient. C'était là sa récompense pour avoir, insensé qu'il était, permis à des acteurs irresponsables de louer son bien. Les traits contractés par son tic nerveux, il se dirigea vers Lawrence Firethorn pour énoncer sa sentence de mort :

— Les Hommes de Westfield ne rejoueront plus jamais ici !

— Mais nous avons un contrat, objecta Firethorn.

— Il a été annulé.

— Silence, moins que rien ânonnant !

— C'est mon dernier mot, messire.

— Qu'il en soit ainsi ! gronda Firethorn en dégainant sa dague qu'il leva pour frapper. Crève, petit crapaud venimeux ! Péris, vermine !

— Du calme ! s'écria Nicholas, s'interposant entre les deux hommes pour entraîner Marwood à l'écart et tenter de l'apaiser. Ne montrez point trop de hâte en la matière. Nous déplorons autant que vous cet incident malencontreux, mais *La Tête de la Reine* est encore debout. On pourra lui rendre sa gloire d'antan. Et nous avons été épargnés pour continuer notre œuvre.

— Pas dans mon auberge, messire Bracewell.

— Rappelez-vous notre contrat, intervint Firethorn en faisant miroiter sa lame.

— Il m'empoisonne l'existence.

— Un contrat est un contrat.

— Non, messire Firethorn ! persista le patron inflexible. Vous étiez autorisés à monter vos pièces dans ma cour, pas à brûler mon établissement. Contemplez votre œuvre maudite !

Marwood fit un geste théâtral digne de l'acteur vedette lui-même.

— Le Diable n'a pas besoin de s'en venir à Londres, puisque les Hommes de Westfield travaillent pour lui. Qu'on ne me parle plus du contrat qui nous liait. Il est parti en fumée !

Londres était une ville en plein essor qui s'était étendue depuis longtemps au-delà des hauts murs d'enceinte qui la protégeaient depuis l'époque romaine. Les faubourgs se peuplaient au nord et au sud de la Tamise pour rendre la capitale dix fois plus grande que Norwich, sa principale rivale anglaise. Par la taille et par l'importance, elle égalait n'importe quelle ville d'Europe, avec une vitalité et une énergie défiant toute comparaison. Les bruits et les odeurs de Londres se répandaient à des lieues à la ronde. C'était infiniment plus qu'un phénomène géographique. À la fois lieu d'habitation, marché, port et siège du gouvernement, la cité tout entière débordait triomphalement de vie.

Pour observer sa diversité, il n'y avait pas de meilleur endroit que Ludgate, l'une des portes monumentales qui perçaient l'enceinte. Elle ouvrait la ville à un flot de citadins et de visiteurs passant dans les deux sens sous sa herse levée. La porte avait été reconstruite récemment et les statues ornementales de la reine Élisabeth, du roi Lud [1] et de ses deux fils contemplaient désormais du haut de leurs niches rénovées l'activité qui se déployait à leurs pieds. Charrettes et carrosses entraient en bringuebalant dans la cité. L'écho des sabots ne s'interrompait jamais. Les enfants insouciants jouaient au milieu de la circulation. Les chiens flairaient, se battaient et jappaient. Les mendiants rôdaient, sollicitant les nouveaux venus ou importunant ceux qui partaient. Les amis se retrouvaient pour bavarder. Un petit groupe de badauds s'était formé pour regarder un malfaiteur fouetté par un fonctionnaire de la paroisse. De plus sinistres châtiments étaient infligés à ceux qui se trouvaient incarcérés dans la prison de Ludgate, et qui tendaient leurs bras implorants à travers les barreaux des fenêtres, avides d'eau et de nourriture. Les oiseaux passaient à tire-d'aile ou fondaient sur quelque moucheron pour le happer.

À l'extérieur de la porte, un cavalier observait la scène d'un œil rusé. Sa carrure et son maintien suggéraient un yeoman, mais son pourpoint et ses chausses évoquaient plutôt un gentilhomme de la ville. Il était de taille moyenne et, sous le chapeau bordé de fourrure, ses traits anguleux conservaient l'empreinte d'au moins trente années fertiles en péripéties. Sa barbe noir corbeau, qu'il caressait d'un air songeur, était assez bien taillée pour trahir de la fatuité. Un côté un peu provincial perçait sous la sophistication du Londonien averti.

Il était arrivé à l'aube, à l'heure où les marchands

1. Lud ou Lludd (80 av. J.-C.- ?) : roi celte, guerrier et bâtisseur de villes. Il serait à l'origine du nom de Londres et aurait été enseveli près de Ludgate. (*N.d.T.*)

affluaient en ville avec leurs produits pour installer leurs étals. Durant cette longue matinée, aucun de ceux qui traversèrent Ludgate ne put échapper à son regard scrutateur ; l'homme quittait rarement son poste d'observation, excepté pour se dégourdir les jambes de temps à autre. Même quand il se soulageait contre un mur dans un coin isolé, il ne relâchait pas sa surveillance. Au moment où les cloches carillonnèrent en chœur pour proclamer midi, il était remonté en selle et fixait d'un air grave la nouvelle fournée d'arrivants. Il claqua la langue, irrité de ne pas y trouver le visage qu'il guettait avec tant d'attention.

Se pouvait-il qu'il se fût trompé ? Malgré une vigilance infaillible, la vue la plus perçante était inutile, exercée au mauvais endroit. Et si son gibier était passé par Holborn afin d'entrer en ville par Newgate ? Et s'il avait poursuivi encore plus au nord, pour passer sous les remparts crénelés d'Aldersgate, voire de Cripplegate ? L'homme écarta aussitôt ces possibilités. Un cavalier venu de loin n'allongerait pas inutilement sa route. La plupart des voyageurs arrivant par le sud-ouest passaient par Westminster, puis, à Charing Cross, continuaient le long du Strand jusqu'à Fleet Street, où les deux artères se confondaient. Ludgate était donc l'accès le plus logique.

Mais alors, où était l'émissaire ? Un accident l'avait-il retenu ou retardé ? Selon un informateur digne de foi, il se trouvait à Colnbrook la nuit précédente. Fallait-il si longtemps pour couvrir une distance de six lieues ? Pressé de parvenir à Londres, on n'aurait souffert aucun retard. À moins d'avoir été prévenu. Cette absence était-elle due à une prémonition opportune ? Pressentait-on le danger tapi dans l'ombre de Ludgate ? Par méfiance, avait-on décidé d'emprunter une autre route pour entrer dans Londres ?

Le guetteur, inquiet, soupesait encore cette nouvelle possibilité quand son attente prit fin. Un autre groupe de cavaliers, au nombre de vingt environ, venait vers lui au petit trot. Couverts de sueur et de poussière après leur longue chevauchée, ils oubliaient ces désagréments dans l'exaltation de l'arrivée. Il était clair que la plupart visitaient la capitale pour la première fois. C'étaient des provinciaux. Les yeux qui s'étaient écarquillés devant les mille merveilles de Westminster s'agrandissaient avec une admiration craintive à la vue de la cathédrale St Paul, qui s'élevait telle une montagne au-dessus de la muraille devant eux. L'expérience était à la fois grisante et intimidante.

L'homme repéra immédiatement sa proie. L'adolescent se tenait au milieu de la cavalcade, ses compagnons formant un cercle protecteur autour de lui. Il était fasciné par ce qu'il voyait et progressait dans une sorte d'hébétude révérencieuse. Petit, pâle et replet, il avait des traits ingrats et le nez retroussé. Sa peau était tendre, mais d'épais sourcils déparaient son visage imberbe. Il portait un buffle et des chausses. Un bonnet était enfoncé sur ses cheveux coupés ras. L'homme jugea qu'il pouvait avoir dans les dix-sept ans et sut qu'il s'agissait de la victime qu'on lui avait désignée. Tous les autres étaient beaucoup plus âgés, et l'adolescent correspondait point par point à la description qu'on lui avait envoyée.

Tandis que la tête du groupe franchissait Ludgate, l'homme dirigea son cheval de sorte à rejoindre l'arrière de l'escorte. De nouveaux cris d'étonnement fusèrent lorsque les voyageurs arrivèrent devant le véritable cœur de la cité, où maisons, auberges, églises semblaient jetées pêle-mêle, et dont les rues retentissaient d'un joyeux tumulte. Leurs voix se perdant au milieu du vacarme, ils se frayèrent un passage à travers la masse grouillante qui convergeait vers St Paul. Le temps d'atteindre Watling Street, ils commencèrent à se disperser vers leurs destinations respectives, certains se dirigeant du côté de Cheapside, d'autres coupant vers le fleuve, quelques-uns tournant dans Cordwainer Street afin de faire leur première emplette chez un savetier.

L'adolescent demeura avec le reste du groupe, qui prit Candlewick Street du côté est. Un homme d'âge mûr, robuste et bien vêtu, avançait près de lui sur une alezane. Contrairement aux autres, c'était un voyageur expérimenté, qui s'était joint à la compagnie uniquement par souci de sécurité. À Londres, il se sentait chez lui, et marquait une attention paternelle envers le jeune garçon auquel il montrait chaque détail pittoresque. D'autres encore quittèrent le groupe, et ils n'étaient plus qu'une poignée quand ils tournèrent finalement dans Gracechurch Street. L'homme à la barbe noire les suivait toujours discrètement. De loin, il observa l'adolescent et son obligeant compagnon pénétrer dans la cour de *La Tête de la Reine.* Bien qu'une partie de l'établissement fût fermée à cause de l'incendie de la veille, la salle était aussi bruyante et bien remplie que de coutume.

— Allez, mon garçon. Une goutte de bière vous ragaillardira.

— Non, messire. Je ne veux pas m'attarder.

— La poussière des routes dessèche le gosier. Lavez le goût du voyage avant d'aller votre chemin.

— Non, messire, c'est inutile.

— Pas de « non » qui tienne ! Partagez une bonne pinte avec moi au nom de l'amitié. C'est la moindre des choses.

— Certes, concéda l'adolescent. Je vous remercie pour votre aide et je boirai volontiers à votre santé, mais je ne peux rester longtemps. J'ai une affaire importante à régler, expliqua-t-il en jetant des regards nerveux dans la salle.

Ils étaient assis sur des tabourets à côté d'une table basse en bois. Le jeune garçon était embarrassé, mais son compagnon se sentait tout à fait à l'aise. D'un signe, il fit venir une servante, et deux chopes d'ale furent bien vite posées devant eux. Ils entrechoquèrent les récipients d'étain, puis l'homme engloutit la moitié de sa pinte d'une longue rasade. L'adolescent se contenta d'y tremper les lèvres. Quant à celui qui les suivait comme une ombre, ayant confié son cheval à un palefrenier, il entra dans la salle et s'approcha furtivement. Il sortit quelque chose de la bourse à sa ceinture, attendit que le jeune homme parle à nouveau puis s'avança vivement avec un sourire affable.

— Je connais cette voix ! affirma-t-il avec le doux

accent du sud-ouest de l'Angleterre. Elle vient de Tiverton, j'en jurerais !

— Pas de Tiverton, messire, répondit le jeune homme. Mais de cette belle région, il est vrai.

— Bien dit, mon garçon !

L'homme lui tapa sur l'épaule et approcha sa barbe noire du visage juvénile.

— Il fait meilleur vivre dans le Devon qu'à Londres. Qu'est-ce qui vous amène ici ?

— Une... Une course, bredouilla l'adolescent gêné.

Il était incapable de se débarrasser de cet importun et son compagnon de voyage se leva pour voler à sa rescousse, cependant son aide fut superflue.

— Bienvenue, mon jeune ami ! dit l'inconnu en reculant avec un sourire pour prendre congé. Profitez bien de votre séjour ici.

Il s'éloigna rapidement et ils le perdirent de vue dans les méandres de l'humanité qui évoluait sous les poutres basses. Cette intrusion leur avait été désagréable et ils furent heureux de se retrouver seuls. Ni l'un ni l'autre n'avait remarqué que l'homme du Devon, en se penchant sur l'adolescent, avait versé habilement quelque chose dans sa bière. Le plus âgé leva sa chope une fois encore.

— Buvez, mon garçon ! insista-t-il.

— Fort bien, messire.

Le jeune homme absorba une plus longue gorgée. Pour contenter son aimable compagnon, il feignit de savourer le goût amer. L'homme termina son ale et se lécha les lèvres d'un air radieux. Il n'y avait pas de meilleure manière de marquer le terme d'un long voyage qu'en célébrant l'amitié dans une hostellerie. Il éclata d'un rire joyeux, sans se douter un instant qu'il venait de se rendre complice d'un meurtre.

2

La réunion se tenait chez Lawrence Firethorn, à Shoreditch, car il était impératif de ne pas attirer les foudres de l'aubergiste. Sur ce point, du moins, on était unanime. Une question plus pressante créait toutefois de sérieuses dissensions, dont le responsable était des plus inhabituels.

— Non, non et non ! répéta Edmund Hoode avec fermeté. Je m'y refuse.

— Cessez de plaisanter, roucoula son hôte.

— Je parle sérieusement, Lawrence. Je ne quitterai pas Londres.

— Si nous restons ici, nous crèverons de faim, répliqua Barnaby Gill, à qui cette seule pensée inspirait une répugnance flagrante. Les Hommes de Westfield doivent partir en tournée. Je frémis à l'idée de galvauder mon génie, ce don divin, en jetant des perles aux pourceaux incultes de la province, mais on n'y peut rien. Des comédiens privés de leur théâtre doivent en chercher un autre ailleurs.

— Edmund se joindra à notre quête, déclara Firethorn avec assurance. Il ne déserterait jamais la troupe en cette heure critique. La trahison est étrangère à sa nature. Il préférerait mourir que de laisser sa compagnie errer seule dans des régions désolées. Le nom de Hoode est synonyme de loyauté et de camaraderie.

— Vous ne me persuaderez pas, Lawrence, s'obstina le poète.

— Je me borne à vous rappeler votre réputation et votre honneur.

— Ils sont nécessaires ici, dans notre foyer.

Gill balaya cette remarque d'un geste impatient de la main.

— Notre foyer est le lieu où se trouve la troupe. C'est pour vous un devoir de venir.

— Un devoir et une obligation, insista Firethorn.

— Fi de l'un et de l'autre.

— Edmund !

— Veuillez m'excuser, messieurs. Je suis attendu ailleurs.

— Restez !

Firethorn aboya un ordre qui eût arrêté net une charge de cavalerie, puis plaça son ample carrure en travers de la porte pour empêcher son ami de partir. Hoode, impassible, affronta son regard d'acier. Ils s'affrontèrent quelques minutes dans cette épreuve de force brute. Firethorn épuisa tout son répertoire de mimiques furieuses — l'œil noir, le sourcil relevé, les lèvres retroussées, les mâchoires crispées —, mais rien n'y fit. Barnaby Gill tapa du pied, les narines frémissantes, mais même ces marques ostentatoires de mécontentement ne purent ramener le scélérat à la raison.

Les trois hommes étaient tous partenaires, des comédiens réputés dont le nom figurait sur la patente royale des Hommes de Westfield, et qui jouissaient ainsi — privilège rare — d'une reconnaissance légale. Ce statut leur donnait droit à des rôles de choix dans toutes les pièces représentées, ainsi qu'à une part sur les recettes de la compagnie. Il existait un certain nombre d'autres partenaires, mais la politique de la troupe était contrôlée par ce trio. Pour être plus exact, elle était définie par Lawrence Firethorn, puis exposée à ses deux collègues en vue d'être commentée et approuvée. Barnaby Gill, prétentieux et irascible, défiait l'autorité de Firethorn par principe, et la demeure de Shoreditch résonnait fréquemment des éclats de leurs échanges acrimonieux. Edmund Hoode jouait habituellement un rôle de pacificateur, et il avait réconcilié les rivaux querelleurs plus souvent qu'à son tour. Pourtant, ce doux rêveur, cet être romanesque au visage lunaire, cet apôtre de l'amitié dont la voix prêchait le calme et la modération, osait abandonner ses camarades dans une situation de la plus haute gravité. C'était inconcevable.

Firethorn brisa le silence tendu en mugissant :

— Vous m'obéirez, ou je vous ligoterai de mes propres mains pour vous traîner derrière nous !

— Je ne partirai pas, riposta Hoode sans s'émouvoir.

— Oh, que si !

— Prenez quelqu'un d'autre à ma place.

— Sacrebleu, Edmund ! Vous devez venir !

Il accabla le renégat sous un flot d'insultes qui délogea des nuages de poussière des poutres au plafond. Hoode tressaillit mais ne faiblit pas. Le moment vint pour Barnaby Gill de le relayer et de remplacer les rodomontades apoplectiques par la froide raison. Edmund Hoode était leur dramaturge attitré, leur inspiration créatrice, le seul vrai père de la galerie de personnages immortalisés sur scène par leur talent. Le comédien savait que le meilleur moyen de le toucher était d'évoquer son œuvre.

— Nous jouerons votre nouvelle pièce, Edmund.

— Elle n'est pas encore finie.

— Profitez de cette tournée pour la peaufiner, suggéra Gill, le prenant par le bras afin de l'entraîner vers la fenêtre en rotonde. *Le Marchand de Calais* sera votre chef-d'œuvre. Nous le polirons jusqu'à ce qu'il brille comme le soleil. Tout ce qui jaillit sous la plume d'Edmund Hoode force l'attention, mais cette œuvre vous élèvera au-dessus de vos pairs. Mon rôle est-il déjà écrit ? ne put-il s'empêcher de demander. Est-il empreint de passion ? Avez-vous prévu des chansons pour moi ? Il me faut absolument une danse.

Il pressa le bras de Hoode en continuant de le flatter.

— *Le Marchand de Calais* transportera le public. Cette perspective ne vous séduit-elle pas ?

— Non, répondit l'auteur en colère. Je n'ai aucun désir de plaire à des croquants dans quelque salle de village exposée aux courants d'air. Est-ce la seule carotte que vous ayez pour m'appâter, Barnaby ?

Il se tourna vers son camarade et repoussa sa main.

— *Le Marchand de Calais* devait être donné à *La Rose* de Bankside, devant l'élite de Londres. Je ne tolérerai pas qu'on le joue dans une grange, en s'accommodant du goût vulgaire de rustres mâchonnant un brin de paille. Trouvez un autre argument. Celui-là ne tient pas.

— Vous ne pourrez en dire autant du mien, affirma Firethorn, reprenant l'initiative et traversant le salon pour se planter devant lui. Vous n'avez d'autre choix que de voyager avec nous, Edmund. La loyauté l'exige. L'amitié vous y pousse. La loi vous y contraint.

— Je reste sourd à toute menace.

— Enfer et damnation ! Vous êtes un associé !

— Alors je m'associerai aux joies de Londres.

— Un contrat vous oblige à travailler pour nous.

— L'isolement me permettra de mieux y parvenir.

— Vous n'avez pas le choix, mon cher !

— Ma décision est irrévocable.

— Cela me déchire le cœur, dit Gill, prenant la pose.

— Et cela me pourrit les entrailles ! hurla Firethorn. Assez de faux-fuyants ! Nous sommes compagnons dans une fraternité sacrée. Reniez-nous, et vous reniez Dieu lui-même. Regardez-moi au fond des yeux, Edmund. Maintenant, écoutez-moi bien, dit-il avec un calme qui n'augurait rien de bon. Ou bien vous cessez ces inepties et vous vous engagez à nous accompagner dans cette tournée, ou c'en est à jamais fini de notre amitié.

Cet avertissement porta à Hoode un coup terrible. Les larmes aux yeux, il s'empourpra et sa pomme d'Adam opéra un va-et-vient frénétique. Enfin ébranlé dans sa détermination, il se débattait contre un dilemme qui le mettait au supplice. Les Hommes de Westfield étaient sa famille. Les abandonner en la circonstance relevait de la plus noire perfidie, mais bien que la contrition fît trembler sa lèvre inférieure, une impulsion plus vive encore aiguillonnait son cerveau. Edmund Hoode ne pouvait tout simplement pas quitter Londres. Par un suprême effort de volonté, il maîtrisa toutes ses hésitations et fit une sortie rapide, mais digne. L'ultime argument avait échoué.

Déchiré entre la rage et la tristesse, Firethorn gesticulait, bouleversé par la trahison du membre de sa compagnie qu'il avait cru le plus digne de confiance. Le comportement de Hoode lui sembla incompréhensible jusqu'à ce que Barnaby Gill explique avec un reniflement de mépris :

— Il y a une femme là-dessous, Lawrence.

— Impossible !

— L'imbécile est amoureux.

— Mais il est toujours amoureux, Barnaby ! Son existence est frappée au coin de la souffrance. Il n'est pas de plus sûr moyen de se vautrer dans la douleur que de semer les graines de son affection sur un sol de pierre, or il s'y emploie avec constance. Edmund est le martyr de l'amour sans retour. Lorsqu'il mourra, il deviendra le saint patron des cœurs qui soupirent.

— Il ne soupire pas, à présent.

— Que voulez-vous dire ?

— Une femme lui rend enfin son amour et ensorcelle ses jambes. Celles-ci ne l'entraîneront pas loin de Londres à moins d'une rupture. Notre poète se laisse mener par sa queue.

— Cela se peut-il ?

— L'avez-vous déjà vu aussi heureux ? Ce n'est pas naturel !

— Quelle sotte prendrait Edmund pour amant ? Il la caresserait avec ses vers plus souvent qu'avec ses mains. Je me refuse à y croire. Les Hommes de Westfield ont besoin de lui. Qui serait assez stupide pour placer les appas d'une femme avant le sort de ses camarades ?

— Mais vous, Lawrence, pour n'en nommer qu'un seul.

— Quoi ?

— Avez-vous si vite oublié Beatrice Capaldi [1] ?

1. Voir *La Folle Courtisane*, 10/18, n° 3407.

— Retenez votre langue de vipère !

— Et puis n'y a-t-il pas eu dame Par...

— Il suffit ! gronda Firethorn, regardant vivement autour de lui, de crainte que son épouse ne les entende de la cuisine. Ce n'est pas moi que l'on juge en l'occurrence, mais Edmund Hoode, accusé de corruption.

— Vous l'avez contaminé, répondit Gill, vindicatif. Cette infection, dite « prurit du haut-de-chausses », se manifeste par l'égarement de l'esprit et une inflammation lancinante.

— Votre propre haut-de-chausses vous démangeait bien assez lorsqu'il a flairé l'odeur de certain valet, répliqua Firethorn avec véhémence. Du moins, le ciel soit loué, votre genre de contagion ne s'est pas transmis à Edmund. Lui ne vendrait jamais son âme pour les lèvres boudeuses et les petites fesses d'un jeune garçon.

— Assez ! Je ne souffrirai pas cela plus longtemps !

Barnaby Gill tapa du pied si violemment qu'il en fut secoué tout entier. Firethorn et lui savaient frotter du sel sur leurs plaies mutuelles, puis y ajouter du vinaigre pour faire bonne mesure. Ils s'insultèrent longtemps avant que le bon sens les désarme enfin et impose une trêve. Se quereller l'un l'autre ne ramènerait pas leur poète égaré au bercail. Il leur fallait agir de concert, et vite. Ils se serrèrent la main pour sceller leur accord.

— Nous devons découvrir qui est cette femme, Barnaby.

— Puis l'arracher à ses cuisses lascives.

— Quant à cela, j'en fais mon affaire, dit Firethorn en souriant.

Nicholas Bracewell décrocha un autre vêtement et le plia soigneusement avant de le déposer dans le panier. Hugh Wegges, le costumier consciencieux chargé de confectionner, de retoucher et d'entretenir la garde-robe de la troupe, identifiait chacune des toilettes à mesure, et la cochait sur sa liste.

— Item, un habit écarlate à revers en velours vert et dentelle argent, déclara-t-il. Item, une robe de femme en drap doré. Item, un manteau croisé en velours noir broché d'or, à manches en satin bleu. Item, un manteau de Charlemagne bordé d'hermine. Item, une robe d'ermite grise. Item, un pourpoint en satin blanc. Item, des chausses à carreaux brodées, ornées de taffetas noir...

Nicholas s'apprêtait à plier le vêtement suivant quand il remarqua des traces de brûlure et le posa à l'écart. Ce manteau, utilisé dans *Le Diable s'en vient à Londres*, faisait partie des nombreux objets irrécupérables. Tous les costumes des acteurs qui avaient combattu l'incendie étaient endommagés, et maints d'entre ceux qui étaient accrochés dans la loge avaient été détruits. Ce que les flammes avaient épargné, la fumée l'avait noirci. L'odeur âcre s'accrochait encore aux étoffes. C'était le lendemain de la tragédie et Nicholas s'était glissé sans se faire voir à *La Tête de la Reine* avec Hugh Wegges afin de sauver ce qui pouvait l'être dans la loge, et de l'ajouter à l'importante réserve de costumes entreposés dans une pièce particulière de l'auberge. Il importait d'établir un inventaire minutieux avant de mettre toute la collection en lieu sûr, dans le grenier de Firethorn. La liste que le costumier fournirait à son employeur permettrait de déterminer quelles pièces seraient présentées pendant la tournée.

— *Le Diable* ne s'en viendra plus, dit Wegges non sans tristesse. À moins que les comédiens ne jouent nus en guise de pénitence. Les costumes sont perdus et je n'ai pas le temps d'en préparer de nouveaux. Messire Firethorn n'aura pas de place pour moi lorsque la compagnie partira, ajouta-t-il d'un ton résigné. Je suis comme ce vieux manteau mis au rebut. Le feu m'a fait perdre ma place.

— Sous peu nous reviendrons à Londres, assura Nicholas.

— Alors que nous n'avons pas de théâtre ?

— Notre aubergiste pourrait se radoucir.

— Quand les poules auront des dents ! répliqua le costumier, sarcastique. Nous autres qui sommes évincés ne retravaillerons sans doute jamais au sein d'une troupe.

— Courage, Hugh. Tenez bon !

Mais Nicholas était moins optimiste qu'il voulait le paraître. Pour la tournée, les Hommes de Westfield devraient réduire leurs effectifs à l'essentiel. Les associés partiraient, ainsi que les apprentis, mais nombre d'employés se verraient congédiés. Un costumier et son assistant représentaient un luxe superflu, sur les routes. À Nicholas serait échu le triste devoir d'annoncer à plusieurs acteurs, musiciens et autres membres de la compagnie que l'on n'avait plus besoin de leurs services. Pour des gens comme Thomas Skillen, machiniste des Hommes de Westfield depuis leur création, la séparation risquait d'être définitive, car il serait peut-être mort avant leur retour. Les atteintes de la vieillesse, qui lui interdisaient les multiples rigueurs d'une longue tournée, étaient simplement occultées par l'exercice quotidien de ses fonctions dans les coulisses. Sans corvées à accomplir et sans assistants à rabrouer, les forces du vénérable vieillard déclineraient rapidement.

Tout cela accroissait les remords de Nicholas. Bien qu'il n'eût pu prévoir la rafale effrayante qui avait changé des charbons rougeoyants en un enfer mortel, c'est lui qui avait eu l'idée du brasero allumé dans la scène finale. Aucune des louanges dont on l'avait couvert en raison de sa bravoure ne pouvait l'empêcher de se sentir responsable du désastre. Puisqu'il avait, bien malgré lui, fait perdre à la troupe son théâtre, il se promettait de l'y réinstaller lorsque les réparations seraient terminées. Cela supposait une restauration plus délicate, la prudente reconstruction d'une entente avec le patron irascible, or un tel ouvrage ne souffrait pas la précipitation. Aussi, dans l'immédiat, il fallait apaiser coûte que coûte Alexander Marwood. Les locataires honnis devaient vider les lieux sans laisser aucune trace.

Quand Nicholas et Hugh Welles eurent fini, ils chargèrent leurs paniers sur une carriole pour s'en aller furtivement, mais leur visite secrète à l'auberge ne passa pas inaperçue.

— Messire Bracewell !

— Bonjour, messire ! lança Nicholas par-dessus son épaule, impatient de partir. Nous sommes pressés.

— Mais j'ai des nouvelles pour vous...

La voix aimable incita le régisseur à se retourner et il vit un visage accueillant. C'était Leonard, un énorme gaillard au torse en forme de barrique, et qui avait encore sur sa barbe un peu de mousse de sa dernière bière. Ils étaient bons amis et avaient lié connaissance en prison, au Guichet. C'était Nicholas qui avait procuré un emploi à Leonard à *La Tête de la Reine*. L'ancien ouvrier de brasserie avait envers lui bien des motifs de gratitude et le remerciait souvent, avec une sincérité touchante.

— J'ignorais que vous étiez là, dit Leonard.

— Ce n'est qu'une courte visite, expliqua Nicholas, et nous préférerions que certain aubergiste n'en ait pas connaissance.

— S'il ne tient qu'à moi, il n'en saura rien.

— Merci, Leonard.

— J'ai déjà défendu votre réputation une fois, aujourd'hui.

— De quelle façon ?

— En parlant au jeune garçon.

— Quel jeune garçon ?

— Celui qui s'enquérait de messire Nicholas Bracewell. Il est entré dans la salle voici moins d'une heure, épuisé par le voyage et par le poids du message dont il était porteur.

— Un message ?

— À votre intention, messire, et qui ne souffrait aucun retard.

— Qu'avez-vous dit à ce jeune homme ?

— Eh bien, dit Leonard, posant les mains sur ses larges hanches pour relater son histoire, il m'a d'abord fallu l'éloigner de messire Marwood, car sitôt qu'il a parlé de vous, mon patron a commencé à vous maudire, vous et la troupe, avec autant de virulence que si vous aviez violenté sa femme avant de vous enfuir avec Rose.

Leonard rit tout bas à cette idée, puis reprit son sérieux.

— J'ai entraîné le jeune garçon à l'écart et l'ai assuré de votre valeur, puis — le voyant honnête — je lui ai indiqué votre adresse à Bankside. J'espère avoir bien agi, messire.

— Assurément, Leonard. Il s'agissait donc d'un message ?

— J'ai jugé que c'était important, venant d'aussi loin. Je l'ai su grâce à son accent, vous comprenez.

— Son accent ?

— Oui. Il parlait tout comme vous.

Leonard tenta d'imiter les intonations de son ami, mais sa langue malhabile estropia les consonnes et déforma les voyelles. Il haussa les épaules en manière d'excuse, mais il s'était fait clairement entendre. Une personne originaire du nord du Devon était venue à la recherche du régisseur. Nicholas sentit que cela ne présageait rien de bon. Il remercia Leonard de cette information, dit à Hugh Wegges de conduire la carriole et son chargement à Shoreditch, puis prit congé des deux hommes. Il sortit dans Gracechurch Street et se dirigea vers le fleuve. Tout en se frayant un passage à travers la foule, il se demandait quelles mauvaises nouvelles le poursuivaient, provenant d'un foyer auquel il avait tourné le dos tant d'années auparavant.

Anne Hendrik s'alarma quand sa servante fit entrer le jeune garçon. Il était presque plié en deux, les mains pressées sur son estomac, pourtant il refusait tout soulagement et ne se souciait que de transmettre son message au locataire. Quand Anne proposa de conserver la missive jusqu'au retour de Nicholas, il expliqua qu'il n'avait pas de lettre à remettre. Son message était verbal. Mais il fut pris alors d'une telle quinte de toux qu'Anne douta qu'il fût à même de le délivrer. Sa servante et elle soutinrent le visiteur jusqu'en haut, dans la chambre de Nicholas, et l'aidèrent à s'allonger sur le lit. La domestique partit alors quérir un médecin. Anne, compatissante, détestait voir quiconque souffrir, mais quand elle tenta de consoler le messager, celui-ci lui fit signe de partir. Si désespérément malade qu'il fût, le jeune homme ne voulait pas qu'on le touche et supplia qu'on le laissât seul jusqu'au retour de Nicholas Bracewell.

Bankside souffrait d'une triste réputation en raison de ses antres du vice, mais Anne représentait un des îlots de respectabilité de ce quartier. Cette Anglaise, veuve d'un chapelier hollandais, avait hérité de sa demeure, de son petit commerce florissant dans une rue adjacente, et de son attitude constructive envers la vie. Au lieu de rester inconsolable, elle avait donc repris la direction de la boutique sans ménager sa peine pour la faire prospérer. Elle accueillit également un locataire, en grande part pour avoir un peu de compagnie masculine, mais leurs rapports avaient évolué bien au-delà des conventions. En Nicholas, elle trouvait un homme droit, attentionné et sensible, et il voyait en elle une femme dont la beauté et l'intelligence se doublaient de remarquables qualités. Ils étaient des âmes sœurs et des amants occasionnels.

Nicholas avait été pour Anne d'un immense secours, et sa présence solide avait découragé les attentions inopportunes d'autres admirateurs. Jamais elle n'avait ressenti un plus grand besoin de lui qu'à cet instant. Un adolescent malade bredouillait son nom comme celui d'une sorte de sauveur. Elle eût voulu que Nicholas soit là pour prendre la situation en main, porter assistance au visiteur souffrant et apaiser les pensées troublantes qui traversaient son propre esprit. Même dans leurs moments les plus intimes, Nicholas ne parlait jamais de sa vie dans son Devon natal. Son passé restait pour Anne tel un livre fermé. Le jeune messager avait surgi pour en ouvrir les pages, et elle n'était pas sûre d'en apprécier la lecture.

Un choc sourd au plafond la fit sursauter, puis courir vers l'escalier. Au même moment, la porte de l'entrée s'ouvrit et Nicholas arriva en courant. Anne eut l'impulsion de se jeter dans ses bras, mais elle se figea sur place. Elle ne lui avait jamais vu cette expression où se mêlaient l'anxiété et le remords. C'était toujours son amant, mais quelque chose en lui le rendait étranger.

— A-t-on demandé après moi ? s'enquit-il.

— Un tout jeune homme. Il est encore là, mais ses forces déclinent.

— Où est-il ?

— Dans votre chambre. J'ai fait mander le médecin.

— Qu'a dit le messager ?

— Il ne veut parler qu'à vous, Nick.

Elle s'écarta pour le laisser passer. Il gravit les marches quatre à quatre, puis elle s'empressa de le suivre, mais déjà il était trop tard. Lorsqu'ils pénétrèrent dans la chambre, le jeune visiteur gisait par terre, plié en deux, ses traits pâles déformés par la souffrance. Nicholas tâta le pouls en vain. Il décela une faible odeur montant des lèvres et se baissa pour renifler l'odeur aigre de plus près.

— Du poison ! murmura-t-il.

— Dieu ait pitié de son âme !

— Venez, Anne, dit-il, se levant pour la réconforter.

— Laissez-moi.

— Ce spectacle n'est pas pour vous.

— Je suis chez moi ici, Nick.

— C'est l'œuvre d'un scélérat.

— Mais le fruit de ses actes gît sous mon toit.

— Vous ne sauriez être d'aucun secours. Partez.

— Non !

Bien qu'elle aspirât à se blottir dans ses bras, elle le repoussa. L'intuition l'emportait sur la soif de tendresse. Anne sut, à cet instant précis, que la relation fondée sur la confiance qui s'épanouissait entre eux depuis quelques années avait changé irrévocablement. Il n'était plus l'homme qu'elle croyait connaître. Nicholas Bracewell appartenait à un autre monde, dont le rappel, sur le sol de la chambre, ressemblait à une terrible accusation. Il voyait sa consternation, mais ne parvenait ni à s'excuser ni à se justifier. Il se pencha à nouveau pour examiner le corps.

Un élan de compassion fit monter les larmes aux yeux d'Anne.

— Le malheureux ! Quelle fin atroce !

— Quelqu'un le paiera chèrement, murmura Nicholas.

— Il avait parcouru tout ce chemin pour vous voir, et voici sa récompense.

— Anne, regardez plus attentivement.

— Qui peut mériter une mort aussi misérable ?

— Quelque chose vous échappe.

— Ce n'était qu'un jeune garçon au seuil de la vie.

— Non, dit-il en se levant, avant d'ajouter avec une indignation contenue : Ce n'était pas un jeune garçon, Anne. Le meurtrier est encore plus impitoyable que nous l'imaginions. Il a empoisonné une jeune fille.

Edmund Hoode était torturé par le doute et le remords. Le sursaut d'énergie qui lui avait permis de défier ses camarades et de quitter la demeure de Shoreditch était retombé, le laissant faible et désemparé. Tandis qu'il marchait à travers les rues de Bishopsgate Ward, son cœur battait la chamade et ses pieds lui semblaient de plomb. L'impossible était arrivé. Pris d'un entêtement singulier, un homme modeste et désintéressé s'était conduit avec un égoïsme brutal. Edmund Hoode plaçait ses propres désirs avant les besoins de la compagnie qu'il avait servie si longtemps avec loyauté. Cette trahison envers Lawrence Firethorn, Barnaby Gill et les autres associés était exacerbée par le reniement volontaire de sa propre créativité. En rejetant les Hommes de Westfield, il mettait un terme à sa propre carrière de dramaturge.

L'accablement transformait son visage déjà pâle en un masque blanc de tristesse. Hoode avait trahi. Il ne valait pas mieux qu'un prisonnier de Newgate convaincu de félonie et qui, devant choisir entre l'horreur d'une pendaison sommaire et l'obligation déchirante de mettre fin à ses jours, optait pour la seconde solution, car elle permettait à ses enfants d'hériter de ses terres. De grands poids pesaient sur sa conscience, qui n'étaient ni d'airain ni de pierre. L'un était le souvenir de Nicholas, son meilleur ami au sein de la troupe, se plaquant de toutes ses forces contre le toit embrasé. Il l'imaginait, pétrifié à l'annonce de sa traîtrise. Et Firethorn revenait aussi dans ses pensées, ainsi que Gill. Il lui semblait que l'un le piétinait, l'autre dansait une des fameuses gigues qui rehaussaient tant de ses pièces. Tous deux laissaient de profondes empreintes sur son cœur dévoyé. Quant à ses dernières volontés, qu'avait-il à léguer hormis son œuvre pour les Hommes de Westfield ? Auteur ou acteur, il n'existait qu'à travers les représentations. Le plagiat était une pratique fréquente dans le monde du théâtre. Ses pièces, mises en scène avec un invariable souci de qualité, étaient gardées par le régisseur au mépris de sa vie. Edmund Hoode pouvait-il vraiment faire passer ses désirs personnels avant le bien d'autrui ? Pouvait-il rançonner les Hommes de Westfield ?

Le poids de la culpabilité et de l'indécision était un tel tourment qu'il s'arrêta net. S'il continuait, il perdait le respect de ses amis les plus chers ; s'il rebroussait chemin, il perdait sa seule véritable chance de bonheur. Il marchait sans but depuis longtemps, mais ses pieds connaissaient leur devoir, car ils l'avaient conduit sur les lieux mêmes où il avait entrevu l'Élysée pour la première fois. Il se tenait dans la rue de son aimée, en face de sa maison, les yeux levés vers la fenêtre de sa chambre. Sans doute une main invisible l'avait-elle guidé jusque-là pour faire renaître l'espérance. Sitôt qu'il vit où il se trouvait, le doux visage resurgit devant lui. Une centaine d'amis ne le sépareraient pas d'elle. Un millier de compagnies théâtrales ne le convaincraient pas de quitter Londres tant qu'elle parerait la ville de sa présence angélique. Un million de spectateurs ne fléchiraient pas sa résolution.

Elle se nommait Jane Diamond [1] et sa beauté étincelait tel un joyau. Edmund avait été subjugué dès l'instant où ses yeux s'étaient posés sur elle. Sage, gracieuse et vive, elle débordait d'un esprit délicieux. Jane Diamond était une reine entre les femmes, et qu'elle fût déjà encombrée d'un roi — son époux, un négociant en vins ennuyeux

1. En anglais, « diamant ». (*N.d.T.*)

mais prospère — ne diminuait en rien l'empressement du poète à la courtiser. Les penchants romanesques de Hoode le conduisaient toujours au bord de la calamité et, dans un moment de lucidité féroce, il s'était défini comme un être impossible à aimer à la poursuite d'un amour impossible à atteindre. Jane était différente. Non seulement elle l'encourageait, mais elle lui rendait son affection. Elle admirait ses pièces, elle adorait les vers qu'il lui envoyait et elle appréciait ses nombreuses qualités. Ce n'était plus qu'une question de temps pour que leur passion fût consommée.

En y songeant, il sut pourquoi il avait pris machinalement la direction de sa maison. Jane avait consenti à être un joyau entre ses draps et avait promis d'annoncer cette nuit de félicité en plaçant une chandelle allumée sur le rebord de sa fenêtre, le même après-midi. Depuis deux semaines, Hoode trouvait des raisons de retourner en bas de chez elle dix fois par jour, sans que ses sombres désirs fussent éclairés par la flamme vacillante de l'espoir. Jusqu'à cet instant — à moins qu'il ne fût le jouet de ses sens ? Alors même qu'il portait son regard vers la croisée, une mince silhouette se découpa entre les battants et déposa une chandelle sur l'appui de la fenêtre. Soudain, une minuscule explosion de lumière puis une invitation tremblotante réchauffèrent tout son être. La veille, une étincelle avait gâché sa pièce et détruit en partie leur théâtre, mais cette flamme-ci était joyeuse et inoffensive. Elle lui apprenait qu'un mari indigne d'attention s'absenterait pour la nuit et qu'une épouse superbe serait sienne.

Sans plus l'ombre d'un remords, il se sentit libre comme l'air. Les Hommes de Westfield n'avaient plus prise sur sa conscience. Le rendez-vous était fixé et rien d'autre n'importait. Londres était le paradis.

Les événements se précipitèrent, dans la demeure de Bankside. À son arrivée, le chirurgien constata qu'il ne pouvait plus rien pour la jeune fille, et confirma la cause probable du décès. Rien sur sa personne n'indiquait son identité, et le mystérieux message dont elle était porteuse avait disparu avec elle. On appela les gens d'armes et le corps fut transféré au dépôt mortuaire. Nicholas, Anne, la servante et le chirurgien témoignèrent tous sous serment devant le coroner, mais il ne fut pas question d'entamer des poursuites contre le tueur. Les registres contenaient d'innombrables meurtres inexpliqués, et les forces de l'ordre ne pouvaient enquêter que sur une infime proportion d'entre eux. La priorité était donnée sans hésitation aux victimes de quelque importance. On ne déploierait jamais tous les effectifs pour une jeune inconnue venue d'un lointain comté. Les innocents étaient toujours en danger dans une cité infestée par le crime, où une armée de prédateurs en guenilles attendait de fondre sur les imprudents. Un jour passait rarement sans qu'un corps meurtri fût découvert dans un coin sombre, tiré d'un bouge ou repêché dans le fleuve. Cette malheureuse jeune fille, décida le coroner avec un soupir désabusé et une compassion émoussée par la routine, n'était qu'un cas de plus à archiver, qui demeurerait sans doute impuni.

Nicholas désirait ardemment que le coupable fût châtié. Puisqu'il n'avait rien à attendre de la loi, il lui faudrait trouver un moyen de faire justice lui-même. La jeune fille empoisonnée avait encore sur elle une petite somme d'argent, et l'on ne lui avait pas pris ses vêtements en dépit de leur valeur. Le vol n'était pas le mobile. Le meurtrier lui avait laissé sa monture, ce n'était donc pas un des rusés voleurs de chevaux qui sévissaient dans la capitale, saisissant la moindre occasion de s'approprier un animal fringant. Nicholas avait la conviction qu'on avait assassiné la jeune fille afin qu'elle ne pût lui transmettre une nouvelle d'une importance vitale pour lui. La simple idée d'un retour au bercail lui déplaisait. Cependant, le seul moyen de savoir qui était la jeune messagère et ce qu'elle comptait lui apprendre était de se rendre dans le Devon. Une fois ces questions élucidées, il discernerait plus clairement la cause du meurtre, et la main cruelle qui l'avait perpétré.

Anne était nerveuse depuis que la visiteuse inattendue avait franchi son seuil, et rien de ce qui s'était passé depuis n'avait soulagé son inquiétude ou la tension croissante entre Nicholas et elle. En fait, elle était si contrariée qu'elle ignora ostensiblement son locataire et pria le chirurgien de les escorter, sa servante et elle, jusqu'à leur maison. Quand l'homme partit avec les deux femmes, Nicholas relata plus en détail les circonstances du drame et le rôle qu'il y avait joué. Il requit l'autorisation de garder le cheval, afin de le restituer à son propriétaire légitime dans le Devon. La jeune fille avait sans doute des parents anxieux ou un employeur soucieux, qui avaient le droit d'être informés de son triste sort.

Après un interrogatoire minutieux, le coroner estima que son témoin était un homme honorable et digne de foi. Nicholas s'engagea par écrit à respecter l'intention qu'il avait exprimée sous peine d'emprisonnement. Il se vit alors confier le cheval et l'enfourcha aussitôt pour retourner à *La Tête de la Reine*. Dans la cour, il interrogea tous les palefreniers au cas où quelqu'un se souviendrait du rouan. Ils s'occupaient de trop nombreux chevaux chaque jour pour en être sûrs, mais l'un d'eux se rappelait vaguement l'avoir installé à l'écurie vers midi. Son cavalier était un jeune garçon, accompagné d'un homme vigoureux vêtu comme un marchand.

Muni de cette description sommaire, Nicholas descendit à la cave pour voir si Leonard pouvait la corriger ou la compléter. L'affable géant s'apprêtait à charger un tonneau de bière sur son épaule quand son ami arriva au pied des marches de pierre, et il reposa son fardeau afin de l'accueillir comme il convenait. Malgré toute sa bonne volonté, Leonard ne put fournir aucun nouveau détail significatif sur le compagnon de la victime. Toutefois, il était certain que l'homme avait plus ou moins forcé le jeune garçon à finir sa pinte.

— Et il a tout vidé ? demanda Nicholas.

— J'étais près de lui quand il a avalé les dernières gouttes. Non qu'il y ait pris plaisir, se rappela Leonard en se grattant la barbe. Dieu sait pourquoi. C'était notre meilleure ale, pourtant il l'a bue aussi lentement que de la poix brûlante.

— C'en était, en quelque sorte.

— Pourquoi, messire ?

— Je crois qu'on y avait versé du poison.

Nicholas s'expliqua et d'abord la surprise se peignit sur les traits massifs — « Une fille ? Buvant dans une taverne, déguisée en garçon ? » —, qui se crispèrent ensuite de tristesse et d'indignation. Conscient que la moindre information revêtait une importance cruciale, Leonard chercha dans sa mémoire, mais ne trouva rien que le régisseur ne sût déjà. La jeune fille et son compagnon de voyage étaient seuls, il s'en portait garant. Une tierce personne avait pu empoisonner l'ale, mais de fortes probabilités désignaient le marchand. Aucun autre client n'avait été souffrant ce jour-là, si bien qu'on ne pouvait incriminer la bière d'Alexander Marwood.

— Qui les a servis ?

— Une des filles de salle.

— Trouvez-la et amenez-la-moi immédiatement.

— Ne pouvez-vous entrer là-haut, messire ?

— Si, répondit Nicholas, mais je ne veux pas provoquer à nouveau la fureur du patron. Les ponts doivent être réparés avant que messire Marwood et moi puissions à nouveau parler avec cordialité. Moins il verra les Hommes de Westfield en ce moment, et mieux cela vaudra. Je vous saurais fort gré si vous pouviez me rendre ce service.

— J'y vais sur-le-champ.

— Merci, Leonard.

Cinq minutes s'écoulèrent avant qu'il ne revînt, car la servante se montrait des plus réticentes à le suivre. Craignant d'être attirée à la cave dans quelque intention scélérate, elle protestait et maugréait à chaque pas. La vue de Nicholas la rassura un peu et son visage rond maculé de saleté s'éclaira lorsqu'il glissa quelques pièces dans sa main. Elle repoussa ses cheveux raides en arrière afin de mieux l'observer. Nicholas l'interrogea au sujet des deux voyageurs arrivés à midi et elle put en fournir une assez bonne description, mais elle n'avait rien entendu de leur conversation et, à sa connaissance, personne ne les avait rejoints à leur table. Cependant, elle avait remarqué l'embarras du jeune client.

— On aurait dit que c'était la première fois qu'il venait dans une taverne.

— La première et la dernière, murmura Nicholas.

N'ayant rien de plus à glaner, il les remercia pour leur aide et alla chercher son cheval. Bientôt, il se frayait un chemin dans Gracechurch Street, comme toujours populeuse, puis dans Bishopsgate Street qui en formait le prolongement. Lorsqu'il arriva à la porte de la ville et passa sous les têtes des traîtres plantées sur des piques, il put lancer le rouan au petit galop et le trajet jusqu'à Shoreditch fut relativement rapide. Devant la maison de son employeur, il attacha sa monture et passa sous les avant-toits. Lawrence Firethorn vint ouvrir lui-même et fit entrer son régisseur.

— Vous arrivez à point nommé !

— C'est nécessaire.

— Nous avons à causer d'affaires urgentes, Nick.

— C'est pourquoi je suis ici.

— Asseyez-vous, mon cher, asseyez-vous, le pressa Firethorn en le poussant presque dans un fauteuil. Prenez vos aises tant que vous le pouvez, car l'avenir nous laisse peu d'espoir de nous reposer.

— Je dois absolument vous entretenir à ce sujet.

— Seulement lorsque vous m'aurez écouté.

Firethorn donna une tape amicale sur l'épaule de son hôte, puis recula pour le contempler avec un sourire affectueux. Une carrière théâtrale restait précaire au meilleur des cas, et peu d'acteurs parvenaient à poursuivre une activité régulière sur une longue période. Lawrence Firethorn était au nombre de ces exceptions, un génie qui ne semblait jamais pâlir, un comédien fougueux aux talents infinis. Certains de ses admirateurs vantaient sa voix superbe et l'excellence de son jeu, tandis que d'autres s'avouaient subjugués par sa présence. Si sublime qu'il fût sur scène, l'acteur savait fort bien ce qu'il devait à son régisseur, qui, dans l'ombre, orchestrait le déroulement de la représentation. Soutenu par Nicholas, il pourrait mener sa troupe d'un triomphe à l'autre.

— Ah, Nick ! soupira-t-il. Que ferais-je sans vous !

— Je crains que l'avenir ne vous l'apprenne.

— Notre théâtre peut bien brûler, notre propriétaire nous chasser et Londres nous envoyer sur les routes, je ne m'inquiète pas le moins du monde. Tant que je vous ai, je conserve l'espoir.

— Pour ce qui est de la tournée...

— Tout est arrangé, coupa Firethorn, allant et venant dans le salon. Barnaby et moi avons travaillé comme deux abeilles ouvrières pour tout préparer. Notre estimé protecteur, Lord Westfield, a fait montre de sa considération habituelle. Il nous a promis de l'argent et a prodigué ses conseils pour nous aider en chemin. L'argent, hélas, nous n'en verrons point la couleur, car notre mécène est plus enclin à emprunter qu'à prêter, commenta l'acteur en riant, mais les conseils nous ont été fournis en abondance. Ils ont déterminé notre itinéraire et nous promettent un bon accueil le long du chemin.

Il prit vivement un document posé sur la table et le tendit à Nicholas.

— Voici notre compagnie. Si petite qu'elle soit par le nombre, elle demeure assez grande en talent pour présenter un large répertoire. Veillez à ce que chacun soit informé de nos décisions. Nous partons demain.

— Vous partirez sans moi, j'en ai peur, messire Firethorn.

— Que dites-vous là ? demanda le chef de la troupe, décontenancé.

— Je requiers l'autorisation d'être dispensé de la tournée.

— Dispensé ! répéta Firethorn. Nick Bracewell, dispensé d'accompagner les Hommes de Westfield ! Plutôt dispenser le pont de Londres d'enjamber la Tamise. Palsambleu, c'est sur vous que s'appuie toute la troupe ! Sans vous, nous sombrerions dans les marais de l'oubli.

— Ce choix m'est imposé, expliqua Nicholas.

— Pas de choix qui tienne ! Vous êtes à nous.

— Je m'en tiendrai à ma décision.

— Je passerai outre. Vous partez avec nous au matin.

— Il se pourrait que non.

— Mais nous comptons sur vous, cher cœur ! l'exhorta Firethorn en lui tendant les bras.

— Je rejoindrai la compagnie dès que possible. Je vous en donne ma parole. Voici où j'en suis...

Il relata son histoire aussi succinctement que possible et l'attitude de Firethorn changea du tout au tout. Bien que tracassé par son propre avenir et celui de sa troupe, l'acteur-directeur n'en ressentit pas moins un élan de sympathie. Le meurtre d'une jeune fille sans défense avait imposé une lourde responsabilité à Nicholas et rien n'empêcherait celui-ci de s'en acquitter. Il était forcé de retourner vers un foyer qu'il avait abandonné, une famille qu'il avait désavouée.

— Il n'y a pas d'autre possibilité, conclut le régisseur. Demain au point du jour, je partirai pour Barnstaple.

— Barnstaple ? répéta Firethorn avec un reniflement amusé.

— Barnstaple.

Nicholas se carra contre le dossier de son fauteuil et attendit l'ouragan. Rares étaient les audacieux qui s'opposaient à la volonté du chef de la troupe, et plus rares encore ceux qui en réchappaient sans blessure d'amour-propre. Quand Firethorn était en colère, sa voix mugissante avait la force de la tempête et ses invectives terrassaient à l'instar de la foudre. Dans les yeux de son employeur, Nicholas vit les nuages noirs accumulés disparaître en une vapeur inoffensive, laissant place à une lueur joyeuse. Loin de déchaîner un cyclone de fureur, ses paroles avaient fait naître un sourire sur les lèvres de Firethorn. Ce sourire s'élargit, fut renforcé par un gloussement étouffé, qui se mua bientôt en un rire à gorge déployée ; puis une hilarité convulsive secoua son corps irrépressiblement. Il dut s'asseoir à côté de son ami pour reprendre haleine.

— Barnstaple ? demanda-t-il à nouveau.

— Y a-t-il là matière à se gausser ?

— Nullement, assura Firethorn, passant son bras autour des épaules de Nicholas. Ce n'était pas de la moquerie, mais la joie du soulagement. Barnstaple, en vérité ! Un cadeau de la providence. Vous irez. Vous pourrez agir à votre guise.

— Mais alors, pourquoi tant d'enthousiasme ?

— Parce que vous travaillerez pour nous en chemin.

— De quelle façon ?

— Nous modifierons notre itinéraire, expliqua l'autre. Nous pensions aller vers le sud, en faisant une première halte à Maidstone. Ensuite, Cantorbéry et d'autres villes du Kent, mais cela peut attendre. Cantorbéry compte bien assez de pèlerins.

Il baissa la voix pour soumettre sa proposition :

— Les Hommes de Westfield montreront beaucoup de souplesse envers vous si vous en montrez un peu envers eux. N'est-ce pas un marché équitable ?

— Dites-m'en plus afin que je puisse en juger.

— Le frère de notre mécène réside à Bath.

— C'est dans la direction de Barnstaple.

— Écoutez-moi jusqu'au bout, Nick. Voici notre route.

D'un doigt, Firethorn traça une carte imaginaire dans les airs.

— Nous nous rendons directement à Oxford où nous jouons devant les habitants et les étudiants. De là, nous descendons jusqu'à Marlborough, où l'hôtel de ville nous a toujours accordé un accueil chaleureux. Puis Bristol, où nous attendent un plus vaste public et un plus long séjour.

— Et Bath ?

— Une assez jolie petite ville, où nous jouerons chez Sir Roger Hordley, frère cadet de notre mécène. Nous avons besoin de vous pour nous guider jusqu'à Oxford, Marlborough et Bristol, mais nous pourrons nous installer par nous-mêmes dans le grand salon de Hordley

Manor. Comprenez-vous où je veux en venir ? demanda-t-il en poussant son compagnon du coude.

— Je mettrai plus de temps à atteindre Barnstaple.

— Vous concilierez nos impératifs avec votre mission.

— Cela me retardera de plusieurs jours, persista Nicholas, dubitatif.

— Nous consentons à un sacrifice, et vous de même.

— J'aime beaucoup la ville de Bristol.

— Conduisez-nous là-bas, puis nous vous souhaiterons bon voyage. Une fois votre devoir accompli, vous aurez tout le loisir de rejoindre les Hommes de Westfield. Ainsi, nous serons tous deux satisfaits. Franchement, cette offre ne vous agrée-t-elle pas ?

— Elle me tente fort.

— Alors, vous acceptez ?

Nicholas hocha la tête et Firethorn le serra dans ses bras avec gratitude. Le chef de la troupe lui fournit tous les détails nécessaires, puis le raccompagna jusqu'à son cheval. La vue du rouan les émut en ramenant la malheureuse victime au premier plan de leurs pensées. Une jeune fille s'était donné un mal extraordinaire pour porter un message de Barnstaple à Londres, et son courage lui avait coûté la vie. Son meurtre avait déjà de sérieuses répercussions sur l'existence de Nicholas. Au souvenir du corps tourmenté sur le sol de sa chambre, sa détermination de traquer le tueur se renforça. Le Diable s'en était bien venu à Londres ce jour-là, pour s'emparer de sa proie. Une jeune fille qui n'était jamais entrée dans une taverne n'aurait plus jamais l'occasion de recommencer.

En acteur qu'il était, Lawrence Firethorn jeta une citation tel un voile respectueux sur le cadavre anonyme :

Mon plus immonde poison ne peut rivaliser
Avec la bière que Marwood nous fait ingurgiter.

3

Un après-midi poignant se fondit en une longue soirée puis se changea imperceptiblement en une nuit de tourment. Anne était en proie à la confusion la plus extrême. Le foyer auquel elle tenait tant, et dans lequel elle se sentait en parfaite sécurité, avait été envahi. Une jeune fille mourante, qui refusait de divulguer son message, avait brisé la vie calme et rangée de Bankside et les certitudes qui en constituaient le fondement. Anne découvrait à quel point elle aimait Nicholas, mais aussi combien elle en savait peu à son sujet. La réserve et la discrétion qu'elle avait toujours admirées lui semblaient désormais de la dissimulation. Pendant tout ce temps, il lui avait caché quelque chose, qui venait de jaillir à la lumière pour menacer leur amitié. Les souvenirs heureux n'avaient nul besoin d'être enfouis. Seuls des secrets ténébreux devaient être passés sous silence.

Anne faisait les cent pas, désirant son retour et en même temps priant pour qu'il ne revînt pas. Son cœur voulait que Nicholas surgisse et étouffe toute son hostilité par de réconfortantes explications, mais sa raison savait qu'il ne le pourrait pas. Son attitude même était l'aveu de sa culpabilité. Quel terrible secret avait-il tenté de fuir en quittant Barnstaple ? Quel message effrayant la jeune fille lui apportait-elle ? Qui l'avait envoyée et pourquoi d'une si étrange manière ? Anne tâchait d'imaginer toutes les possibilités sans en trouver une seule qui l'apaisât. À mesure que la nuit s'avançait, sa nervosité croissait, et elle était hors d'elle lorsqu'elle l'entendit approcher derrière la maison et installer le cheval à l'écurie. Elle prit rapidement un siège et s'efforça de recouvrer son sang-froid. Nicholas entra, las et sur ses gardes. D'évidence, il ne s'attendait guère à la chaleureuse hospitalité avec laquelle on l'accueillait d'ordinaire.

— Vous avez bien tardé, remarqua-t-elle d'un ton sec.

— J'ai eu beaucoup à faire, Anne.

— Il est près de minuit.

— Vous auriez dû monter vous coucher.

— Je craignais que vous ne me rejoigniez.

Cette rebuffade le fit tressaillir. Un code mutuel venait d'être rompu. Chaque fois qu'un différend opposait Anne et Nicholas — ce qui survenait souvent entre ces deux fortes personnalités —, ils le résolvaient au plus vite dans les bras l'un de l'autre. Cette porte de réconciliation venait d'être sommairement fermée.

— Nous partons pour Oxford au matin.

— J'aurais cru que vous vous rendriez toutes affaires cessantes à Barnstaple, rétorqua-t-elle en se crispant. Quelqu'un vous réclame. Je m'en voudrais de vous retenir.

— Anne...

— Des questions plus importantes vous appellent.

— Si seulement vous m'écoutiez...

— J'ai écouté cette jeune fille. Son silence était on ne peut plus éloquent. Il parlait d'un autre Nicholas Bracewell qui m'est inconnu, d'un homme traqué, qui s'est servi de ma maison comme d'une cachette.

— Il n'en est rien !

— Alors pourquoi m'avez-vous menti ?

— Je vous ai toujours dit la vérité.

— Non ! répliqua-t-elle, se levant pour l'affronter. Vous m'en avez dit tout juste assez pour me contenter et dissimuler le reste. Le visage que vous présentez à Londres n'est qu'un masque. Je m'y suis laissée prendre et la désillusion n'en est que plus cruelle. Qui êtes-vous ?

— Je suis à vous, mon amour.

Il lui tendit les bras, mais renonça devant son regard brillant de colère. Il souffrait doublement d'être ainsi repoussé. Les Hommes de Westfield quittaient Londres le lendemain pour une longue tournée. La veille des précédents départs, Nicholas et elle avaient échangé un tendre au revoir dans le lit douillet d'Anne, mais cette habitude-là aussi avait pris fin.

— Vous me faites grand tort, lui reprocha-t-il d'une voix douce.

— En ce cas, je vous rends simplement la pareille, Nick.

— Ce n'est pas ce que vous croyez.

— Éclairez-moi.

Après un silence embarrassé, il répondit :

— Je ne le puis.

— Parce que vous ne tenez pas assez à moi.

— Je tiens trop à vous, Anne, et je ne voudrais pas vous blesser.

— Le beau prétexte ! riposta-t-elle d'un ton mordant. Vous me mentez impudemment jusqu'à ce que votre passé vous rattrape, puis vous feignez d'avoir seulement cherché à ménager mes sentiments. J'ai été trompée. J'ai été abusée. Pour quelle raison ?

— J'ignore moi-même le fin mot de l'histoire.

— Reprenez par le début, suggéra-t-elle. Pourquoi avez-vous fui le Devon ?

— Je vous l'ai déjà dit, Anne. Par goût de l'aventure. Je n'ai fait qu'imiter des milliers de jeunes gens qui ont entendu l'appel de la mer. Drake allait entreprendre son voyage autour du monde. La tentation fut trop forte pour mon esprit avide de découverte. Je quittai Plymouth à bord du *Pélican*. Quand nous rentrâmes dans ce même port trois ans plus tard, notre navire avait été rebaptisé la *Biche dorée*.

— Ce ne fut pas le seul changement. Nicholas Bracewell, fils d'un marchand de Barnstaple, s'en alla. Il s'en revint pour devenir le régisseur d'une troupe de théâtre, à Londres.

Il acquiesça avec sincérité.

— Vous avez raison, Anne. Ce voyage causa bien des transformations. Ce que j'ai vu, ce que j'ai enduré, je ne veux même plus y songer. Nul ne sort indemne d'une telle expérience.

— Pourquoi n'êtes-vous jamais rentré chez vous ?

— J'ai choisi de rester ici.

— Qui vous appelle aujourd'hui à Barnstaple ?

— Je l'ignore.

— Est-ce un homme ou une femme ?

L'hésitation de Nicholas fut toute la preuve dont elle avait besoin. Elle s'écria, rouge d'indignation :

— Ainsi c'est une femme ! Et elle exerce encore assez d'empire sur vous pour que vous accouriez avec obéissance, même si son appel a eu un meurtre pour conséquence ! C'est là l'homme avec qui j'ai partagé ma demeure et, Dieu me pardonne, mon lit ! Fort bien. Quittez Londres demain, mais ne comptez plus loger ici à votre retour.

— Anne, attendez ! implora-t-il tandis qu'elle tournait les talons. Ne nous séparons pas ainsi. Vous me jugez trop durement.

— Alors pourquoi ne démentez-vous rien ? ripostat-elle en faisant volte-face. Dites-moi tout, tranquillisez mon esprit.

— Cela n'est pas en mon pouvoir, admit-il, plein de tristesse, mais ne croyez pas que tout ce qui s'est passé entre nous n'était que mensonge de ma part. C'est faux ! J'ai vécu avec vous certains des moments les plus heureux de ma vie. Et si vous souhaitez connaître la vraie raison pour laquelle je préfère rester à Londres que retourner à Barnstaple, elle se tient devant moi.

Ses paroles étaient si ferventes, si sincères que la colère d'Anne tomba un instant et qu'elle vit à nouveau l'homme qui lui inspirait une attirance irrésistible. Nicholas était un compagnon aimant auquel elle s'était donnée de plein gré. Il possédait de merveilleuses qualités, mais les évoquer ne servit qu'à ranimer son amertume. À cause d'un message venu du Devon, qui n'avait pas même été délivré, elle perdait un honnête homme et se retrouvait avec un être plein de duplicité. Tout en jouissant de ses faveurs, il avait conservé au fond de son cœur une maîtresse invisible, avec qui Anne n'avait fait que le partager.

Nicholas reprit d'une voix douce :

— Ce qui s'est passé entre nous sous ce toit m'est très cher, Anne, et rien n'effacera ces précieux souvenirs. Je n'ai pas joué la comédie. Vous me voyiez tel que j'étais réellement. Je ne voudrais pas être séparé de vous pour tout l'or du monde, termina-t-il en lui tendant une main hésitante.

— Alors, je vous mets à l'épreuve, répondit-elle, ignorant son geste. Restez ici.

— Comment ?

— Quand la troupe partira demain, restez avec moi.

— Mais je suis lié aux Hommes de Westfield !

— Il y a une seconde, vous étiez lié à moi.

— J'ai donné ma parole à messire Firethorn.

— Vous me l'avez donnée tout aussi facilement.

— Lui et moi sommes parvenus à un accord.

— Cela nous est arrivé aussi, assez souvent.

— Je voyagerai avec la compagnie jusqu'à Bristol, puis je poursuivrai seul jusqu'à Barnstaple, et là...

— Continuez. Précisez votre but avec franchise.

— Là, je réglerai mes affaires.

— Pendant que je resterai assise là comme la patiente Griselidis, à attendre le retour de mon seigneur. Est-ce ce que vous espérez ?

— Anne, dit-il d'un ton apaisant, je vous en prie, écoutez-moi. L'imagination vous joue des tours. Demeurez telle que vous l'avez toujours été. Conservez-moi votre confiance jusqu'à ce que je revienne et, alors, je...

— Non ! coupa-t-elle. Cette maison vous est dorénavant interdite. Je vous somme de vous expliquer et vous ne le pouvez pas. Je vous demande de rester à Londres et vous refusez. Il n'y a qu'une seule raison à cela, dit-elle d'un ton glacial. Allez la rejoindre, Nick.

— Qui donc ?

— Cette créature, qui couche avec vous dans mon lit.

— Vous parlez par énigmes.
— La femme silencieuse. Courez la retrouver.

Ces mots firent à Nicholas l'effet d'un coup de poignard. En une heure où il avait un besoin désespéré de l'amour et du soutien d'Anne, elle les lui retirait complètement. Il resta planté là pendant qu'elle gravissait l'escalier, et frémit quand il entendit la porte de la chambre claquer derrière elle comme pour mettre un point final à cette discussion. Plusieurs minutes s'écoulèrent avant qu'il trouve le courage de monter furtivement dans sa propre chambre afin de rassembler ses effets. Il regarda une dernière fois autour de lui, puis se glissa dans les froides ténèbres d'une vie sans Anne.

Minuit approchait rapidement et Edmund Hoode frissonna de plaisir anticipé. C'était l'heure où sa bien-aimée et lui étaient convenus de se retrouver enfin pour noyer des semaines de séparation forcée dans les eaux turbulentes de la passion. Pour la première fois depuis des années, il se sentait des ailes. Dans la plupart de ses attachements romanesques, il avait souffert la double humiliation d'être éternellement malheureux en amour et de se voir marqué par le destin comme un objet de dédain ou de moquerie. Jane Diamond lui faisait oublier ses chagrins passés. En encourageant ses avances, elle avait instillé en lui une confiance qu'il n'eût pas crue possible, et en succombant à ses désirs — mieux encore, en y répondant avec sincérité —, elle avait prêté un peu d'arrogance à ses manières. Il était un nouvel homme.

Hoode la méritait. Il avait gagné sa bonne fortune à force de ferveur et de dévotion. Il avait couvert sa maîtresse d'une pluie de lettres, de vers et de présents. Chaque fois qu'elle venait le voir jouer à *La Tête de la Reine*, il ajoutait quelques lignes à ses propres répliques suivant un code qu'elle seule comprenait. Chaque fois qu'ils se rencontraient en public, elle répondait par des gestes secrets, anodins pour tout autre que lui. Jane Diamond n'était pas simplement une vision ravissante dotée d'un caractère à l'avenant. Elle était la plus belle création d'Edmund Hoode, poète et dramaturge, un personnage qu'il avait inventé pour lui-même dans ses rêves éveillés, aussi proche de la perfection qu'une créature humaine pouvait l'être, et possédant une qualité surpassant toutes les autres. Elle était à lui.

Tapi contre une porte en face de chez elle, il attendait les douze coups de minuit. Une seule minute les séparait désormais et il la mit à profit pour réfléchir à sa toute nouvelle force de caractère. Cet après-midi même, Lawrence Firethorn et Barnaby Gill avaient lancé une double offensive contre lui, mais ses défenses avaient tenu bon. Le soir venu, ç'avait été au tour de Nicholas de lui rappeler ses engagements vis-à-vis des Hommes de Westfield, mais pas même les exhortations de son ami ne l'avaient amené à se raviser. Hoode refusait une tournée pénible en province. Londres lui offrait un programme beaucoup plus grisant, car il ne cherchait pas d'autre scène que la couche moelleuse de Jane.

L'horloge sonna, la chandelle allumée réapparut et Hoode traversa d'un bond la rue poussiéreuse pour cogner légèrement à la porte. Celle-ci fut entrouverte par une servante, qui chuchota :

— Est-ce vous, messire ?

— C'est moi.

— Ma maîtresse vous attend.

— Merci de votre dévouement.

Il déposa deux pièces dans la main avide, et la porte s'ouvrit pour le laisser passer avant de se refermer en grinçant. La servante tourna la clef dans la serrure. À la lueur de la bougie, il distingua d'épais verrous de fer. Avant qu'il eût pu demander pourquoi elle ne les remettait pas en place, elle le conduisit vers l'escalier. Dès qu'il commença à monter, toute crainte s'envola. Il était chez Jane et dans son cœur. Le plus doux des plaisirs l'attendait à présent. Il pourrait boire tout son soûl le meilleur cru du marchand, celui qu'il conservait pour lui.

Ils atteignirent le palier et empruntèrent un couloir en faisant craquer le plancher de chêne. S'arrêtant devant une porte, la servante frappa puis lui fit signe d'entrer.

Elle lui adressa une révérence et retourna vers l'escalier. Edmund Hoode prit une profonde inspiration. Cette porte était l'entrée du paradis et il la caressa avec vénération avant de la pousser doucement pour découvrir la chambre.

— Entrez, Edmund, appela Jane.

— Je suis là, mon amour.

Il s'avança et ferma la porte derrière lui, puis huma le parfum ensorcelant de sa présence. Cent fois il avait imaginé cette scène, mais la réalité dépassait toutes ses espérances. Jane était encore plus adorable qu'il n'avait osé le rêver, et la chambre à coucher formait un cadre idéal. Dans la lumière tamisée d'une douzaine de petites chandelles, elle était à demi couchée sur le lit au milieu d'un nuage d'oreillers blancs. Son visage évoquait une fleur, ses cheveux une cascade de soie brune. Elle portait une longue chemise de nuit en satin au décolleté froncé par un ruban, qui dissimulait les contours de son corps tout en les soulignant. Jane était la réponse à une prière moult fois répétée, et s'étendait pour lui sur l'autel de Vénus.

Frémissant, il fit un pas dans sa direction.

— Vous m'avez cruellement manqué, Jane.

— Venez plus près, afin de me dire combien.

— J'ai cru que ce moment n'arriverait jamais.

— La patience et la constance trouvent toujours leur récompense.

— Nul n'est plus patient que moi, déclara-t-il en s'approchant. Et quant à la constance, la Tour de Londres disparaîtra plus tôt que ma dévotion envers vous.

— Je le sais, Edmund.

Maintenant qu'il était entré dans le cercle de lumière, elle fut à même de l'observer en détail et fut ravie par son examen. Edmund était parfait. Il portait un pourpoint de velours bleu à manches de satin vert, et des chausses brodées, damassées de jaune. Le grand visage blanc, plein de bonne volonté, était souligné par une fraise empesée. Quand il vit qu'elle regardait son chapeau en velours bleu où tremblait une plume d'autruche, il l'ôta aussitôt et s'inclina d'un air d'excuse. Elle recourba l'index pour l'inviter à la rejoindre, lui prit son chapeau et le posa, puis elle lui tendit ses lèvres.

Le premier baiser timide dissipa toute réserve et il la prit dans ses bras avec une folle ardeur. Ils attendaient depuis longtemps cet instant suprême et comptaient bien le savourer pleinement. Jane défit les attaches de son pourpoint tandis que, de ses dents, il dénouait le ruban de son décolleté. Ce n'était pas là un acte d'adultère sordide. La pureté de leur amour les élevait vers des régions éthérées. Leurs sens étaient exacerbés. Leurs lèvres goûtaient la riche douceur du miel dans chaque baiser, leurs mains découvraient la chaleur de la chair à chaque caresse. L'ivresse du plaisir leur donnait le vertige, et ce fut leur perte, car ils n'entendirent pas le monde réel frapper à la porte de leur univers enchanté. Ce fut seulement quand la servante fit irruption dans la chambre qu'ils redescendirent de leur nuage de félicité.

— Hâtez-vous, madame ! cria l'intruse. Le maître est de retour.

— C'est impossible ! répondit Jane avec effroi.

— Il est ici, en bas. Comment ne l'avez-vous pas entendu ouvrir la porte ? Elle grince si fort !

La servante souffla à Edmund Hoode :

— Fuyez, messire ! Il vous tuera s'il vous découvre dans son lit.

Elle sortit précipitamment et les amants se levèrent d'un bond. Jane rajusta sa chemise de nuit et courut sur la pointe des pieds dans le couloir, où un pas lourd approchait dans l'escalier. Elle attendit assez longtemps pour distinguer le chapeau et le manteau de son époux dans la pénombre, puis regagna sa chambre en toute hâte et ferma la porte. Elle fit coulisser les deux verrous et plaqua son dos contre l'huis en guise de rempart supplémentaire.

— Vite, Edmund !

— J'essaie ! gémit l'amant infortuné en rassemblant tant bien que mal ses vêtements épars. Ne devrais-je pas rester pour vous défendre, mon amour ? proposa-t-il avec une timide bravoure.

— Il nous tuera tous les deux s'il vous voit. Partez !

Des coups résonnèrent tel le tonnerre à la porte et convainquirent Hoode qu'une sortie rapide était son seul espoir de salut. Ouvrant la fenêtre, il jeta ses habits dehors puis sauta follement à leur suite sans autre concession à son amour-propre. La fraise oubliée flotta tristement après lui, puis la fenêtre fut fermée avec détermination. L'amoureux interrompu s'empara de ses affaires et détala comme s'il avait une meute de chiens à ses trousses. Jane changeait peut-être Londres en un jardin enchanté, mais son époux venait de rendre une tournée avec les Hommes de Westfield infiniment plus attrayante. Le poète ne s'arrêta de courir que lorsqu'il eut atteint la sécurité relative de son logis, où il se barricada solidement.

La dame elle-même, plongée dans le désarroi, se vit épargner l'horreur d'une confrontation avec son mari. En réponse à ses coups, elle cria qu'elle était déjà couchée et qu'il la dérangeait en plein sommeil. La croyant sur parole, il marmonna une excuse et s'éloigna pour passer la nuit dans une autre chambre. Jane fut si soulagée d'en avoir réchappé qu'elle se jeta sur son lit et enfouit sa tête parmi les oreillers. Elle répétait encore l'excuse qu'elle utiliserait le lendemain matin quand elle finit par s'endormir.

La principale bénéficiaire des événements de la nuit fut la servante. Outre la gratitude de sa maîtresse et l'argent d'Edmund Hoode, elle reçut un paiement beaucoup plus généreux de Lawrence Firethorn. Affublé du manteau et du couvre-chef fournis par ses soins, tout homme entrevu dans un escalier sombre eût ressemblé à l'époux de retour. Cependant, le portrait possédait une réelle authenticité, conférée par un maître de son art. L'époux absent aurait eu de quoi vouer une éternelle reconnaissance à Lawrence Firethorn. Non seulement l'acteur le plus génial de l'époque avait daigné l'incarner, mais il lui avait évité de justesse d'être cocu.

Firethorn remonta en selle et chevaucha vers Shoreditch, fort satisfait de lui-même. Après avoir découvert l'adresse de la belle, il avait conquis la servante par son charme et par son argent. Sitôt qu'elle l'avait informé du rendez-vous galant, organiser cette mise en scène avait été d'une simplicité enfantine. Un membre indispensable de la troupe se voyait forcé de rentrer dans son giron et une épouse égarée avait eu si grand-peur qu'elle resterait fidèle pendant au moins quinze jours. Firethorn pouvait désormais jouer chez lui l'époux de retour, et passer sa dernière nuit dans les délices conjugales. Sa femme Margery était d'une trempe plus solide que Jane Diamond. Lorsqu'ils étaient au lit, rien ni personne ne l'aurait interrompue avant qu'elle n'ait tiré de lui l'ultime frisson de plaisir. De ses talons, Firethorn lança son cheval au galop.

Une catastrophe avait été évitée à *La Tête de la Reine*, mais le feu avait été suffisamment destructeur pour donner lieu à une ballade. Elle était chantée dans la salle par un vieux colporteur échevelé dont la voix, jadis mélodieuse, était épaissie par la boisson et éraillée par l'âge. Leonard se trouvait parmi la foule qui l'écoutait.

Le feu terrifiant prit en bas,
Scène de stupeur et d'effroi,
Puis se propagea, dévastant
La loge des acteurs entre-temps.
Poutres et montants, il consuma
Et n'épargna pas l'oriflamme de soie
Ô tristesse, pitoyable tristesse, pourtant tout cela [est vrai !

Dehors coururent les dames, dehors les beaux [messieurs,
Et l'on vit sous les cieux
Une pluie de feutres et d'éventails.
Puis Firethorn lui-même, courant vers le portail.
La Tête de la Reine *eût disparu, bonnes gens,*
Sans notre régisseur si diligent.
Ô courage, prodigieux courage, pourtant tout cela [est vrai !

Cinq vers relataient comment Nicholas avait empêché le feu de s'étendre à toute la toiture. Le colporteur n'avait pas été témoin de l'événement, mais il avait recueilli suffisamment de détails auprès de ceux qui l'avaient vu de leurs yeux pour composer sa ballade avec confiance. Usant de licence poétique, il embellit démesurément les faits, mais personne ne s'en plaignit hormis Alexander Marwood. Le patron se répandit en commentaires geignards jusqu'à ce qu'il fût réduit au silence par le reproche final :

Vous tous qui paradez sur scène,
Tirez-en cette leçon fort saine :
Feu attisé jamais ne chôme.
Quant à ceux dont le toit est de chaume
Et qu'un flot de bile submerge,
Achetez donc des tuiles pour couvrir votre
[auberge !
Ô tristesse, pitoyable tristesse, pourtant tout cela
[est vrai.

Leonard battit de ses énormes mains pour déclencher les applaudissements, puis s'avança afin d'acquérir un des exemplaires de la ballade. Bien que ne sachant pas lire, il fixa les caractères avec fascination et laissa échapper un rire sonore.

— Je remettrai ceci à messire Bracewell en personne, dit-il avec fierté. Il prendra ainsi la route de bonne humeur.

— Il s'en va donc ? demanda son voisin.

— Oui, avec les Hommes de Westfield. Notre cour est tellement endommagée qu'ils n'ont plus de théâtre et sont contraints de partir en tournée.

Leonard savourait le fait de tenir des informations privilégiées de son ami.

— J'ai ouï dire que la troupe se rend à Oxford et à Marlborough, mais qu'elle perdra son régisseur à Bristol.

— Pourquoi donc ?

— Il doit pousser jusqu'à Barnstaple.

— Barnstaple ? répéta l'autre, soudain blême, l'accent du Sud-Ouest perçant dans les voyelles prononcées selon l'usage en vigueur à Londres.

— On le rappelle chez lui. Et votre voix m'apprend que, vous-même, vous pourriez être de cette région. Nous avons eu de sombres présages, poursuivit Leonard, en un murmure imposé par la gravité de sa nouvelle. Un message lui avait été adressé, mais l'émissaire a été empoisonné ici même, dans cette salle.

— Comment le message a-t-il été délivré, en ce cas ? s'étonna l'homme.

— Le meurtre fut un message suffisant pour messire Bracewell. Il sait qu'on a besoin de lui à Barnstaple et il ira quand les Hommes de Westfield lui en laisseront le loisir.

L'homme qui l'écoutait caressa sa barbe d'un noir corbeau et se maudit de n'avoir pas dépêché promptement sa victime d'un coup de dague. Le poison n'avait fini d'agir qu'après que la messagère eut atteint le destinataire. Embauché pour son implacable efficacité, l'homme avait échoué cette fois-ci, laissant l'ouvrage dangereusement inachevé. Il devait y mettre la dernière main avant de recevoir sa récompense. Il se tourna à nouveau vers Leonard, qui contemplait toujours la ballade avec un ravissement enfantin.

— Quand les Hommes de Westfield quittent-ils Londres ?

— À midi, messire.

— Ils partent de *La Tête de la Reine* ?

— Non, répondit Leonard. Ils ne se présenteront pas ici alors que notre patron se consume encore de rage à cause de leur incendie. J'apporterai ce parchemin à l'auberge du *Beau Sauvage*, sur Ludgate Hill. C'est là-bas qu'ils commenceront leur aventure.

— Quelle sorte d'homme est ce Nicholas Bracewell ?

— Un héros, comme cette ballade en est le gage.

— Comment le distingue-t-on de ses camarades ?

— Il ne faut pas être grand clerc, répondit Leonard.

C'est un homme remarquable à tous égards, aux cheveux blonds et la barbe de même. Bien qu'il vive parmi des comédiens passés maîtres dans l'art d'attirer le regard, il est le plus grand et le meilleur d'entre eux. Messire Bracewell est mon ami, confia-t-il, à la fois radieux et nostalgique. Je le connais pour sa bonté et son sens de la camaraderie.

Son compagnon le remercia avant de s'éloigner. Il en avait assez entendu pour identifier sa future victime. Il lui fallait se préparer. Cette fois, il n'avait plus le droit de se tromper.

Nicholas fut le premier à arriver à Ludgate Hill. Ayant passé la nuit chez un ami, à Southwark, il se leva tôt afin de parer aux derniers préparatifs du départ. Conduire une troupe par les grands chemins était toujours une entreprise hasardeuse. Cela les obligerait à voyager armés et prêts à repousser l'attaque éventuelle des nombreuses bandes de brigands et de hors-la-loi qui parcouraient les campagnes. La qualité de leurs théâtres improvisés varierait du tout au tout, et leurs publics ne seraient ni aussi larges ni aussi raffinés que celui de Londres. Le mauvais temps n'aurait fait que gêner une représentation à *La Tête de la Reine*. Il causerait beaucoup plus d'embarras s'il les frappait soudain sur une route isolée, trempant leurs costumes et sapant leur moral. Nicholas savait que des acteurs mouillés et malheureux étaient plus querelleurs que lorsqu'ils étaient secs et satisfaits de leur sort.

— Bien le bonjour, Nick !

— Soyez le bienvenu.

— La peste soit de cette maudite tournée !

— Oui, Owen, répondit Nicholas. Et pourtant c'est la première qui ne nous soit pas imposée par une épidémie. Londres connaît un été sain et il n'y a aucun motif de fermer les théâtres. C'est le feu qui nous jette sur les routes.

— Et il pourrait nous y maintenir à perpétuité.

— *La Tête de la Reine* sera restaurée quand nous reviendrons.

— Mais ce misérable ver de propriétaire nous permettra-t-il seulement d'en approcher ? Tudieu ! La seule vue de Marwood me donne de mauvaises sueurs, mais malgré tout je préférerais endurer son hospitalité lugubre que de traîner mon talent aux quatre coins de l'Angleterre.

— Et au pays de Galles ? demanda Nicholas en souriant.

— Cela changerait tout. Je conduirais avec plaisir les Hommes de Westfield de l'autre côté de la frontière, sur la terre de mes ancêtres.

Owen Elias était un Gallois exubérant, en passe de devenir un des piliers de la troupe. La carrière de cet acteur doué avait été entravée par son tempérament colérique et une tendance fatale à informer les autres de son opinion sincère à leur sujet. Las de ne pas progresser, Elias était passé au service de leurs principaux rivaux, les Hommes de Banbury, et n'était revenu que grâce à la promesse d'accéder au rang de partenaire. Depuis qu'il avait des intérêts dans la compagnie, il modérait un peu sa franchise, mais il savourait toujours une bonne dispute quand il pensait avoir le bon droit de son côté — ce qui ne manquait pas d'arriver. Nicholas aimait beaucoup le Gallois et savait son talent assez solide pour supporter les contraintes imposées par une tournée. Robuste et intrépide, Owen Elias était en outre extrêmement précieux s'il fallait se défendre ou croiser le fer.

— Eh bien, gentilshommes !

— Holà, messieurs !

— Je suis bien aise de trouver Vos Seigneuries en si grande forme.

— Dieu vous protège tous !

— Puissiez-vous être bien accueillis partout.

— Adieu, cher Londres !

— Owen, espèce de vaurien !

— Nick, cher cœur !

Les exclamations les assaillaient à mesure que les membres de la troupe arrivaient, seuls ou à deux, beaucoup accompagnés d'épouses ou d'amies éplorées pendues à leur bras, et quelques-uns, tel Lawrence Firethorn, avec leur famille entière. *Le Beau Sauvage* formait un cadre approprié pour les adieux, qui seraient déchirants. Situé juste à la limite de Ludgate, c'était un vaste établissement plein de coins et de recoins, qui existait depuis plus de cent quarante ans et dont les colombages marquaient l'endroit de leur présence familière. *L'Auberge du Sauvage*, comme elle était baptisée jadis, était aussi appelée *La Cloche sur le tonneau*. Quel que fût le nom sous lequel elle était connue, on présentait des pièces dans sa cour bien avant que le premier théâtre de Londres ouvrît ses portes en 1576, et c'était dans ce lieu chargé de souvenirs que les Hommes de Westfield se retrouvaient ce matin-là. D'innombrables spectacles de lutte, d'escrime ou autres s'y étaient tenus également, néanmoins les acteurs le considéraient comme leur propriété exclusive. Lorsqu'ils levaient les yeux vers les trois étages de galeries qui les dominaient de chaque côté, ils revoyaient des spectateurs enthousiastes et entendaient l'écho fantomatique des tirades qu'ils chérissaient. En ce qui concernait Lawrence Firethorn, le fantôme était revenu à la vie et déclamait un des monologues d'Hector, qu'il avait incarné ici même en de plus vertes années.

Nicholas avait choisi d'y fixer le rendez-vous, le lieu étant relativement proche de *La Tête de la Reine*. Cependant, il eût sans doute été moins prompt à le désigner s'il avait su qu'il dominait l'endroit précis où la messagère du Devon avait été repérée par son assassin. La cour continuait de s'emplir et l'on apporta de la bière pour étancher la soif des voyageurs. Il ne manquait qu'une seule personne, et Nicholas fut touché en voyant que les membres de la troupe qui restaient avaient également fait l'effort de venir afin de dire au revoir à leurs camarades. Thomas Skillen rabrouait et serrait tour à tour George Dart dans ses bras, le plus petit et le plus jeune de ses assistants machinistes. Il lui tirait l'oreille en l'avertissant de s'acquitter correctement de ses devoirs, et l'attirait contre son vieux cœur, de crainte que ce ne fût la dernière fois qu'ils se voyaient. Cette scène émouvante paraissait le symbole du véritable esprit du théâtre. La tradition passait le flambeau à l'innovation.

George Dart aurait défailli en entendant interpréter de la sorte sa séparation avec un mentor tout à la fois aimé et redouté. Le petit aide machiniste occupait la position la plus humble de la compagnie, qui faisait de lui son bouc émissaire avec une régularité affligeante. Au moins conservait-il son emploi. Une tournée doublerait la charge de travail déjà lourde qu'on lui imposait et le condamnerait à jouer une kyrielle de petits rôles dans chacune des pièces, mais même ces garanties de souffrance et d'humiliation supplémentaires étaient préférables au renvoi qui frappait Thomas Skillen et les autres.

C'étaient les jambes prestes de George Dart que Nicholas avait mises à contribution la veille au soir pour notifier à la troupe restreinte l'heure et le lieu du départ. Le petit machiniste avait été chargé de répandre la bonne nouvelle, tandis que Nicholas se réservait la tâche pénible et triste d'apprendre aux autres qu'ils avaient été écartés. Connaissant leurs habitudes et leurs lieux de prédilection, il avait passé de longues heures à suivre leurs traces afin de leur transmettre la mauvaise nouvelle avec ménagement. Il fut soudain frappé par une cruelle ironie : lui qui avait signifié leur congé à tant de ses camarades s'était ensuite vu évincé de son foyer.

Dans la cour, l'émotion était à son comble et des sanglots éclataient parmi les femmes. Quand Nicholas vit les maris rassurer leur épouse et des amants s'embrasser, son sentiment de désolation s'accrut. La seule personne qu'il désirait voir à cet instant n'était pas là. Avant toutes les tournées précédentes, Anne était venue lui exprimer son amour et ses vœux de succès, mais il n'y aurait pas de baiser d'adieu, cette fois-ci. Cela soulignait l'anormalité de sa situation. Nicholas se sentait dans les limbes. Il accomplissait un voyage entre ses vies passées, entre une femme qui l'avait rejeté et une famille qu'il avait reniée. C'était un itinéraire affligeant, qui le laissait sans destination finale.

Quelqu'un remarqua sa tristesse.

— Venez ici, Nicholas !
— Avec plaisir, madame.
— Où est votre bonne amie ?
— Retenue ailleurs, je le crains.
— Alors je vous donnerai les baisers qu'elle aurait dû vous accorder.

Margery Firethorn ne craignit pas de montrer son affection et planta fermement ses lèvres sur les siennes. Dotée d'une vivacité parfois excessive, cette belle femme avait toujours apprécié le régisseur et percevait son désarroi, causé par l'absence d'Anne. Les relations dans le monde du théâtre englobaient les extrêmes du comportement humain, et Margery s'était adaptée aux caprices et aux excentricités des camarades de son époux. Nicholas était le plus constant de la troupe, à tous les sens du terme. S'il avait rompu, ce n'était sans doute pas à la légère.

— Écrivez-lui, Nick, souffla-t-elle à son oreille.
— Que dites-vous ?
— L'éloignement peut adoucir le cœur le plus dur.

Elle lui donna un autre baiser, puis alla arracher ses enfants à l'étreinte de Lawrence Firethorn afin de lui dire adieu d'une manière digne d'une épouse. Comme tous les gestes de l'acteur, ce fut une représentation en soi, qui aurait pu être tirée d'une tragédie sentimentale. Margery était la partenaire idéale, son égale par la passion et la tendresse ; pourtant elle était capable de puiser en elle des réserves de fureur qui faisaient paraître timides les tirades de son mari, par comparaison. Caressante ou querelleuse, c'était une force de la nature. Le mari et la femme se penchèrent alors pour soulever à nouveau les enfants en une embrassade générale. Quand ce fut fini, l'acteur vedette enfourcha sa monture, dégaina sa rapière et la brandit vers les nues en prononçant un bref discours pour galvaniser sa troupe.

L'heure de partir arriva. Nicholas, à cheval, vint à sa hauteur.

— Nous devons attendre, messire. Edmund n'est pas encore là.

— Il est arrivé parmi les premiers.
— Je ne le vois pas.
— C'est qu'il préfère passer inaperçu.
— Il se cache dans le chariot ?
— Notre poète a trouvé un autre déguisement. Regardez ça.

Firethorn donna un coup de coude à son ami en lui indiquant la silhouette voûtée d'un vieux prêtre assis sur un cheval près du portail. Complètement à l'écart, il semblait plongé dans une méditation solennelle. Firethorn l'en tira d'une voix de stentor :

— Edmund ! Il y a là un certain sieur Matthew Diamond qui aurait un mot à vous dire.

Le prêtre sursauta, le cheval hennit et tous deux s'en allèrent au petit trot dans la rue. Les Hommes de Westfield répondirent à un signal en lui emboîtant le pas. La tournée avait commencé.

Agitant son chapeau en guise d'adieu, Lawrence Firethorn avançait à la tête de sa troupe sur son étalon bai, un animal fringant au caractère assorti à celui de son cavalier. Barnaby Gill chevauchait près de lui sur une magnifique jument grise. Il avait revêtu ses plus beaux atours et savourait cette occasion de parader à travers les rues. Comme Firethorn l'avait prédit, leur mécène ne leur envoya pas d'argent, mais prêta nombre de chevaux de ses écuries si bien que la plupart des partenaires voyageaient en selle. L'une des exceptions était Owen Elias, le conducteur du chariot qui transportait les costumes et les accessoires. Les deux puissants animaux entre les brancards tiraient en outre les quatre apprentis et deux des employés. George Dart ainsi que deux autres malchanceux trottaient derrière avec la résignation lasse de condamnés menés sur le lieu de l'exécution. Ils n'auraient le droit de monter en croupe que lorsque la procession aurait quitté Londres.

Nicholas fermait la marche sur le rouan hérité de la jeune morte. Cela lui permit non seulement de s'assurer que les comédiens à pied n'étaient pas distancés, mais aussi de jeter un dernier long regard d'espoir tout autour de la cour avant de sortir. Toutefois, il ne vit aucun signe d'elle. Leonard le rejoignit en courant et fourra la ballade dans sa main.

— Vous voici célèbre, messire Bracewell !

— Ce n'est pas en ces termes que votre patron parlerait de moi.

— Oubliez ses paroles trop vives, recommanda Leonard. En votre absence, je m'appliquerai à le faire changer complètement d'idée.

— Merci, mon ami.

— Revenez nous voir un jour.

— Nous n'y manquerons pas, Leonard.

— Dieu soit avec vous.

Leonard aurait eu encore beaucoup à dire, mais le souffle lui manqua. Il s'arrêta et laissa son sourire et son signe de la main transmettre son message. Autour de lui, les autres amis de la compagnie lançaient leurs derniers « Bon voyage ! ». Quand le chariot et son chargement furent engloutis par la foule grouillante du Bailey, une tristesse soudaine accabla le groupe qui les suivait des yeux. Une tournée n'allait pas sans difficultés, mais cela valait mieux que de rester derrière. La compagnie se dirigeant vers l'ouest le long d'Holborn laissait dans son sillage des hommes sans travail et des femmes en pleurs. Distinct des premiers en vertu de son métier, Leonard resta aux côtés des dernières, d'abondantes larmes ruisselant sur ses joues. Les Hommes de Westfield avaient fait de *La Tête de la Reine* un lieu palpitant. Il semblerait terne et morne, sans eux.

Un seul observateur était insensible à la mélancolie générale. L'homme à la tenue soignée et à la barbe noire bien taillée était satisfait par ce dont il avait été témoin. Il avait identifié Nicholas Bracewell au premier coup d'œil et l'avait observé avec une attention extrême. Pour exécuter sa mission, il lui suffisait de connaître la route suivie par la troupe en quittant la ville, or c'était désormais chose faite. Elle avait longé l'enceinte jusqu'à Newgate, puis bifurqué à gauche sur la route d'Uxbridge. L'homme les suivrait sans se presser. Il pouvait estimer, à leur allure, l'endroit où ils parviendraient à la tombée de la nuit. Sa poursuite devait être discrète. Leur progression serait remarquée par tous ceux qu'ils dépasseraient en chemin, de sorte qu'il suffirait de s'enquérir d'eux pour suivre leur piste. Les Hommes de Westfield formaient un spectacle inoubliable.

Il jugea que leur première journée de route les conduirait dans les Chilterns. Beaconfield était probablement une étape trop proche et Stokenchurch trop éloignée, donc ils passeraient la nuit quelque part entre les deux. Alors, il frapperait. Il était muni d'une dague, d'une rapière et d'un gourdin, mais la corde à nœuds s'imposait. Mettant le pied à l'étrier, il monta en selle et tapota la besace en cuir où il conservait l'arme. Celle-ci y resterait, tel un serpent dans son trou, jusqu'à ce qu'on lui permît de frapper à mort. Nicholas Bracewell était un homme robuste et alerte, qu'il faudrait prendre à l'improviste. C'était une cible beaucoup plus digne de ses talents que la petite innocente dont il avait soufflé la vie avec tant de désinvolture. Elle n'était pas de taille, face à lui, mais Nicholas était un gibier qu'il serait fier de traquer

Il se délecterait à le tuer.

4

Le matin n'apporta aucun soulagement à une nuit de souffrances. Anne s'éveilla d'un sommeil troublé pour découvrir que Nicholas était parti. Son lit n'était pas défait et la pièce avait été débarrassée de tout ce qu'il possédait. Seule dans la petite chambre nue et abandonnée, Anne fut frappée par un élan de culpabilité qui la fit vaciller. Elle avait été trop prompte à condamner, trop lente à accorder le bénéfice du doute. Des années de confiance et de compréhension avaient été anéanties en un seul éclat de colère, et il avait été forcé de partir furtivement de chez elle au milieu de la nuit, comme un banni. C'était un châtiment sévère pour un crime qui n'avait peut-être jamais été commis.

Qu'avait donc fait Nicholas ? Vingt-quatre heures plus tôt, elle le croyait le meilleur des hommes et pouvait citer mille exemples de sa bonté et de son sérieux. Puis une jeune voyageuse défaillante avait fait irruption chez elle à la recherche de son locataire, et tout s'était brisé. Manifestement, la messagère apportait un appel au secours, qui avait renvoyé Nicholas vers le Devon, bien que par une route tortueuse en compagnie des Hommes de Westfield. La première pensée d'Anne avait été que cet appel provenait d'une femme. Débarrassée de son costume masculin et étendue sur la dalle de pierre, la jeune fille avait l'air d'une servante. Ses cheveux courts et ses traits épais lui avaient permis de dissimuler son sexe. Ses vêtements d'emprunt de bonne qualité et son cheval racé révélaient qu'elle était employée dans une demeure prospère. Aucun homme n'aurait chargé cette enfant sans défense d'une mission si difficile. Anne avait donc supposé qu'elle était envoyée par sa maîtresse pour réclamer l'aide de Nicholas, qui était peut-être un ancien amant, voire son époux. Mais était-ce nécessairement le cas ?

Nicholas n'avait pas nié l'existence d'une femme silencieuse dans son passé, mais cela n'avait pas forcément une implication sentimentale. Cette femme ne pouvait-elle pas être sa mère, sa sœur ou une parente ? Et n'y avait-il pas, maintenant qu'elle prenait le temps de bien y songer, une autre raison logique à son refus de s'expliquer devant elle ? Nicholas protégeait Anne. Le message de la jeune servante lui avait coûté la vie. Il ne voulait pas que la sienne fût également menacée. Tant qu'Anne ignorait tout, elle ne risquait rien. Voilà pourquoi il ne pouvait la mettre dans la confidence ! Il avait imploré sa confiance et elle la lui avait refusée. Une jalousie aveugle avait obscurci son discernement et émoussé sa sensibilité. Elle l'avait perdu à jamais.

Pourtant, alors même que son cœur s'élançait vers lui, certaines considérations la replongèrent dans un douloureux ressentiment. Nicholas avait rejeté sa prière. Sommé de choisir entre rester avec elle et se rendre à Barnstaple, il avait préféré s'en aller. Anne se rendit compte brutalement que, même si le Devon n'avait pas été sa destination, il serait parti avec les Hommes de Westfield. Ils étaient le centre véritable de sa vie. Elle s'insérait de façon agréable, certes, mais néanmoins accessoire dans une existence qui, en réalité, se passait ailleurs. C'était une relation vouée à l'échec. Margery Firethorn lui avait dit un jour qu'épouser un acteur revenait à se jeter la tête la première dans un tourbillon d'incertitude. Partager son lit avec un homme de théâtre avait fini par rendre Anne tout aussi impuissante. La chose la plus sensée à faire était de le chasser de son esprit en se concentrant sur son travail.

— Ce n'est pas nécessaire, madame.

— Que dites-vous, Preben ?

— Depuis plus de trente ans que je fabrique des chapeaux, je suis trop vieux pour changer de méthode. S'il vous plaît, ne restez pas debout près de moi, dit le Hollandais en lui souriant avec respect. Vous me cachez la lumière.

— Je vous gêne, rectifia-t-elle avec un haussement d'épaules, mais vous êtes trop bon pour le dire carrément. N'y a-t-il plus de commandes à livrer ce matin ? demanda-t-elle, jetant un coup d'œil autour de l'atelier où ses quatre employés et l'apprenti se penchaient chacun sur le chapeau qu'ils confectionnaient.

— Non, aucune.

— Et les comptes ?

— Tous sont en ordre et à jour.

— Il y a bien quelque chose que je puisse faire, Preben.

— Non, madame.

— Je pourrais peut-être aider à...

— Laissez les chapeliers travailler à leurs chapeaux, suggéra-t-il d'un ton paisible. C'est pourquoi vous nous payez. Si vous cherchez une occupation, trouvez-nous de nouvelles commandes pour que nos affaires restent saines.

— Voilà un sage conseil.

— Quand Jacob était vivant, il nous montrait l'exemple et nous nous efforcions de suivre le rythme de ses doigts agiles. Son souvenir est toujours présent pour nous guider. Nous ne relâcherons pas notre effort parce qu'on nous laisse seuls dans notre atelier. Jacob Hendrik veille sur nous.

Anne soupira et se rangea à la justesse de ces réflexions.

Preben van Loew, un grand homme émacié d'une cinquantaine d'années, avait été chassé de sa Hollande natale, qui s'était ainsi privée de son talent, et s'était installé à Londres. Vêtu de noir avec austérité, jusqu'à la calotte qui ne quittait pas son crâne en forme d'œuf, il demeurait simple et modeste. Anne se sentait infiniment reconnaissante à son égard, car c'est lui qui avait continué à faire marcher l'affaire à la mort de Jacob Hendrik, son meilleur ami. C'est lui qui avait enseigné à Anne toutes les finesses du métier quand elle avait décidé de reprendre les rênes. Son talent à elle consistait à diriger les autres, à trouver des commandes, à traiter avec leurs nombreux clients et à imaginer de nouveaux styles de couvre-chefs. Jusqu'alors, elle avait également su laisser son personnel travailler tranquillement. Mais ce matin-là, elle se servait de ses employés pour occuper son esprit, et sa présence les perturbait.

Avec un geste d'excuse, elle s'approcha de la porte. Preben van Loew, qui coupait une étoffe à l'aide de ses grands ciseaux, remarqua sans lever les yeux :

— J'espérais voir messire Bracewell, ce matin.

— Nicholas ?

— Il part avec les Hommes de Westfield.

— Je sais.

— Il nous rend visite, d'habitude, dit Preben avec une légère réprobation. Chaque fois qu'il doit partir un certain temps, il passe ici pour nous dire au revoir.

— Nicholas était pressé, expliqua-t-elle.

— Il trouvait toujours un moment pour ses amis, avant.

Il fallut à Anne un instant pour recouvrer son sang-froid.

— Les temps changent, répondit-elle avant de sortir tristement.

Le Buckinghamshire se peignait sous ses plus radieuses couleurs à cette époque de l'année et sa richesse chatoyante était rafraîchissante pour ceux dont le palais avait été gâté par la vie citadine et les narines habituées à une puanteur omniprésente. Les Hommes de Westfield passèrent la première étape de leur voyage à s'émerveiller des beautés de la nature et à respirer à pleins poumons l'air pur de la campagne. Cela les aida à oublier leurs tracas. Le paysage était coupé en deux par les Chilterns, qui le traversaient d'est en ouest en lui prêtant un charme ondoyant. Aux siècles passés, les collines étaient entièrement couvertes de magnifiques hêtres, mais ceux-ci avaient été coupés sur l'ordre des abbés successifs de St Albans, qui possédaient une grande partie des Chilterns, afin d'aider les éleveurs gallois conduisant leurs bêtes à Londres pour les vendre. Les bois fournissaient une cachette idéale pour les brigands, qui volaient le bétail, les moutons, les cochons et les oies en toute impunité jusqu'à ce que ces lieux d'embuscade fussent abattus à la hache.

Les prés et les pâturages prédominaient désormais, pour la plupart réservés au bétail du pays de Galles, qu'on y engraissait avant la dernière partie du voyage vers la capitale. Le sol argileux était meuble sous le soc, et l'on cultivait quantité de maïs outre l'herbe et le foin. Des moutons semblaient paître de tous côtés. Parfois, le grincement du chariot mettait en fuite tout un troupeau, les bêtes courant autour d'un champ comme si leur queue était en feu. Toutefois, ce qui amusait la troupe itinérante possédait pour d'autres de plus sérieuses implications. En raison des bénéfices qu'ils tiraient des pâturages, maints propriétaires convertissaient leurs terres arables en prés pour les moutons. La pose de clôtures qui s'ensuivait causait de graves difficultés aux petits fermiers, aux cultivateurs à bail et aux ouvriers. Le Buckinghamshire était un des comtés du Centre qui souffraient périodiquement d'émeutes contre le nouveau système. Cette scène bucolique recelait donc le terreau de la rébellion.

Lawrence Firethorn conduisait sa troupe à un rythme régulier et ils ne firent qu'une seule halte, dans une auberge proche d'Uxbridge, pour se désaltérer et laisser les chevaux se reposer après les six premières lieues. Désireuse d'abattre autant de chemin que la lumière et le bon sens le permettaient, la compagnie poursuivit ensuite rapidement jusqu'à Beaconsfield avant un dernier effort de deux lieues, qui l'amena à High Wycombe. Firethorn était satisfait. Ils avaient parcouru plus de la moitié du chemin vers Oxford et se virent offrir une hospitalité cordiale *Aux coqs de combat*, une belle et grande auberge où l'on trouvait de la bonne chère et de la bière forte en abondance. Il y avait là assez de chambres pour les recevoir, eux et trois autres troupes semblables. Cette nuit-là, du moins, ils dormiraient tous dans des draps propres.

Nicholas se chargea de mettre les chevaux à l'écurie et de vider le chariot. Tout fut porté à l'hostellerie et mis sous clef. L'objet que le régisseur gardait avec le plus de soin était le coffre où il conservait toutes les pièces de la troupe. La plupart d'entre elles n'existant qu'en un seul exemplaire, ce coffre renfermait la vie même des Hommes de Westfield. Il était entreposé sous son lit, dans la chambre qu'il partagerait avec Edmund Hoode — place particulièrement appropriée vu que le coffre abritait l'œuvre dramatique entière de l'auteur.

Hoode avait échangé son habit clérical contre un pourpoint et des chausses, mais il restait d'humeur sombre. Il contempla le coffre non sans mélancolie.

— Si peu de résultat en tant d'années ! Nick, ce coffre contient toute ma vie mal employée.

— Vos pièces ont enchanté des milliers de spectateurs.

— Elles n'ont apporté que tristesse à leur auteur.

— Edmund...

— Enfouissez ce coffre sous terre. Cela ne donnera guère de travail à la pelle. Il recèle les vestiges inutiles d'un cerveau oisif. Que l'oubli vienne les recouvrir ! soupira-t-il. Ci-gît Edmund Hoode, un pauvre scribe, qui usa sa vie penché sur une plume et un parchemin, et qui ne laissa aucune trace de son passage. Prenez-le en pitié pour le vide de son existence et méprisez-le pour l'échec de ses ambitions. Amen.

Nicholas passa un bras consolateur autour de ses épaules. Une autre des histoires d'amour de son ami avait échoué et davantage de plaies avaient été infligées à une âme déjà lacérée par de cruelles désillusions. Depuis sa propre rupture, le régisseur se sentait plus d'affinités avec le malheureux dramaturge.

— Descendons dîner, proposa-t-il. Un estomac plein

vous rappellera votre valeur, et alors vous me raconterez ce qui est arrivé.

— Les mots m'étoufferaient !

— Il vous faut du xérès pour faciliter leur passage. Venez, rejoignons les autres.

Après avoir fermé la porte à double tour, ils descendirent dans une salle où régnait déjà une joyeuse effervescence. Les Hommes de Westfield occupaient les plus grandes tables et attaquaient leur repas à belles dents. La fatigue fut bien vite balayée sous un flot d'ale. Le patron avait de la gaieté à revendre, les autres clients s'animèrent au contact des nouveaux venus pleins d'entrain et une atmosphère générale de camaraderie s'installa. On était à cent lieues de *La Tête de la Reine*, de ses ruines calcinées et des perpétuelles jérémiades d'Alexander Marwood. *Aux coqs de combat*, l'aubergiste aimait les acteurs.

Ce goût était partagé par quelques-uns des clients.

— Vous êtes des comédiens de Londres, paraît-il ? demanda l'un d'eux.

— Les Hommes de Westfield, annonça Lawrence Firethorn avec fierté. Aucune compagnie n'est plus réputée.

— Votre célébrité vous précède à grands pas, messire.

— Pas plus que nous ne le méritons.

L'homme quitta sa chaise pour s'approcher d'eux. Ses cheveux gris encadraient un long visage glabre tout affable, et son maintien indiquait un gentilhomme. Il portait des vêtements élégants et les bagues qui ornaient ses deux mains offraient une preuve supplémentaire de sa richesse. Il était d'excellente humeur et répéta avec un petit rire :

— Les Hommes de Westfield ! N'avez-vous pas pour chef un titan de la scène, nommé Lawrence Firedrake ?

— Thorn ! corrigea l'autre avec irritation. Firethorn, messire. Si vous le voyiez jouer, son nom resterait gravé dans votre mémoire. Lawrence Firethorn !

— Pardonnez-moi, dit l'homme. Je ne voulais point

faire offense, je vous assure. Et ce même Lawrence Firethorn est-il avec vous à présent ? s'enquit-il en regardant alentour.

L'acteur-directeur se leva et se redressa de toute sa taille, les mains sur les hanches, bien campé sur ses pieds et le torse en avant. Quoiqu'il mesurât quelques centimètres de moins que son interlocuteur, il semblait beaucoup plus grand tant sa présence en imposait. Un sourire arrogant fendit son visage orné d'une barbiche.

— Vous le voyez devant vous à cet instant, messire !

— En ce cas, nous sommes sincèrement honorés, répondit l'homme avec un mélange de plaisir et d'humilité. Mon nom est Samuel Grace et je me rends à Londres avec ma fille, Judith.

Il se tourna pour indiquer la jeune fille séduisante assise à sa table.

— Elle n'a jamais vu jouer de troupe d'acteurs et j'aimerais remédier à cette lacune. Je vous en prie, messire Firethorn, interprétez-nous une pièce ici même.

Plusieurs dîneurs abondèrent en ce sens et réclamèrent eux aussi un spectacle. Le patron était favorable à tout ce qui rendait ses clients heureux et la jeune fille elle-même, pâle, réservée et posée, releva la tête avec un intérêt frémissant. Firethorn était trop avisé pour s'exécuter sans autre précision concrète. Il leva brièvement les mains pour ramener le calme, puis s'exprima avec une feinte lassitude.

— Nous vous remercions pour cette requête qui n'est pas sans nous flatter, mais nous avons parcouru plus de huit lieues, aujourd'hui. Vous réclamez une pièce qui durerait deux heures et finirait de nous épuiser. Notre réputation vient de ce que nous donnons le meilleur de nous-mêmes, et nous ne soumettrons rien de moins à votre indulgence.

— Allons, allons, il nous faut quelque chose, n'est-ce pas ? insista Samuel Grace, appelant à la rescousse les autres clients.

— Oui, approuva une voix, à l'autre bout de la salle. Jouez-nous une ou deux scènes, messire Firethorn. Des tirades pour émouvoir nos cœurs et des chansons pour nous ravir.

— Bien parlé, ami, le remercia Grace, poursuivant sa tentative de persuasion. Régalez-nous au moins d'une danse. Je n'ai jamais vu de pièce qui ne s'achève par une belle gaillarde ou une gigue endiablée. Ma fille Judith aime la danse. Les Hommes de Westfield comptent sûrement assez de jambes alertes pour nous exaucer ! Divertissez-nous, messire Firethorn, et vous serez plus riche de cinq livres, promit-il en plongeant la main dans la bourse accrochée à sa ceinture.

— Je mettrai la moitié en sus, indiqua l'homme assis dans le coin, si vous revêtez vos costumes et accordez à cette assemblée le plaisir d'admirer votre art.

Firethorn accepta l'offre aussitôt. Sept livres et demie étaient considérablement plus que ce qu'ils auraient reçu ailleurs pour une représentation complète, et la possibilité existait, si la troupe plaisait suffisamment, d'inciter d'autres spectateurs à alléger leur bourse. Cela augurait bien de leur tournée. Firethorn tint un bref conciliabule auprès de son régisseur, puis se retira avec les membres de sa compagnie pour leur exposer la nature de leur spectacle impromptu et enfiler les costumes appropriés.

Pendant ce temps, Nicholas, aidé par George Dart et les autres employés, écartait les tables et les chaises afin de créer une scène tout au bout de la salle. Les chandelles et les lanternes furent disposées stratégiquement pour y verser leur lumière, et les clients tournèrent leur chaise en conséquence. Samuel Grace et sa fille occupaient la place d'honneur au premier rang. L'autre commanditaire — un homme d'une vingtaine d'années, assez corpulent et le teint fleuri — plaça son siège de sorte à voir la scène et à admirer la modestie virginale de Judith Grace. À sa manière de claquer des lèvres, on pouvait présumer qu'il ne s'était séparé de son argent, en réalité, que pour observer ses réactions pendant la représentation. Ce soir-là, Judith Grace serait son spectacle particulier.

Une fois la scène prête, une fanfare de trompettes annonça l'entrée d'Owen Elias en manteau noir, pour déclamer le prologue. Il campait un personnage si fringant et attaqua les vers avec tant de vigueur qu'il déclencha une salve d'applaudissements. Lawrence Firethorn survint alors majestueusement, sous les traits de Charlemagne, conduisant quatre hallebardiers et parvenant on ne sait comment à convaincre les spectateurs qu'il commandait une puissante armée. Il s'adressa à ses troupes avant la bataille pour leur rappeler leur devoir exaltant, puis les mena à la bataille avec un cri si perçant qu'il fit voler en éclats une bouteille en verre vénitien qui agrémentait le décor. Cette scène de bravoure toute martiale fut suivie par une comédie rustique, Barnaby Gill prenant la relève pour interpréter un extrait de *La Folie de Cupidon* aux côtés d'Edmund Hoode. Toute la salle résonna bientôt de rires, et Gill conclut au grand plaisir de tous par une des gigues hilarantes dont il avait le secret.

Il incombait à Richard Honeydew de restaurer l'ordre et d'ennoblir l'atmosphère. Vêtu telle une princesse française, il était assis sur un tabouret et brossait ses longs cheveux auburn en chantant des romances plaintives, accompagné d'un luth. C'était le plus jeune et le plus talentueux des quatre apprentis et sa voix flûtée de soprano possédait un timbre fort émouvant. Le public fut enchanté et Judith Grace se montra si bouleversée qu'elle manqua défaillir. Son père lui prêta l'appui de son bras.

— Ce n'est qu'un jeune garçon qui chante, Judith, pas une vraie princesse.

— Je ne pourrai jamais croire qu'il s'agit d'un garçon.

— C'est un gamin, je t'assure. Habile dans son art.

— C'est une jeune fille, père, tout comme moi.

Son admirateur, qui ne cessait de la couver des yeux, se pencha pour nouer la conversation.

— Votre père dit vrai, chuchota-t-il d'un air onctueux. Notre princesse n'est qu'un simple apprenti à la voix harmonieuse. Les femmes n'ont pas le droit de paraître sur scène. Des garçons doivent endosser leurs rôles, ce qu'ils font avec un rare talent.

— Merci, monsieur. Ce garçon est un miracle de fille, dit Judith, qui se joignit aux applaudissements tandis que Richard, ayant terminé sa partie du programme, faisait sa révérence

Nicholas, qui surveillait tout sur le côté, avait lui aussi été ému par le solo de l'apprenti, mais pour une autre raison. Edmund Hoode avait écrit les paroles des chansons, mais la musique avait été composée par Peter Digby, leur chef d'orchestre brillant quoique fantasque, lui aussi écarté en raison des exigences de la tournée. Digby avait été remplacé par un employé qui, étant acteur et musicien, se révélerait doublement précieux et pourrait même assumer des tâches que son ancien chef n'aurait jamais accomplies. Le remplaçant quittait la scène avec son luth, mais le lendemain il harnacherait les chevaux de trait, chargerait le chariot, installerait la scène quand ils parviendraient à Oxford, la balaierait et la parsèmerait de roseaux frais, puis il apprendrait ses répliques afin d'interpréter une demi-douzaine de rôles dans une pièce qu'il n'avait encore jamais vue. La vie d'acteur était une répétition pour l'asile de fous.

Pendant que Richard Honeydew et son accompagnateur partaient, Nicholas dégagea vivement tous les meubles de la scène afin que les six danseurs qui s'apprêtaient à entrer puissent évoluer à leur gré. Avec une grâce solennelle, ils exécutèrent une suite de danses de cour, et les dalles des *Coqs de combat* devinrent le sol de marbre d'un palais royal. Puis la farce fit une glorieuse irruption : Barnaby Gill, Owen Elias et Edmund Hoode interprétèrent trois benêts qui, émergeant de leur stupeur d'ivrognes, prenaient un vieux moine pour saint Pierre. Ils se croyaient morts et parvenus aux portes du paradis. Dans la robe propre à son ordre, Lawrence Firethorn était un joyeux compère qui profitait de la stupidité des trois compagnons pour les tancer sur leurs péchés, et voyait s'ils étaient aptes à être admis dans ce qui était, en fait, la taverne même où ils s'étaient enivrés. Firethorn connaissait si parfaitement son rôle qu'il était à même de déclencher des explosions de rire tout en s'accordant le plaisir de contempler Judith Grace le temps que l'hilarité s'apaise. Il remarqua qu'elle retenait également l'attention du client corpulent à l'avant du public, mais le père riait trop pour s'en apercevoir. La concupiscence naissante de Firethorn trouva l'excuse dont elle avait besoin. Il ne poursuivrait pas la jeune fille pour sa propre gratification, mais afin de la sauver des griffes d'un débauché. Le brave moine frémissait de désir impie.

Le public fut ensuite régalé de musique d'une veine plus légère par deux autres apprentis, Martin Yeo et John Tallis, qui chantèrent en duo avec un accompagnement musical plus complet. Des perruques, des robes et des fards les transformaient en jeunes filles au charme innocent, bien que le menton en galoche de John Tallis n'eût rien de très féminin. Quand ils quittèrent la scène, le spectacle atteignit son apothéose avec un extrait de *La Vengeance de Vincentio*, une tragédie puissante associée au nom des Hommes de Westfield. Firethorn, comme toujours sublime dans le rôle principal, avait choisi d'interpréter la scène où Vincentio déclare sa flamme à la belle Cariola, sans se douter qu'elle se meurt, ayant absorbé du vin empoisonné. Dans le rôle de l'héroïne frappée par le destin, Richard Honeydew le mettait superbement en valeur. Ainsi, les deux extrêmes du métier — le vétéran et l'apprenti — se retrouvaient à mi-chemin pour créer dix minutes de théâtre inoubliables.

Le public était captivé, mais l'intérêt de Firethorn se concentrait sur une spectatrice en particulier. Sa cour ardente envers Cariola s'adressait de manière détournée à Judith, et celle-ci parut enfin s'en rendre compte. La surprise céda le pas à l'inquiétude, qui se transforma bien vite en une ardente curiosité. Il sentait son regard le suivre tel un rayon de lumière et quand il se permit enfin de chercher ses yeux au-dessus du corps inerte de Cariola, il vit que la conquête était accomplie. Firethorn et Richard Honeydew saluèrent à plusieurs reprises avant qu'on les laisse partir, puis revinrent avec la troupe au grand complet pour une dernière brassée d'applaudissements.

Samuel Grace sautillait de joie. Il pressa les cinq livres dans la paume de Firethorn et le remercia d'avoir illuminé l'existence de sa fille par la magie du théâtre. L'acteur vedette eut alors l'opportunité de lui baiser la main et de humer son parfum. Cela fut suffisant. La caresse qu'elle imprima sur ses doigts et le regard qu'elle lui lança en secret étaient l'assurance d'un plaisir mutuel, et il se jura de faire entrer encore plus de magie dans l'intimité de sa chambre à coucher.

Firethorn avait un rival. L'homme replet paya d'abord sa part du contrat, puis essaya de nouer conversation, mais Judith Grace détournait la tête, les yeux baissés, les mains sur son giron. D'autres clients vinrent apporter une contribution plus modeste pour prix du spectacle, et un total de dix livres tomba dans l'escarcelle des Hommes de Westfield.

Tandis que les clients se séparaient pour aller dans leur chambre, Firethorn offrit une dernière fois à boire aux membres de la troupe. Un par un, eux aussi commencèrent à s'éclipser, conscients qu'ils repartiraient peu après l'aube et espérant prendre un peu de sommeil avant que les premières lueurs du jour ne grattent aux volets. À voir l'énorme bâillement de Firethorn et son air exténué en montant l'escalier, on eût juré qu'il ne songeait qu'à s'affaler sur son lit. Cela n'abusa pas un instant Edmund Hoode.

— Le vieux chat court encore après une souris ! observa-t-il amèrement. Comment fait-il, Nick ? Et pourquoi, pourquoi agit-il ainsi ?

— Parce qu'il est Lawrence Firethorn.

— Grand bien lui fasse ! Je ne l'envie pas une seconde. Pour ma part, j'ai renoncé aux femmes. Elles ne m'ensorcelleront jamais plus.

— Pourquoi donc ?

Ils étaient parmi les derniers à s'attarder dans la salle et discutaient en bons amis, assis à une table. Nicholas n'était pas d'humeur à entendre parler d'amours brisées, car la scène de *Vincentio* lui avait rappelé irrésistiblement ce qu'il avait perdu. Quand Cariola empoisonnée agonisait en se tordant de douleur, il revoyait la jeune fille du Devon, sur le sol de sa chambre à Bankside. La messagère n'était pas la seule à être désormais hors d'atteinte. Anne était partie, elle aussi. Le tueur avait empoisonné leur amitié. Néanmoins, malgré la souffrance lancinante que cela pouvait lui causer, Nicholas consentit à écouter les confidences du poète pour deux raisons. Il allait de son devoir, en tant qu'ami, de lui prodiguer sa sympathie et ce serait un avantage pour toute la troupe s'il parvenait à tirer leur auteur du gouffre de désespoir où il était plongé. Le coffre renfermant ses pièces abritait aussi ses brouillons du *Marchand de Calais*, dernière des trois nouvelles œuvres qu'il était chargé d'écrire cette année-là. Si l'on aidait Hoode à se libérer de son dernier tourment, il éprouverait peut-être le désir de reprendre la plume.

Cet espoir-là animait Nicholas lorsqu'il se tourna vers lui.

— Qui est-elle, Edmund ? Racontez-moi tout...

Quand Lawrence Firethorn se retira dans sa chambre à coucher, il rangea l'argent dans sa cassette puis tourna ses pensées vers Judith Grace. Jeune et naïve, elle désirait acquérir de l'expérience et confiait son éducation à un expert. Avoir brièvement goûté au théâtre ouvrait son esprit et son cœur. Il eût été grossier de la part de Firethorn de lui refuser la consécration du plaisir. Dans la nudité de leur étreinte, il serait aussi son chevalier en armure étincelante ; il combattrait en lice les assiduités importunes de son rival, ce grossier personnage auquel il ferait mordre la poussière. L'altruisme aurait trouvé un véritable champion.

Les deux pence remis à l'un des serviteurs lui valurent de savoir où se trouvait la chambre de la belle, à laquelle il laissa tout loisir de se séparer de son père et de se préparer au coucher. Pendant ce temps, il se consacra à sa barbe et à sa moustache, se contemplant dans le miroir à la lumière de la chandelle afin de lisser l'une et de retrousser l'autre jusqu'au degré de perfection voulu.

Quand les doigts et le peigne eurent parachevé leur œuvre, il ferma sa porte à clef, puis se faufila le long du couloir obscur, du pas feutré du libertin averti. Qu'il jouât au centre de la scène ou qu'il menât quelque visée secrète à l'abri des regards, Lawrence Firethorn avait le pied sûr.

Il trouva la chambre à tâtons, frappa discrètement à la porte et attendit. Il n'obtint aucune réponse. Il frappa plus fort, sans plus de résultat. Essayant le loquet, il constata avec plaisir qu'on n'avait pas mis le verrou, et se trouva dans la pièce en un clin d'œil. L'unique chandelle versait sa lumière palpitante au chevet du lit, telle une douce invite. Judith Grace avait couvert sa pudeur de drap blanc et ne formait sur la couche qu'une timide protubérance. Il lui suffisait de prendre place auprès d'elle et de vaincre une résistance de pure forme. Avant qu'il eût poussé le verrou derrière lui, quelques petits coups résonnèrent sur la porte, accompagnés d'un chuchotement rauque, et le loquet se souleva. D'un bond, Firethorn recula dans l'ombre tandis qu'un profil lourd apparaissait à sa vue. Le nouveau venu ferma la porte sans bruit, puis contempla le lit et appela tout bas :

— Judith ! Je suis venu.

— Et vous pouvez repartir, gronda Firethorn, s'avançant pour affronter l'homme qui avait tenté d'imposer sa présence plus tôt. Dehors, gredin !

— Vous m'ôtez les mots de la bouche !

— C'est avec moi que vous osez vous quereller ?

— Je me querellerai avec quiconque se dressera sur mon chemin. Votre présence en ce lieu est indésirable, messire Firethorn. Je suis ici de plein droit.

— Vous êtes une vivante insulte à la gent féminine !

— J'ai été choisi.

— Une vieille sorcière aveugle au bras desséché ne voudrait pas de vous.

— De vous non plus, monsieur !

— Elle se pâmait à mes pieds.

— Elle préférait que je lui fasse la cour.

— Elle m'a pressé la main.

— Elle m'a donné son mouchoir.

— Si vous restez, je vous étrille, souffla Firethorn entre ses dents, puis il tiqua en saisissant ce que l'homme venait de dire. Elle vous a donné son mouchoir ?

— Quel message pourrait être plus explicite ?

— Pas son mouchoir !

— Je l'ai sur moi.

Même dans la pénombre, Firethorn reconnut celui de la jeune femme, dont le parfum flotta vers ses narines. Cet être gras et sans séduction avait une bonne raison de se trouver dans la chambre. L'acteur fit volte-face pour accuser Judith Grace, mais il ne parla qu'à de gros oreillers. Chacun des deux hommes avait cru jouir de sa préférence, quand ils n'étaient l'un et l'autre que des dupes. Ce fut Firethorn qui réagit le plus vite.

— On nous a abusés, messire.

— Mais pourquoi ?

— Retournez dans votre chambre.

— Ma chambre ?

— Ils comptent nous voler.

— Juste ciel !

Ils sortirent et partirent à tâtons dans des directions opposées. Firethorn trouva sa porte déverrouillée et courut à sa cassette. La recette de la soirée avait disparu, ainsi que le reste de l'argent de la troupe. Dès qu'il s'était esquivé pour déflorer une vierge, son complice et elle l'avaient dépouillé, lui et sa compagnie, de plus de quinze livres. La vindicte fit courir de la lave en fusion dans ses veines et il empoigna sa rapière. L'écho de sabots sur les cailloux, dans la cour, l'attira à la fenêtre, et le clair de lune lui permit d'entrevoir deux silhouettes s'éloignant à cheval pour se fondre dans les ténèbres tels des conspirateurs. Firethorn fouetta l'air de sa lame, mais ce geste rageur était futile. Ce qui le blessait le plus n'était pas que les voleurs se fussent enfuis avec son argent, celui de son prétendu rival et, sans doute, des objets précieux dérobés à d'autres clients sans méfiance. La véritable humiliation venait d'un affront à sa fierté professionnelle.

On s'était joué de Lawrence Firethorn.

— Les femmes sont toutes des créatures du Diable, Nick, déclara Edmund Hoode, pétrifié d'horreur. Elles se servent de leur beauté pour nous entraîner en enfer.

— Ce n'est pas le cas en l'occurrence, objecta Nicholas.

— Si. Elle avait fait de moi son esclave.

— La faute vous en incombe peut-être plus qu'à elle, Edmund.

— Certes, je le confesse ! C'est l'odieuse vérité. J'ai posé la tête de plein gré sur le billot de la honte. Je suis mon propre bourreau.

Nicholas était d'un tout autre avis mais avait trop de tact pour l'expliquer. D'après ce qu'il venait d'entendre, il était à peu près certain que la hache avait été brandie par certain bourreau de leur connaissance. Le retour inattendu d'un mari furieux sentait la mise en scène, et il devina aussitôt qui avait usurpé son rôle. Révéler à Edmund Hoode que non seulement il avait été privé de sa récompense charnelle, mais qu'il avait été dupé par un camarade eût été un brandon de discorde entre le dramaturge et l'acteur vedette. Nicholas était forcé de taire un acte impardonnable.

Son compagnon accablé discernait un lien entre ses divers déboires sentimentaux.

— Le désastre procède par trois, gémit-il. C'est la troisième fois qu'il me sonne aux oreilles.

— Vous avez joué de malchance, Edmund, voilà tout.

— J'ai été puni pour m'être frotté au démon.

— Vous êtes bien sévère envers la dame.

— Souvenez-vous, Nick. Vous étiez là dans les deux occasions.

— Où donc ?

— Sur la scène de mes calamités, répondit Hoode, qui entreprit de compter sur ses doigts. Primo, mes *Joyeux Démons*. Rappelez-vous les chagrins que cette œuvre a entraînés dans son sillage, et quels tourments cruels j'ai endurés. Secundo, mon autre aventure en enfer, *Le*

Diable s'en vient à Londres. J'ai également payé cher ma dérision téméraire. Notre théâtre a failli être réduit en cendres. Tertio, dame Jane Diamond. Le marchand de vins n'était pas son véritable époux. Elle était unie à Satan lui-même et m'a désigné pour souffrir les pires tourments. J'ai eu ce que je méritais pour ma folie.

— Il n'en va pas ainsi, Edmund.

— Prouvez-le.

— Reprenons votre énumération. Primo, dit Nicholas en levant son pouce, *Les Joyeux Démons* n'étaient pas votre œuvre exclusive mais une entreprise conjointe avec Ralph Willoughby. Ce fut lui qui voulut se frotter au Diable et qui le paya de sa vie. Vous, au moins, vous survécûtes. Secundo...

Mais Nicholas n'alla pas plus loin. Lawrence Firethorn dévala l'escalier en montrant les dents, son épée à la main. Le régisseur abandonna une victime pour se hâter d'en secourir une autre plus récente. Firethorn était fou furieux.

— Que vous arrive-t-il ? l'interrogea Nicholas.

— Ô trahison ! Ô noirceur ! Ô perfidie !

Hoode éclata de rire.

— Elle l'a repoussé !

— Ces gredins m'ont volé ! hurla Firethorn. Ils ont emporté tout l'argent que nous avions péniblement gagné cette nuit.

— Comment cela ? s'étonna Nicholas.

— Ils se sont introduits dans ma chambre pendant que j'étais ici. Ce fut seulement en vérifiant le contenu de ma cassette que j'ai découvert le larcin.

— Un instant, Lawrence, remarqua Hoode, sceptique. Nos gains ont été droit dans votre bourse et y sont restés jusqu'à ce que vous montiez. Ces gens n'ont pas pu dérober l'argent qui n'était pas encore dans votre chambre.

— Me traitez-vous de menteur ?

Firethorn le réduisit au silence par un flot de vitupérations, puis exposa sa version expurgée des faits. Il ne pourrait jamais admettre qu'il avait été attiré hors de sa chambre par les artifices d'un joli minois, toutefois

Nicholas était déjà certain que tout s'était déroulé ainsi. Apprenant la fuite du père et de la fille, il insista pour avoir des détails.

— Quelqu'un d'autre a-t-il été volé ?

— Le client qui nous a payés pour se divertir.

— Messire Gros-bidon ? demanda Hoode.

— Ils ont aussi vidé ses poches.

— Comment le savez-vous ? s'enquit Nicholas.

— Je l'ai rencontré sur le palier.

— Est-ce lui qui vous a dit qu'on l'avait dépouillé ?

— Oubliez-le, Nick, dit Firethorn. Notre propre argent a disparu. C'est notre seule préoccupation.

— Je crains que non.

— Pourquoi ?

— Il y a là-dessous une terrible vilenie. Appelez l'aubergiste.

— Ce brave homme ne va pas pourchasser les deux voleurs.

— Il se pourrait qu'ils soient trois.

Tiré de son lit, le patron s'alarma de cette nouvelle et identifia le client obèse, un certain William Pocock. Nicholas demanda à être conduit dans la chambre de celui-ci, et tous quatre gravirent l'escalier. Les craintes du régisseur furent confirmées. Quand il vit la chambre vide, il devina que l'homme était parti rejoindre ses complices. À l'évidence, ce plan astucieux était l'œuvre d'un trio.

Lawrence Firethorn était complètement médusé. Berné par une jeune femme, il se voyait également victime d'un autre stratagème, car le rôle de Pocock dans cette affaire consistait à le retenir assez longtemps chez Judith Grace pour que ses complices pénètrent dans la chambre de l'acteur. Firethorn était trop occupé à panser sa dignité blessée pour déceler la moindre justice poétique dans tout cela, mais Nicholas la discerna immédiatement. Ayant semé la ruine dans une chambre à coucher pour Edmund Hoode, le coupable venait de connaître une honte et une panique du même ordre. Le régisseur ne s'appesantit pas sur cette idée. Avec le vague espoir que

Pocock n'eût pas encore vidé les lieux, il ordonna aux autres de le chercher dans l'établissement avant de regagner la salle à toute allure. Il s'empara d'une des lanternes afin d'éclairer la cour.

L'endroit était désert. Hormis le sifflement d'une brise légère et le mouvement occasionnel des chevaux dans les écuries, le silence était total. Pour partir aussi vite, Samuel Grace et sa fille — mais Nicholas doutait fort que ce fût leur véritable relation — avaient dû tenir leurs montures prêtes. De même, un animal devait attendre Pocock afin de s'éloigner aussitôt. Nicholas se dirigea donc vers les écuries, sa lanterne jetant une maigre lumière à quelques pas devant lui. Il parvint à la porte de la première stalle, souleva la barre en bois qui la maintenait en place, et entra. Des sabots s'agitèrent dans la paille et un hennissement isolé monta du fond de l'écurie. Tous les chevaux étaient attachés à leur mangeoire, des seaux d'eau en bois à côté d'eux.

Aucun n'était sellé. Si Pocock s'était préparé un cheval, sa monture se trouvait de l'autre côté de la cour. Le régisseur se retourna pour rebrousser chemin entre les rangées de chevaux quand il eut un léger choc. La porte qu'il avait laissée ouverte était désormais fermée et le petit rectangle de lumière auquel il se serait repéré avait disparu. Si le vent avait été responsable, la porte aurait claqué en grinçant sur ses gonds. Une main était intervenue. L'agitation des chevaux le confirmait. Un hennissement en déclencha d'autres, un seau fut renversé et le froissement de la paille ne cessait pas. La lanterne faisait de Nicholas une cible évidente, aussi éteignit-il rapidement la flamme et écarta l'objet. Il glissa la main à l'arrière de sa ceinture pour dégainer sa dague.

Le danger était un vieil ennemi que Nicholas ne craignait pas. Quiconque parcourait chaque nuit les rues et les allées fétides de Bankside pour retourner chez lui développait un sixième sens. Qui se trouvait dans l'écurie et pourquoi cette présence était-elle si menaçante ? Sûrement pas Pocock, dont l'unique intérêt résidait dans une fuite immédiate. Gras et négligé, celui-ci n'était guère de taille à affronter Nicholas. D'ailleurs, pour quel motif aurait-il agi de la sorte ? Le régisseur n'avait pas d'argent sur lui. Non, il était en face d'un adversaire plus aguerri, capable de fermer une porte de bois sans le moindre grincement, d'attendre avec patience que sa proie se place à sa portée. Était-il armé d'une épée, d'une dague ou d'un gourdin ? Ou se fiait-il à la force de ses muscles pour vaincre Nicholas ?

Au milieu des chevaux renâclant et piaffant, Nicholas tendit l'oreille pour discerner où l'homme était tapi. Le tintement d'un harnais lui fit faire volte-face, mais ce n'était qu'une fausse alerte. Il pivota en entendant un nouveau hennissement surpris, toutefois il ne distinguait rien dans la pénombre épaisse. Ce fut le rat qui le trahit. Il jaillit de la paille et fila à une telle vitesse que Nicholas enfonça sa dague dans cette direction. Un objet dur s'écrasa sur sa main pour lui faire lâcher prise, puis, par-derrière, l'homme lui passa une corde à nœuds autour du cou tout en enfonçant le genou au creux de ses reins. La corde mordait sa gorge comme pour la dévorer de part en part. L'homme qui la tenait avait l'expérience de cet instrument de mort.

Nicholas réagit aussitôt. Il enfonça ses deux coudes en arrière dans les côtes de son agresseur, puis glissa une main sous la corde dès que la tension se relâcha un peu. Il se mit à se débattre et à se tordre si violemment que l'homme perdait pied. La morsure du garrot devint moins féroce, sans que Nicholas parvînt à se débarrasser de son adversaire et il commença à faiblir. Congestionné, les yeux exorbités, les veines saillantes, il sentit sa bouche se dessécher et la palpitation sous son crâne devenir plus insistante. Il avait l'impression qu'une douzaine d'épées pressaient leur pointe en même temps autour de son cou pour se rejoindre.

Rassemblant toute son énergie, il se baissa puis se jeta en arrière, envoyant l'homme contre la porte d'une stalle avec tant de vigueur que celui-ci lâcha la corde. Nicholas l'arracha de son cou et voulut affronter son attaquant face à face, mais il fut bousculé par le flanc d'un cheval.

L'homme ne demanda pas son reste. Voyant une chance de fuir, il se releva et envoya un coup de poing à Nicholas en plein visage avant de détaler. La porte claqua avec un fracas assourdissant, cette fois-ci. Nicholas titubait, car la strangulation lui avait ôté une grande partie de ses forces et il se sentait les jambes en coton. De toute manière, l'agresseur était déjà en selle et éperonnait sa monture pour quitter l'auberge ventre à terre. Le temps que Nicholas sorte dans la cour, frottant la marque rouge qui brûlait son cou, et regarde autour de lui, la vue trouble, son adversaire se trouvait bien loin.

Quand la brume se dissipa suffisamment de son esprit pour qu'il puisse réfléchir, le régisseur comprit pourquoi on avait attenté à ses jours. Du simple fait qu'elle lui apportait un message, on avait supprimé sans pitié une jeune fille innocente. Maintenant qu'il faisait route vers les lieux de sa jeunesse, Nicholas était devenu une victime en puissance. Quelqu'un se donnait bien du mal pour l'empêcher d'atteindre Barnstaple et il avait de la chance de pouvoir continuer son voyage. Il montrerait dorénavant une vigilance et une détermination accrues, car une chose était certaine : l'homme qui avait failli avoir l'avantage sur lui dans l'écurie était passé maître dans son domaine. Il frapperait à nouveau.

Les trois comparses se retrouvèrent dans une cabane abandonnée près de Stokenchurch. À la lumière d'une bougie, ils comptèrent leur butin et le divisèrent en quatre parts égales. Le plus âgé remit une part à la jeune fille et une autre au prétendu William Pocock. Étant le chef, il s'arrogea l'autre moitié, qu'il fourra dans une bourse déjà toute bosselée. Ils comparèrent leurs impressions sur leurs escapades nocturnes et rirent longuement de l'embarras qu'ils avaient infligé aux Hommes de Westfield.

— Firethorn a été le plus facile à berner, dit l'homme d'un air malicieux, en passant son bras autour de la taille mince de la jeune fille. Penser qu'il pourrait coucher avec ma femme rien qu'en gesticulant et en déclamant quelques tirades ! Il n'a eu que ce qu'il méritait. Non, tu es tout à moi, n'est-ce pas, Judith Grace ?

— Oui, père, répondit-elle avec un rire de gorge.

— Embrasse-moi.

L'autre homme mangea du bout des lèvres un jambonneau dérobé pendant que les deux autres se livraient à une longue étreinte et se donnaient des baisers avides. La jeune femme lança enfin un compliment à leur associé.

— Ned nous a bien aidés.

— C'est vrai, Ned, approuva le mari.

— Aurons-nous encore recours à cette ruse ? demanda l'intéressé.

— Non, dit le chef. Nous devons trouver de nouvelles manières de plumer notre volaille, sinon elle se méfiera. Et nous devons accorder au patron des *Coqs de combat* un long répit avant d'utiliser son auberge pour un prochain coup. Nous laisserons Oxford derrière nous avant de choisir notre future victime. Cela signifiera un changement de costume pour Ellen et moi.

— Je redeviens donc Ellen ? se plaignit son épouse. J'aimais tant être la demoiselle Judith Grace ! La virginité me sied.

— Et j'étais heureux en William Pocock, déclara Ned.

— Nouveau lieu, nouveau costume, nouveau nom, répliqua leur aîné avec emphase. C'est le seul moyen sûr de ne pas se faire prendre. Si l'on cherche Samuel Grace, sa ravissante fille et un gros gentilhomme dont le haut-de-chausses brûle pour elle, on ne regardera pas deux vieux érudits d'Oxford et leur servante.

Ils mangèrent, burent, débattirent de leurs plans puis s'installèrent pour les quelques dernières heures avant l'aube. Tandis que tous trois se couchaient, le plus vieux prit une décision qui le fit glousser de malice.

— Nous les frapperons encore.

— Qui cela ? demanda Ned.

— Les Hommes de Westfield.

— Pense au danger, avertit Ellen.

— Ils nous tailleront en pièces s'ils s'en rendent compte, renchérit Ned.

— C'est tout l'attrait de la chose, expliqua leur chef. L'arme, c'est ici l'intelligence. Lawrence Firethorn est le prince de son métier, comme je le suis du mien. Nous sommes à égalité. Il peut jouer cinquante rôles au pied levé, mais pas se grimer aussi bien que moi.

— Crois-tu qu'il sache qui tu es ? demanda Ellen.

— Il le saura, ma douce.

Elle contempla son époux non sans fierté.

— Le patron le lui apprendra quand il comprendra la vérité. Il n'y a qu'un seul homme qui puisse tendre un piège aussi audacieux à toute une compagnie d'acteurs : le célèbre Israel Gunby.

— Le tristement célèbre Israel Gunby, recherché dans nombre de comtés, indiqua Ned.

— Le Grand Israel Gunby, corrigea-t-elle.

Ellen se pelotonna contre son mari et ils se laissèrent gagner par le sommeil, ainsi enlacés. Bien qu'ils partageassent une cabane sordide dans les Chilterns et non plus un lit confortable *Aux coqs de combat*, cela n'importait pas à Ellen. C'était là qu'elle voulait être. Ils se sentaient riches, heureux et libres. La grand-route était leur royaume, ils pouvaient vivre des voyageurs quand et où cela leur chantait. Les Hommes de Westfield avaient reçu d'eux une généreuse somme d'argent et s'étaient vu délester de bien plus. Cela donnait du style à toute l'entreprise. Elle embrassa à nouveau son mari, puis se nicha contre son corps sec comme un écureuil contre l'écorce d'un arbre. Israel Gunby était le voleur de grand chemin le plus renommé de tous, et elle ne l'en aimait que davantage. La vie à ses côtés était une perpétuelle aventure. Seule une question demeurait, à présent.

Quand leur faudrait-il se débarrasser de leur complice ?

5

Lawrence Firethorn ne décoléra pas de toute la nuit. Il s'éveilla au chant du coq, aperçut sa cassette violée et eut soudain soif de sang. George Dart essuya le premier son courroux. Éjecté de son lit par une pluie de coups, il reçut ordre de réveiller le reste de la troupe avant de vaquer à une dizaine d'autres corvées, qui le priveraient de tout espoir de petit déjeuner. Voyant descendre dans la salle des *Coqs de combat* de nouvelles cibles pour sa colère, l'acteur-directeur les agonit d'insultes et d'accusations. Barnaby Gill fut brocardé, Edmund Hoode réprimandé, Owen Elias menacé, Richard Honeydew critiqué pour son jeu en Cariola la nuit précédente, John Tallis eut droit à une analyse massacrante des défauts de son caractère, et ce fut bien pire pour d'autres membres de la compagnie. Dans son animosité aveugle, Firethorn eut même des paroles dures envers Nicholas, ce qui déconcerta tout le monde.

Les Hommes de Westfield furent encore plus abasourdis quand ils apprirent le vol. Le succès de leur première nuit de tournée avait été illusoire. Ils le ressentaient désormais comme un échec cuisant, et ne furent guère réconfortés d'apprendre qu'ils étaient les dernières victimes en date d'un audacieux criminel. Tous connaissaient de réputation l'homme qui les avait bernés.

— Israel Gunby !

— Le roi des voleurs de grand chemin.

— Le plus rusé bandit vivant.

— Il vous dépouillerait des vêtements que vous portez.

— C'est merveille que nous n'ayons pas été assassinés dans nos lits.

— Israel Gunby est un monstre.

— Un sorcier.

— Un démon de l'enfer.

— On dit qu'il vola un jour cinquante moutons à un fermier du Warwickshire, puis les lui revendit trois fois leur prix, au marché.

— En une autre occasion, il détroussa un petit groupe de voyageurs, dans un bois près de Saffron Walden, et s'éloigna à cheval avec son butin. Ignorant que le fourbe avait un complice parmi eux, ils commencèrent à se vanter de leur ruse, ayant donné au bandit une bourse sans valeur tout en conservant leurs biens les plus précieux, dissimulés sur leur personne. Quand Gunby les attaqua de nouveau, à peine un quart de lieue plus loin, il put rafler tout ce qui lui avait échappé la première fois.

— On dit qu'il prit leurs chevaux et leurs bottes en sus.

— Israel Gunby volerait n'importe quoi.

— Les poils de votre main.

— Ou ceux de votre cul.

— Et vos bourses par-dessus le marché.

— Il volerait sa croix au Christ sur le chemin du Calvaire.

— Ajoutez-y une histoire encore, dit Gill méchamment. Israel Gunby exhiba sa catin devant un grand acteur jusqu'à ce qu'il en eût le vit fumant. Elle invita l'imbécile à partager son lit pour la nuit, et, en son absence, Gunby et elle pénétrèrent dans sa chambre et s'emparèrent de tout ce qu'ils purent. Alors, le grand acteur...

— Il suffit ! décréta le grand acteur d'une voix de stentor. Je ne veux plus jamais entendre le nom d'Israel Gunby, sauf pour mentionner la date de son exécution. Je parcourrais la moitié de l'Angleterre au galop afin de voir ce coquin se balancer au bout d'une corde. D'ici là, messieurs, ne me bassinez plus les oreilles avec vos Israel et, si vous tenez à la vie, ne prononcez plus le nom de Gunby.

Lawrence Firethorn entérina son décret en foudroyant chacun du regard, puis donna le signal du départ. Il était impatient de quitter le lieu de son humiliation au plus vite. Avec leur chef en tête de la colonne, ils sortirent des *Coqs de combat* pour prendre la route d'Oxford, espérant qu'ils y seraient mieux récompensés pour leurs peines. L'enthousiasme de la veille était remplacé par un pessimisme hargneux. On eût cru qu'ils emportaient Alexander Marwood dans le chariot avec le reste des bagages.

Nicholas fut heureux de quitter l'auberge, mais prit soin auparavant d'interroger le patron et les palefreniers. Nul d'entre eux ne put l'éclairer au sujet de son mystérieux assaillant. Après l'arrivée des Hommes de Westfield, aucun autre voyageur n'avait cherché un gîte pour la nuit à la même hostellerie. Cela signifiait que l'homme se trouvait là avant eux, ou qu'il était venu plus tard et s'était tapi dans les ténèbres, aux aguets. Nicholas jugeait la seconde hypothèse plus plausible. Le tueur n'avait pu être certain qu'ils choisiraient de se reposer dans cette auberge précise. Très probablement, il les avait suivis depuis Londres, les avait épiés à travers une fenêtre et avait attendu son heure. Nicholas en arriva vite à la conclusion que c'était le même individu qui avait empoisonné la messagère. Cela lui donnait deux griefs à régler. Il montait le cheval qui avait porté la jeune fille vers la mort, et celui-ci ne perdrait plus de cavalier jusqu'à ce qu'il retrouve son écurie à Barnstaple. Nicholas montrait donc une extrême vigilance tandis qu'ils avançaient, scrutant l'horizon de toutes parts et se tenant sur ses gardes quand la route les entraînait sous des arbres.

Il lui fallut une heure avant d'admettre qu'il était en sûreté au sein de la compagnie. L'homme ne frapperait pas. Nicholas était encore loin du Devon et le voyage offrirait d'amples opportunités de l'attaquer par surprise. En leur for intérieur, Firethorn et les autres continuaient à maudire Israel Gunby et ses deux associés, mais du moins ceux-ci étaient-ils des gredins que l'on voyait. L'homme qui avait tenté d'étrangler Nicholas n'était qu'un fantôme, une créature de la nuit, un prédateur par nature. Le régisseur avait mesuré sa force et pouvait estimer sa taille. Une barbe avait effleuré ses cheveux au cours de la lutte. Hormis cela, il n'avait absolument aucune information concernant le tueur, excepté qu'il se consacrait à sa besogne sans remords. Il n'était pas du genre à abandonner l'ouvrage à moitié fini. Le seul moyen pour Nicholas d'avoir la vie sauve était de tuer le premier.

— Pas de l'arsenic, à mon avis, car il ne présente aucun goût sous forme de solution acide. Or nous avons la preuve que la défunte a trouvé à la bière une saveur très amère.

Le chirurgien poussa un soupir où perçait une vague admiration.

— Le stratagème était fort rusé. N'ayant jamais bu d'ale auparavant, la jeune fille ne pouvait se méfier. Elle a sans doute pensé que l'âpreté était normale.

— Alors, qu'a-t-on mis dans sa bière ?

— Je ne saurais le dire à moins de pratiquer une autopsie, et même alors nous n'en aurions peut-être pas la certitude. Tant de poisons serviraient ce dessein ! Elle en avait absorbé une dose massive, sans l'ombre d'un doute. Elle devait être forte et vigoureuse pour lutter si longtemps.

Anne ressassait toujours la mort de sa visiteuse et ses tristes conséquences. Ce matin-là, en quête d'explication, elle avait rendu visite au chirurgien appelé chez elle quand l'état de la jeune fille l'avait alarmée. C'était un petit homme d'une cinquantaine d'années, maniéré et vaniteux, dont la barbe grise et bouclée de même que ses sourcils broussailleux ondulait telle une petite vague. Il traitait Anne avec la grandiloquence courtoise de celui qui possède les arcanes d'un savoir impossible à partager avec des êtres d'une intelligence inférieure.

Elle tenta de sonder le mystère de sa science.

— Ne pouvez-vous rien me dire d'autre à son sujet ?
— Je l'ai examinée à peine deux minutes.
— Nicholas a cru sentir du soufre sur ses lèvres.
— Messire Bracewell n'est pas médecin, répliqua l'autre avec un sourire dédaigneux. Ne vous fiez pas à ses narines pour nous donner un diagnostic en cette affaire.
— Il a parlé de ciguë et de jus d'aconit...
— Allez donc chercher conseil auprès de lui, au lieu de me consulter, riposta le chirurgien, sarcastique. D'évidence, il peut tout nous apprendre en la matière. Je n'aurais jamais cru qu'un petit employé de théâtre me donnerait des leçons sur mon métier.
— Il a simplement avancé une opinion.
— Son ignorance m'importune.
— Nicholas a déjà vu les effets du poison.
— Et moi, j'en vois chaque semaine de ma vie, dame Hendrik, rétorqua le chirurgien outré. Des maris empoisonnés par leur femme et des femmes par leur mari. Des frères qui s'entretuent à la mort-aux-rats pour toucher la totalité d'un héritage. Des ennemis qui vident une querelle au moyen d'aconit ou de belladone. J'ai vu l'arsenic accomplir son œuvre sournoise des centaines de fois, et je pourrais vous nommer une douzaine d'autres potions qui brûlent un estomac et pourrissent la vie d'un être humain. Me direz-vous que ce messire Bracewell est plus digne que moi de débattre de telles questions ? demanda-t-il d'un air blessé.
— Non, bien sûr que non...
Anne dut passer deux minutes à le calmer et trois autres à s'excuser avant d'obtenir de lui un semblant de conseil. Les chirurgiens étaient jaloux de la haute estime où l'on tenait les médecins, qui leur donnait la conscience aiguë d'occuper une place subalterne. Ce membre de la profession tenait tout particulièrement à sa dignité. Il fallut flatter son amour-propre pour qu'il consente à offrir son opinion experte.
— Face à un cadavre, je cherche trois indices.
— Quels sont-ils, messire ?

— La couleur, la position, l'odeur. Ce sont mes espions. Son teint m'a beaucoup appris, dit-il en se caressant la barbe, et sa position m'a révélé les souffrances de son agonie. L'odeur était légère, mais j'ai pu déceler celle du poison.

— Que contenait-il ? insista-t-elle.

— Qui sait, madame ? Peut-être une décoction mortelle de ciguë d'eau, de lis des marais, de quintefeuille et d'aconit. Je ne puis l'affirmer à coup sûr. Ou même du mercure blanc. Et, éventuellement, concéda-t-il avec un geste de la main, il se pourrait qu'il y ait eu un soupçon de soufre. Du rouge et aussi du jaune, mélangés avec les éléments idoines, auraient laissé cet air torturé sur son visage.

— Comment cela aurait-il été administré ?

— Sous forme de poudre ou de potion, répondit-il, joignant l'extrémité de ses doigts tout en réfléchissant. C'était forcément une potion. Une poudre ne se serait pas dissoute assez vite dans la bière. Elle serait restée à la surface. Selon moi, le coupable transportait le poison dans un petit pot en terre cuite, scellé par un bouchon de liège. Il lui suffisait d'une seconde pour vider son infâme mixture dans la chope de cette enfant.

Il signifia la fin de la conversation en ouvrant la porte à Anne.

— C'est tout ce que je peux vous dire, madame. Je vous souhaite bien le bonjour.

— Une dernière question...

— J'ai d'autres patients, encore vivants, à visiter.

— Où peut-on acquérir un tel poison ?

— Pas auprès d'un honnête apothicaire.

— On se l'est pourtant procuré à Londres.

— Informez-vous donc auprès de messire Bracewell, persifla-t-il. Il est la source de toute sagesse humaine sur ce sujet. Au revoir.

Anne se retrouva dans la rue avec seulement une demi-réponse, mais le peu qu'elle avait appris l'encourageait à poursuivre sa piste. Elle sollicita immédiatement un entretien avec le coroner qui avait reçu leurs dépositions quand ils avaient signalé le décès. Il avait comme de coutume une matinée chargée et elle attendit longtemps avant qu'il trouve quelques minutes à lui accorder. Quand elle se fut présentée, il ouvrit son registre pour chercher les détails de l'affaire en question. Le coroner avait une allure distinguée dans la robe propre à sa fonction, mais il était marqué par toute une vie passée à côtoyer la mort. Lent et posé, il ressentait une sincère compassion pour ceux dont la dépouille passait devant lui, en un flot aussi incessant que celui de la Tamise. La requête d'Anne l'intrigua.

— Une autopsie ? s'étonna-t-il.

— Pour établir la cause de la mort.

— Nous avons déjà fait cela.

— Pouvez-vous nommer le poison qui l'a tuée ?

— Non, concéda-t-il. Pas plus que je ne peux vous montrer la dague qui a assassiné tel homme, ni l'épée qui a transpercé tel autre. La mort griffonne sa signature à travers cette ville à chaque heure de la journée. Nous ne pouvons ordonner systématiquement une autopsie afin de déchiffrer son écriture.

— Si c'est une question d'argent...

— Je n'ai pas assez de personnel pour cette tâche.

— Cette jeune fille est morte dans ma maison. Cela me concerne.

— Alors vous auriez dû assister à ses funérailles, madame.

— Ses funérailles ? répéta Anne, stupéfaite.

— La défunte a été inhumée en début de matinée.

— Où ? Comment ? Sous quelle autorité ?

— Messire Bracewell en a donné l'ordre.

— Mais il ne la connaissait pas !

Le coroner répondit avec un pâle sourire :

— Il se souciait assez d'elle pour payer un enterrement décent. Cette malheureuse n'a pas été jetée dans la fosse commune sans personne pour la pleurer, comme tant d'anonymes. Messire Bracewell est un véritable chrétien, et il a fait preuve d'une rare considération. Lui-même ne pouvant être présent, il s'est arrangé pour qu'un ami le remplace et prie pour l'âme de la jeune morte.

— Un ami ? Connaissez-vous son nom ?

— Il ne l'a pas donné, madame.

— Un membre de la troupe, resté derrière ?

— Tout ce dont je me souviens, c'est d'un nom d'auberge.

— *La Tête de la Reine*, dans Gracechurch Street ?

— Oui, c'est cela. Son ami travaille là-bas.

Anne avait une réponse. Pas celle qu'elle attendait ni celle qu'elle espérait, mais une indication susceptible de lui fournir des éléments plus complets. Une chaude émotion l'envahit. Sans doute le corps avait-il été enterré, mais l'amour d'Anne pour Nicholas était revenu à la vie. Il avait montré de la bonté et de la considération envers la jeune fille assassinée. En payant ses funérailles, alors qu'il ne gagnait que huit shillings par semaine chez les Hommes de Westfield, il consentait à un véritable sacrifice financier. Un autre fait pesait lourd sur la conscience d'Anne. Le coroner avait évoqué Nicholas avec le respect qu'il n'eût accordé qu'à un gentilhomme. Le chirurgien avait émis des remarques désobligeantes à son sujet, mais l'homme de loi, plus âgé et plus expert dans le jugement des caractères, estimait le régisseur à sa juste valeur. Cela fit plaisir à Anne.

Elle s'informa sur le lieu des funérailles, remercia mille fois le coroner pour son aide puis partit rendre ses derniers devoirs à la jeune fille.

Un clair soleil et de beaux paysages étaient là en pure perte pour les Hommes de Westfield. Lawrence Firethorn leur imposait une si vive allure et répandait une telle morosité qu'ils n'eurent pas la moindre occasion de savourer les plaisirs du voyage. Les comédiens, querelleurs par nature au meilleur des cas, commencèrent à se chercher noise pour de bon. Nicholas consacra beaucoup d'énergie à s'interposer avec une fermeté enjouée et à tirer la troupe de son humeur marwoodienne de malheur triomphant. Le voyage vers Oxford fut très long et épuisant.

Barnaby Gill était à la tête de la cavalcade et dirigeait les critiques. Il couvrit Firethorn de sarcasmes pour s'être laissé dépouiller si aisément du fruit de leur représentation improvisée. Il insista pour se charger des recettes à l'avenir, puisqu'il ne serait jamais tenté de s'en éloigner par la duplicité d'une femme. Le chef de la troupe endura ces railleries virulentes tant qu'il le put, puis il lança une contre-attaque. Les deux hommes retombèrent dans un silence plein de rancœur. Ils parcoururent encore deux lieues avant que Gill reprenne la parole.

— La reine s'est rendue à Oxford en deux occasions, dit-il, bien informé. La première fois remonte à de longues années, la seconde date seulement de l'an passé.

— Qu'ai-je à faire des allées et venues de Sa Majesté ? répondit Firethorn d'un ton aigre. Elles n'ont pas de conséquence pour nous.

— Mais si, Lawrence. Oxford est une ville universitaire, et c'est du théâtre d'universitaires qu'ils lui ont infligé. Les vrais acteurs ont été méprisés, au profit d'étudiants inexpérimentés. Vous siérait-il d'en savoir plus ? demanda-t-il, rapprochant son cheval de son collègue.

— Ai-je le choix ? gémit l'autre.

— Reprenons par le commencement...

Barnaby Gill n'était pas simplement un remarquable acteur comique, mais, de son propre chef, il s'était institué archiviste des Hommes de Westfield et, plus largement, de l'univers du théâtre. Son esprit était une encyclopédie d'œuvres et de comédiens, et il se rappelait avec une clarté étonnante chaque pièce où il était apparu. Les autres compagnies n'étaient pas ignorées et il pouvait énumérer le répertoire entier de troupes telles que les Hommes de la Reine, les Hommes de Worcester, de Pembroke, du Chambellan, de Strange. Ces derniers se confondaient désormais avec les Hommes de l'Amiral, s'étant déjà unis à la troupe de Leicester à la mort du mécène l'année de l'*Armada*. Et, puisque c'était l'épine majeure dans la chair de sa propre compagnie, il connaissait chaque détail sur les Hommes de Banbury. Pour d'autres raisons, Gill se tenait également informé de l'activité des jeunes comédiens attachés aux maîtrises de St Paul et de la chapelle royale de Windsor, ainsi qu'aux écoles comme celle des Marchands Tailleurs. Si une pièce avait été donnée en son temps, il savait quand, où et par qui.

— Notre chère reine, reprit-il avec une familiarité respectueuse, rendit sa première visite à Oxford en l'an de grâce 1566 et logea à Christ Church. Ce fut là qu'elle assista à une représentation de *Palamon et Arcyte*.

— J'ai joué cette même pièce, fanfaronna Firethorn.

— Mais d'un autre auteur, Lawrence. Ce conte ancien a inspiré maints dramaturges. À Oxford, ce fut l'œuvre de Richard Edwardes que la reine vit dans le grand salon de Christ Church. Hélas ! ajouta-t-il en roulant les yeux, ce ne fut pas tout ce dont Sa Majesté fut témoin en cette nuit fatale.

— Que vit-elle d'autre, Barnaby ?

— La tragédie, l'infortune, le chaos !

— Vous faisiez donc partie de la troupe ?

— Je ne figurais pas dans cette pièce ! répliqua Gill. Pas plus que je n'avais l'âge où le théâtre m'a réclamé pour sien. Pour en revenir à mon histoire... Les courtisans occupaient des balcons et la reine elle-même trônait sur une estrade décorée surmontée d'un dais. Et maintenant nous en venons au désastre...

— Entrée de Barnaby Gill !

— Une large foule issue de l'université et de la ville fit irruption avec tant de force qu'elle brisa la balustrade d'un escalier, qui s'effondra sur les spectateurs. Trois personnes furent tuées et cinq blessées. La reine s'en indigna au plus haut point.

— Avait-elle espéré plus de victimes ?

— Elle fit mander ses propres chirurgiens pour soigner les blessés.

— Et *Palamon* ?

— La pièce fut, de l'avis de tous, fort bien interprétée et fit rire la reine de bon cœur. Elle se montra très satisfaite de l'auteur et le remercia pour sa peine.

— Ce sont les comédiens qui font une pièce, pas les auteurs ! tonna Firethorn.

— Accordez leur dû aux poètes.

— Que ces maudits plumitifs apprennent d'abord à rester à leur place !

— Ce Richard Edwardes avait quitté l'université pour devenir maître des Enfants de la chapelle, mais il vint présenter la première partie de son œuvre. La reine eut le plaisir de voir la seconde partie de *Palamon* quelques jours plus tard, et aucun incident fâcheux ne survint. Cette histoire comporte une morale, Lawrence, déclara Gill en agitant un doigt en manière d'avertissement.

— Je l'ai clairement entendue.

— Quelle est-elle donc, selon vous ?

— N'invitons pas la reine à nos pièces.

— Prenez garde aux débordements de la foule. Contrôlez nos spectateurs.

— Avec moi, ils se tiendront tranquilles.

— Certes, car ils seront collectivement saisis de somnolence.

— Je peux captiver n'importe quel public.

— Comme *Aux coqs de combat*, où votre gros rival et vous alliez jouer à qui a la plus belle queue.

Firethorn se tourna pour le frapper mais Gill, moqueur, avait déjà tiré sur ses rênes et trottait vers l'arrière du groupe. Tandis que l'acteur vedette fulminait, son collègue engagea la conversation avec les apprentis, bercés par les cahots du chariot. Richard Honeydew était doté d'un esprit curieux et d'un respect naturel pour ses aînés.

— Êtes-vous déjà allé à Oxford, messire Gill ? demanda-t-il.

— Je suis allé partout, Dicky.

— Quel genre d'endroit est-ce donc ?

— Une ville charmante, nichée dans une magnifique campagne et ceinte par une muraille. Elle compte de bonnes universités, des églises imposantes et d'excellentes hostelleries. Espérons qu'elle sera propice aux Hommes de Westfield.

— On dit que Cambridge est plus belle.

— Que sais-tu de la beauté ? demanda Gill, une lueur dans les yeux, mais le regard perçant d'Owen Elias, assis sur le siège du conducteur, incita le cavalier à changer de ton. Cambridge ? Non, mon garçon. Elle ne soutient pas la comparaison avec Oxford. Si tu es d'humeur à écouter, je m'en vais te dire pourquoi...

Nicholas se trouvait assez près pour surprendre cet échange, mais il ne s'inquiéta pas. Owen Elias offrait une protection suffisante aux apprentis. Les penchants de Gill étaient connus et tout à fait tolérés dans la compagnie, mais une règle tacite excluait les jeunes garçons de la troupe de ses visées. Chaque fois que des lèvres purpurines, une joue d'albâtre ou un cou gracieux poussaient Barnaby Gill à oublier cette règle une seconde, Nicholas se chargeait aussitôt de la lui rappeler. Les plus âgés restaient sur leurs gardes quand le comédien était dans les parages, mais Richard avait encore l'innocence sans méfiance d'un chérubin. Nicholas veillait à ce que cette candeur ne lui fût pas enlevée brutalement.

— C'est là le plus étrange, Nick, reprit Edmund Hoode.

— Étrange ?

— Mes sonnets, mes vers, mon inspiration...

— Eh bien ?

— On ne peut plus mièvres.

— Comment cela ?

— C'était parce qu'elle m'aimait, Nick.

— Vos propos n'ont guère de sens, Edmund.

— Le succès était la cause même de mon échec !

Hoode chevauchait à côté de Nicholas, se laissant aller de temps à autre à la méditation. Il sortit de la dernière avec une compréhension nouvelle qui altéra profondément son attitude envers la poésie. Quand il tombait follement amoureux d'une déesse, il épanchait ses sentiments dans des sonnets melliflus et des vers sublimes. En fait, plus l'aimée était inaccessible, plus sa veine lyrique se parait de douceur. Ce n'était que dans d'âpres souffrances que son art atteignait toute sa pureté. Jane Diamond l'avait ensorcelé, puis avait répondu à sa cour avec un adorable empressement. Hoode avait écrit pour elle poème après poème, comme autant de marches qu'il pourrait gravir jusqu'à sa chambre afin de savourer la récompense d'un amant. Quand il se remémorait ces vers — plus embarrassants les uns que les autres —, il les trouvait plats, fades, totalement indignes de leur objet. Son escalier de mots l'avait fait choir dans un abîme de banalité. La divine Jane avait sans doute aiguisé son amour-propre, mais en émoussant son talent au point de le rendre méconnaissable.

L'auteur malade d'amour montrait les premiers signes de guérison.

— Son époux était un ange gardien déguisé, déclara-t-il avec entrain. En m'arrachant à ses bras, il m'a rendu l'inspiration. Je suis à nouveau Edmund Hoode.

— Heureux de vous revoir parmi nous.

— S'il était là, je le remercierais.

Sans mot dire, Nicholas regarda Lawrence Firethorn, devant eux. L'ange déguisé était en fait un chef de troupe impitoyable forçant un dramaturge égaré à partir en tournée, mais cette vérité-là ne devait pas ébranler le fragile réceptacle qu'était l'imagination du poète. Hoode se sentait à nouveau chez lui parmi ses camarades, or cela était capital. Pensant à la récente apathie qu'il montrait dans son travail, Nicholas le sonda :

— Où en est *Le Marchand de Calais* ?

— Pas bien loin.

— Il nous était promis pour le début du mois.

— Je m'y attellerai demain.

— Pourquoi pas aujourd'hui ?

— Pourquoi pas, en vérité ? décida Hoode, se dépouillant de sa torpeur comme d'un manteau. Vous m'aiderez, Nick. Qui en serait mieux capable ? Vous êtes issu d'une famille de marchands du Devon, et vous êtes allé à Calais bien des fois. Parlez-moi des marchands de l'Étape[1].

C'était un sujet désagréable pour Nicholas — surtout dans les présentes circonstances — et il choisit ses mots avec soin. Toutefois, avant d'avoir pu former une phrase, il fut interrompu par Hoode, redevenu sentimental. La mélancolie réapparaissait.

— Ou plutôt, instruisez-moi, Nick. Je serai un élève attentif.

— Quelle devra être la matière ?

— Le bonheur en amour.

— Trouvez un autre professeur.

— Je vous prends pour modèle, insista Hoode. Depuis que nous sommes amis, j'ai aimé et perdu au moins vingt belles dames qui m'ont arraché le cœur pour le faire rôtir lentement sous mes yeux. Et vous ? Rien qu'une seule femme pendant tout ce temps.

— Mon cas est différent, éluda Nicholas.

— C'est pourquoi je veux conformer ma conduite à la vôtre.

— Suivez votre propre voie, Edmund.

— Vers de nouvelles tortures ? Anne et vous me remplissez d'envie.

— Les apparences sont parfois trompeuses.

— Non, vous êtes tous deux forgés dans le même métal. Je n'ai jamais vu couple plus heureux — hormis Lawrence et Margery lorsqu'ils s'entredéchirent ! Dame Anne Hendrik est une femme remarquable.

— Il est vrai, Edmund, admit spontanément son ami.

— À votre place, je l'épouserais et je quitterais cette profession infernale. De quoi d'autre un homme a-t-il besoin ?

C'était une question à laquelle Nicholas réfléchissait ces tout derniers jours. Perdre Anne avait laissé dans sa vie un vide indescriptible. Le mariage n'avait jamais

1. Compagnie de marchands anglais qui contrôlaient l'exportation de laine, concentrée dans une seule ville, nommée « Étape » ou « Comptoir » — à cette époque, Calais. (*N.d.T.*)

paru une possibilité sérieuse auparavant, mais exerçait soudain un attrait qu'il n'eût jamais cru imaginable. Le théâtre procurait bien des joies, mais c'était une vie précaire et harassante. En prenant Anne pour épouse, il atteindrait une situation plus convenable et plus digne. Devant cette chance de bonheur durable, pourquoi diable restait-il chez les Hommes de Westfield ?

Un regard à la ronde lui fournit la réponse et effaça de son esprit l'image tentante d'une Anne Bracewell. Qu'elle reste donc la veuve d'un Hollandais ! Sa place à lui était là, parmi ses camarades, à partager leurs privations, à savourer leurs moments de gloire. Ils avaient une pièce à terminer et aucune considération personnelle ne devait y faire obstacle. Il sourit à Hoode et parla de celui auquel il n'osait penser depuis de longues années.

— Mon père était un marchand de l'Étape.

Oxford était infiniment plus petite que Londres, pourtant, aux yeux des réfugiés de la capitale, elle revêtait une importance sans commune mesure avec ses véritables dimensions. C'était la destination qu'ils convoitaient, un havre après le voyage épuisant, un lieu où manger, boire et forniquer. Là, ils joueraient sur scène devant un public digne de ce nom, ils ressentiraient à nouveau l'exaltation unique du comédien. Enfin ils oublieraient l'horrible incendie à *La Tête de la Reine* et le prix déplorable de leur nuit *Aux coqs de combat*. Oxford déciderait de toute l'atmosphère de la tournée, et ils avaient hâte d'y arriver afin de retrouver leur belle humeur et leur fierté.

Chaque homme, chaque adolescent de la compagnie avait sa propre vision de ce que la ville leur réservait. Lawrence Firethorn voulait que ses murs anciens tremblent de stupeur devant l'éclat de son art et vibrent sous les applaudissements pendant une semaine entière. Il espérait en outre qu'Oxford abriterait son persécuteur, Israel Gunby, faux père et rusé voleur, afin de pouvoir l'écarteler à mains nues avant de découper son corps misérable en rondelles pour le livrer en pâture aux chiens errants. Owen Elias avait une ambition plus humble.

Bien qu'il n'eût rien d'un érudit, il voulait contempler Jesus College, fondé quelque vingt ans plus tôt par un autre Gallois, le docteur Hugh Price, et instiller une note celtique dans la voix de l'université. Debout au milieu de la cour carrée, Elias déclamerait son monologue préféré, qu'il avait traduit dans sa langue natale pour l'occasion. Richard Honeydew, porté par de hautes espérances, y voyait un lieu voué à la beauté et à la vérité. Mus par des besoins plus matériels, John Tallis ne songeait qu'à la bonne chère, Martin Yeo salivait à la perspective d'une lampée d'ale furtive et Stephen Judd, le plus âgé des apprentis aux prises avec un intérêt croissant pour le beau sexe qu'il était payé pour imiter, rêvait de jeunes femmes consentantes, dotées du goût de l'aventure. George Dart voyait Oxford tel un lit douillet où il pourrait dormir pour toute l'éternité.

Edmund Hoode était le seul à considérer la ville comme le noble siège du savoir, à la réputation internationale. Lui-même avait étudié à Westminster School sous la houlette de Camden, mais son éducation s'était interrompue avant l'université et il gardait le sentiment d'avoir manqué une étape vitale de son développement intellectuel et spirituel. La plupart de ses confrères étaient issus d'Oxford ou de Cambridge, d'autres s'étaient épanouis à l'université des Inns of Court[1] de Londres. Bien qu'il lût avec avidité et apprît rapidement, ses connaissances étaient encore marquées par d'immenses lacunes. C'est pourquoi il projetait de fréquenter les édifices universitaires dans l'espoir d'en retirer quelques bribes de savoir. Les Hommes de Westfield étaient là pour présenter une pièce, mais il souhaitait pallier les lacunes de son instruction.

Nicholas, quant à lui, se sentait en proie à une vive agitation. Oxford le rapprochait d'une vie avec laquelle il avait rompu et l'éloignait davantage d'une femme qu'il aimait. De plus, il n'excluait pas la possibilité d'y subir une nouvelle attaque. La sécurité résidait dans le nombre,

1. École de droit. (*N.d.T.*)

cependant il ne pouvait s'attendre à ce que la troupe formât un cordon protecteur autour de lui pendant leur séjour entier dans la ville. Quand Nicholas resterait seul, sans protection ou endormi, il serait une cible tentante pour un homme capable d'attendre dans l'ombre avec une patience féline avant de bondir sur sa proie. Ayant échoué avec sa corde à nœuds, la prochaine fois il choisirait un moyen plus expéditif de supprimer sa victime. Nicholas devait se préparer à l'éclat fulgurant du métal froid. Le problème était que, au milieu de toute cette effervescence — monter la scène, diriger la troupe et superviser la représentation —, il serait distrait en permanence. Il lui fallait d'autres yeux pour surveiller ses arrières. Il révéla donc sa périlleuse situation à Edmund Hoode et à Owen Elias, leur faisant jurer le secret. Quand le premier n'userait pas ses basques sur les bancs universitaires et quand le second ne lancerait pas ses cadences au milieu de la cour carrée de Jesus College, ils seraient de parfaites sentinelles pour leur ami menacé.

La véritable surprise vint de Barnaby Gill. Renommé pour son humour espiègle sur scène, il l'était tout autant pour sa morosité dès qu'il quittait les planches. Néanmoins, quand ils arrivèrent en vue d'Oxford, il s'anima au point de remonter et de descendre la colonne pour réconforter ses camarades et leur assurer qu'Oxford compenserait les misères qu'ils avaient connues jusqu'alors. Il leur rendait la confiance que leur chef prodiguait en temps normal. Sa surexcitation était due en partie au choix d'une pièce qu'il chérissait pour le public oxfordien, et aussi au fait que dans certaine taverne de sa connaissance, il trouverait pour la nuit le genre de compagnie si rare en dehors de ses lieux de prédilection londoniens. En plus de tout cela, la ville lui offrait l'occasion d'étaler ses connaissances en matière de théâtre.

Il poussa sa monture à la hauteur de Firethorn.

— Lorsque la reine vint ici l'an passé...

— Pitié, Barnaby !

— Elle vit deux comédies en latin, présentées par des acteurs de l'université. Malgré leur piètre interprétation,

Sa Majesté écouta gracieusement jusqu'au bout. Elle les apprécia assez pour inviter les acteurs à présenter leur œuvre devant la cour, mais comme leur répertoire était prisonnier d'une langue morte, ils s'abstinrent. La cour est trop ignare pour comprendre le latin.

— Y a-t-il une autre morale là-dessous ? s'enquit Firethorn.

— Je vous éclaire simplement sur le théâtre universitaire.

— Je vois une contradiction dans les termes. Trop d'érudition enlise l'art dramatique, et trop d'art dramatique détruit la suprématie de l'esprit. D'ailleurs, poursuivit-il, emporté dans les remous de la jalousie, comment des étudiants jaseurs, grêlés par la vérole et le poitrail en avant, peuvent-ils savoir ce que c'est de jouer ? Nous n'avons pas de rivaux, ici.

— C'est là que je voulais en venir, Lawrence.

— Nul n'aura vu de talent qui ait l'ampleur du mien.

— Excepté lorsque j'ai joué ici.

— Écartez-vous, que la véritable grandeur entre en scène.

— J'assortirai mon premier avertissement d'un second. Attendez-vous à susciter l'envie et la suspicion des érudits. Nous nous heurterons à de l'opposition. Ils haïssent les comédiens ambulants et ne les traitent pas mieux que des vagabonds.

— Lawrence Firethorn les convaincra de s'amender.

— Ignorez l'université et divertissez la ville.

— Je veux chaque homme, chaque femme et chacun de ces satanés étudiants devant moi !

— Ils seront en vacances.

— Qu'on les ramène ! Sans quoi ils manqueront un événement aussi rare et mémorable qu'une éclipse solaire.

— Mémorable, je vous l'accorde, mais certes pas rare, rétorqua Gill. J'éclipse votre soleil toutes les fois où je passe devant vous sur scène.

Ils s'abandonnèrent à une aimable dispute jusqu'à ce que la ville au loin grandisse et se dessine plus distinctement. Un murmure d'anticipation parcourut la troupe. L'heure du réconfort approchait enfin. Les bois et l'eau offraient à Oxford un écrin superbe. Une prairie, des vaches et des collines ajoutaient à son charme pittoresque. Certaines villes étaient imposées au paysage. Une masse hideuse de maisons, d'auberges et d'édifices municipaux, jetée sur la campagne par une main dénuée de discernement pour soumettre les âmes qui y vivaient et offenser la vue des passants. Au contraire, Oxford semblait surgie de terre tel un imposant champignon, rehaussant la beauté du cadre dont elle tirait en retour une immense valeur. La ville et la campagne chantaient en harmonie, ce qui impressionna les visiteurs de la capitale, dont les limites s'étendaient pour ne former le plus souvent qu'une bruyante cacophonie avec le paysage environnant.

Par cette fin d'après-midi, le soleil était assez bas pour effleurer les tours et les clochers de son éclat étincelant. En approchant de Pettypont, le pont de pierre fortifié au-dessus du Cherwell, les voyageurs s'émerveillèrent de l'habileté des Normands qui avaient construit ce point de passage. Les vastes prés de Christ Church s'étendaient sur leur gauche, mais ce fut l'immense tour de Magdalen College, à droite, qui retint leur attention. Devant, un groupe serré de bâtiments semblait les observer au-dessus du mur de la ville avec une condescendance amicale. La porte grande ouverte d'Eastgate leur faisait signe et fournit à Lawrence Firethorn l'occasion d'un discours qui se prolongea dans la grand-rue.

— Entrez, mes amis ! s'exclama-t-il. Là où les sièges ont échoué, nous marchons en conquérants. Là où des histrions ont semé l'ennui en latin, nous charmerons dans l'anglais de la reine. Là où la religion a brûlé des hommes sur le bûcher, nous serons de bons pasteurs pour nos ouailles. Là où fleurit l'érudition, nous enseignerons des leçons sans pareilles. Là où le théâtre est respecté, nous lui donnerons une majesté émouvante. En avant, en avant, mes enfants ! Les épaules droites et la tête haute ! Que les bonnes gens d'Oxford sachent que nous sommes là ! Les Hommes de Westfield arrivent en triomphe. Nous ne sommes point de méchants comédiens de campagne, ni des vagabonds. Les meilleurs acteurs au monde s'en viennent dans cette ville, qui doit en ressentir une légitime reconnaissance. Souriez, souriez ! Saluez de la main ! Soyez amis avec tous et toutes ! Illuminez leurs existences moroses. Nous livrons la guerre du bonheur !

Ces vaillantes paroles revigorèrent les voyageurs et leur firent remonter la grand-rue avec exaltation. Les bâtiments bas de St Edmund's Hall défilèrent sur leur droite, puis l'ancienne façade gothique de Queen's College. Presque en face, ils virent University College, l'édifice fondateur, et les têtes qui se levaient pour mesurer l'imposante façade se tournèrent vers l'autre côté de la rue pour admirer la majesté plus paisible d'All Souls. Ce plaisir fut bientôt supplanté par un autre, l'impérieuse église paroissiale St Mary réduisant tous les bâtiments alentour à la taille de nains et transperçant le ciel. Brasenose vint ensuite, puis Oriel College plus loin à gauche, sur un terrain herbu parsemé d'arbres. Par-delà cet espace découvert et les édifices disséminés autour de *L'Auberge de Peckwater*, se dressait le plus grand de tous les collèges, Christ Church, d'abord nommé « Collège du Cardinal » lorsqu'il fut entrepris en 1525 sous l'égide du cardinal Wolsey. Sa magnificence nonchalante dépassait même les plans grandioses de son fondateur. Bien qu'encore inachevé, il en émanait une impression de permanence. C'était un modèle architectural vers lequel tendraient tous les futurs bâtiments collégiaux.

Barnaby Gill se délectait dans son rôle de guide officiel.

— À gauche, Merton College et Corpus Christi, à la lisière de ce petit bois. De ce côté-ci, vous pouvez voir Lincoln, puis Exeter. En face, de l'autre côté de Turl Street, c'est Jesus College. Je ne saurais dire si Oxford est une ville où une université s'est implantée, ou bien une université autour de laquelle une ville a poussé, car les deux sont unies si étroitement qu'il est impossible de voir où l'une commence et où l'autre finit.

Cette question n'affectait pas les résidents d'Oxford, car la distinction entre la ville et l'université était si tranchée que les deux s'opposaient sans espoir de réconciliation. Cette hostilité sourde s'épanchait à l'occasion dans des violences, voire dans de véritables émeutes, toutefois il n'y avait aucun signe de cela pour l'instant. Une uniformité affligeante s'était installée sur la cité et les lettrés se mêlaient calmement aux habitants. Nicholas remarqua sur tous les visages une expression identique. Les comédiens passaient souvent par Oxford, cependant l'apparition d'une célèbre troupe londonienne aurait dû susciter davantage que cette morne curiosité. Bien que Lawrence Firethorn chevauchât en tête comme s'il conduisait une armée d'invasion, sa présence martiale n'éveillait guère d'intérêt. Nicholas se pencha vers Edmund Hoode.

— Ce n'est pas normal, souffla-t-il.

— D'autres acteurs nous ont précédés.

— La vérité pourrait être plus dure encore, Edmund.

— Pourquoi les gens sont-ils si indifférents ?

— Je crains qu'il n'y ait qu'une seule explication.

Les Hommes de Westfield tournèrent droit dans Cornmarket, puis continuèrent jusqu'à *L'Auberge de la croix* pour pénétrer avec gratitude dans la cour. Le voyage leur avait valu d'interminables vicissitudes, mais tout était oublié dans la joie. L'hospitalité d'Oxford résoudrait leurs problèmes.

Le patron de l'auberge réduisit cette illusion à néant. Court et massif, il clopina vers eux sur ses vieilles jambes pour les accueillir sans enthousiasme.

— Vous êtes les bienvenus, messieurs, toutefois vous ne pouvez jouer ici.

— Nous jouerons à l'hôtel de ville, annonça Firethorn.

— Pas plus là-bas qu'ici, ni à *La Tête du Roi* ou en tout autre lieu d'Oxford, je le crains.

— Que nous dites-vous là ?

— J'ai de tristes nouvelles, messire. La peste sévit à nouveau parmi nous.

— La peste !

Ce mot dévasta la compagnie entière. Ils avaient parcouru tout ce chemin pour se voir dénier le plaisir d'une représentation et de sa récompense bien nécessaire. Il y avait de quoi perdre courage. La peste, qui les avait si souvent chassés de Londres, avait élu domicile à Oxford par dépit et rendait leur présence inutile. Ce mal proliférait durant les mois d'été et s'étendait le plus facilement lors des rassemblements publics. Les pièces de théâtre et autres divertissements étaient par conséquent interdits. On n'hébergeait les étrangers qu'en nombre limité, et l'on dégageait des rues les porcs et les immondices. Les visages tourmentés qu'ils avaient vus sur la route de l'auberge étaient la marque des survivants. Les Hommes de Westfield n'avaient pas prise sur l'esprit de ces gens. Ceux qui redoutaient d'être frappés par la peste au matin ne cherchaient pas à s'amuser sur le chemin du tombeau.

L'aubergiste tenta de leur offrir quelque consolation.

— N'ayez crainte, messieurs ! Notre maire ne manquera pas de générosité. Vous recevrez sans doute de l'argent pour ne pas jouer.

— Pour ne pas jouer ! s'indigna Firethorn, frémissant sous l'insulte. On me paierait pour ne pas jouer ? Et paierez-vous le fleuve pour ne pas couler, les étoiles pour ne pas briller ? Donnerez-vous de l'argent à l'herbe pour qu'elle cesse de pousser ? Combien avez-vous proposé à la pluie pour ne pas tomber et à la lune pour ne pas se lever ? Ha ! fit-il, se frappant la poitrine avec une arrogance de grand seigneur. Je suis une force de la nature et ce n'est pas un vermisseau de maire qui m'arrêtera. Oxford ne recèle pas assez d'or dans ses coffres pour congédier Lawrence Firethorn.

— Nous avons la peste, messire, répéta le patron.

— La peste sur votre peste ! Et la vérole sur votre accueil. Nicholas ! appela-t-il, se tournant sur sa selle.

— Oui, messire ?

— Allez trouver ce maire qui voudrait se mêler de nos affaires. Apprenez-lui qui je suis.

— Oui, messire.

— Et s'il ose nous offrir de l'argent pour nous dissuader de jouer, ordonna Firethorn avec véhémence, maudissez sa traîtrise et jetez-le-lui à la figure.

Nicholas accepta cette mission qu'il savait ne pouvoir remplir, car il était vain de raisonner le chef de la troupe lorsqu'il s'échauffait. La peste était un adversaire trop puissant, qui les clouait au sol une fois de plus. Chaque fois que la troupe était en tournée, Nicholas avait coutume de rencontrer les notables municipaux afin d'obtenir la licence requise pour jouer. On offrait d'ordinaire aux Hommes de Westfield des conditions avantageuses pour présenter leurs pièces, mais pas cette fois-ci. Tout en partant, Nicholas se résignait à l'inévitable, et y trouva même un brin de réconfort. Une ville infestée par la peste était beaucoup trop dangereuse pour qu'on s'y attarde. Même un assassin se tiendrait à bonne distance de l'épidémie. Nicholas pouvait s'offrir le luxe de se détendre. Dans Oxford, il était en sécurité.

Paternoster Row était réputé pour ses associations littéraires, et nombre d'imprimeurs, de papetiers et de libraires y tenaient boutique. Ce fut pourtant là qu'ils trouvèrent l'apothicaire. Après avoir exploré pendant des heures les bas quartiers et les venelles de Cordwainer Ward, ils étendirent leurs recherches et parvinrent enfin à cette artère animée au nord de la cathédrale St Paul. Des marchands, des soyers et des dentelliers résidaient aussi dans cette partie de la ville, réputée à juste titre pour la qualité de ses multiples tavernes. Toutes ces raisons expliquaient que Paternoster Row ne fût jamais ni calme ni déserte, et Anne appréciait la présence rassurante de Leonard tandis qu'elle fendait la foule dans son sillage. Ils formaient un couple insolite. Son grand corps massif et dégingandé donnait à la silhouette élégante de la jeune femme une allure presque enfantine. Peu habitué à la compagnie d'une dame, Leonard montrait une galanterie un peu lourde qui rendait sa maladresse d'autant plus poignante.

Quand Anne était venue le voir à *La Tête de la Reine*, il avait été heureux de l'obliger, et lui avait narré tout ce qu'il pouvait se rappeler de sa rencontre avec la pauvre voyageuse du Devon. Anne comprit que Nicholas eût choisi cet ami pour le représenter à l'enterrement. Leonard avait peut-être l'esprit lent, mais il était profondément bon et loyal. Avec une candeur touchante, il lui confia qu'il avait pleuré devant la tombe et souhaité pouvoir contribuer à venger la mort de la jeune fille. Anne lui en fournit l'occasion. C'était agréable d'être avec quelqu'un qui vouait une affection sans réserve à Nicholas, et dont la puissante musculature garantissait la sécurité dans les rues animées.

Ils entrèrent sans succès dans plusieurs échoppes, mais Anne procéda avec méthode. Bien qu'aucun des apothicaires ne fût à même de l'aider, chacun lui apporta une information, quoique avec réticence dans certains cas. Ils lui parlèrent des éléments constitutifs des poisons et l'envoyèrent vers des confrères susceptibles de la renseigner. Cela les avait conduits dans Paternoster Row, à l'adresse qu'on leur avait indiquée. C'était une boutique exiguë mais bien achalandée, et l'homme derrière le comptoir se distinguait de ses collègues par sa mise soignée et sa politesse. L'apothicaire avait les cheveux bruns, une barbe en pointe, et conservait les vestiges d'une beauté presque saisissante. Son léger accent s'alliait à sa courtoisie exagérée envers Anne pour trahir sa nationalité.

— Que puis-je proposer à madame ? s'enquit-il. Des parfums d'Arabie ? Des épices d'Orient ? Tous mes articles sont à votre disposition.

— Incluent-ils les poisons ? demanda-t-elle.

— Les poisons ?

— Possédez-vous ceci ?

Anne lui remit la liste des ingrédients possibles qu'elle avait élaborée en premier lieu avec l'aide du chirurgien. Dans chaque échoppe, cette liste avait été émondée ou élargie selon le conseil des différents apothicaires. De ce fonds de connaissances, elle avait pêché un inventaire final. Philippe Lavalle l'examina avec intérêt et surprise. C'était un huguenot français, qui avait fui son pays natal quelque vingt ans plus tôt afin d'échapper aux persécutions. La lutte avait été rude pour se faire une place, dans les premiers temps, mais désormais, sous le nom de Philip Lovel, il était un membre respecté de sa profession. La pauvreté était sa principale cliente. Les gens qui n'avaient pas les moyens de consulter un médecin venaient le trouver. Il s'entendait à diagnostiquer les maladies, à prescrire des remèdes pour maintes d'entre elles, voire à saigner un patient lorsqu'il le fallait. Anne ne ressemblait nullement à ceux qui fréquentaient sa boutique et il avait supposé qu'elle était là pour acheter certains des parfums et des épices qu'il conservait dans les pots en terre cuite disposés avec tant d'ordre sur ses étagères.

— Vous désirez vraiment ce poison, madame ? s'enquit-il avec prudence.

— Je veux savoir si vous avez vendu de tels ingrédients.

— Mais oui. On les trouve tous dans ma boutique.

— Et quelqu'un vous en a-t-il acheté récemment ?

— Pourquoi souhaitez-vous le savoir ?

— S'il vous plaît, messire, c'est d'une haute importance.

— Je ne discute pas de mes affaires avec les inconnus.

— Aidez la dame, gronda Leonard dans une absurde tentative d'intimidation. Elle est avec moi.

Philip Lovel lui jeta un regard méprisant et l'ignora durant tout le reste de la conversation. Il répugnait à livrer des informations sur ses clients, pourtant il entrevoyait la possibilité d'un profit. L'homme était manifestement un peu simplet. Même parmi les effluves aromatiques de sa boutique, Level distinguait l'odeur de la bière sur son visiteur. À l'évidence, un livreur de brasserie ou un garçon d'auberge. La femme, en revanche, était séduisante, vêtue avec élégance et instruite. L'argent ne serait pas un problème comme avec la majorité de ses visiteurs. Seul un motif puissant pouvait la pousser à une aussi étrange démarche, qui ne laissait pas de l'intriguer. Il lui rendit la liste et affecta un haussement d'épaules.

— Peut-être ai-je vendu ces articles, peut-être pas.

— Si c'était le cas, combien auraient-ils coûté ? demanda-t-elle.

— Vous-même désirez les acheter ?

— Je suis prête à vous donner le double si vous pouvez me décrire le client.

— Eh bien... hésita-t-il, tenté.

— Le triple, décida Anne en sortant une bourse pour étayer son offre. Ce poison-là a tué une jeune fille.

— Il prétendait que c'était pour se débarrasser de rats.

— Ainsi, vous avez bien vendu ces ingrédients ?

— Oui, voici quatre jours.

— La veille de l'arrivée de sa victime à Londres.

— Ce fut un achat coûteux.

— Combien ?

Lovel énonça son prix et Anne posa la somme sur le comptoir. Avant que l'apothicaire eût ramassé les pièces, celles-ci furent couvertes par la main gigantesque de Leonard. La récompense devait d'abord être méritée.

— Je lui ai vendu les trois poudres qui figurent sur votre liste, ainsi que du mercure blanc. Et en outre de l'opium. Quand j'y ai ajouté une potion de ma propre invention, et qui n'est pas connue en dehors de cette échoppe, il était en mesure de tuer cinquante rats. C'était son intention, selon ses dires, et je l'ai pris pour un gentilhomme.

— Un gentilhomme ! répéta Leonard, écœuré. C'était un tueur.

— Dites-nous tout ce dont vous vous souvenez, dit Anne.

Philip Lovel se souvenait de beaucoup de choses, car le client était un visiteur aussi inhabituel dans sa boutique qu'Anne elle-même, et il brossa son portrait avec soin. Il indiqua sa taille, son port de tête, décrivit ses traits et son costume. L'apothicaire essaya même d'imiter le timbre de sa voix. Croyant voir l'empoisonneur prendre vie sous ses yeux, Anne grava chaque détail dans sa mémoire. Quand Lovel eut fini, elle écarta la main de Leonard, toujours posée sur l'argent, puis y ajouta le même montant. Les informations qu'elle venait d'obtenir étaient d'une valeur inestimable.

Leonard fut plus lent à réagir. Ce fut seulement lorsqu'ils sortirent dans Paternoster Row et entreprirent le long trajet du retour que son cerveau assembla tous les éléments en une image cohérente. Il s'arrêta net et se tapa la cuisse.

— Je le connais !

— Qui donc ?

— J'ai rencontré cet homme, tel qu'on nous l'a décrit.

— Où cela ?

— À *La Tête de la Reine*, se rappela-t-il. Il était là quand on a chanté la ballade sur l'incendie dont Nicholas fut le héros. Je la connais par cœur, madame. Je vous en chanterai un ou deux couplets, si vous le désirez.

— L'homme, Leonard. Vous êtes sûr de le connaître ?

— J'ignore son nom, mais c'était forcément lui.

— Pourquoi ?

— Il m'a interrogé à propos du départ de Nicholas pour Barnstaple. Et, ajouta-t-il, ôtant son bonnet pour se gratter la tête, je crois bien qu'il était à *L'Auberge du Beau Sauvage* pour voir la troupe partir. Oui, je l'ai vu là-bas, je le jure.

Il fallut à Anne un bon moment pour lui arracher tous les détails et son inquiétude ne fit que croître. L'homme s'était procuré son poison dans la boutique de Paternoster Row et l'avait préparé sous une forme facile à administrer discrètement dans une boisson. En supprimant la jeune fille, il cherchait à l'empêcher d'atteindre Nicholas, mais cette partie de son plan avait échoué. Puisque le régisseur se dirigeait à présent vers la ville dont la messagère était originaire, lui-même devenait une cible pour le meurtrier. Pourquoi, sinon, l'homme se serait-il intéressé à son départ de Londres ?

Nicholas était en danger. Anne devait l'avertir.
— J'ai une faveur à vous demander, Leonard.
— Elle est accordée d'avance.
— Emmenez-moi à Shoreditch.

6

Le maire d'Oxford donna à Nicholas la réponse à laquelle il s'attendait. Le gouvernement local était suspendu, la peste régnait sur la ville. Il était impossible aux Hommes de Westfield d'y donner une représentation, et vu qu'ils étaient étrangers et excédaient un certain nombre, aucune auberge ne pourrait leur donner l'hospitalité pour la nuit. On les rejetait à la fois en tant que comédiens et que visiteurs. Le maire se confondit en excuses, mais répéta qu'il avait les mains liées. Néanmoins, il se servit des deux pour exprimer son impuissance non sans force gesticulations, et pour offrir une certaine compensation à la troupe désappointée. Il octroya deux livres au régisseur et lui assura que la compagnie recevrait un accueil fort différent la prochaine fois. Nicholas le remercia pour sa générosité et lui promit qu'ils partiraient sitôt qu'ils auraient pris une collation et que les chevaux seraient reposés.

Quittant l'hôtel de ville, il glissa l'argent dans sa bourse et résolut de l'y laisser jusqu'à ce qu'ils fussent à plusieurs lieues d'Oxford. Lawrence Firethorn pouvait bien jouer les dédaigneux, la troupe aurait besoin de tout l'argent qu'elle parviendrait à récolter, quelle qu'en fût la provenance. Nicholas décida de laisser à son employeur le temps de se calmer avant de lui rapporter la mauvaise nouvelle, et se promena en direction du château. Cela lui fournit l'occasion de réfléchir aux vicissitudes de la vie au sein d'une compagnie dramatique.

Volés à High Wycombe, ils étaient maintenant chassés d'Oxford. Les acteurs commenceraient à croire qu'une malédiction pesait sur cette tournée. Dans la mesure où cela lui permettrait de retourner au pays un jour plus tôt, Nicholas tirait un avantage involontaire de la peste, mais cela ne lui procurait aucune satisfaction. Les Hommes de Westfield auraient eu besoin d'une représentation à Oxford pour apaiser leur tension nerveuse. Après être entrés victorieusement dans la ville comme il convenait à l'une des principales troupes de Londres, ils s'esquivaient à l'instar de comédiens ambulants dépourvus de patente. Privés de leur scène à *La Tête de la Reine*, ils étaient rejetés dans un monde de désolation.

Nicholas s'arrêta pour contempler les cinq grandes tours du château, l'une des premières forteresses en pierre construites en Angleterre par les Normands. Ancré dans l'histoire et entouré de douves, c'était une formidable garnison dans une ville dont la situation géographique lui conférait une immense importance stratégique. Mais le château d'Oxford, si fier et solide fût-il, ne pouvait soutenir l'assaut d'un ennemi mortel. Sous les yeux de Nicholas, une carriole conduite par un cheval sortit de sous la voûte avec une charge, hélas, trop familière. À la vue et à l'odeur des silhouettes enveloppées de suaires, il se détourna rapidement et rebroussa chemin vers l'auberge. L'épidémie était sournoise.

Dans les rues, une foule de gens vaquaient à leurs affaires sans grande conviction. Une sorte de langueur pesait sur la ville, alors que les voisins bavardaient entre eux pour découvrir le nom des dernières victimes et spéculer sur les prochaines. Tels les habitants d'une vallée inondée, ils attendaient, impuissants, que la peste finisse de déferler sur eux, en espérant ne pas compter au nombre des noyés. Leur triste fatalisme éveilla la pitié de Nicholas. Les Hommes de Westfield n'avaient perdu qu'une représentation. Certains de ceux qui déambulaient le long des rues avaient vu disparaître des parents et des amis.

Nicholas s'arrêta brusquement à cette idée. La terrible

situation qu'ils avaient trouvée à Oxford avait estompé le souvenir de ce qui s'était passé avant qu'ils atteignent la ville. Sans bien savoir comment, il avait parlé à Edmund Hoode de sa propre famille dans le Devon et, longuement, de son père. Cette conversation eût été inconcevable à peine quelques jours plus tôt, quand il évitait encore toute allusion à sa vie avant l'expédition avec Drake. Son accent révélait sans conteste qu'il était originaire du sud-ouest de l'Angleterre, cependant il n'avait admis aucun lien familial avec cette région jusqu'à cet appel récent venu de Barnstaple. Et voilà qu'il avait discuté de son enfance avec Edmund Hoode pendant près d'une heure, foulant librement un territoire interdit. Nicholas ne pouvait croire qu'il avait confié tant de détails personnels à son ami, et restait stupéfait d'avoir affronté le spectre de son père sans la douleur et la répulsion habituelles.

Robert Bracewell était un nom qu'il conservait sous clef, dans les replis les plus sombres de son esprit. Il ne l'avait même pas prononcé devant Anne. Durant la chevauchée vers Oxford, il avait enfin libéré sa mémoire. Le plus singulier était que, en parlant de celui qu'il désavouait avec mépris, Nicholas en était venu à ressentir un vague élan de compassion envers lui et à tenter même d'excuser ses fautes. Robert Bracewell était un otage de la Fortune. La malchance s'attachait à ses pas. Peu après qu'il fut devenu un marchand de l'Étape, le dernier bastion anglais sur le sol français avait été perdu et les marchands britanniques s'étaient vus promptement expulsés. Si la reine Marie s'était éteinte en disant que le nom de Calais était gravé dans son cœur, il était tatoué sur l'âme de Robert Bracewell. D'autres revers avaient découlé de ce premier choc redoutable, et Nicholas se rappelait les années où son père vacillait au bord de la banqueroute. Il lui avait fallu un énorme effort de volonté pour se refaire une réputation et rebâtir sa compagnie. Un homme était sans doute digne d'admiration pour cela.

La compassion de Nicholas se tarit immédiatement. Un effort de volonté pouvait détruire aussi bien que créer. L'énergie qui avait permis à Robert Bracewell de reconquérir son rang parmi la communauté des marchands entraînait des conséquences dont le fils aîné avait été l'une des premières victimes. Bien qu'il eût divulgué beaucoup de choses à son ami, Nicholas en avait dissimulé bien plus, et savait pourquoi. Sa honte profonde d'appartenir à cette famille-là ne s'était pas atténuée, et le nom qu'il portait lui semblait telle une espèce de plaie. Nicholas était atterré à la perspective de retourner dans la ville qui recelait pour lui tant de mornes souvenirs, cependant cette mission sacrée devait être honorée. Il se concentra sur des difficultés plus immédiates et allongea le pas.

Les Hommes de Westfield étaient entrés dans l'auberge pour un repas roboratif, mais Lawrence Firethorn accosta son régisseur dans la cour. Son air belliqueux masquait le désespoir qui le tenaillait.

— Où diable étiez-vous passé, Nick ? Je vous ai envoyé chez le maire il y a au moins une heure.

— Il était occupé lorsque je suis arrivé.

— Occupé !

— J'ai été forcé d'attendre.

— Occupé ! hurla Firethorn. Si ce misérable avait osé me faire attendre, je l'aurais occupé de ma dague et de mon épée, avant de le suspendre au beffroi de l'église par sa chaîne de maire. Que vous a dit ce fieffé menteur ?

— La peste nous ferme les portes de cette ville.

— Miséricorde ! Alors que nous sommes le remède à cette contagion ! Ne le voit-il pas ? Nous apportons la joie dans un abîme de détresse, la vie à une population mourante. Nous apportons l'espérance.

— Le maire y est sensible, répondit Nicholas, toutefois le décret est maintenu. Ni pièce ni divertissement, ni rassemblement public d'aucune sorte. Il vous adresse ses humbles excuses, mais nous devons quitter Oxford avant le coucher du soleil.

— Quitter Oxford !

— Nous sommes étrangers à cette ville et porteurs d'une menace.

— Je porterai une menace à ce traître à la langue venimeuse ! Il sentira passer une épidémie d'acier trempé sur ses oreilles. Dit-il à Lawrence Firethorn de ne pas jouer ? Ordonne-t-il à ma compagnie de quitter sa ville ?

Il fit les cent pas en bombant le torse d'un air de défi, puis adopta sa pose la plus auguste.

— Je suis un roi de la scène et il ne me contraindra pas à abdiquer.

— N'y voyez pas une offense personnelle, le raisonna Nicholas. Le nombre de morts croît chaque jour. Si cela continue à ce rythme, il faudra fermer les églises. Le marché l'est déjà. Ce sont de sages mesures que toute ville doit adopter quand l'épidémie s'installe.

Firethorn admit que c'était vrai. Il tempêta encore quelques minutes, mais ses poses manquaient de conviction. Oxford était une cause perdue. Ils devaient reprendre la route. Recouvrant son sang-froid, il leva un sourcil.

— Vous a-t-il offert quelque compensation ?

— Vous m'aviez défendu d'en accepter, messire.

— Certes, certes ! réaffirma Firethorn. Jetez-le-lui au visage, c'est ce que j'ai dit et j'espère que vous l'avez fait.

— J'ai refusé l'argent.

— Bien.

L'autre sourcil se souleva.

— Combien était-ce ?

— Deux livres.

Le comédien exhala un long soupir de remords. Pour prix de sa fierté, ils quittaient furtivement la ville, sans un penny. La colère qui l'avait soulagé leur coûtait cher. Firethorn savait que le reste de la troupe souffrirait de ses conséquences. Il confia à Nicholas une tâche qu'il n'avait pas le cœur d'accomplir lui-même.

— Annoncez-le aux autres. Nous partons dans moins d'une heure.

— Je m'en charge immédiatement.

— Au fait, Nick...

— Oui ?
— Pas un mot, au sujet de ces deux livres.

La demeure de Shoreditch, à colombages comme ses voisines, était de taille moyenne, avec un jardin propret à l'arrière et un minuscule verger. La façade en bois enduit de plâtre présentait des signes d'usure. Les deux étages formaient un surplomb d'au moins douze pouces, et semblaient installés dans une position confortable telles deux marchandes accoudées sur un mur avec satisfaction pour échanger des potins leur vie entière. La toiture était assez solide, mais son chaume requerrait bientôt les soins d'un couvreur. Quels que fussent les défauts extérieurs, tout était en excellent état à l'intérieur. Margery y veillait. C'était une maîtresse de maison méticuleuse, qui s'assurait jour après jour que chaque étage était balayé, chaque fenêtre nettoyée, chaque toile d'araignée éliminée. Elle partageait les lieux avec son époux, leurs enfants et leurs servantes, les quatre apprentis et, de temps à autre, un employé sans abri. Margery adorait être la mère de cette famille adoptive et offrait à tous ceux qui séjournaient sous son toit l'affection un peu sarcastique qu'elle avait acquise au cours de son mariage. Désormais, la maison paraissait vide et les pièces silencieuses. La joie turbulente de la vie auprès des Hommes de Westfield lui manquait, et elle fut donc enchantée lorsque deux visiteurs inattendus vinrent égayer sa journée.
— Et qu'avez-vous fait, alors ? interrogea-t-elle avec un intense intérêt.
— Nous sommes allés chez un apothicaire de Paternoster Row, raconta Anne. C'est là que nous avons enfin découvert des éléments d'information.
— Je connais cet homme, intervint Leonard.
— Quel homme ? demanda Margery.
— Lui. L'empoisonneur. Cette barbe, cette boucle d'oreille, ce parfum.
— Quel est ce galimatias, Anne ?
— Je vais vous expliquer.

Anne reprit le fil du récit, que Margery écouta en sentant naître son appréhension. Quand elle eut tout entendu, elle convint que Nicholas courait peut-être un grave danger et que, même si sa propre vie n'était pas menacée, les informations glanées au sujet du tueur lui seraient précieuses. La contribution de Leonard à cette conversation se bornait à la répétition monotone de sa rencontre avec l'assassin à *La Tête de la Reine*. Chaque fois qu'il en faisait mention, il prenait un air béat comme s'il attendait des applaudissements. L'indulgence de Margery ne tarda pas à s'émousser et elle conduisit le géant bien intentionné dans la cuisine, où elle recommanda à l'une des servantes de s'occuper de lui jusqu'à ce que sa présence fût à nouveau requise. Elle s'en revint alors et prit place sur une chaise à dossier droit, près de sa visiteuse. Margery était désormais libre de la sonder à sa guise.

— Qu'allez-vous faire, Anne ?

— Envoyer un message à Nicholas.

— Pourquoi l'envoyer, quand vous pouvez le porter vous-même ?

— Moi ?

— Quand la vie d'un homme est en danger, qu'importent les inconvénients personnels ? Telle que vous me voyez, j'ai un jour chevauché jusqu'à York pour rejoindre Lawrence.

— Était-il menacé ?

— Oui, dit Margery en riant. Par deux folles qu'il avait ramassées en chemin. L'une accomplissait un pèlerinage, l'autre respectait à peine les limites de la décence pour ne pas être une catin. Si je n'étais allée dans le Nord à cheval, Lawrence aurait mis cette paire-là dans son lit, récitant des prières avec l'une, puis un credo impénitent avec l'autre. Ce voyage m'a rompu les reins, mais j'ai sauvé mon mariage.

— Mon cas est différent, répondit Anne, sur la défensive. Vous aviez une raison d'y aller, puisque Lawrence est votre époux.

— Il est l'homme de ma vie. Nicholas n'est-il pas le vôtre ?

Anne ravala les paroles qui avaient failli jaillir de sa bouche et se contenta d'un geste de ses mains frémissantes. Le regard pénétrant de Margery analysa toutes les nuances de son attitude. En disant au revoir à Nicholas à *L'Auberge du Beau Sauvage*, elle avait soupçonné que ces deux-là s'étaient brouillés, ce dont le silence blessé d'Anne lui donnait confirmation. Cette dernière baissa la tête et joua avec la manche de sa robe. Margery se pencha en avant, un sourire compréhensif aux lèvres.

— Vous vous êtes disputés à cause de cette pauvre fille, dit-elle posément.

— Oui.

— Nicholas ne vous a-t-il pas tout expliqué ?

— Non, Margery.

Anne se mordit les lèvres, puis releva la tête pour affronter le regard de sa compagne.

— C'est cela qui m'a tant contrariée. Quelque chose le pousse à retourner dans le Devon, pourtant je suis tenue dans l'ignorance à ce sujet.

— Nick pourrait en avoir un motif valable.

— Il ne m'avait jamais menti auparavant.

— Et le problème se résume à cela ? dit Margery avec un petit rire. À quelques mensonges, et à un peu de dissimulation ? Oubliez-les. L'honnêteté est sans doute une vertu, mais elle a besoin d'être épicée par un zeste de vice. Je ne supporterais jamais de vivre avec un homme si franc que je saurais tout de lui. Par ma foi, je périrais d'ennui en quinze jours ! Lawrence enrobe toujours la vérité d'une riche sauce de mensonges, et je ne voudrais pas qu'il en soit autrement. Le mystère rend un homme intéressant, ajouta-t-elle, pensive. C'est pourquoi nous aimons tous ce cher Nicholas.

Les yeux embués, Anne lutta pour refouler ses larmes. En d'autres circonstances, elle aurait suivi le conseil enjoué de Margery, mais à cause de sa rupture avec Nicholas, ces paroles la blessèrent au plus profond. Il est vrai que, naguère, ce refus de parler de sa vie d'avant rehaussait son charme à ses yeux. Anne avait résolu l'énigme de ces années secrètes en lui inventant toute une existence conforme à sa propre idée. Elle le connaissait si bien, croyait-elle, qu'elle pouvait imaginer son passé rien qu'en le transportant en arrière, et combler d'instinct les détails qui lui manquaient sur son enfance et son adolescence. Cette version romanesque au plus haut point se révélait à l'évidence inexacte. Elle partageait sa vie avec un certain Nicholas Bracewell, mais un homme totalement différent avait porté ce même nom dans le Devon, maintes années plus tôt.

Margery fut consciente des sentiments contradictoires de sa visiteuse.

— Allez le rejoindre, conseilla-t-elle.

— Il ne souhaite peut-être pas me voir, Margery.

— Peuh ! Quelle importance ? Vous, que désirez-vous ?

— Il faut absolument l'avertir !

— Chargez-vous de cette mission vous-même.

— Non, répondit Anne. J'ai encore trop à réfléchir avant de le revoir... Si jamais je le revois, ajouta-t-elle en sursautant, prise d'une terreur soudaine.

— Soyez-en certaine, affirma Margery. Il est plus que capable de prendre soin de lui. Mais il faut le prévenir sans délai.

— C'est pourquoi je suis venue vous trouver. Nous nous sommes séparés en colère, aussi n'ai-je aucune idée de l'endroit où il peut être. Aidez-moi, Margery. Quel est leur itinéraire ? Où les Hommes de Westfield font-ils halte, à présent ?

— Ils devraient avoir atteint Oxford cet après-midi.

— Oxford ! s'écria Anne, reprenant espoir. En changeant de cheval, un homme parcourrait cette distance en un jour.

— S'il partait au matin, il ne les y trouverait plus.

— N'y passeront-ils pas la nuit afin de jouer demain ?

— La ville ne le permettra pas.

— Pour quelle raison ?

— Selon les rumeurs, la peste y serait apparue.

— La peste !

— Je suis allée au marché aujourd'hui, expliqua Margery. Certains des marchands venus d'Aylesbury en ont eu vent. Si l'épidémie s'étend, la troupe devra repartir.

— Dans quelle direction ?

— Marlborough.

Margery s'accorda un moment de réflexion, puis conclut avec assurance :

— Ils choisiront une auberge au sud d'Oxford, où ils se reposeront pour la nuit. D'après moi, Lawrence les fera remonter en selle à la première heure et ils entreront dans Marlborough le plus tôt possible.

— C'est donc là que je pourrai le joindre, conclut Anne, puis elle jeta un coup d'œil vers la cuisine comme une idée se formait dans son esprit. Leonard portera mon message. Un ami fidèle rendra ce service de bon cœur.

— Prenez en pitié la pauvre bête.

— Une bête ?

— Leonard n'irait jamais jusque là-bas sur les troncs d'arbres qui lui tiennent lieu de jambes. Cela lui prendrait au moins un mois. Il aurait besoin d'un cheval, et quel animal est assez robuste pour galoper ventre à terre chargé d'un tel fardeau ? Oubliez Leonard, dit-elle, l'écartant d'un geste de la main. Le message ne parviendrait pas assez rapidement à Nicholas. De plus, nous avons besoin d'un ami à *La Tête de la Reine*, pour défendre la cause des Hommes de Westfield. Leonard doit faire fondre le cœur glacé de l'aubergiste.

— Alors, qui portera la missive ?

— Un courrier. Je me chargerai de le trouver.

— Je rentre écrire la lettre sur-le-champ.

— Nous avons ici de l'encre et du parchemin. Toutefois, une lettre ne suffira pas.

— Quel autre moyen ai-je de l'avertir ? s'étonna Anne. Il faut l'informer de ce que nous avons appris chez l'apothicaire. Je vais transcrire la description du coupable.

— Ta, ta, ta ! Il existe un meilleur moyen que cela.

— Montrez-le-moi.

Margery l'observa.

— C'est un splendide chapeau que vous avez là.

— Pourquoi parlons-nous de mon chapeau ?

— Qui l'a fabriqué, Anne ?

— Preben van Loew.

— Sur l'ordre de qui ?

— Le mien.

— Mais sur quel modèle ?

— Il s'est servi d'un de mes dessins.

Margery lui adressa un sourire radieux et Anne comprit où elle voulait en venir.

— Non, non ! Je ne suis pas une artiste.

— Une main capable de dessiner un chapeau aussi délicat peut sûrement esquisser les traits d'un visage.

— Je ne dispose que de la description de l'apothicaire.

— Et de Leonard pour guider vos doigts. Il a vu cet homme, non ? Il nous l'a assuré trois mille fois.

Les deux femmes éclatèrent d'un rire complice, puis Margery appela sa servante pour qu'elle leur apporte de quoi écrire. Leonard s'anima à l'idée de participer de nouveau à l'action. De plus, on lui attribuait un rôle majeur dans la création du portrait de l'homme à la barbe noire. Anne maniait la plume lentement et avec soin, prenant la description de l'apothicaire pour point de départ, puis ajoutant ou modifiant les détails selon les directives de Leonard. Quand les traits de l'ébauche couvrirent la surface, elle prit un nouveau morceau de parchemin et s'efforça de tracer un portrait plus clair. Le visage d'un tueur impitoyable parut bientôt les contempler d'un œil sombre.

Leonard bondit d'excitation.

— C'est lui ! C'est bien lui !

Oxford comptait déjà bon nombre de morts. La peste fauchant et décimant la population au passage, l'homme n'avait nul besoin d'entrer dans la ville à la recherche d'une victime particulière. Il risquait d'être contaminé avant même d'atteindre Nicholas Bracewell, ce qui eût été une double catastrophe. La peste aimait torturer sa proie sans pitié avant de la livrer enfin au tombeau. L'homme préférait l'affût et, ce soir-là, sa patience fut récompensée. De sa position en hauteur sur une pente boisée, il regarda les Hommes de Westfield quitter la ville et se diriger vers le sud-ouest, en passant devant les ruines d'Osney Abbey, au milieu des prairies au-delà du château. Bien qu'on eût pillé ses pierres pour construire Christ Church, l'abbaye conservait un reste de grandeur qui retenait l'attention, et elle gardait le privilège d'être la première cathédrale d'Oxford, quelques années après que son monastère eut été dissous en 1539. Ses affiliations religieuses semblèrent exacerber la colère de Firethorn, qui fit faire un demi-cercle à son cheval afin de pouvoir délivrer une cinglante réprimande à la ville qui venait de les évincer.

L'homme dissimulé sur la pente boisée se trouvait à plus de deux cents pas, néanmoins il entendit cette diatribe aussi distinctement que s'il se fût tenu à côté du chef de la troupe.

— Oxford, adieu ! Que le diable t'emporte ! Nous quittons tes rues fétides pour de plus frais pâturages. Qu'est ta célèbre université, sinon un groupe de collèges minables et vermoulus, bâtis par les prélats catholiques romains ! Garde tes évêques et ton gros cardinal. Dieu a envoyé la peste sur ta papauté ! En vrais protestants que nous sommes, nous refusons d'exercer dans ce macabre Vatican.

Il élargit son attaque pour inclure l'autre ville universitaire.

— L'érudition corrompt l'esprit ! Elle engendre des puritains à Cambridge et des papistes à Oxford. Qu'on me montre un étudiant qui ne soit un piètre échantillon d'humanité ! Même si vous nous suppliiez, nous, les Hommes de Westfield, nous ne jouerions pas devant vous.

Il agita le poing pour accompagner son ultime sarcasme :

— Ce n'est pas vous qui nous rejetez : c'est nous qui vous méprisons ! Il est un monde ailleurs.

Ces paroles résonnèrent tels des coups de mousquet et dispersèrent les animaux sauvages avant de rebondir, inoffensives, sur les murs de la ville. Oxford s'attirait maintes critiques en raison de son attachement à Rome, mais elle n'était pas en position de se défendre contre cette dernière attaque théologique. Toute son attention se concentrait sur une épidémie virulente qui tuait les chrétiens de tous bords avec une sauvagerie aveugle. Lawrence Firethorn n'avait fait qu'exercer ses poumons. Cela ne servit en rien à atténuer la tristesse des membres de la troupe, et ils s'éloignèrent lentement, tels des proscrits.

Quand l'homme à la barbe noire vit quelle route ils choisissaient, il sut où il les rattraperait. Les talonner était inutile et il prenait garde à ne pas être vu de Nicholas Bracewell. La lutte dans les écuries des *Coqs de combat* lui avait appris à respecter son adversaire. Il était vital de conserver l'avantage de la surprise s'il voulait réussir contre un homme aussi vigoureux. Averti et armé, Nicholas se révélait une cible très récalcitrante. Il faudrait le poignarder dans le dos.

Pendant que l'homme restait tapi dans sa cachette, la compagnie s'éloigna d'Oxford, le cœur serré. Le havre de paix n'avait été qu'un enfer d'inquiétude qui les avait rejetés sur les routes au plus vite. Quelle garantie avaient-ils que Marlborough n'agirait pas de même envers eux, en machinant quelque nouvelle déconvenue qui les ébranlerait encore davantage ? Leur tournée prenait l'allure d'une pénitence. Lawrence Firethorn les menait à la recherche d'une auberge où ils pourraient passer la nuit, assez près d'Oxford pour leur épargner des fatigues supplémentaires, et assez loin pour les mettre totalement à l'abri de l'air pestilentiel.

Quand un vieux berger apparut en trébuchant sur la route devant eux, Firethorn le héla pour lui demander conseil.

— Ami, nous sommes en quête d'un abri.

— Tout comme moi, messire, répondit le berger, car j'suis debout d'puis l'aube à chercher des moutons égarés.

— Quelle est l'auberge la plus proche ?

— P'têt' bien *Le Taureau et le Boucher*.

— À quelle distance se trouve-t-elle ?

— À près d'une lieue, dit le berger. Mais *Le Chien et l'Ours* est p'têt' plus près. Ou p'têt' pas. Attendez que j'réfléchisse.

Le visage hâlé du vieillard était largement caché par une barbe grise clairsemée et un chapeau bosselé. Il avait l'habitude de se racler la gorge et de cracher machinalement par terre. Ses épaules étaient voûtées et ses jambes arquées sous le poids de sa bedaine, qui apparaissait sous la chemise déchirée. Appuyé sur sa crosse, il marmonnait tout bas dans le dialecte local tout en comparant les mérites et l'emplacement des deux hostelleries. Firethorn s'irrita vite de la lenteur du campagnard.

— Laquelle, donc ? le pressa-t-il. *Le Taureau* ou *Le Chien* ?

— *Le Taureau*, messire. Oui, j'dirais *Le Taureau*.

— Merci.

— Ça vous mettra sur le chemin de Reading au matin.

— Mais nous nous rendons à Marlborough !

— Alors c'est *Le Chien* qu'il vous faut.

— Par tous les saints ! Décidez-vous !

— *Le Chien et l'Ours*, messire.

— Vous en êtes sûr ?

— Tournez à droite à la prochaine fourche. *Le Chien* est une auberge de belle apparence, et vous y parviendrez bien vite.

— Dieu merci !

— Si vous voulez mon conseil...

— Allez votre chemin, coupa Firethorn. Vous nous avez déjà assez retardés. Nous trouverons votre *Chien*, retournez donc chercher vos moutons.

— Certainement, messire.

Le vieux berger tira sur le bord de son chapeau avec déférence, puis s'éloigna à travers champs. Firethorn leva la main pour faire signe à la compagnie d'avancer. Ils suivirent le sentier sinueux, accablés par les soucis, regrettant les conforts qu'ils avaient laissés à Londres, derrière eux. Les employés qui s'étaient estimés heureux de participer à la tournée avaient désormais l'impression d'être poursuivis par une malédiction. Celle-ci ne les avait confrontés qu'au vol et à l'épidémie, jusqu'alors. Quelles autres épreuves leur réservait-elle ?

Une demi-heure s'écoula avant qu'ils n'entrent dans la cour de l'auberge. Bien que beaucoup plus petite que les *Coqs de combat*, elle leur accorda un accueil chaleureux et marqua la fin d'une journée de voyage fort décourageante. L'enseigne, qui se balançait sous la brise légère, représentait un ours enchaîné à un pieu, dressé toutes griffes dehors contre le chien qui le mordait. L'image violente inspira à Firethorn un grognement de solidarité. Lui-même se sentait tel un grand ours enchaîné au pieu d'un destin cruel. Tandis que l'animal sur l'enseigne n'avait qu'un seul chien à supporter, l'acteur luttait contre une meute entière. Dans un sursaut de colère, il résolut d'arracher le pieu du sol et de s'en servir pour frapper ses ennemis. Les Hommes de Westfield avaient assez souffert. Firethorn s'insurgerait contre l'infortune et conduirait sa troupe vers la gloire qu'elle méritait si amplement, et le paiement dont elle avait un besoin si urgent.

Nicholas jugea l'instant venu. Alors que son employeur et lui mettaient pied à terre, des palefreniers s'élancèrent pour se charger de leurs chevaux. Le régisseur entraîna Firethorn à l'écart. Plongeant la main dans sa bourse, il sortit les pièces reçues à Oxford, les tint sur sa paume et feignit la surprise.

— Voyez cela ! Ce maire entêté ne voulait pas voir repousser sa générosité. Il a sans doute fourré l'argent dans ma bourse dès que j'ai eu la tête tournée.

— Combien ?

— Deux livres.

— Nous ne les prendrons pas.

— D'accord. Je vais les jeter dans la mangeoire.

— Non ! s'écria Firethorn en retenant son poignet comme il s'apprêtait à lancer les pièces. Pas de précipitation ! En un sens, les Hommes de Westfield ont bel et bien gagné cet argent. Nous sommes entrés dans Oxford avec les meilleures intentions du monde. Ce n'est pas notre faute si la peste y donnait déjà une représentation.

— Considérons-le comme un léger dédommagement, proposa Nicholas.

— Je m'y refuse, décida Firethorn, croisant les bras d'un air dédaigneux. On ne paie pas notre compagnie pour qu'elle se retire. Jetez ça dans l'eau, répondons par le mépris !

Mais une fois encore, il agrippa le poignet de Nicholas pour l'arrêter.

— Attendez !

— Pourquoi ne pas remettre la décision à demain ? La nuit porte conseil.

— Voilà une bonne idée, Nick.

— Prenez l'argent, et voyez quelle sensation cela vous procure.

— Et je déciderai au matin ?

— Au moment de régler la note.

Lawrence Firethorn songea à sa cassette vide et s'empara vivement des deux livres que lui tendait son ami. Nicholas le connaissait bien et s'adaptait vite à ses caprices. L'argent que l'acteur-directeur avait rejeté à Oxford devenait acceptable, maintenant qu'ils étaient loin de la ville. Grâce à Nicholas, c'était le premier revenu qu'ils étaient arrivés à conserver. Jamais des pièces n'avaient tinté si joyeusement dans la main de Firethorn. Il les rangea dans sa bourse, puis étreignit son régisseur avec gratitude. L'acteur s'était plu à afficher son dépit, mais cela ragaillardissait de savoir que la troupe comptait au moins un homme de bon sens. Firethorn déclara d'un ton altier :

— Je le garderai seulement jusqu'au matin.

— Bien sûr, approuva Nicholas, un sourire aux lèvres.

Le vieux berger qui leur avait indiqué *Le Chien et l'Ours* n'eut pas à chercher ses moutons bien longtemps. Il les trouva en train de paître sur un pré verdoyant, à la lisière d'un bosquet. Pénétrant sous les arbres, il arriva dans une clairière où deux silhouettes étaient allongées par terre. Le jeune homme grassouillet dormait à poings fermés, mais la femme se leva d'un bond et se jeta dans les bras du nouveau venu. Israel Gunby arracha sa fausse barbe afin de pouvoir embrasser son épouse plus commodément, puis il se dépouilla de son chapeau et de sa chemise usée jusqu'à la trame.

— Leur as-tu parlé ? demanda Ellen, pleine de curiosité.

— Je les ai envoyés au *Chien et l'Ours*.

— Ne craignais-tu pas qu'ils te reconnaissent ?

— Je suis le Lawrence Firethorn des grands chemins.

— Ils n'ont conçu aucun soupçon ?

— Non, ma mie, répondit Gunby avec l'accent qu'avait employé son vieux berger. J'suis né dans cette région, et ce dialecte est pour moi une s'conde nature. J'aurais pu parler pendant trois jours entiers sans éveiller la méfiance d'un seul d'entre eux.

— Frapperons-nous cette nuit, à l'auberge ?

— Ils n'ont plus rien à voler.

— Comment ferons-nous, alors ?

— Nous les retrouverons à Marlborough.

— Quand doivent-ils y jouer ?

— Demain, si tout va bien.

— Et nous, quels personnages incarnerons-nous ?

— Je te l'expliquerai quand j'aurai tout mis au point.

Il jeta un coup d'œil à leur complice étendu sur le dos.

— Le ventre de Ned n'est pas facile à dissimuler. Moi, je peux me débarrasser du mien ainsi, dit-il, dégageant l'épais rembourrage coincé sous sa ceinture pour le lancer dans l'herbe. Mais on ne peut changer la silhouette de Ned de cette façon.

Ellen l'attira quelques pas plus loin pour lui chuchoter à l'oreille :

— Nous aurions bien un moyen de cacher ce gros ventre.

— Lequel ?

— L'enterrer à six pieds sous terre.

— Cela viendra, ma mie, assura Gunby avec un sourire en coin.

— Quand ?

— Dès qu'il aura cessé d'être utile. Nous aurons besoin de Ned à Marlborough, car on exécute à trois un plan plus astucieux qu'à deux. Nous le laisserons vivre jusque-là.

— Et ensuite ?

— Nous dégonflerons cette panse pleine de graisse.

Israel Gunby tira sa dague de sa ceinture et la lança d'un mouvement sec du poignet. Elle se ficha dans le sol, à quelques pouces de la tête de leur associé, qui s'éveilla aussitôt. Ned marmonna de vagues excuses pour s'être endormi et se releva. Une odeur de bière forte flottait autour de lui.

— Tu as bu trop copieusement, le réprimanda Gunby.

— C'était mon rôle, se défendit l'autre. Je devais les occuper et entretenir une joyeuse atmosphère dans la salle pendant qu'Ellen et toi vous glissiez dans les chambres. Nous avons quitté *Le Taureau et le Boucher* avec près de vingt livres.

Le butin avait été beaucoup plus substantiel, mais ils lui avaient indiqué une somme inférieure afin de le tromper sur sa part. Accoutré en paysan, Ned leur avait une fois de plus servi de comparse dans une auberge, feignant autant d'indignation que les clients lorsque le vol avait été découvert. Le temps que les autres voyageurs fussent assez sobres pour donner la chasse aux coupables, Ned lui-même s'était volatilisé dans la nature pour rejoindre ses complices.

— Nous reprenons la route, annonça Gunby. J'en ai assez d'être un vieux berger. C'est un métier puant, qui offense mes narines.

Les bêlements des moutons le ramenèrent à l'instant présent et il ramassa la chemise et le chapeau avant de récupérer sa dague. Il s'enfonça sous les arbres et parvint à l'endroit où un vieil homme à moitié nu était ligoté par terre. Une douzaine de brebis étaient groupées autour de leur berger qu'elles flairaient avec une curiosité timide, et elles s'enfuirent aussitôt que Gunby apparut. La chemise et le chapeau furent à nouveau jetés sur l'herbe, mais la lame du couteau étincela dans sa main. Le vieillard poussa un faible cri de terreur et ferma les yeux pour se préparer au pire, cependant la dague ne tira pas une goutte de sang de sa vieille carcasse. Elle trancha ses liens et le laissa libre de frictionner ses poignets et ses chevilles endoloris.

D'un coup de pied, Gunby lança la chemise vers lui.

— Merci, bon père. Pour ma part, je préférerais être attaché une semaine plutôt que de porter une heure ces frusques puantes, mais elles nous ont été utiles. Voici pour ta peine, dit-il en laissant tomber une petite bourse sur les genoux du berger. Je suis un brigand, un bandit et tout ce qu'on dit de moi. Mais tu pourras leur préciser un détail, mon ami.

— Lequel ? bredouilla le vieux.

— Israel Gunby ne détrousse jamais les pauvres.

Nicholas était dans l'embarras. Si fort qu'il désirât rester seul pour réfléchir, la compagnie de ses camarades était nécessaire à sa sécurité. L'auberge était confortable, son hospitalité cordiale et il n'existait pas l'ombre d'un danger dans ses murs, mais bien que ces qualités eussent été réunies *Aux coqs de combat*, il avait dû s'y défendre contre un assaillant farouche. Mieux valait ne rien laisser au hasard. En quittant Oxford, il scruta constamment les alentours de crainte qu'ils ne fussent suivis, mais n'en vit aucun signe. Il ne relâcha pas sa vigilance pour autant. Nicholas n'avait pas conscience d'être épié depuis le départ de Londres, pourtant cela avait très certainement été le cas. Les ombres se mouvaient selon la position du soleil. Elles pouvaient avancer rapidement devant eux ou furtivement derrière. Dans l'obscurité, on ne soupçonnait même pas leur présence.

Après le souper dans la salle, Edmund Hoode se retira dans sa chambre pour travailler à sa nouvelle pièce. Nicholas en fut à la fois satisfait et inquiet. Il était ravi que son ami eût retrouvé l'inspiration, mais redoutait qu'il ne puise trop largement dans les éléments qu'il lui avait fournis. *Le Marchand de Calais* se passait cinquante ans plus tôt, à l'époque où le port français était encore une possession anglaise. Hoode était séduit par l'idée de cette minuscule enclave britannique à l'extrémité d'un vaste pays hostile. Cela lui permettait d'exploiter un certain nombre de ses thèmes favoris. Nicholas craignait toutefois que son propre père ne fût présenté dans la pièce. Hoode avait été si intrigué par sa personnalité qu'il n'avait cessé depuis de réclamer des détails supplémentaires. Toujours prêt à aider le dramaturge, Nicholas n'avait cependant pas envie, en lisant *Le Marchand de Calais*, de découvrir que Robert Bracewell en était le personnage central. La vue de son père ramené à la vie sur scène par Lawrence Firethorn eût été trop douloureuse pour le fils renégat.

— Qu'est-ce qui vous tourmente, Nick ? interrogea une voix avec sollicitude.

— Rien, Owen.

— Vous vous êtes abîmé dans vos pensées toute la soirée.

— Je suis fatigué, voilà tout.

— Regagnez donc votre chambre.

— Pas encore. Je vais rester ici encore un peu.

Owen Elias était d'humeur joviale maintenant qu'il avait bien dîné et chassé de son esprit le souvenir déplaisant de leur visite à Oxford. Les acteurs, aisément démoralisés par toute forme de rejet, possédaient néanmoins une résistance phénoménale. Nicholas l'avait constaté à maintes reprises, cependant il s'étonnait encore que des hommes plongés dans les abysses du désespoir pussent, un instant plus tard, entrer en scène avec entrain et s'acquitter superbement d'un rôle comique. Owen Elias en était l'archétype. Il savourait les conflits, passait en un clin d'œil de la mélancolie à une joie folle, ressentait toute atteinte à son amour-propre comme une blessure mortelle, puis s'exhumait de son cercueil avec une vitalité sans borne.

— N'ayez aucune crainte tant que vous êtes avec moi, Nick.

— Merci, Owen.

— Je serai un garde du corps à toute épreuve.

— J'ai besoin d'un regard acéré.

— Le mien percerait le bois le plus dur.

Nicholas se félicitait d'avoir mis le Gallois dans la confidence. Elias avait ses défauts et c'était au régisseur qu'incombait la tâche peu enviable de les lui signaler de temps à autre, mais les qualités de l'acteur pesaient beaucoup plus lourd dans la balance. Une autre raison expliquait que le Gallois prêtât de si bon cœur toute l'aide possible à Nicholas. Ce dernier avait œuvré à le promouvoir au sein de la troupe. Après s'être si longtemps morfondu dans les rangs des employés, Owen Elias, convaincu de n'être pas apprécié à sa juste valeur, avait succombé aux flatteries des Hommes de Banbury. Seule une mise en scène habile de Nicholas l'avait sauvé de leurs rivaux, en lui assurant une position de partenaire. Elias avait juré une reconnaissance éternelle à son ami ; pour lui, il se battrait jusqu'à la mort. Nicholas espérait pouvoir résoudre le problème tout seul, mais s'il avait besoin d'aide, la vigueur du Gallois pugnace serait plus précieuse que la modestie d'une âme tendre telle qu'Edmund Hoode.

Les effets de la bière réveillèrent une certaine nostalgie chez Owen Elias.

— On ne peut jamais échapper à son passé, Nick. Quoi que l'on fasse, il finit par nous rattraper tôt ou tard. J'en suis la preuve flagrante. Le pays de Galles ne libère jamais ses fils.

— Vous avez réussi à vous en affranchir.

— Ce n'est guère qu'une illusion, un jeu de lumière. Écoutez ma voix. Je peux passer pour un Anglais quand je le décide, mais ma langue déteste la traîtrise.

Il vida sa chope et s'essuya la bouche d'un revers de main.

— Je porte mon pays sur mon dos comme un escargot sa coquille. Le pays de Galles sera toujours ma patrie, même si j'ai quitté une épouse, un enfant et un métier honnête afin de fuir à Londres quand la folie du théâtre m'a saisi.

— J'ignorais que vous fussiez marié, Owen.

— Une erreur que j'ai tenté d'enterrer.

— Et vous parliez d'un enfant, aussi ?

— Il est mort peu après mon départ. Un garçon souffreteux depuis toujours, et qui n'était pas fait pour vivre longtemps dans un monde si dur. J'envoyais le peu d'argent que je pouvais à ma femme, mais nous avons rompu tout lien après la mort de Rhodri, expliqua-t-il en jouant avec la chope d'un air coupable. Elle était merveilleuse, Nick, et méritait mieux que moi.

— N'êtes-vous jamais retourné au pays ?

— Jamais.

— Ne vous demandez-vous pas ce qu'est devenue votre épouse ?

— Tout le temps. Mais je me contente de penser que, pour elle, la solitude vaut mieux qu'un mauvais mari. Elle est issue d'une nombreuse famille et ne manquera de rien. Les siens n'ont pas de mots assez durs à mon égard. Je ne serais pas le bienvenu.

— Vous parlez toujours avec tant d'affection de votre pays !...

— J'ai le pays de Galles dans le sang, répondit Elias avec une simplicité mêlée de fierté. Je ne renierai jamais mes origines. Mais une épouse est une autre affaire. Ce n'est pas moi qui suis parti, Nick. Elle m'a supplié de m'en aller.

— Je vois...

— Nous avons tous notre croix à porter.

Nicholas fut touché que son ami lui eût confié des aspects si intimes de sa vie privée, et cela l'aida à comprendre la sentimentalité larmoyante qui transparaissait quelquefois chez le Gallois. En même temps, il savait fort bien pourquoi Owen abordait le sujet des péchés impardonnables du passé. En révélant ses propres blessures, il offrait une sorte de garantie à une autre âme en peine. Il assurait Nicholas de sa compassion et de sa compréhension si ce dernier choisissait de parler des problèmes qui le ramenaient chez lui. Les hommes de théâtre étaient des nomades, passant d'une troupe à l'autre, d'une femme à l'autre, laissant leurs échecs derrière eux dans la quête éternelle d'une perfection à jamais hors d'atteinte. Le talent et la célébrité étaient éphémères. Lawrence Firethorn n'avait pas de pair parmi les acteurs, pourtant il abandonnait sa famille pour courir de ville en ville avec sa troupe découragée, à la recherche de travail et d'argent. La sécurité, la stabilité étaient des luxes rares dans le monde du théâtre, et ceux qui y entraient devaient l'accepter. En fait, pour beaucoup — et Owen était du nombre —, ses fréquents périls et ses brusques revirements faisaient partie de son attrait. Le théâtre ressemblait à un jeu de hasard. Avec sa camaraderie sans faille, il offrait en outre le lieu idéal pour se cacher. Owen Elias savait reconnaître un autre fugitif.

— Pourquoi vous rendez-vous à Barnstaple ? demanda-t-il.

— Il se peut que je vous le dise à mon retour.

— Si vous décidez d'en revenir.

— Oh, soyez-en sûr ! affirma Nicholas. Plus rien ne me retient là-bas. Mon seul souci est d'arriver à destination.

— Nul ne vous en empêchera tant que je serai dans les parages.

— Nous ne pouvons vivre collés l'un à l'autre !

Owen rit tout bas.

— Barnaby Gill crèverait de jalousie !

— Et d'ici là, nous avons des pièces à présenter. Songez-y.

— Oh, je ne l'oublie pas un instant, Nick ! Je ne suis pas comédien pour rien. Ma vanité est quasiment monstrueuse. À tout bout de champ, je me pavane et prends des poses devant le miroir de mon imagination. Mais, ajouta-t-il en lui adressant un clin d'œil, cela me laisse quand même le temps de penser à un ami dans la détresse.

— Merci, Owen.

— Ne craignez pas de faire appel à moi.

Nicholas sourit avec gratitude. Certains des autres entamèrent une partie de cartes à une table voisine et Owen s'excusa pour se joindre à eux. Les apprentis étaient déjà partis se coucher et quelques-uns des associés avaient discerné la vertu d'une longue nuit de sommeil. Lawrence Firethorn, assis avec Barnaby Gill, débattait des pièces à choisir pour Marlborough et Bristol. Deux acteurs-musiciens buvaient jusqu'à l'abrutissement. Nicholas fut heureux de rester seul sur son banc de chêne et de laisser ses pensées vagabonder entre Londres et Barnstaple, entre une rupture douloureuse et l'imminence de pénibles retrouvailles. Une heure passa. Quand il redressa la tête, la plupart de ses compagnons étaient montés à l'étage et la salle était pratiquement vide. Las, le régisseur s'apprêtait à regagner sa propre chambre quand un palefrenier entra par la porte principale. Il regarda autour de lui jusqu'à ce que son regard tombe sur Nicholas, puis il traversa la salle en courant.

— Messire Bracewell ?

— Oui.

— Nicholas Bracewell ?

— C'est moi.

— J'ai un message pour vous, messire.

— Qui l'envoie ?

— Un gentilhomme. Je suis chargé de vous dire qu'il désire vous voir.

— Qu'il vienne donc.

— Il souhaite vous parler en privé. Dehors.

— Dans le noir ?

— Il y a des lanternes allumées près des écuries.

— À quoi ressemble cet homme ? demanda Nicholas.

— C'est un monsieur de belle allure.

— Jeune ou vieux ? Comment est-il vêtu ? De quelle manière s'exprime-t-il ?

— Il m'a seulement payé pour vous transmettre un message, dit le palefrenier, se tournant pour partir. Il vous attend près des écuries, messire.

Nicholas aurait voulu lui poser une douzaine d'autres questions, mais le valet décampa sans lui en laisser le temps. L'homme qui le réclamait devait être traité avec une extrême méfiance. Sans doute avait-il surveillé la salle jusqu'à ce qu'elle fût presque vide, puis envoyé un messager pour faire venir le retardataire. Dans l'immédiat, Nicholas n'avait d'aide à espérer que des deux acteurs-musiciens sur le point de s'écrouler et d'un frêle serveur. Owen Elias était allé se coucher, quant à Edmund Hoode, il se plongeait dans les affres de la composition. Pourquoi l'homme l'invitait-il à le rejoindre aux écuries ? Nicholas sursauta, saisi d'une idée lumineuse. On lui jetait le gant. N'ayant pu l'occire dans les écuries des *Coqs de combat*, son adversaire le provoquait en duel. Il fallait que ce fût un combat singulier. Si Nicholas sortait de la salle suivi par ses compagnons, l'homme s'évanouirait dans la nuit. Ce n'était qu'en y allant seul que le régisseur avait une chance de vaincre son ennemi.

Il agrippa son épée posée près de lui, fit quelques pas vers la porte, puis réfléchit. Et si ce défi n'était qu'une ruse ? L'homme pouvait lui tendre un piège avec l'aide de complices. Nicholas pesa le pour et le contre, puis conclut que l'ennemi était seul. Si celui-ci avait eu des complices, lui-même n'aurait pas survécu à la première attaque, à High Wycombe. L'homme lui adressait un compliment pervers. Il félicitait Nicholas pour son précédent succès et réclamait une revanche, à armes plus égales. À ceci près que quiconque tentait d'étrangler son adversaire par-derrière aurait toujours une notion douteuse de l'égalité.

Nicholas releva le défi, mais allia l'intrépidité à la prudence. Il gagna rapidement le fond de la salle et se glissa dans l'étroit passage dallé de pierre. La porte devant lui communiquait avec des dépendances grâce auxquelles il resterait à couvert en se dirigeant vers les écuries. Il sortit sans bruit dans la nuit, l'arme au clair, et rasa furtivement le mur. Une chouette ulula au loin. Un renard lui répondit par un glapissement aigu. Des nuages flottaient sur la lune. Les lanternes ne versaient qu'une lumière vacillante sur la cour.

En contournant l'angle du bâtiment, Nicholas perçut un léger tintement métallique : un cheval sellé attendait au bout des écuries, mordillant son mors. On le distinguait à peine dans l'obscurité. Nicholas fut désormais certain de n'avoir affaire qu'à un seul homme. Le cheval permettait une retraite rapide une fois la besogne accomplie, toutefois le régisseur avait bien l'intention de déjouer les plans de l'ennemi. Presque courbé en deux, il avança peu à peu, sa lame ouvrant le chemin. Il entendit bien trop tard le bruit derrière lui. Un choc sourd, un grognement sonore, suivis par l'entrechoquement de l'acier. Quand Nicholas fit volte-face, il reçut un coup d'épaule en pleine poitrine, si violent qu'il lâcha son épée et fut projeté en arrière. Deux silhouettes étaient aux prises, audessus de lui, mais le combat fut fini avant même qu'il se relève pour y prendre part. Un hurlement résonna, quelque chose tomba sur les cailloux près de Nicholas, puis l'une des silhouettes détala comme un lièvre à travers la cour et bondit en selle. Pour la seconde fois, l'assassin s'éloigna au galop dans la nuit.

Nicholas se tourna avec sollicitude vers l'homme à terre. Il avait reconnu la voix d'Owen et craignait qu'il ne fût gravement atteint. Tenant toujours sa propre épée, le Gallois se tordait de douleur. Nicholas le soutint en passant son bras autour de ses épaules.

— Êtes-vous grièvement blessé, Owen ?

— Ce gredin m'a entaillé la main, Nick. Juste une égratignure, mais je saigne comme un bœuf et ça brûle comme l'enfer !

— Je vais vous aider à rentrer dans l'auberge.

— Non, je peux y arriver seul.

Nicholas recula pour mieux le voir.

— Que diable faisiez-vous ici ?

— J'essayais de vous sauver la vie.

— Je vous croyais dans votre chambre !

— C'est ce que je voulais qu'on croie, répondit Owen. Ce couard comptait vous frapper lorsque vous seriez seul. Je me suis caché dans le passage et j'ai entendu le palefrenier transmettre son message. Le tueur a été plus malin que vous.

— C'est vrai, confessa Nicholas. Il savait que je tenterais de le surprendre par-derrière, aussi il a tendu son embuscade ici. Sans vous, je serais sur le carreau, une dague entre les omoplates. Je vous dois mille mercis.

— Votre garde du corps a le regard acéré et l'ouïe plus fine encore.

— Vous souffrez d'une blessure par ma faute. Venez à l'intérieur et je panserai cette main. Vous aurez toute l'ale que vous désirez pour vous soigner.

Nicholas ramassa son épée, puis une arme plus petite.

— Il a laissé sa dague derrière lui.

Owen le poussa d'un petit coup d'épaule.

— Je m'en servirai pour le châtrer.

— Elle nous fournira peut-être un indice.

— Où est cette ale dont vous parliez, Nick ? J'en ai grand besoin.

— Il faudra que j'interroge ce palefrenier. Nous avons de la compagnie, Owen, remarqua-t-il en entendant des pas approcher.

Alertés par le vacarme, le patron et deux serveurs accouraient avec des lanternes, Edmund Hoode et d'autres membres de la troupe sur les talons. Tous frémirent à la vue des rapières.

— Quelle terrible échauffourée était-ce là ? s'inquiéta le patron.

— Tout est terminé, à présent, le rassura Nicholas.

— Qui a provoqué la querelle ?

— Nous ne connaissons pas son nom.

— Mais qu'est-ce qui vous a incité à venir ici, Nick ? interrogea Hoode, encore alarmé. Et qui a poussé ce cri surnaturel que nous avons entendu ?

— Moi, répondit Owen Elias avec un sourire courageux. Je saigne à mort.

À l'évidence, le Gallois souffrait terriblement. Il vacilla, épuisé, fit un effort pour lever sa main blessée, puis s'évanouit dans les bras de Nicholas.

7

La lumière du jour n'apporta aucun soulagement pour les Hommes de Westfield. À leur réveil, ils trouvèrent l'auberge baignée dans une bruine opiniâtre. Le voyage vers Marlborough s'accomplirait sous la pluie. Tristes et révoltés, ils déjeunèrent de pain grillé et d'ale. La vie loin de Londres était un douloureux pèlerinage. Owen Elias se sentait encore affaibli par la perte de sang, car sa blessure était plus sérieuse qu'il n'avait voulu l'admettre. La dague dirigée vers le dos de Nicholas avait lacéré la manche de son pourpoint en laissant une profonde entaille sur son bras et sur sa main. Il était vital d'arrêter immédiatement l'écoulement de sang, ce dont Nicholas s'était chargé lui-même. Durant ses trois années en mer, il avait été témoin de blessures effroyables et de maladies répugnantes. Par un traitement rapide et judicieux, le médecin de bord avait sauvé bien des vies et rendu à d'innombrables os brisés leur parfait usage. Nicholas l'avait vu nettoyer et panser les plaies les plus terribles, et il se conforma à ces principes avec Owen Elias. Le bandage serré protégerait la blessure jusqu'à ce qu'ils atteignent une ville où un chirurgien pourrait l'examiner et la soigner.

Un autre coup frappa la troupe, bien qu'a posteriori. Le paysan qui apportait le ravitaillement quotidien de lait à l'auberge colportait en outre les ragots de la région. Il parla d'un berger dépouillé de sa chemise, de son chapeau et de sa crosse par Israel Gunby, le bandit de grand chemin. L'accoutrement n'avait été utilisé que pendant une heure avant d'être restitué à son propriétaire avec une bourse pleine d'argent. Lawrence Firethorn devint livide. Être dupé une fois par Israel Gunby était une humiliation : se laisser berner une seconde fois était insupportable. Bien que leur chef le prît comme un affront personnel, le reste de la troupe y vit une menace générale. Ayant fondu sur eux une première fois, Israel Gunby et ses vautours décrivaient des cercles au-dessus d'eux avant de les attaquer pour leur picorer les os.

Leur moral était au plus bas lorsqu'ils se mirent en route sous la pluie fine. Ce tourbillon de mécontentement trouva son porte-parole en la personne de Barnaby Gill, qui identifia le coupable avec un sourire de mépris.

— Je rends notre régisseur responsable de tout cela !

— Vous êtes injuste, reprocha Firethorn. Nick Bracewell est la pierre angulaire de cette compagnie. Dans tout ce qu'il fait, les Hommes de Westfield passent en premier.

— Alors pourquoi va-t-il à Barnstaple ? rétorqua Gill.

— Parce que sa famille vit là-bas, intervint Edmund Hoode.

— Nous avons tous une famille, s'irrita Gill. Lawrence en a une à Londres, vous avez des parents dans le Kent, j'ai une mère et deux sœurs à Norwich, même ce barbare de Gallois doit avoir des proches de l'autre côté de la frontière.

Il se redressa sur sa selle, indigné.

— Cependant, quand la troupe est dans la peine, aucun d'entre nous ne se précipite chez lui au nom d'une obligation familiale.

— Nick est loyal, affirma Firethorn. Il a accepté de nous guider jusqu'à cette région du Sud-Ouest avant de prendre congé de nous. Je vous le demande, Barnaby, où serions-nous sans Nicholas Bracewell ?

— À *La Tête de la Reine*, dans Gracechurch Street.

— Le feu nous en a chassés.

— Et quel cerveau a conçu l'idée de ce brasier ? répliqua Gill d'un ton acide. Quelle main a attisé cette flamme ? Ceux de notre régisseur. C'est lui qui est la cause de nos malheurs sans fin.

— Nick s'est conduit en héros, protesta Hoode, prenant la défense de son ami avec fougue. Ne vous rappelez-vous pas le danger qu'il a évité ? Et tant de courage, tant d'abnégation ? N'avez-vous pas entendu la ballade ?

— Une œuvre boiteuse à laquelle on ne peut ajouter foi un instant. Cette chansonnette ne fait absolument aucune mention de moi, la première victime des flammes.

Les trois hommes chevauchaient de conserve à la tête du groupe, sur une route creusée d'ornières près de Wantage. Les autres associés étaient disséminés derrière, et le chariot ne contenait plus la moindre place. Owen Elias ne pouvant plus conduire le véhicule, Nicholas avait pris les rênes. Owen, assis près de lui, chantait un air gallois d'une voix plaintive de baryton. Les quatre apprentis se serraient sous une bâche et les employés s'abritaient tant bien que mal sous des manteaux et des couvertures. George Dart avait reçu l'insigne honneur de monter le rouan, et fermait la marche avec une fierté que toutes les rafales de pluie n'auraient pu abattre. Il était le seul des Hommes de Westfield à voir dans cette journée la plus radieuse de l'année.

— Soupesez bien la chose, contre-attaqua Gill. Nicholas Bracewell nous apporte la malchance à chaque pas. Il nous a fait chasser de Londres, et dévaliser à High Wycombe.

— Vous ne pouvez lui mettre ce vol sur le dos ! s'indigna Hoode.

— Sur le dos de Nicholas, et sur la queue de Lawrence. Ce sont les parties coupables de l'anatomie, en l'occurrence. Nous sommes des acteurs, dit-il, élevant la voix pour couvrir les protestations de Firethorn, et nous avons déjà assez à faire pour exercer notre métier lors de représentations de fortune. Nous comptons sur Nicholas pour monter la scène et jauger le public. Il aurait dû remarquer Israel Gunby.

— Comment ? interrogea Hoode.

— D'instinct.

— Dans une salle pleine de spectateurs ?

— Mais Nicholas n'est-il pas notre grand explorateur ? ironisa Gill. Il a navigué autour du monde et a vu des hommes de toutes sortes, de toutes conditions. Cela lui a donné un sixième sens pour juger la nature humaine. Lawrence s'est tourné maintes et maintes fois vers lui.

— Oui, car Nick ne nous a jamais fait défaut, répliqua Firethorn. Il discerne le caractère d'un homme au premier coup d'œil, et sonde ses vertus comme ses défauts.

— Il n'a pas su déchiffrer ceux de Gunby.

— Vous non plus, Barnaby. Ni moi ni Edmund.

— Nicholas est là pour nous protéger.

— Même lui a ses limites.

— Cette tournée les a révélées au grand jour, poursuivit Gill. Il nous a servis avec efficacité dans le passé, je vous l'accorde, mais il est devenu le symbole de notre infortune. Sans lui, il n'y aurait pas eu d'Israel Gunby pour nous nuire, pas d'épidémie à Oxford pour nous humilier et pas de deuxième rencontre avec Gunby pour nous narguer.

— N'oubliez pas la pluie, rétorqua Hoode, sarcastique. Sans Nick, nous serions réchauffés par un soleil éclatant, et remplirions nos poches d'argent poussé sur chaque buisson. Vos propos sont d'une rare ineptie, Barnaby !

— Et la blessure d'Owen Elias, est-ce aussi une ineptie ?

— C'est une autre affaire, marmonna Firethorn.

— Une autre affaire dont notre régisseur vénéré doit également être tenu pour responsable. On l'a agressé au *Chien*, la nuit dernière. Le vaillant Gallois a volé à sa rescousse et a failli y perdre un bras. Accordez-vous aussi l'absolution à Nicholas en la matière ?

— Certes oui ! répondit Hoode d'un ton farouche. On ne peut blâmer un homme parce qu'un ivrogne le prend à partie.

— Cet ivrogne-là était aussi sobre qu'une aiguille de pin.

— Owen s'en remettra, affirma Firethorn, qui essaya de détourner son camarade d'un sujet désagréable. C'est tout ce qui importe en ce qui concerne les Hommes de Westfield.

— Jusqu'à ce que le scélérat frappe à nouveau.

— Quel scélérat ?

— Celui qui traque Nicholas.

— Vous divaguez, dit Hoode d'une voix faible.

— Laissons là cette conversation, ajouta Firethorn avec embarras.

— J'y consens, si vous me dites qui a provoqué cet incident *Aux coqs de combat*, dit Gill, défiant ses compagnons, qui échangèrent un regard gêné. Je ne suis pas aveugle, messieurs. Nicholas s'est rendu aux écuries et en est ressorti les vêtements en désordre. On a entendu un cheval s'éloigner de l'auberge au galop. Qui était le cavalier ?

— Le complice d'Israel Gunby, prétendit Hoode.

— Il n'aurait pas eu l'audace de se mesurer à notre régisseur. Tout gredin impudent qu'il soit, il n'avait pas un tempérament belliqueux. Je crois que Nicholas a été agressé par celui qui est revenu cette nuit et qui a blessé Owen. Niez-le donc, si vous l'osez. Eh bien ?

Lawrence Firethorn et Edmund Hoode conservèrent un silence hypocrite. Nicholas leur avait expliqué pourquoi il devait aller à Barnstaple, voyage qui recelait de multiples dangers. Barnaby Gill avait deviné par lui-même ce qu'ils savaient déjà et en tira une conclusion qui accrut considérablement leur malaise :

— Nous sommes des hommes marqués. Tant que Nicholas Bracewell reste parmi nous, nous courons tous un danger. Quand l'assassin lancera-t-il sa prochaine attaque ? Lesquels d'entre nous seront blessés à cette occasion ? Débarrassez-vous de lui, Lawrence, dit-il en poussant Firethorn du coude. Placez en premier la sécurité de notre compagnie et envoyez-le à Barnstaple. Ou celui qui le pourchasse nous tuera tous un par un !

Tout mariage avec un acteur était une entreprise périlleuse, et quand cet acteur se nommait Lawrence Firethorn, ces relations ne pouvaient jamais approcher si peu que ce fût la notion conventionnelle de ce sacrement. Des vœux solennels prononcés devant l'autel ne pouvaient lier un couple à perpétuité. Pour perdurer, ils devaient continuellement être réaménagés en fonction de chaque nouvelle situation. Margery Firethorn était une forte femme dotée d'une détermination farouche à n'en faire qu'à sa tête, pourtant même elle ne pouvait imposer un cadre rigide à la félicité conjugale. Son époux pouvait être guidé, mais jamais entièrement contrôlé. Il eût été plus facile de broder tout le rituel anglican sur une bulle de savon que d'imposer à Firethorn un semblant de vie conjugale normale, et la nature tempétueuse de Margery n'aurait jamais pu être confinée au simple rôle d'épouse. Leur amour avait été éprouvé à maintes reprises, et bien qu'il se fût cuirassé de cynisme de son côté à elle et portât quelques flétrissures de son côté à lui, il n'avait jamais fait défaut. Ils pouvaient bien se disputer et s'accuser mutuellement, ils restaient unis et une certaine communauté de vue les maintenait de manière immuable dans les bras et l'esprit l'un de l'autre.

Ce fut cette communauté de vue qui mena Margery à *La Tête de la Reine*.

— Ils s'y sont mis pour de bon.

— C'est ce que je vois, Leonard.

— Les charpentiers resteront ici pendant au moins quinze jours, puis viendront les plâtriers et les peintres.

— Le chaume doit également être remplacé pour préserver l'intérieur de la pluie et du vent, remarqua-t-elle en observant la partie du toit où Nicholas avait lutté contre le feu.

— Tout sera fait en son temps, madame.

Ils s'étaient rencontrés dans la cour de l'auberge, au milieu du raclement des scies et du vacarme des maillets. La menuiserie était une activité assourdissante. Le problème inhérent aux travaux de restauration était que l'auberge devait passer par le pire avant d'avoir plus fière allure. Une partie des balcons avait été entièrement découpée pour laisser un trou béant au coin de la cour. Un échafaud de bois maintenait le reste de l'édifice. Là où les soubassements avaient brûlé, on avait inséré des étais provisoires pour prévenir toute dégradation supplémentaire. Ceux-ci seraient remplacés par les solides planches de chêne d'un navire, qui trouveraient leur utilité sur terre maintenant que leurs jours en mer étaient révolus. Le travail était lent, difficile et coûteux mais il se conformait à un plan précis.

— Avez-vous trouvé un courrier ? demanda Leonard.

— Il a quitté la ville à l'aube. Avec l'aide de Dieu, il devrait atteindre Marlborough demain. Prions pour que l'avertissement arrive à temps.

— Avez-vous dit à messire Bracewell que j'ai vu le tueur ?

— Ce détail n'a pas été omis, Leonard.

— Merci ! Merci !

— Le portrait était en grande part votre œuvre.

— Je suis heureux de m'être rendu utile.

Margery lui adressa un gracieux sourire.

— Je ne voudrais pas vous détourner de vos obligations, d'autant que j'en ai une à mener à bien. Où est cet aubergiste geignard qui vous paie vos gages ?

— Dans la salle. Désirez-vous lui parler ?

— Non, je désire m'assurer qu'il est occupé afin d'exposer mes arguments là où ils auront plus d'influence. Il est trop tôt pour discuter avec Alexander Marwood.

— C'est vrai, convint Leonard. Il est pris de frissons chaque fois que l'on évoque les Hommes de Westfield. Je me tais jusqu'à ce qu'il ait l'esprit plus calme.

— Procédez avec prudence.

— Sur la pointe des pieds.

— Choisissez le bon moment pour nous regagner la faveur de ce grippe-sou.

— Très certainement. Et vous ?

— Je vais m'y employer auprès de son épouse.

Ils se dirent au revoir et se séparèrent. Leonard partit

décharger des tonneaux du haquet tandis que Margery faisait un premier pas pour restaurer les relations rompues entre *La Tête de la Reine* et les Hommes de Westfield. Elle était venue à la demande expresse de son époux. Pendant que la troupe courait les routes, Lord Westfield et elle la représentaient à Londres. L'aristocrate entrerait en scène à un stade ultérieur du plan, quand l'intervention d'un mécène pourrait exercer plus de poids. Pour l'heure, Margery était un avocat infiniment efficace pour la troupe en exil. Elle pouvait s'introduire là où aucun homme sain d'esprit n'eût osé s'aventurer.

Sybil Marwood se trouvait à l'arrière de l'auberge, dans la pièce qu'utilisaient son mari et elle dans les rares moments où ils pouvaient réellement se reposer. C'était une femme grasse et revêche, qui passait les années de sa maturité à regretter amèrement les folies de sa jeunesse. Des traits autrefois avenants s'étaient figés en un masque de profonde désillusion. Sybil Marwood avait le cœur si dur qu'une équipe de mineurs se serait affairée en vain pendant un mois pour le percer, brisant plusieurs pioches au cours de cet effort.

Elle accueillit Margery d'un ton bourru et l'invita à entrer.

— Nous nous sommes déjà rencontrées, lui rappela Margery.

— En effet, concéda Sybil d'un air pincé.

— Je vous ai donné de sages conseils. En cette occasion-là aussi, j'ai pu vous montrer votre erreur et vous indiquer où résidait votre réel avantage.

— Que voulez-vous ?

— Parler avec vous de femme à femme.

— D'épouse à épouse, plus vraisemblablement.

— Cela aussi.

— Je connais votre petit jeu, dame Firethorn, dit Sybil avec un reniflement dédaigneux. Mon époux a rompu avec le vôtre et vous cherchez à vous servir de moi pour les rapprocher.

— C'est parfaitement faux.

— Pour quelle autre raison condescendriez-vous à me rendre visite ?

— Pour maintenir cette séparation.

Sybil Marwood en resta pantoise. Elle avait été bien fâchée de voir sa visiteuse et de se rappeler la troupe qui avait failli brûler sa maison et son établissement de fond en comble. Elle supposa immédiatement que Margery venait pour le compte des Hommes de Westfield, afin de solliciter leur réinstallation dans son auberge. Quel autre motif l'eût amenée ici ? Sybil lui lança le regard reptilien qu'elle réservait d'ordinaire à son mari, mais Margery ne broncha pas. Calme et posée, elle attendit le moment de s'expliquer. Son époux lui ayant enseigné l'importance de bien se vêtir pour l'occasion, Margery arborait sa tenue la plus élégante et un chapeau époustouflant. Des souliers fins, des gants et tous les accessoires se conjuguaient pour produire un effet saisissant. Sybil Marwood se trouvait en présence d'une dame, et avait d'autant plus conscience de ses vêtements ternes et de son bonnet graisseux. Elle se montra peu à peu plus respectueuse.

— Aimeriez-vous vous asseoir, madame ?

— Je ne puis rester longtemps car j'ai beaucoup à faire, prétendit Margery, qui avait remarqué la poussière couvrant la moindre surface de la pièce et s'était promis de ne pas salir sa robe à ce contact.

— Vous parliez de maintenir cette séparation.

— En effet.

— À quelle fin ?

— Les Hommes de Westfield ne devront jamais revenir ici.

— Ils ne reviendront pas, promit Sybil. Mon mari a juré qu'ils ne franchiraient jamais plus notre seuil et je le soutiendrai dans cette décision.

— Je vous supplie de le faire, madame.

— Pourquoi ?

— Parce que sinon, c'en est fait de notre bonne fortune.

— Quelle bonne fortune ?

Margery s'approcha d'un pas et baissa la voix pour

prendre un ton de confidence. Le regard reptilien était remplacé par une expression d'étonnement candide.

— Puis-je me fier à vous pour ne jamais le répéter ? demanda Margery.

— Sur mon honneur !

— Par-dessus tout, il ne faudra pas en toucher mot à votre époux.

— Alexander est un imbécile. Je ne lui dirai rien.

— Une règle saine en toute union.

— En quoi consiste cette bonne fortune ?

— Les Hommes de Westfield ont été approchés.

— Par qui ?

— Un autre aubergiste. Apprenant que leur contrat avec vous avait été déchiré, il offre un nouveau foyer à la compagnie. Une merveilleuse nouvelle, n'est-ce pas ?

— Mais oui, dit Sybil, dubitative, qui éprouvait un premier pincement d'envie. Qui est cet aubergiste ?

— C'est là un secret que je dois garder enfoui dans mon sein. Mais je vous dis ceci, bien que son auberge soit plus petite que la vôtre, il s'attend à de plus gros bénéfices grâce à ses nouveaux locataires.

— Des bénéfices ?

Ce mot agissait tel un talisman.

— Il ne peut croire que *La Tête de la Reine* laisse partir cette poule aux œufs d'or.

— La poule aux œufs d'or a mis le feu à notre établissement.

— Le vent en est le grand responsable, madame, répliqua Margery. Les Hommes de Westfield ont sauvé votre auberge d'une destruction complète. La ballade relate tout cela. Nicholas Bracewell et ses camarades ont mis leur vie en péril pour vous et votre époux. Ce fut l'une des raisons qui persuadèrent cet autre aubergiste de se signaler. Il admire les hommes de cette trempe.

— Où se trouve donc cette hostellerie ? insista Sybil.

Margery battit des mains de joie.

— C'est un avantage supplémentaire, expliqua-t-elle. Elle est hors des murs de la ville et, par conséquent, hors de la juridiction des autorités, qui haïssent le théâtre et s'emploient à l'interdire. En quittant cet endroit, les Hommes de Westfield laissent derrière eux toute ingérence malveillante. Dorénavant, plus rien ne leur fera obstacle.

— Mais alors, pourquoi venez-vous me voir ? interrogea Sybil, perplexe.

— Pour assurer la pérennité du nouveau contrat. L'aubergiste est un patron possessif. Il veut la troupe pour lui seul. Mon époux lui a assuré que *La Tête de la Reine* avait rompu tout lien avec eux. N'est-ce pas ?

— Si fait.

— Alors il importe que cela se voie le plus clairement du monde. Si votre mari envisageait de renouveler cet engagement, cela effraierait notre aubergiste. Il est impulsif. Vous savez comment sont les hommes quand ils se sont mis une idée en tête.

— Oh, ça oui !

— Pouvons-nous compter sur votre appui en cette affaire ?

— Certes. Je veillerai à ce qu'Alexander n'ait plus d'autre contact avec les Hommes de Westfield. Que nous ont apporté les comédiens, sinon de la racaille dans notre cour ?

— Ils ont empli vos galeries de gens de qualité et vos poches d'argent, lui rappela Margery. Combien de bière et d'ale vendiez-vous, quand la foule affluait pour voir une pièce à *La Tête de la Reine* ? Pourquoi tant de visiteurs venaient-ils à Gracechurch Street pour se distraire, plutôt qu'à Southwark ou à Shoreditch ? Les Hommes de Westfield vous ont apporté le renom.

— Il est vrai, concéda l'autre avant de durcir le ton. Un renom associé à la corruption. Chez les comédiens, la débauche est innée. Notre fille Rose voyait sa virginité menacée deux fois par jour quand nous hébergions ces dépravés.

— Allons, allons ! répondit Margery d'un petit air fripon. Nous avons été jeunes, autrefois. Souvenez-vous : les dépravés ne nous paraissaient point si répugnants, alors.

Une vague lueur de plaisir éclaira le visage de Sybil, mais disparut immédiatement tandis qu'elle proférait une accusation :

— L'un des acteurs ne cessait d'envoyer des vers à Rose.

— Deux bouts de rime n'ont jamais engrossé personne.

— Ma fille ne sait pas lire.

— Elle est donc à l'abri de la tentation.

— Nous nous réjouissons de dire adieu aux Hommes de Westfield.

— Et aux bénéfices qu'ils vous valaient.

— Quel bénéfice y a-t-il dans un incendie dévastateur ? Que nous rapportent des rixes entre apprentis ?

— Un incendie arrive par la volonté divine. Chaque auberge, chaque maison de Londres vit dans la crainte du feu. Quant aux bagarres entre apprentis, elles sont causées par votre ale, non par nos comédies. En outre, aucune représentation des Hommes de Westfield n'a été interrompue à cause d'une émeute. Le théâtre impose une discipline aux plus turbulents. Les querelles d'ivrognes n'éclatent qu'une fois la pièce finie.

— Elles n'éclateront plus. Nous avons Leonard pour rétablir l'ordre.

— Et qui a amené Leonard à *La Tête de la Reine* ?

— Messire Bracewell.

— Ce n'est que l'une des nombreuses faveurs qu'il vous a consenties.

Margery avait semé les graines de la cupidité en leur donnant assez d'eau pour favoriser la croissance. Elle pouvait laisser Sybil fondre sur son époux longanime. L'idée de renoncer à un contrat lucratif au profit d'un concurrent lui donnerait au moins matière à réfléchir, sans qu'il imaginât un instant que ce n'était que pure invention. Une union qui se nourrissait de la discorde conjugale venait de recevoir une abondante source de conflit.

S'arrêtant à la porte, Margery jeta un dernier argument :

— Vous avez une autre raison de remercier messire Bracewell.

— Comment cela ?

— Un messager venu du Devon s'est désaltéré ici, or il est mort avant d'avoir pu s'acquitter de sa mission.

— Mort ? À cause de quoi ?

— D'une bière empoisonnée.

— La nôtre est la plus saine de Londres.

— C'est ce que tout le monde croit. Je suis sûre que vous ne voudriez pas que l'on change d'avis.

— Comment en changerait-on ?

— À cause de rumeurs malveillantes. Nicholas Bracewell dit qu'un de vos clients a empoisonné l'ale dans cette salle. Un meurtre a eu lieu sous votre propre toit.

— Un meurtre !

— Le messager est mort ailleurs, mais le forfait s'est produit à moins de vingt pas de l'endroit où je vous parle. Si l'histoire s'ébruitait, cela ne serait pas à votre avantage.

— Il ne faut pas qu'on le sache !

— Nicholas Bracewell se montre discret dans votre intérêt.

— Nous lui en sommes profondément reconnaissants.

Margery était un jardinier consciencieux.

— Un tel scandale pourrait vous mener à la ruine, dit-elle, aspergeant les graines une dernière fois. Quand *La Tête de la Reine* servait de foyer aux Hommes de Westfield, elle brillait par son renom. Qui voudrait s'asseoir dans un établissement célèbre pour son ale empoisonnée ?

Elle pouvait presque entendre les premiers germes tendres pousser.

Le Berkshire était un magnifique comté et la bruine s'apaisa pour leur permettre de le voir sous son meilleur jour. Un chaud soleil les sécha, leur fit relever la tête et réjouit leur cœur. Le vallon du Cheval blanc avait la particularité d'être réservé presque exclusivement à la culture du blé, et les champs dorés dansaient et ondoyaient tout autour d'eux. Vue d'un chariot brinquebalant, la simplicité de la vie campagnarde possédait un attrait enchanteur, et plus d'un, parmi les comédiens, songea à l'échanger contre les vicissitudes de sa propre existence. Les habitants du cru, en revanche, contemplèrent avec émerveillement la troupe gaiement vêtue qui passait, imaginant les joies d'une profession d'élite. Même des acteurs harassés savaient captiver l'œil du public.

À Wantage, ils trouvèrent un chirurgien pour Owen Elias, et la blessure fut traitée avant d'être à nouveau pansée. Se sentant responsable de l'accident de son ami, Nicholas paya le chirurgien, qui le complimenta sur les premiers soins qu'il avait prodigués au patient. Une auberge à Hungerford procura à la troupe une excellente occasion de se délasser, et l'étape finale du voyage fut entreprise avec beaucoup moins d'inquiétude. Même Barnaby Gill perdait de son aigreur. À la perspective de spectateurs bienveillants, les Hommes de Westfield reprirent encore plus courage. Les passagers du chariot se mirent à chanter et la voix d'Owen Elias était aussi joyeuse que mélodieuse.

Quand ils entrèrent dans le Wiltshire, la troupe poussa un hourra spontané. La distance à parcourir n'était plus très longue. Richard Honeydew grimpa sur le siège du cocher à côté de Nicholas et chercha à parfaire son éducation.

— On dit que le Wiltshire est couvert de forêts.

— Ce n'est vrai qu'en partie, dit le régisseur, qui tenait les rênes. Il s'agit plutôt de couronnes boisées qui s'étendent à travers le comté, et lorsque nous atteindrons Marlborough, nous serons à la lisière d'une des plus belles forêts d'Angleterre.

— Comment s'appelle-t-elle ?

— Savernake.

— Y trouve-t-on des bêtes sauvages ? demanda le jeune garçon, tout animé.

— Des centaines, Dick.

— Des ours et des loups ?

— Ils ont été tués il y a des siècles, du temps où Savernake était une forêt royale. Tu y verras encore des renards, des blaireaux, des lapins et des lièvres, sans parler des cerfs, et d'une infinie variété de gibier à plume. Mais dans ces bois-là, précisa Nicholas en se tournant pour lui sourire, certains des plus sauvages courent sur deux pieds.

— Deux pieds ?

— Les braconniers, expliqua Owen Elias, qui était assis derrière eux. Quand nous y serons, Savernake en comptera un de plus. Je n'ai rien à leur envier pour ce qui est de prendre un lapin au collet ou de capturer un faisan. Faites-moi confiance, mes amis, et nous aurons des rôtis de venaison pendant une semaine.

— C'est risquer la potence, avertit Nicholas.

— Vous disiez que ce n'était vrai qu'en partie, lui rappela l'apprenti. Qu'y a-t-il donc dans ce comté, excepté les forêts ?

— D'immenses plaines et des collines balayées par le vent. Là réside la véritable richesse du Wiltshire, et non dans ses bois ou ses terres agricoles. Sais-tu grâce à quoi, Dick ?

— Non.

— Aux moutons.

— Nous en avons déjà vu des centaines.

— Parcours le comté et tu en verras des milliers. Le Wiltshire est à même d'abriter d'innombrables moutons sur son sol mince. Leurs toisons et leur chair en ont enrichi plus d'un. Prends le cas de William Stumpe.

— Qui donc ?

— William Stumpe de Malmesbury.

Le gamin pouffa de rire.

— Voilà un drôle de nom[1].

— Personne ne riait de lui de son vivant car il devint le notable le plus prospère de la ville. Te conterai-je comment ?

1. *Stumpe* signifie « chicot ». (*N.d.T.*)

— S'il vous plaît, acquiesça Richard avec enthousiasme.

— William Stumpe était un drapier, qui s'acheta une abbaye lors de la dissolution des monastères par Henri VIII.

— Pourquoi ?

— Il avait besoin de place pour ses métiers à tisser. Il déboursa plus de quinze cents livres pour Malmesbury Abbey, puis concéda à la ville la nef de l'église abbatiale, afin que la paroisse pût l'utiliser.

— Que fit-il du reste ?

— Il y installa ses tisserands, dit Nicholas. En l'espace de quelques années, ils fournissaient trois mille draps par an. Cela lui rapporta d'énormes revenus. Stumpe était issu d'une famille modeste, pourtant il devint membre du Parlement et grand collecteur du Wiltshire du Nord. Même cela ne lui suffit pas. Il avait un autre projet beaucoup plus ambitieux.

— Quoi donc ?

— Osney Abbey.

— À Oxford ?

— Nous sommes passés juste devant, Dick.

— Ce drapier voulait l'acquérir également ?

— Oui, confirma Nicholas, qui connaissait l'histoire par cœur. Il projetait d'employer deux mille ouvriers à Osney. Deux milliers, Dickie. Peux-tu imaginer l'ampleur d'une telle entreprise ? Le coût d'une telle opération ? Nous ne saurons jamais si le projet aurait réussi, car il ne l'a pas réalisé, mais l'audace de cet homme force le respect. Deux mille ouvriers !

— Qu'advint-il de William Stumpe ?

— Il investit dans la terre et cela l'enrichit plus que jamais. Il vécut pour voir son fils fait chevalier, et ses trois petites-filles épouser des comtes.

Nicholas fit claquer les rênes pour presser les deux chevaux, puis exposa la morale de cette histoire :

— Stumpe démontra la valeur du travail et de l'esprit d'initiative. Peu importe où tu commences dans la vie, tu peux t'élever très haut à condition de le vouloir.

— Comment savez-vous tant de choses à son sujet ? s'étonna le jeune garçon.

— Mon père me les a apprises.

La phrase lui échappa si facilement que Nicholas n'en mesura pas tout de suite la portée. Le choc le réduisit au silence. Sans s'en rendre compte, il venait de relater à Richard une histoire que son père lui citait souvent en exemple lorsqu'il avait le même âge que l'apprenti. C'était un souvenir cruel d'une époque où Robert Bracewell instruisait et divertissait son fils des heures durant avec ses anecdotes sur des hommes d'affaires entreprenants. Le Wiltshire était depuis toujours l'un des premiers producteurs et exportateurs de drap, bien que sa laine n'égalât pas la qualité de celle de la frontière galloise et des Cotswolds. On pouvait faire fortune dans ce métier. L'essentiel de la production était désormais vendu à Londres par la compagnie qui avait supplanté les anciens marchands de l'Étape. D'autres suivaient la voie tracée par William Stumpe.

Nicholas s'était joyeusement nourri de ces histoires et il avait accepté sans discernement les opinions de son père. Cela n'était plus le cas. La désillusion était totale. C'était presque malsain de songer au temps où lui et Robert Bracewell avaient été amis. Nicholas regarda à la dérobée son jeune compagnon. Sa candeur et sa curiosité lui rappelaient ce qu'il était au même âge. L'adolescent ayant trouvé en lui une sorte de père adoptif, il résolut de ne jamais trahir son estime. Il fallait épargner cela à l'apprenti.

Richard n'avait pas idée du tourment intérieur de son ami.

— Votre père vit-il toujours ?

— Oui.

— Il sera heureux de vous voir quand vous arriverez dans le Devon.

Nicholas ne put se maîtriser suffisamment pour répondre.

Marlborough était une ville attrayante. Sur sa colline, au-dessus des méandres de la Kennet, elle dominait un superbe panorama de la forêt de Savernake jusqu'au sud-est et des collines dans les autres directions. La grand-rue était une large artère qui descendait de l'église St Mary, au sommet, à celle de St Peter and Paul tout en bas. Des maisons, des boutiques, des auberges étaient bâties côte à côte dans cette rue à laquelle la religion donnait une si claire démarcation. On voyait une profusion de toits en chaume.

Tout ce qu'ils découvraient plaisait aux Hommes de Westfield, et l'intérêt joyeux des gens de la ville était particulièrement agréable après la tristesse qui régnait à Oxford. Lawrence Firethorn en tête, ils empruntèrent la grand-rue et entrèrent dans la cour en fer à cheval du *Cerf blanc*. C'était une grande auberge bien achalandée, flanquée d'un jardin agrémenté par trois berceaux de verdure. Quoique les représentations des troupes de passage fussent données dans l'hôtel de ville adjacent, Nicholas envisagea de monter leurs pièces dans la cour. Sa forme se prêtait à toutes sortes de possibilités, et des sièges pourraient être placés dans les galeries en hauteur pour accroître le nombre de spectateurs. *Le Cerf blanc* offrirait un amphithéâtre idéal aux acteurs, comme naguère *La Tête de la Reine* sur Gracechurch Street.

Firethorn ne perdit pas de temps en formalités. Pendant qu'on déchargeait le chariot, Nicholas fut dépêché auprès des autorités de la ville pour obtenir la permission de présenter leurs spectacles. En pareille occasion, le régisseur se munissait toujours de leur patente, car cela conférait une légitimité à leur travail et les distinguait des troupes ambulantes qui couraient les campagnes en quête de publics moins soucieux de qualité. Ces acteurs-là étaient frappés par la loi du sceau de l'infamie. Seules les troupes accréditées, portant le nom d'un mécène, étaient en droit de jouer dans les villes et les bourgades par lesquelles elles passaient. Les notables faisant toujours preuve d'excès de zèle, Nicholas n'allait jamais les voir sans la preuve attestant de leur statut officiel.

— Les Hommes de Westfield ! Quel honneur pour nous !
— Grand merci, monsieur.
— Lawrence Firethorn nous a déjà fait la grâce de sa présence.
— Il en a conservé un chaleureux souvenir.
— Et nous aussi, mon ami. Nous aussi.
Le maire était un petit homme d'une cinquantaine d'années, barbu et contrefait, qui éprouvait tant d'affection pour sa chaîne qu'il l'effleurait sans cesse. Bien qu'enchanté de voir la troupe, il devait tempérer sa joie par de mauvaises nouvelles. Quelques cas de peste s'étaient déclarés à Marlborough. Ils ne s'étaient pas encore répandus et l'on priait avec ferveur dans les deux églises pour qu'ils n'atteignent jamais les proportions épidémiques d'Oxford, cependant les visiteurs devaient être avisés du danger. Le maire regretterait profondément que les Hommes de Westfield ne se jugent plus à même de jouer à la lumière de cette information, mais il comprendrait s'ils décidaient que le risque était trop grand.
— Nous monterons notre œuvre, répondit Nicholas d'un ton ferme.
— Alors Marlborough vous accueille à bras ouverts.
— Messire Firethorn ne voudrait pas entendre parler de fuir.
— Notre hôtel de ville est à votre disposition.
Nicholas reçut tout pouvoir en vue des préparatifs. Il fut convenu que les Hommes de Westfield donneraient deux représentations à l'hôtel de ville, l'une le soir même et l'autre l'après-midi suivant. Cela permettrait à un grand nombre d'habitants de Marlborough d'apprécier leur œuvre, et la compagnie reprendrait la route de Bristol tôt le lendemain soir. La brièveté du séjour réduisait aussi les risques de contracter l'infection, qui avait déjà fait trois victimes. Pour la première représentation, à laquelle assisterait la haute société de la ville, le maire s'offrit à verser vingt shillings sur les deniers publics. C'était une proposition généreuse. Si Nicholas avait

feuilleté les comptes de la dernière décennie, il aurait vu que la plupart des troupes itinérantes étaient beaucoup moins bien payées, certaines tout juste deux shillings. Comme les Hommes de Westfield, elles avaient pu compléter ce paiement en demandant un prix d'entrée ou en quêtant à la fin de la pièce. L'après-midi suivant, Lawrence Firethorn donnerait pour instructions aux collecteurs de faire les deux.

Nicholas prit congé du maire et regagna bien vite *Le Cerf blanc* pour apporter la nouvelle au chef de la troupe. Les premiers cas d'épidémie ne le découragèrent pas.

— Qu'on me donne un public et je jouerai dans une colonie de lépreux.

— Cela s'accorderait fort bien à la qualité de votre jeu, dit Barnaby Gill en ricanant.

— Osez-vous insulter mon art ?

— Je vous le dirai, si par hasard je l'aperçois.

— Hors de ma vue, nigaud vaniteux !

— Ceux qui viennent admirer Lawrence Firethorn s'en iront en ayant aux lèvres le nom de Barnaby Gill.

— Pour se demander qui était cet idiot aux yeux papillotants.

— Nul ne peut empêcher le génie de briller.

— Rappelez-vous ces mots ce soir, quand le mien vous aveuglera.

La bonne humeur se répandait, au *Cerf blanc*. Quand Lawrence Firethorn et Barnaby Gill se harcelaient mutuellement, tout allait bien chez les Hommes de Westfield.

Nicholas prit le contrôle de la situation. Deux des employés furent chargés de faire le tour de la ville pour annoncer la représentation du soir. L'un battrait du tambour, l'autre soufflerait du cor. Ils réduiraient Marlborough à la soumission en l'assourdissant, puis l'attireraient en déclamant quelques morceaux choisis. Quant à Nicholas, il se rendit à l'hôtel de ville avec ses assistants afin de voir comment en tirer parti au mieux. C'était une grande salle dont le plafond, bas et incliné, était fixé par d'épais chevrons. Le régisseur décida immédiatement de l'emplacement de la scène, tout au bout de la salle où une porte donnait sur une antichambre qui leur fournirait une loge sans qu'il soit besoin d'autres aménagements. Des chaises occuperaient la place d'honneur au premier rang, des bancs accueilleraient les spectateurs de condition plus modeste, et il y aurait amplement assez de place pour les spectateurs debout. Un prix de deux pence pour un siège et d'un penny debout rapporterait une coquette somme d'argent.

La décision majeure concernait l'éclairage. Les représentations à *La Tête de la Reine* étaient à la merci des caprices du ciel, et la compagnie comptait sur l'indulgence du public. Mais on ne pouvait empêcher les rires moqueurs quand une intrigue située dans les déserts d'Asie était interprétée par des acteurs grelottant dans la bise, où que des personnages se plaignaient de la neige tout en transpirant sous le soleil de l'après-midi. Une scène se déroulant au cœur de la nuit semblait un peu comique, au grand jour. L'hôtel de ville modifiait les conditions de la représentation et autorisait un certain contrôle. Nicholas décida de profiter de la lumière naturelle qui entrerait à flots pendant la première partie du jour, et d'y suppléer peu à peu au moyen de chandelles, de torches et de lanternes. Pour la scène finale, de la corde enduite de poix serait allumée dans des récipients.

Firethorn vint explorer les lieux.

— Tout va bien, Nick ?

— Je n'entrevois aucun problème.

— Dans cet hôtel, j'ai déjà donné la pleine mesure de mon talent.

— Les voix portent bien.

— La mienne parviendra jusqu'à Stonehenge ! tonitrua l'acteur avec un large geste de la main. Écoutez ! N'entendez-vous pas ces pierres se fendre et s'ébranler au son de mon tonnerre ? Je peux surpasser Jupiter lui-même !

— Je le crois volontiers, messire.

Nicholas se détourna pour donner ses instructions aux employés qui attendaient à côté. Ils coururent chercher la scène improvisée et les rideaux dans le chariot. Une répétition était imminente, ce n'était pas le moment de flâner. En dépit de sa patience, le régisseur savait se montrer sévère envers celui qu'il prenait à paresser. Nicholas était déterminé à ce que la première représentation de leur tournée satisfasse à une haute exigence de qualité. Non seulement elle captiverait le public, mais elle libérerait aussi les tensions au sein de la troupe et lui rendrait confiance en elle.

Firethorn profita de ce qu'ils étaient seuls pour s'entretenir avec Nicholas en privé.

— Parlons de la blessure d'Owen.

— Elle ne l'empêchera pas de jouer ce soir.

— Ce qui m'inquiète davantage, c'est la manière dont il l'a reçue, Nick. Ce coup de dague dans le noir vous était destiné, n'est-ce pas ?

— Je crains que oui.

— Savez-vous qui est le traître qui vous veut du mal ?

— Pas encore, admit Nicholas. Le palefrenier du *Chien* l'a seulement entrevu dans la pénombre et n'a eu qu'une vague idée de sa taille et de son âge. Mais cela n'a fait que confirmer ce que je supposais déjà.

— Ne possède-t-on pas d'autre indice sur son identité ?

— Rien, hormis ceci.

Il présenta la dague, tombée la nuit précédente durant la lutte. C'était un beau poignard à lame fine, et le manche décoré permettait une prise solide. En la tenant dans sa main, Nicholas en éprouva l'équilibre parfait et regarda avec appréhension la pointe luisante. Owen Elias avait eu infiniment de chance. Cette dague ne servait pas à blesser, mais à tuer d'un seul coup.

— Ce poignard n'appartient pas à un simple coupe-jarret, dit Firethorn en l'examinant. Et ce n'est pas l'ouvrage d'un artisan anglais. Il a été forgé en France. L'homme qui le possédait a acquis chèrement le privilège de le posséder.

— Il reviendra le chercher.

— Alors, il le trouvera entre ses côtes.

— Je resterai sur mes gardes.

— Nous avons besoin de vous vivant, cher cœur ! Comptez sur vos amis. Nous sommes là pour vous protéger.

— Il me faut l'inciter à attaquer une fois encore.

— Auriez-vous perdu l'esprit ?

— C'est le seul moyen, dit Nicholas. Tant qu'il est en liberté, mon existence est menacée et la compagnie en souffre. Cet homme est prêt à me tuer pour m'empêcher d'atteindre Barnstaple. Il doit avoir une bonne raison pour cela. J'ai besoin de découvrir laquelle. Il faut le faire sortir de sa tanière.

— Et vous serviriez d'appât ! Non, Nick, c'est de la folie !

— Croyez-moi, il ne m'échappera pas.

— Ce jour-là, remettez-moi ce misérable, dit Firethorn en fouettant l'air de la dague. J'arracherai la vérité à son cœur noir.

L'homme parvint à Marlborough une heure avant les comédiens et se trouvait dans la grand-rue quand ils entrèrent en ville. La nouvelle de la représentation du soir fut vite diffusée et propagea l'animation jusqu'aux faubourgs environnants. Les troupes londoniennes partaient rarement en tournée lorsqu'elles pouvaient jouer devant de plus vastes publics dans les théâtres de la capitale. Marlborough appréciait sa chance et en profitait pleinement. Les deux représentations étaient assurées de faire salle comble. L'homme résolut de se glisser parmi les spectateurs ce soir-là. Une troisième tentative contre Nicholas en autant de jours eût été malavisée. Le régisseur serait sur le qui-vive et, comme l'homme l'avait découvert à ses dépens, il avait des amis vigilants à ses côtés. L'assassin ne pouvait tuer toute la compagnie afin d'atteindre Nicholas. Il y avait à coup sûr un autre moyen de réaliser cet objectif vital. En regardant la pièce ce soir-là, il espérait le découvrir.

Il prit une chambre dans une auberge près des ruines du château, au bas de la ville. L'après-midi lui donna l'occasion de rattraper un peu du sommeil perdu à poursuivre sa proie insaisissable. Le début du soir le trouva reposé et impatient de se préparer pour sa visite à l'hôtel de ville. Il demanda un miroir et la fille qui l'apporta le contempla avec complaisance en pouffant de rire. Elle avait été frappée par son charme rude et avait cru voir en lui un gentilhomme. Il avait un côté taciturne qui ne faisait qu'augmenter sa séduction. Elle resta devant lui, radieuse, espérant de l'argent ou un baiser en guise de récompense. Elle ne reçut ni l'un ni l'autre. Son empressement irrita l'homme au point qu'il lui arracha le miroir des mains et la poussa dehors. La seule caresse sur ses lèvres fut celle de la porte, qu'il lui claqua au nez.

Bien que l'homme eût apporté de quoi se changer, il garda sa tenue de cavalier, moins ostentatoire dans une petite ville provinciale où il avait besoin de se fondre dans la foule. Pour la barbe et la coiffure, c'était une affaire différente, et il s'attarda longuement devant le miroir pour se peigner. Il tint une boucle d'oreille en perle contre son lobe et l'y admira avant de la reposer. Ce qu'il pouvait porter sans susciter de commentaires à Londres eût attiré par trop l'attention dans le Wiltshire. Il était encore furieux d'avoir perdu sa dague, mais glissa sa jumelle dans le fourreau à l'arrière de sa ceinture. Après avoir vérifié une dernière fois son apparence dans le miroir, il fut prêt à partir.

À son arrivée, l'hôtel de ville s'emplissait rapidement et sa pièce de deux pence lui acquit l'une des rares chaises inoccupées. Il en choisit une au milieu d'une rangée un peu éloignée de la scène afin de se perdre dans le public. À sa droite, il avait un aimable fermier qui avait parcouru deux lieues à cheval pour savourer ce régal. Sur sa gauche, un jeune homme replet, guère intéressé par le divertissement, reprochait amèrement à sa jolie femme de l'avoir forcé à venir à l'hôtel de ville. L'homme accorda peu d'attention à l'un et l'autre de ses voisins. Il regretta que le fermier ait si mauvaise haleine, et espéra que le couple querelleur — un meunier et son épouse, d'après les quelques mots qu'il avait pu surprendre — se calmerait pour voir la pièce. L'assassin était là dans un dessein qui requérait sa plus totale concentration.

Le Joyeux Mécontent comblait toutes les attentes. C'était une comédie pleine d'esprit sur un médecin de Londres, le docteur Blackthought, qui passait sa vie à dispenser ses critiques dégoûtées partout où il le pouvait. Rien n'avait l'heur de lui plaire. Il épanchait sa bile contre le monde et ses usages avec virulence. Au lieu de soigner ses patients, le médecin mécontent leur communiquait sa propre irritation. Le problème devint si sérieux que son épouse et ses amis conçurent ensemble un plan en vue de le sauver, mais en vain. Quand ils s'attaquèrent aux causes fondamentales de sa rancœur, et parvinrent réellement à les résoudre par des moyens financiers ou autres, Blackthought fut outré parce qu'il n'avait plus d'exutoire pour ses idées noires. Il n'était véritablement heureux que mécontent. Quand ils le comprirent, les autres se vengèrent de lui avec tant de cruauté qu'ils lui assurèrent une satisfaction éternelle. Le médecin put hurler contre le destin malveillant avec un sincère ravissement.

La pièce était bien choisie. Les spectateurs l'adorèrent, les acteurs l'interprétèrent superbement et Barnaby Gill déploya tout son éventail de gestes et d'inflexions comiques dans le rôle du perpétuel insatisfait. Le thème médical était d'un à-propos particulier dans une ville touchée par les premiers signes de la peste, et le rire soulagea immensément l'anxiété. L'humour macabre gagnait en profondeur. Même dans la version raccourcie imposée par une distribution restreinte, *Le Joyeux Mécontent* inspirait une intense jubilation. C'était une œuvre élégante et bien construite, idéale pour Marlborough.

Lawrence Firethorn se sentait dans son élément. Les Hommes de Westfield tenaient encore leur public sous le charme, et c'est lui qui en était la vedette. Barnaby Gill pouvait bien incarner le personnage principal, le sémillant Sir Lionel Fizzle lui volait une scène après l'autre. En bouillant chevalier, Firethorn s'était taillé un rôle sur mesure. C'était lui qui rendait le mécontent vraiment heureux dans son malheur en le cocufiant. Durant la scène de séduction avec Richard Honeydew, l'épouse candide mais avisée, Firethorn exerçait un si fort ascendant sur les éléments féminins du public qu'on les entendait se pâmer. Cela mit l'acteur de belle humeur. En quittant les planches à la fin de la scène, il eut une brève conversation avec Nicholas.

— Barnaby s'obstine à penser que cette pièce est la sienne !

— Tout se déroule bien, dit Nicholas en gardant un œil sur le livre de régie. Messire Gill est en grande forme.

— Comme une vieille rosse qui galope en cercle autour de la scène, pendant que je fais des acrobaties sur son dos tel un singe savant. Le choix du rôle est le secret du comédien. Barnaby fait tout le travail, je récolte les applaudissements.

Nicholas l'écarta pour donner le signal à un groupe d'acteurs qui devait entrer en scène. George Dart — dans son cinquième rôle de la soirée — était du nombre, et il accomplissait sa tâche avec une résignation hébétée. La réduction de la compagnie imposait beaucoup de fardeaux supplémentaires au régisseur, mais c'était le petit assistant qui souffrait le plus. Non content de monter la scène, de poser le rideau et de ranger tous les costumes et les accessoires dans la loge, George recueillait les entrées avec ses compagnons avant de courir dans les coulisses pour changer le décor, interpréter chacun de ses cinq rôles avec un manque de talent identique et prendre sa place coutumière de souffre-douleur auprès des Hommes de Westfield. C'était un mécontent qui n'avait pas le temps d'être heureux.

L'hôtel de ville se réjouissait. Le maire riait de Barnaby Gill pendant que sa femme s'éprenait doucement de Lawrence Firethorn. Les spectateurs assis sur les chaises applaudissaient, ceux des bancs tapaient des pieds et ceux debout au fond faisaient les deux en même temps tout en hurlant de joie. Certains mots d'esprit étaient trop fins pour le public, toutefois il restait largement de quoi faire de l'événement un divertissement phénoménal. Même le meunier l'apprécia, au début. Mais à mesure que la pièce approchait de la fin, il sembla brusquement s'en désintéresser et s'endormit. Sa tête tomba d'abord sur l'épaule de sa femme puis, quand elle se dégagea d'une secousse, sur la nuque de l'homme devant lui. Pendant que tous les autres se convulsaient de rire, le jeune homme ronflait.

Son voisin immédiat l'ignora, au début. Bien qu'il fût là pour une raison plus sinistre, il savourait la pièce. Il fut particulièrement impressionné par l'interprétation de Barnaby Gill et ne pouvait en détacher son regard. Pendant l'épilogue, la salle était dans le noir, hormis la scène éclairée par des chandelles et la corde imprégnée de poix, qui brûlait dans des récipients en exhalant bruyamment de la fumée. Le meunier ronfleur s'affala contre l'homme à la barbe noire, qui le repoussa aussitôt. Cela ne l'éveilla pas, non plus que le tonnerre d'applaudissements qui marqua la fin de la pièce. Firethorn et Gill rivalisèrent pour occuper le centre de la scène, chacun convaincu d'avoir porté le spectacle à bout de bras.

L'assassin observa Gill attentivement pendant que celui-ci s'inclinait bien bas et envoyait des baisers à son public, mais son attention fut bientôt détournée. Ronflant plus fort que jamais, le meunier était tombé à nouveau contre lui, mais sa main, elle, ne dormait pas. Avec une adresse consommée, elle se referma sur sa bourse et la soupesa avant de la tirer en douceur. Néanmoins, le détrousseur fut trop lent. Une étreinte de fer enserra son poignet. Il ouvrit les yeux avec horreur.

Quand Firethorn eut tiré du public l'ultime applaudissement, il se retira dans la loge avec sa troupe pour déverser sur elle une pluie de félicitations. La soirée se révélait un triomphe et toutes leurs contrariétés avaient été effacées par cinq actes de comédie débridée. Les Hommes de Westfield avaient obtenu une fort jolie recette qu'ils pourraient verser dans leurs coffres vides. Il ne leur restait plus qu'à se changer et à regagner *Le Cerf blanc* pour un souper bien mérité. Comme l'hôtel de ville serait fermé à clef, tout pouvait y rester jusqu'à la représentation du lendemain.

La vanité de Barnaby Gill avait toutefois besoin d'être flattée davantage.

— Avez-vous reconnu mon personnage, Lawrence ?

— Il était horriblement familier, grogna Firethorn.

— Je me suis appuyé sur un modèle.

— Mais certainement pas sur un être humain.

— Alexander Marwood.

— Ne souillez pas votre langue par ce nom empoisonné.

— J'étais un aubergiste mécontent criant de vérité.

— Quittez donc le théâtre et embrassez votre vrai métier.

Edmund Hoode s'interposa entre eux et la querelle s'acheva bien vite. Firethorn était heureux, maintenant qu'il avait une fois de plus mécontenté Gill.

Les spectateurs sortirent peu à peu en évoquant les souvenirs de la soirée. Certains se rappelaient les jeux de mots, d'autres les chansons comiques, et l'un d'eux tenta même d'imiter la gigue endiablée du docteur Blackthought. Nicholas écouta la rumeur de leurs voix disparaître puis sortit de la loge. Il ne restait plus qu'une personne du public, effondrée sur sa chaise et tout à fait indifférente au départ général. Le régisseur voulut l'éveiller avant que les acteurs ne sortent, car le sommeil était une mauvaise critique. Firethorn et Gill s'en seraient pris violemment à quiconque avait le front de s'assoupir durant une de leurs représentations.

— Réveillez-vous, messire, dit Nicholas. Nous avons fini.

L'homme ne bougea pas. Ses traits rougeauds étaient envahis par une pâleur livide.

— La pièce est terminée. Vous devez partir.

Nicholas le regarda plus attentivement et lui trouva quelque chose de familier.

— Debout, monsieur ! Il est interdit de dormir ici.

Le régisseur le secoua avec vigueur mais l'homme ne se réveillerait plus. Sa tête tomba sur le côté et il s'écroula par terre. Quand Nicholas s'agenouilla près de lui, il le reconnut pour de bon. Un changement de vêtements et de chapeau avait transformé William Pocock en un meunier du Wiltshire. L'homme avait été poignardé en plein cœur, d'une main si experte que la mort avait été instantanée. Le sang s'était accumulé sous son gilet et avait laissé une énorme tache rouge sur l'étoffe, mais aucun des spectateurs ne l'avait vue dans la demi-pénombre de l'hôtel de ville. Au milieu de leur hilarité, l'un d'entre eux avait été exécuté froidement.

Nicholas ne reconnut pas seulement le complice d'Israel Gunby. L'œuvre du tueur portait également une signature, que Nicholas avait déjà vue sur le bras d'Owen Elias. Il adressa une courte prière pour l'âme du défunt, puis fut parcouru par un frisson d'inquiétude.

L'assassin avait à nouveau frappé.

8

Barnstaple était la plus grande ville au nord du Devon. Fière de son histoire et sûre de son âme, c'était un centre d'échanges commerciaux depuis l'époque des Saxons. Sa corporation gouvernait essentiellement dans l'intérêt de ses membres, les marchands, dont la principale richesse provenait du commerce côtier et étranger. La Taw était envahie par la vase, mais la ville située sur sa berge restait le premier port de la région. Bideford, à proximité, se trouvait sur la Torridge, plus profonde et rectiligne, tandis qu'Appledore bénéficiait d'un bon mouillage près du confluent des deux rivières. Néanmoins ni l'une ni l'autre, en dépit de leurs avantages naturels, ne pouvait rivaliser avec Barnstaple.

La demeure de Crock Street était une des plus grandes de la ville, toutefois elle reflétait la prospérité et le rang de son propriétaire de la manière la plus modeste qui soit. Bâtie à un angle, la façade était relativement étroite, mais sa profondeur totale s'étendait à près de cent quarante pieds. Au niveau du sol, elle se composait de deux bâtiments séparés par une cour ; celui à l'avant contenait une boutique, une pièce de réception et un bureau, l'autre, à l'arrière, comprenait la cuisine, la réserve à provisions, l'office principal et une petite brasserie. Derrière les cuisines se trouvait la grande cour, avec de chaque côté l'entrepôt. Des écuries surmontées par une grange complétaient le rez-de-chaussée.

En dépit de sa taille, la demeure ne dominait pas les

autres propriétés blotties contre ses murs, mais s'intégrait tranquillement parmi elles et leur permettait de puiser de la force à son contact. Elle s'élevait sur quatre étages. Au premier s'étendait le grand hall, la salle principale de la maison, avec un petit bureau de comptabilité attenant. Les chambres à coucher se trouvaient au deuxième, directement au-dessus du hall. La chambre en façade avait une belle fenêtre à meneaux, qui donnait une vue étrangement déformée de West Gate toute proche et de la chapelle St Nicholas. De l'étage supérieur, les contours et le développement de la plus grande partie de la ville s'exposaient aux regards. Par-dessus West Gate, on pouvait aussi apercevoir les navires passant sur la Taw et saisir ainsi l'essence même de Barnstaple.

La femme assise, seule, dans la chambre de la façade ne montrait aucune inclination à admirer les vues diverses offertes par sa maison. Elle ne regardait qu'en elle-même. Elle restait immobile sur sa chaise, une Bible ouverte sur les genoux. Mary Whetcombe portait la toilette noire austère d'une veuve affligée, toutefois la mort de son époux, si récente fût-elle, n'avait pas ravagé sa pâle beauté. Celle-ci était même rehaussée par la tragédie. Le petit visage en cœur, encadré de cheveux sombres coiffés avec soin, était empreint d'un charme triste qu'il n'avait jamais possédé avant. Même dans sa robe de deuil, son corps bien tourné conservait sa séduction. Mary Whetcombe portait ses trente ans avec une légèreté surprenante. Mince et élégante, elle avait subi de nombreux coups du destin, mais ceux-ci ne laissaient presque aucune marque sur elle. Sa souffrance restait contenue à l'intérieur, plus aiguë, mais là ses dommages demeuraient moins visibles.

Un coup frappé à la porte la tira en sursaut de sa rêverie. Son frémissement d'espoir disparut immédiatement quand une servante fit entrer dans la chambre un grand homme maigre, à la calvitie naissante. Arthur Calmady arborait le costume noir propre à sa fonction et l'air pieux de celui qui a une mission dans la vie. Tandis que la servante se retirait, le visiteur s'inclina avec respect puis s'approcha de la maîtresse de maison.

— Bonjour, dit-il d'une voix douce.

— Bonjour, répondit-elle tout bas.

— Avez-vous médité sur le passage que je vous ai recommandé ? demanda-t-il en remarquant la Bible. J'espère qu'il vous a apporté du réconfort et de la consolation, Mary.

Il attendit qu'elle le lui confirme par un petit hochement de tête.

— Le deuil est une période où notre esprit se résigne à la perte d'un être cher, mais il ne doit pas s'accompagner d'un sentiment de désespoir. La mort de Matthew était la volonté de Dieu. Ce n'était pas un accident fortuit, Mary, mais un élément du plan divin. Puisez quelque secours dans cette pensée.

— J'essaierai, murmura-t-elle.

Arthur Calmady était le prêtre de l'église paroissiale St Peter. Alors qu'il ne fréquentait qu'occasionnellement la maison du vivant de Matthew Whetcombe, il s'y présentait chaque jour depuis la mort prématurée du marchand, et se plaisait à croire que ses attentions onctueuses exerçaient une influence bénéfique sur la veuve. Il avait des traits taillés à la serpe, avec un gros grain de beauté au creux d'une des joues. On admirait son intelligence et l'on vantait son sérieux, mais les chrétiens les moins dociles de la paroisse se seraient fort bien dispensés des critiques qu'il lançait du haut de sa chaire. Ils voulaient un pasteur aimant pour s'occuper de ses brebis, alors qu'il fondait sur eux tel un chien de berger dévot. Ayant toujours connu le célibat, il avait un air détaché du monde que contredisaient ses petits yeux ronds et ses lèvres humides. Arthur Calmady accomplissait tous ses devoirs avec un zèle louable, mais prenait un plaisir particulier à rendre visite aux veuves éplorées dans l'intimité de leur chambre à coucher.

— Vous ferai-je la lecture, Mary ? proposa-t-il.

– Non, merci.

— Cela pourrait apaiser votre esprit.

— Je me sens en paix.
— Puis-je m'asseoir près de vous un moment ?
— Si vous le désirez.
— Puis-je partager votre affliction ?

Calmady s'assit sur la chaise à côté d'elle et prit l'une de ses mains dans les siennes. Mary ne protesta pas. Alors que le prêtre commençait à psalmodier une prière, elle n'avait pas seulement conscience de sa présence. Ses pensées étaient à mille lieues de Barnstaple. Dix minutes s'écoulèrent avant qu'il ne libère sa main et ne se lève pour partir. Calmady s'excusa d'un ton patelin de l'avoir importunée et se dirigea vers la porte. Tout en l'ouvrant, il se retourna vers elle.

— Y a-t-il des nouvelles, Mary ?
— Aucune.
— Combien de temps cela fait-il, à présent ?
— Trop longtemps.
— Nous devons prendre patience et prier, conseilla-t-il. C'est le seul moyen de combattre la peur et l'anxiété. Les prières guérissent tous les maux. Quand il y aura du nouveau, faites-le-moi savoir aussitôt, ajouta-t-il, plus terre à terre. Envoyez un domestique au presbytère. C'est important.
— Fort bien.
— Au revoir, Mary.

Arthur Calmady sortit tel un spectre et ferma la porte sans bruit derrière lui. Pour un homme d'une religiosité si exacerbée, le monde entier était la maison de Dieu et il s'y déplaçait avec le pas mesuré du vrai croyant. Il descendit l'escalier tournant comme s'il s'était agi des degrés de l'autel. Quand la servante lui ouvrit la porte principale, il s'engagea dans la rue ainsi que dans la nef d'une cathédrale. Dès qu'il fut parti, l'enfant sortit de sa cachette dans la cour et courut jusqu'à la chambre de la façade. Elle entra sans frapper et alla se placer devant sa mère. Lucy Whetcombe était une fillette menue, qui pouvait avoir entre dix et quinze ans. Son corps sec et nerveux faisait pencher pour la première possibilité, mais le petit visage crispé incitait à préférer la seconde. Ce qu'elle avait hérité de beauté maternelle était assombri par l'inquiétude et le désarroi. La sobre robe foncée accentuait la blondeur de ses cheveux et la pâleur de son teint.

Elle se força à sourire d'un air interrogateur.

— Non, Lucy, dit sa mère en secouant la tête.

Les yeux de l'enfant répétèrent la question avec plus de gravité, mais obtinrent la même réponse triste. En parlant, Mary articulait avec soin afin que sa fille pût lire sur ses lèvres, et complétait les mots par des gestes des mains.

— Nous n'avons aucune nouvelle. Nous ne savons pas où elle est allée, ni pourquoi. Mais ce n'est pas toi qu'elle a fuie. Elle t'aime, Lucy. Nous t'aimons tous. Susan te reviendra. On la retrouvera. Sa place est ici, avec nous.

Quand l'enfant eut déchiffré ce message, elle tenta d'y répondre, mais ne put émettre que des sons incohérents. De frustration, elle martela ses cuisses de ses poings et se mit à pleurer en silence. Mary la prit dans ses bras et la serra fort. Des larmes roulaient sur ses joues.

— Nous ne sommes pas seules, dit-elle, puisque je t'ai et que tu m'as.

Mais sa fille ne l'entendait pas.

Israel Gunby avait vécu si longtemps de ruse et d'astuce qu'il pouvait s'adapter à toutes les circonstances à la vitesse de l'éclair. Au lieu de perdre du temps à déplorer la mort d'un complice, il chercha à en apprécier les bons côtés.

— Ned n'aurait pas vécu beaucoup plus longtemps, remarqua-t-il d'un ton allègre. Cet étranger m'a évité la peine de dépêcher sa carcasse grasse vers l'autre monde.

— Il l'a tué juste à côté de moi, se plaignit Ellen, encore bouleversée. J'ai eu grand-peine à ne pas pousser un hurlement d'horreur.

— Cela aurait signifié notre ruine, ma mie.

— C'est bien pourquoi je me suis retenue.

— La Loi se serait abattue sur nous. Tout aurait été

perdu par le cri d'une femme. Et tout cela pour quoi ? Un Ned Robinson. Notre gros détrousseur. Ils nous attraperont peut-être un jour, Ellen, et ils nous pendront côte à côte, mais je n'irai pas au gibet à cause d'un imbécile comme Ned Robinson. Il a mérité son sort.

— C'était terrifiant, Israel !

— Tu t'es bien comportée, ma mie.

— J'étais si effrayée !

Israel Gunby attira sa femme contre lui et caressa ses cheveux. Ils étaient couchés au *Renard sous l'orme*, une petite auberge à environ une lieue au sud-ouest de Marlborough. Les événements survenus à l'hôtel de ville la nuit passée avaient nécessité de quitter la ville rapidement. Pendant que Ned Robinson et Ellen travaillaient en équipe, Gunby s'était installé à deux pas, dans la salle du *Soleil levant*. En bavardant avec le tenancier et en guidant la conversation avec fermeté, il avait appris combien de clients séjournaient dans l'établissement, si leurs malles étaient bien lourdes, et dans quelle direction ils voyageraient le lendemain matin. Tout en commettant un forfait, Israel Gunby aimait en préparer plusieurs autres. Une organisation soigneuse était le fondement de sa carrière. Quand les plans tournaient court — comme à l'hôtel de ville —, il s'éclipsait prestement et dissimulait ses traces.

En l'occurrence, leur mésaventure comportait une ample compensation.

— Combien a ramassé Ned avant de se faire prendre ?

— Plus de sept livres.

— Ces gros doigts possédaient une belle dextérité.

— Ça, oui, convint Ellen. Il a subtilisé les premières bourses dans la foule, pendant que nous poussions pour entrer. Un homme avait cinq anges [1] sur lui. Ned me les a glissés par mesure de prudence.

— Qu'a-t-il pris pendant la pièce ?

1. Ange : petite pièce d'or, portant l'effigie de l'archange Michel. (*N.d.T.*)

— Les bourses des deux spectateurs devant lui, et de celui qui était assis de mon côté. Ned s'est penché contre moi comme s'il dormait à poings fermés, et l'a délesté en un clin d'œil. S'il s'était arrêté là, il serait en vie pour partager le butin. Mais il a été trop gourmand.

— Et l'assassin ?

— Un gentilhomme séduisant, qui avait une barbe noire.

— Mais je gage qu'il n'était pas d'ici, dit Gunby avec un petit rire. Ces gens du Wiltshire sont trop confiants. On pourrait grimper à l'intérieur de leur poche et jeter leurs pièces une à une sans qu'ils remarquent rien.

— Il m'a glacé les sangs.

— Ned Robinson ?

— Le meurtrier.

— Oublie-le, Ellen, raisonna son mari. Il s'est glissé dans la foule et doit être dans un autre comté, à l'heure qu'il est. Ned a joué de malchance, mais son infortune tourne à notre avantage.

Le visage de la jeune femme s'éclaira.

— Tu as raison, Israel. Nous sommes toujours libres, et toujours ensemble. C'est tout ce qui importe, à la fin. Pourtant, c'est tellement dommage, pour Ned !

— Quoi donc ?

— Cela a gâché la pièce. Je m'amusais tellement jusqu'à ce moment-là !

— *Le Joyeux Mécontent*, c'est ainsi qu'elle s'appelle ?

— Quelle comédie réjouissante ! Toute la ville riait aux éclats.

— Les Hommes de Westfield nous ont été précieux en cette affaire. Ils ont fait venir les bourses et Ned Robinson n'a eu qu'à les cueillir. Les gens qui rient sont des proies faciles.

— Lawrence Firethorn est le plus grand acteur au monde, dit-elle avec une franche admiration. Si je ne t'avais pas épousé, je serais heureuse de partager son lit. Et la moitié des femmes de Marlborough diront de même.

— Je ne pense pas, ma mie.
— Pourquoi ?
— Parce que je lui ai à nouveau arraché le plaisir des bras. Non, Ellen, dit-il avec un rire grêle. Lawrence Firethorn ne fera aucune conquête dans cette ville, je t'en donne ma parole.

— Je ne le tolérerai pas, monsieur ! Vous avez bafoué mon hospitalité !
— Écoutez-moi donc jusqu'au bout !
— Je préférerais vous voir au bout de la route et dire bon débarras !
— Mais nous avons une représentation à donner cet après-midi !
— Oui, messire Firethorn ! Vous voulez usurper mon rôle entre les draps.
— Ce n'est pas vrai.
— Alors pourquoi avoir adressé une lettre à mon épouse ?
— Je n'en ai rien fait !
— Pourquoi l'enflammer par des déclarations brûlantes ?
— Je n'ai jamais rencontré cette bonne dame.
— Pourquoi attiser sa passion ?
— Rien n'est plus éloigné de mes vœux.
— Emportez vos désirs lubriques loin de Marlborough !
— Vous êtes mal informé.
— Allez colporter votre vit dans une autre ville !
Le maire se mettait dans une telle rage que ses joues cramoisies semblaient prêtes à éclater. Ses yeux jetaient des éclairs, son corps frémissait et ses petites mains s'agrippaient à sa chaîne d'or comme un noyé à la corde qui pourrait le sauver. Lawrence Firethorn avait envie de rire devant ce comportement absurde, mais l'importance de son visiteur et la présence d'un constable l'incitèrent à se contrôler. Le maire et son épouse avaient assisté à la représentation assis au premier rang, mais l'acteur vedette n'avait accordé à la dame qu'un regard en pas-

sant. L'hôtel de ville était empli de visages plus avenants que celui d'une femme mûre, au teint rouge et au rire bruyant. Elle était trop affamée au goût de Firethorn.

Ils étaient dans un salon privé du *Cerf blanc* quand le maire était arrivé en trombe, ce matin-là. Firethorn avait supposé qu'il apportait les félicitations de la ville. Au lieu de se voir encensé pour son jeu, l'acteur était accusé de tenter de séduire l'épouse du maire.

— Fornicateur !

— Baissez le ton, messire.

— Menteur et adultère !

— Je conteste ces accusations !

— Traître !

— Appelez votre épouse et elle proclamera mon innocence !

— Aaaaaah !

Le maire poussa un cri de désespoir et tordit sa chaîne autour de son cou au point de frôler l'asphyxie. Les femmes étaient de viles créatures et l'amour une épée à double tranchant. *Le Joyeux Mécontent* amenait des larmes dans le sillage des rires. L'épouse du maire s'était sentie complètement transportée par l'intensité de la pièce et la sensualité du jeu de Firethorn. Plus enfiévrée qu'elle ne l'avait été depuis des lustres, elle était tombée sur son mari avec tant de ferveur dans l'intimité de leur lit à baldaquin qu'il avait eu à peine le temps d'arracher ses chausses. Le plaisir fut instantané, et ce qui le combla plus que tout fut que cet événement hors du commun se fût produit alors qu'il portait encore sa chaîne d'or. Sa fonction de maire et sa virilité avaient fusionné en une nuit de folie. Mais tout cela n'était qu'une cruelle illusion. L'ardeur de sa femme avait été provoquée par Lawrence Firethorn, seul véritable objet de ce regain d'appétit.

— Où est cette lettre ? demanda Firethorn.

— Couchée dans la flatterie et dans la boue.

— Montrez-la-moi, mon bon monsieur.

— Qu'avez-vous amené dans ma ville ! se lamenta le maire.

— Un régal théâtral.

— Un homme assassiné, une femme sur le point d'être déshonorée !

— Calmez-vous et montrez-moi ce faux.

— Nous chasserons les Hommes de Westfield ! dit le maire, tirant la lettre de sa ceinture pour la jeter à Firethorn. Reprenez vos propositions honteuses ! Les faveurs de ma femme ne sont point pour vous.

Lawrence Firethorn lut la missive, sursauta devant sa crudité et la roula en boule d'une main furieuse. Il la tint serrée dans son poing.

— Enfer et damnation ! Je ne le supporterai pas !

— Ne l'avez-vous pas écrite, messire Firethorn ?

— L'écrire ? Non, monsieur. L'envoyer ? Jamais. La juger souhaitable ? Pas en un millier d'années. C'est un mauvais tour qu'on nous a joué pour nous dresser l'un contre l'autre. Votre chère épouse vous aime. Ne laissez pas une âme malveillante souiller sa réputation.

— Comment puis-je vous croire ? bredouilla le maire. Cette lettre porte votre nom.

— Mon nom, certes, mais tracé par la main d'un autre. Qu'on m'apporte une plume et de l'encre et je vous montrerai ma vraie signature. Comparez les deux et vous verrez où réside la fausseté. En outre, messire, dit-il avec un sourire consolateur, quel fornicateur, menteur ou adultère serait assez sot pour se révéler au mari de celle qu'il tente d'égarer ? Si vous suppliiez une dame de vous accorder ses faveurs, la lettre porterait-elle votre nom et votre titre ?

Le maire fut convaincu. Lawrence Firethorn et sa propre épouse n'étaient pas, après tout, amants en secret. Il pourrait encore jouir d'une passion débridée avec sa chaîne au cou. Il fut saisi de soulagement et de remords, mais avant qu'il pût couvrir l'acteur injustement accusé de remerciements et d'excuses, on frappa à la porte et le patron entra.

— Le chambellan est ici, messire Firethorn.

— Qu'il attende !

— Il s'y refuse. Je ne sais quelle lettre l'a rendu furieux.

— Pas un autre ! gronda Firethorn.

— Le clerc de la ville attend également avec impatience.

— Une troisième épreuve !

— Il vous maudit à cause de sa femme.

— Palsambleu !

Lawrence Firethorn domina son envie d'enfoncer la première lettre dans la gorge du tenancier. Il importait de faire la part entre le message et le messager. L'aubergiste n'était pas responsable des nouvelles qu'il apportait. Firethorn était visiblement en butte à une plume malicieuse et il lui fallait identifier le correspondant sans délai. Défroissant la lettre, il examina la main grossière qui avait osé imiter la sienne. Qui pouvait chercher à l'embarrasser de la sorte ? Il songea à une jeune femme ensorcelante *Aux coqs de combat*, à une dispute dans sa chambre à coucher avec un prétendu rival et à une cassette vide. Il se souvint d'un vieux berger sur le chemin d'Oxford. Il pensa au plus grand traître de la chrétienté et le nomma enfin :

— Israel Gunby !

Nicholas passa une matinée beaucoup plus agréable que son employeur. Le succès éclatant du *Joyeux Mécontent* avait été terni par le meurtre d'un des spectateurs, ce qui l'avait contraint à témoigner sous serment devant un magistrat, afin de relater comment il avait découvert le corps. Nicholas révéla que la victime était un des complices d'Israel Gunby, mais ne fit pas allusion au tueur. Les Hommes de Westfield étaient dégagés de toute responsabilité, ce qu'il souhaitait autant que possible. L'assassin lui posait un problème personnel qu'il tenait à régler seul. Il n'avait rien à gagner en exposant ses hypothèses aux représentants locaux de la loi et de l'ordre. Après avoir rejoint la troupe qui célébrait son triomphe au *Cerf blanc*, il partit passer une nuit de veille dans sa chambre.

Le matin lui apporta le réconfort, le plaisir et un certain enchantement. Le réconfort venait du fait qu'il avait, pour la première fois, passé la nuit hors de Londres sans être la cible d'une attaque. Le plaisir fut assuré par la nouvelle qu'Edmund Hoode était si absorbé par son *Marchand de Calais* qu'il restait enfermé dans sa chambre à écrire avec fureur. Ayant retrouvé toute sa veine créatrice, le dramaturge terminerait bientôt la nouvelle pièce qui s'ajouterait à leur répertoire. Nicholas conservait quelques craintes quant à sa propre contribution à cette œuvre, mais son bon sens lui disait qu'elle ne pouvait être aussi centrale qu'il le redoutait. Edmund Hoode y travaillait depuis plusieurs semaines. L'intrigue dans ses grandes lignes, de même que les personnages, était déjà tracée. Nicholas avait simplement ajouté de la profondeur et de la vérité aux scènes décrivant ce monde clos. Le marchand de Calais ne serait pas Robert Bracewell.

L'enchantement survint peu après. Pendant que Firethorn était aux prises avec une lettre déplaisante, Nicholas en reçut une aussi agréable qu'inattendue. Le courrier avait chevauché ventre à terre depuis Londres. Un changement de monture à chaque relais et une nuit dans une auberge l'avaient amené à Marlborough en milieu de matinée. Toute la ville savait où les acteurs logeaient et il se présenta au *Cerf blanc* sur-le-champ. Nicholas en fut ému. Envoyer une lettre si loin et si vite était extrêmement onéreux, et cela en disait long sur la générosité d'Anne. Il remercia le messager, lui remit quelques pièces puis l'envoya dans la salle pour les dépenser.

Quand il décacheta la lettre, la seule vue de la signature le ragaillardit. Le contenu accrut encore son amour pour Anne. Elle s'était donné une peine considérable dans son intérêt, avec l'aide de Leonard. Non seulement elle avait découvert la composition exacte du poison qui avait causé la mort de la jeune fille du Devon, mais elle avait obtenu une vague description de l'empoisonneur. Nicholas observa l'esquisse avec un intérêt mêlé de gratitude. Anne ne possédait pas de grand talent pour le portrait, néanmoins elle avait suffisamment su saisir les traits du meurtrier pour que Nicholas pût le reconnaître s'ils se rencontraient. Sa lettre ne témoignait pas uniquement d'un désir de l'aider. Elle avait placé une arme puissante entre ses mains. Il ne luttait plus contre un ennemi invisible.

Son enchantement, toutefois, ne fut pas sans mélange. La missive n'exprimait rien de nature intime. Pas une trace de regret, aucune excuse pour l'avoir traité durement, nul désir de le voir revenir à la demeure de Bankside. Anne était prête à tout pour le sauver, mais ne voulait pas partager sa vie. Nicholas se consola en pensant qu'ils avaient renoué. C'était un fondement solide sur lequel il pourrait construire.

La répétition devait avoir lieu et Nicholas n'avait plus le temps d'analyser les termes de la lettre et le portrait. Sa présence était requise à l'hôtel de ville où il devait tout superviser. Il fourra la missive dans son gilet, rassembla les employés qui attendaient dans la salle et les emmena avec lui. Son pas avait retrouvé son élasticité, car il avait le sentiment d'avoir franchi une étape importante.

Une femme silencieuse avait fini par parler.

Leurs craintes se révélèrent vaines. À cause du meurtre survenu la nuit précédente, les Hommes de Westfield s'étaient préparés à trouver un public considérablement réduit l'après-midi. On ne pouvait s'attendre à ce que les gens s'asseyent tranquillement dans une salle où un homme avait été poignardé la veille. La tragédie entraînerait sans doute des conséquences fâcheuses pour la compagnie. Or ce fut tout le contraire. La victime n'étant pas de la région, sa disparition n'éveillait aucune frayeur. Poussés par les éloges sur l'excellence de la troupe et par une curiosité morbide à contempler le siège même où Ned Robinson avait expiré, les spectateurs vinrent en si grand nombre que tous ne purent entrer. Les portes de la salle restèrent ouvertes afin qu'on puisse apercevoir la pièce du dehors. À chaque fenêtre, des grappes de spectateurs avides pressaient leur nez contre la vitre.

Marlborough avait eu le bonheur d'assister à de nombreux spectacles, cette année-là ; musiciens, jongleurs, acrobates, montreurs d'ours et bretteurs y avaient fait halte. Des lutteurs avaient aussi visité la ville plus d'une fois, et quelques compagnies ambulantes avaient été autorisées à y montrer leur talent. Aucun d'eux ne pouvait se comparer aux Hommes de Westfield. Ceux-ci offraient une qualité exceptionnelle au lieu d'un divertissement sans apprêt. La faveur du maire était un élément supplémentaire. Réconcilié avec son épouse, le notable contrit ne put songer à un meilleur moyen de la contenter et d'apaiser Lawrence Firethorn que de venir à l'hôtel de ville en tenue d'apparat pour la seconde fois. Il était de retour au premier rang, jouant avec sa chaîne et méditant sur les joies de la vie conjugale. Le sceau de l'approbation civique était fermement estampillé sur la troupe.

— George !

— Ici, messire Bracewell.

— Le banc.

— Je l'ai avec moi.

— Vous avez le petit banc, dit Nicholas avec indulgence. Cette scène nécessite le grand.

— Sommes-nous déjà à l'acte quatre ?

— Acte trois, scène deux.

— C'est bien le petit banc.

— Le grand.

— Je connais *La Vengeance de Vincentio* par cœur.

— Nous donnons *Antonio le Ténébreux*.

La méprise de George Dart était compréhensible. Il était au bord de l'épuisement. Depuis le moment de joie où il avait été à même de caler son pauvre estomac par un petit déjeuner, il n'avait pas cessé d'apporter et d'emporter. Ses jambes et ses bras lui faisaient mal, son esprit était totalement vide. Bien qu'il eût fait trois apparitions différentes dans la pièce — dans le rôle d'un garde, d'un serviteur puis d'un chapelain —, il n'avait eu aucune réplique à prononcer. Pour lui, la pièce ressemblait à *La*

Vengeance, même si elle s'avérait être *Antonio*. Toutes deux étaient des tragédies tourbillonnantes reposant sur des amours contrariées, chacune était mue par un mélange de jalousie, de conspiration et de violence. L'erreur de George Dart était pardonnable. On pouvait compter sur Nicholas pour la couvrir avec sa discrétion habituelle.

L'acte cinq faisait intervenir à la fois le petit et le grand banc. Dans la dernière scène, bouleversante, Lawrence Firethorn, comme toujours suprême dans le rôle principal écrit spécialement à son intention, renversait l'un d'un coup de pied et tombait sur l'autre de tout son long avant d'agoniser. C'était une mort si poignante, si dramatique que les spectateurs en restèrent muets. Fascinés par le destin du noble Antonio, ils oublièrent complètement Ned Robinson. Un véritable meurtre à l'hôtel de ville n'était qu'un incident. La mort simulée de Lawrence Firethorn serait évoquée d'un ton déférent des semaines durant. Le maire discuterait de ce sujet au lit avec son épouse avant d'ôter sa chaîne d'or.

Antonio fut emporté au son d'une musique solennelle et la pièce s'acheva. Seuls les sanglots étouffés des femmes brisaient le silence. Par ce superbe après-midi, le chagrin le plus exquis pesait sur elles telle l'obscurité. Antonio le Ténébreux revint sur scène pour recevoir des applaudissements frénétiques. La troupe le suivit, et le public leur prodigua ses acclamations. Même George Dart salua avec plaisir. Il était toujours heureux quand la fin d'une pièce suspendait sa lente torture.

— Messire Bracewell...

— Plus tard, George.

— Je n'en aurai peut-être pas le temps. Nous quittons Marlborough sur-le-champ.

— Ne pouvez-vous parler que dans les murs de la ville ?

— Nous sommes seuls, à présent. D'autres voyageront dans le chariot.

— C'est important à ce point, George ?

— Je pense que oui.

— Alors venez, mon garçon, mais soyez bref.

L'hôtel de ville était débarrassé de tout vestige de leur passage. L'exemplaire de régie d'*Antonio le Ténébreux* était rangé en lieu sûr dans le coffre de Nicholas, et les deux bancs — ainsi que les autres accessoires — étaient entreposés dans le chariot. Marlborough appartenait au passé. Bristol était l'avenir. Pendant que la compagnie s'assemblait dans la cour du *Cerf blanc* avant le départ, George Dart avait saisi l'occasion de dire un mot en privé au régisseur.

— Parlez, George, dit Nicholas. Qu'est-ce qui vous tourmente ?

— On dit que vous continuez jusqu'à Barnstaple.

— Il est vrai.

— Emmenez-moi avec vous ! supplia le petit machiniste.

— Plaît-il ?

— Emmenez-moi à Barnstaple !

— Pourquoi ?

— Afin que je puisse suivre votre exemple.

— Je m'y rends pour une affaire de famille, une question d'ordre privé.

— Vous m'avez mal compris, messire, insista Dart en s'assurant qu'on ne pouvait les entendre, afin que son secret n'excite pas la dérision. Je souhaite suivre votre exemple. Emmenez-moi à Barnstaple et je prendrai la mer.

Nicholas en fut abasourdi.

— Vous n'êtes pas marin, George.

— J'en deviendrai un, répondit l'autre, sur la défensive. Je n'ai jamais su louvoyer dans le monde du théâtre. Je m'échoue trop souvent. Si je reste avec les Hommes de Westfield, il se peut que je confonde à nouveau telle pièce avec une autre. Un navire reste un navire. Aucun marin ne le confondrait avec quoi que ce soit d'autre. Je ne suis pas fait pour cette vie-là, dit-il avec désespoir.

— Mais nous avons besoin de vous dans la troupe !

— Vous peut-être, messire Bracewell. Tout ce dont

les autres ont besoin, c'est d'une pauvre chose à rudoyer, à frapper et à insulter.

— Vous êtes donc malheureux à ce point ?

— Je veux partir en mer comme vous le fîtes.

— Ce n'est pas une vie pour vous, mon garçon, dit Nicholas tristement. Il faut être né pour ça. J'ai grandi près de la mer et j'y ai fait mon apprentissage en tant que marchand. Je l'ai dans le sang.

— Alors pourquoi l'avez-vous quittée ?

— Le théâtre est un voyage de découverte, George. Je navigue désormais avec Lawrence Firethorn pour capitaine. Il est peut-être un peu pirate, mais il sait maintenir la discipline et je le sers de bon gré.

— Je ne suis que le mousse, ici.

— Préféreriez-vous mendier dans les rues de Londres ? Certains de ceux que nous avons laissés derrière y seront réduits. Restez avec nous.

— J'entends l'appel de la mer.

Nicholas répondit avec philosophie :

— Non, George. Vous ne faites qu'écouter votre soif d'évasion. Vous ne courez pas vers un but, vous fuyez une réalité. J'ai commis cette erreur, moi aussi, et je compte la réparer enfin. Si l'on n'aime pas quelque chose, il faut travailler à le changer à notre convenance.

— C'est ce que j'ai fait, gémit Dart. J'ai changé *La Vengeance de Vincentio* en *Antonio le Ténébreux*, et où cela m'a-t-il mené ?

D'autres arrivèrent dans leur direction et il fut forcé d'implorer pour la dernière fois :

— Emmenez-moi à Barnstaple avec vous et sauvez-moi de mon lot misérable !

— Non, je dois m'y rendre seul, répondit Nicholas.

— Montrez-moi la mer.

— Les navires ne manquent pas à Bristol.

— Je veux me tenir là où vous vous êtes tenu, je veux prendre la même décision que vous. Vous avez eu le courage de naviguer autour du monde. Je veux en trouver moi aussi la force.

— Ce n'est pas par courage que je suis parti, George.

— Pourquoi, alors ?

Nicholas affronta la vérité sans équivoque.

— Par lâcheté.

Un domaine à la campagne était le rêve et l'ambition de tout marchand. Ce n'était pas simplement un symbole de réussite, mais un endroit où échapper à la poussière et à l'agitation des villes où ils menaient leurs affaires, pour savourer l'existence plus oisive de la petite noblesse terrienne. Gideon Livermore était un membre représentatif de la communauté marchande de Barnstaple. Riche et comblé, il s'était acheté une belle propriété dans les environs de Bishops Tawton. À cheval, il se trouvait encore à distance raisonnable du port qui avait fait sa fortune, mais le parc de vingt arpents qui entourait son domaine formait un rempart rassurant contre les soucis des affaires. Gideon Livermore aimait tout, à la campagne, et n'avait jamais pu comprendre que Matthew Whetcombe — son partenaire dans maintes entreprises — eût préféré passer l'essentiel de son temps dans sa demeure de Crock Street. Aux yeux de Livermore, le plus beau site de Barnstaple était la route qui s'en éloignait.

La maison, longue, basse, pleine de coins et de recoins, avait été bâtie cent cinquante ans plus tôt par un riche propriétaire foncier. En y investissant énormément d'argent et de soins, Gideon Livermore avait transformé le manoir en une sorte de petit château. Les bâtiments existants étaient meublés de neuf, une nouvelle aile resplendissante avait été ajoutée et les écuries étaient considérablement agrandies. Des meubles de prix et de la vaisselle d'or ornaient l'intérieur avec ostentation. Livermore partageait son foyer avec ses cinq enfants et ses dix domestiques, cependant il restait encore des chambres pour accueillir des invités. C'était un homme expansif à tous égards, et toujours enclin à l'excès.

Il leva un gobelet de xérès.

— À la réussite de notre entreprise !

— Je n'aurais su mieux dire !

Les deux hommes dégustèrent leur vin puis se carrèrent dans leur fauteuil. Gideon Livermore avait quarante ans. Doucereux et imbu de sa personne, il avait un visage agréable au repos, mais ses lourdes bajoues étaient fortement colorées par son goût pour le vin et les liqueurs. Il portait un pourpoint de satin vert et bleu sous lequel saillait son ventre bedonnant, avec des chausses assorties. Une fraise soutenait son double menton glabre. Son compagnon, légèrement plus jeune, était beaucoup plus pâle et maigre. Barnard Sweete arborait la tenue sobre et le sourire déférent d'un homme de loi. Sa barbe était taillée de près.

— Dites-moi tout, reprit Livermore. Ont-ils déjà pris une décision ?

— C'est fait.

— Avec quel résultat ?

— Vous devez être élu sans délai.

— Je n'en attendais pas moins, répondit son hôte avec désinvolture. Mais la nouvelle est à la fois bonne et mauvaise. Bonne, parce que Gideon Livermore est un conseiller municipal des plus méritants, et se devait d'être admis depuis des années. Mauvaise, parce que ces fonctions publiques m'obligeront à m'absenter plus souvent d'ici.

Il écarta les paumes comme s'il soupesait les avantages et les inconvénients, puis se décida fortement en faveur des premiers.

— J'accepterai gracieusement cet honneur. Conseiller Livermore ! Voilà qui sonne bien et résonnera dans les oreilles de la ville entière. Mon avenir est assuré, Barnard.

— Vous pourriez briguer la charge de maire, un jour.

— Ou de receveur, de shérif, voire de membre du Parlement. Tous sont choisis parmi ce cercle d'élus. Il n'y a que vingt-quatre conseillers, désignés à vie. J'ai été tenu à l'écart suffisamment longtemps, dit-il, se rembrunissant. Il me sied que l'homme que je remplace soit Matthew Whetcombe.

— Pas seulement à la chambre !

— Nous verrons, nous verrons. Avez-vous des nouvelles à ce sujet ? demanda-t-il, son affabilité retrouvée, en sirotant son vin.

— Rien de particulier, Gideon.

— Vous devez bien avoir quelque information. Mary est aussi humaine que nous autres. Il faut bien qu'elle mange, boive et occupe ses journées d'une manière quelconque. Que fait-elle donc dans la maison de Crock Street ?

— Elle s'est cloîtrée dans sa chambre à coucher.

— Pas de visiteurs ?

— Aucun, hormis messire Calmady. Notre digne ecclésiastique lui rend visite chaque jour.

— Sa famille ? Ses amis ?

— Elle s'est coupée du monde.

— Elle porte le deuil ?

— Pas pour son mari. Une tristesse plus profonde la mine.

— Il existe un remède pour cela, remarqua Livermore en souriant.

— Chaque chose en son temps, dit le notaire avec prudence.

Il ouvrit la sacoche posée près de lui et en tira un parchemin.

— Vous avez demandé à voir les frais funéraires.

— En effet. Je souhaite voir absolument tout ce qui concerne Mary Whetcombe. La plus infime dépense de sa maison m'intéresse. Combien cela a-t-il coûté d'envoyer Matthew vers son créateur ?

— Voici la liste, Gideon.

Le marchand l'examina attentivement. Avec un ennui grandissant, il lut certains des frais à haute voix.

— « En outre, quinze aunes de tissu noir pour les vêtements de deuil, trente et une livres ; en outre, obsèques à l'église paroissiale St Peter, dix-huit livres ; en outre, un cercueil en orme, deux livres trois shillings ; en outre, une pierre tombale, deux livres huit shillings ; en outre, pour graver la pierre tombale, une livre quatre shillings ; en outre, pour payer le fossoyeur, deux shillings. » Cette liste est interminable, Barnard ! Elle inclut jusqu'au dîner de funérailles à Crock Street. Celui-ci s'éleva à vingt-sept livres, soit au total — je peux à peine y croire, dit-il en agitant le parchemin dans les airs — cent dix-neuf livres. C'est un trou bien cher que Matthew Whetcombe a eu dans la terre. J'ai choisi ce qu'il y avait de mieux quand ma chère épouse s'en est allée, mais les frais d'enterrement n'approchaient nullement un tel chiffre.

— Matthew Whetcombe exerçait un immense pouvoir à Barnstaple.

— De même Alice Livermore, répondit fièrement le marchand. Celle qui est ma femme a droit au plus grand respect.

— C'est indubitable.

— Cent dix-neuf livres !

— Il me faut les prélever sur la succession.

— Faites donc, Barnard. Conformez-vous à ses désirs. Cent dix-neuf livres ! répéta-t-il, incrédule, en secouant la tête. C'est une grosse somme à débourser, pour un époux qu'on haïssait.

Il inspecta de nouveau la liste, perdu dans la contemplation de ses détails, de ses implications. Barnard Sweete goûta son vin et attendit en silence. Son hôte ne souffrait pas d'interruption, comme le notaire l'avait appris auparavant. La classe des marchands de Barnstaple était petite et étroitement unie par des mariages. Elle était aussi déchirée par des rivalités et des jalousies mesquines. Sweete gagnait fort bien sa vie en servant cette communauté, mais cela l'obligeait à se tenir informé de tous les événements — commerciaux ou domestiques — survenus dans la ville. On se fiait à lui. Réputé pour sa discrétion, il connaissait les aspects intimes des affaires de ses clients, et sa mémoire fidèle n'en oubliait aucun. La connaissance valait de l'argent, or ce que savait Barnard Sweete pouvait lui rapporter d'énormes bénéfices.

Gideon Livermore écarta enfin la liste.

— Il me la faut ! déclara-t-il d'un air de convoitise.

— Cela paraît en bonne voie.
— Il ne doit y avoir ni contretemps ni obstacle.
— Vous avez la loi de votre côté.
— Et un notaire astucieux pour l'interpréter. Je suis un homme généreux, Barnard, dit-il, hochant brièvement la tête pour exprimer sa gratitude.
— C'est ce que j'ai toujours constaté.
— Quand je suis satisfait, précisa Livermore.
— Vous n'aurez aucun motif de plainte.
— Bien, approuva le marchand en parcourant une fois de plus le document de ses yeux injectés de sang. Cent dix-neuf livres ! Matthew Whetcombe a prévu une telle dépense pour ses funérailles, et pourtant cela n'a pu lui acheter les larmes sincères de sa femme. Et la fille ? Lucy Whetcombe n'a pas même pu pousser un cri de douleur à la mort de son père. Le destin est cruel. Matthew a généré toute cette richesse, cependant il n'a réussi à engendrer qu'une fille unique, et quel piètre monument à sa virilité ! Elle n'entend ni ne parle. Maintenant que son père repose dans sa tombe, Lucy Whetcombe ne peut même pas réclamer sa part d'héritage.
— Il faut une voix puissante en de tels moments, souligna l'homme de loi. Le silence peut entraîner la ruine.
— J'y compte bien.
Gideon Livermore s'approcha de la table pour se resservir à la carafe en verre achetée lors d'un voyage à Venise. Il fixa une seconde le liquide dans son gobelet, puis l'avala d'une traite. Sweete s'empressa de vider le sien, certain qu'on lui proposerait encore du xérès, mais il ne devait pas en aller ainsi. Un coup résonna à la porte et un jeune homme entra comme s'il avait une nouvelle urgente à annoncer. Il se figea en voyant l'homme de loi, mais Gideon Livermore lui fit signe de continuer. Tous deux s'écartèrent et le nouveau venu chuchota rapidement à l'oreille de son employeur.
Pressentant des ennuis, le notaire se leva et observa son hôte, qui fut pris d'une vive agitation. La rage du marchand ne connut pas de frein. Son amabilité se mua en une colère noire, et il saisit la carafe vénitienne pour la

précipiter violemment contre le mur. Des éclats de verre volèrent dans tous les coins. Le secrétaire se retira et ferma la porte derrière lui. Livermore se tourna vers Sweete, l'air menaçant.

— Il vient à Barnstaple.

— Qui donc ?

— Nicholas Bracewell.

— Le ciel nous en préserve ! s'exclama le notaire.

— Il est en chemin.

— Mais c'est impossible !

— Mes informations sont toujours dignes de foi. Je paie assez cher pour cela.

— Nicholas Bracewell ! Le message lui serait donc parvenu ?

— La messagère s'est présentée chez lui avant de mourir.

— Que sait-il ?

— Suffisamment pour venir à Barnstaple.

Il frappa du poing sur sa paume.

— Il faut l'arrêter à tout prix. Nous ne voulons pas qu'un Bracewell se mêle de nos affaires, surtout celui-là. Les membres de cette famille sont entêtés. Et ils ont la mémoire longue, ajouta-t-il, la transpiration luisant sur sa lèvre supérieure.

— Peut-on l'en empêcher ? interrogea Sweete.

— Il le faut.

— Comment ?

— Par le même moyen.

— Lamparde ?

— Il saura quoi faire.

— Alors que ne l'a-t-il déjà fait ! remarqua le notaire non sans nervosité. Pourquoi Lamparde n'a-t-il pas honoré son contrat ? Cela modifie complètement la situation. Si Nicholas Bracewell devait aller jusqu'à...

— Il n'y arrivera pas !

— Mais si jamais...

— Non ! tonna le marchand. Lamparde ne nous décevra pas. Il tient à la vie, aussi il se gardera de contrarier Gideon Livermore. Nicholas Bracewell ne remontera pas jusqu'à nous, affirma-t-il, rassuré par son explosion de rage. Nous avons tort de nourrir ces craintes stupides. Nous sommes en sûreté, hors de sa portée. Oublions-les, lui et sa famille.

— Toutefois, vous dites qu'il est en chemin ?

— Oui.

— Seul ?

— Il voyage avec une troupe de comédiens.

— Où est-il, à présent ?

— Au seuil de la mort.

Nicholas chevaucha avec eux jusqu'au bout de la ville, puis les regarda s'éloigner en leur adressant des signes de la main. Il avait encore à faire à Marlborough et les rattraperait bien vite sur le rouan. C'était une bête fougueuse que toute une journée à l'écurie avait rendue impatiente de courir. Lawrence Firethorn menait sa troupe sur la route de Chippenham. Les Hommes de Westfield étaient encore tout exaltés par leur succès de l'après-midi et pouvaient s'attendre à ce qu'il se répète à Bristol. Firethorn lui-même était partagé entre le bonheur et l'inquiétude. Bien que sa troupe se fût distinguée devant le public, il était préoccupé par l'intervention d'Israel Gunby. L'incident *Aux coqs* de High Wycombe l'humiliait encore, d'autant plus qu'il n'avait pas trouvé de baume pour cette blessure particulière. Il avait passé trois nuits loin de sa femme sans personne pour la remplacer au lit. *Antonio le Ténébreux* manquait rarement d'exciter l'intérêt féminin, et il avait espéré de tendres adieux avec une jeune fille de la ville pendant qu'on chargeait le chariot, mais il avait dû déchanter. Le maire, enthousiasmé par la deuxième représentation, n'avait pas voulu quitter Firethorn avant de lui renouveler ses louanges au moins une douzaine de fois. La culpabilité frémissait sous la chaîne d'or. Il passa tellement de temps à s'excuser d'avoir pensé que Firethorn pût souhaiter ravir la femme d'autrui que les femmes d'autrui prêtes à tomber dans les bras de l'acteur ne purent seulement l'approcher. Israel Gunby s'était interposé entre sa prise de guerre et lui. Une vengeance s'imposait.

— Pourquoi Nicholas Bracewell reste-t-il ? interrogea Barnaby Gill.

— Votre visage offense sa vue, répliqua Firethorn.

— Que cherche-t-il à Marlborough ?

— Retournez le lui demander.

— Non, je lui adresse mes remerciements pour ce court répit et je m'en vais mettre quelque distance entre nous deux. J'avais bien dit qu'il nous vaudrait d'autres malheurs !

— Oui, le taquina Firethorn, il m'a persuadé de monter *Le Joyeux Mécontent*, ce qui nous a forcés à vous voir pérorer deux heures durant.

— Je fus d'une excellence suprême.

— Cela m'a échappé.

— Mais pas aux spectateurs, se vanta Gill d'un petit air satisfait tandis qu'ils avançaient sur la route. Ils m'ont adoré. Je ressentais leur ferveur. Mon talent les a époustouflés. J'étais inspiré.

— Nourrissez votre vanité si vous voulez, caressez votre chère petite personne. Mais n'accusez pas Nick.

— Il a tué cet homme du public.

— Comment ? Avec le livre de régie qu'il avait entre les mains ?

— Considérez seulement ceci, Lawrence. Trois jours sur les routes ont apporté trois désastres. Vol, peste, assassinat. Jamais notre régisseur n'avait été aussi impressionnant. Vol, peste, assassinat. Par le sang du Christ ! Que vous faut-il de plus ?

— Des femmes.

— Quand Nicholas est avec nous, le malheur nous poursuit, insista Gill. Il est sur nous comme une marque du Diable. Qu'il reste à Marlborough aussi longtemps qu'il veut. Nous n'avons pas besoin qu'un nouveau coup de poignard frappe les spectateurs.

— En ce cas, prenez votre retraite, Barnaby, car votre jeu est une dague dans le dos de n'importe quel auditoire.

Barnaby Gill resta morose pendant une demi-lieue.

Ils approchaient d'un minuscule hameau quand ils le virent. Il était appuyé contre un arbre au bord de la route. Même de loin, sa silhouette tordue couverte de haillons était d'une misère à faire peur. C'était un des vagabonds toujours plus nombreux qui erraient dans la campagne pour demander la charité. Les fripons et les mendiants étaient un perpétuel fléau pour Marlborough et le fonctionnaire chargé du respect de l'ordre dans la paroisse était payé deux pence pour chacun de ceux qu'il fouettait. Le vieillard s'était traîné jusqu'à ce hameau voisin pour échapper aux coups et se soumettre à la merci des voyageurs de passage. En approchant, ils virent les cheveux embroussaillés et la crasse d'un être qui avait passé ses nuits dans les champs avec d'autres animaux sauvages. L'un de ses yeux était fermé, l'autre luisait d'espoir à mesure qu'ils approchaient. Une sébile surgit de sous le manteau en lambeaux. On percevait sa puanteur à plus de vingt pas.

Edmund Hoode porta une main compatissante à sa bourse.

— Pauvre homme ! soupira-t-il. Apportons-lui un peu de réconfort.

— Non, conseilla Gill. Donnez-lui, et vous devrez donner à chaque mendiant devant lequel nous passons. Il n'y a pas assez d'argent par tout le royaume pour apaiser toutes ces souffrances.

— Un peu de pitié, Barnaby !

— Ignorez ce gueux et passez comme si de rien n'était.

— Laissez-le-moi, exigea Firethorn.

Il leva la main et toute la troupe s'immobilisa.

Tous contemplèrent le vieillard sans cacher leur dégoût. Il était dans un état déplorable et n'avait même pas la force ou le bon sens de se traîner à l'ombre. Une cause de répulsion supplémentaire était qu'il semblait n'avoir qu'une jambe.

Il agita sa sébile vers eux.

— L'aumône, braves gens ! L'aumône ! fit-il d'une voix chevrotante.

— Pour quelle raison ? demanda froidement Firethorn.

— Pour l'amour de Dieu !

— Les mendiants ne valent pas mieux que les bandits de grand chemin.

— Je demande juste la charité, messire.

— À quelle fin ?

— Pour vivre.

— Qui veut vivre doit travailler.

— Je suis trop vieux et trop faible, messire.

— Vraiment ?

— J'ai perdu une jambe au service de mon pays.

— Vous étiez donc soldat ? railla Firethorn.

— Marin, messire. J'étais jeune et robuste, autrefois. Mais on vieillit si vite, quand il vous manque une jambe ! Donnez-moi un penny, messire, pour acheter du pain. Donnez-moi deux pence et vous aurez ma bénédiction. S'il vous plaît, braves gens, aidez-moi !

Edmund Hoode s'apprêtait à jeter une pièce quand Firethorn donna un coup de pied dans l'escarcelle. Descendant de sa monture, il tira son épée et la pointa sur la gorge du mendiant. Toute la compagnie poussa un cri d'indignation devant ce geste de pure cruauté.

— Ce n'est pas un mendiant, mais le vil coquin qui nous a grugés à High Wycombe ! affirma Firethorn avec colère. Le vieux berger répugnant qui s'est joué de nous sur la route d'Oxford. Le fourbe qui a écrit des lettres pour noircir ma réputation.

Il fouetta l'air de sa rapière et le mendiant se recroquevilla, apeuré.

— Messieurs, ce n'est pas un honnête malheureux. Un marin, prétend-il ! Ce tas de fumier n'a jamais servi son pays de toute sa vie. Mais avec Lawrence Firethorn, cela ne prend pas. Il ne va pas dissimuler sa jambe et jurer qu'il l'a perdue lors d'une bataille navale. Je ne me laisserai plus duper !

Il empoigna l'homme par les cheveux.

— Regardez bien, messieurs ! Voici Israel Gunby !

Lorsque le mendiant fut soulevé du sol, son infirmité

n'apparut que trop clairement. La troupe horrifiée détourna les yeux à la vue du moignon. L'homme n'était pas Israel Gunby dans un nouveau rôle conçu pour les ridiculiser. C'était une loque humaine, l'ombre du jeune marin qu'il avait été jadis.

Bourrelé de remords, Lawrence Firethorn reposa l'homme par terre avec douceur, contre l'arbre. Il ramassa la sébile et y déposa quelques pièces avant de faire le tour de la compagnie entière. Au lieu d'être tué par l'acteur vedette, le mendiant eut assez d'argent pour se nourrir pendant quinze jours. Il les remercia d'une voix rauque. Les Hommes de Westfield s'éloignèrent dans un nuage de honte et de culpabilité.

Il lui fallut une heure pour trouver l'auberge. Nicholas avait raisonné correctement. Convaincu que l'homme aurait pris un logis pour la nuit à Marlborough, il fit le tour des hostelleries de la ville. Le portrait qu'Anne lui avait envoyé fut présenté à plus d'une douzaine de tenanciers avant d'éveiller de vagues souvenirs.

— Il se pourrait que ce soit lui, dit le patron avec hésitation.

— Quand est-il arrivé ? demanda Nicholas.

— Hier matin avant midi.

— Est-il resté pour la nuit ?

— Il a payé pour avoir un lit, messire. Mais quand la femme de chambre est montée, ce matin, les draps n'étaient même pas défaits. Et son cheval n'était plus dans nos écuries. Il est parti sans que nul le voie.

Nicholas réfléchit. Celui qui le traquait devait avoir l'intention d'attendre son heure, de laisser passer la nuit avant d'attaquer à nouveau. Mais pendant la représentation à l'hôtel de ville, il avait tué le complice de Gunby et s'était trouvé forcé de quitter les lieux rapidement. Nicholas ne nourrissait aucun doute quant à la direction qu'il avait prise. L'homme se trouvait sur la route devant lui. Sa mission consistait à empêcher le régisseur d'atteindre Barnstaple et il s'y tiendrait avec ténacité.

— Nan pourrait vous êtes utile, dit le tenancier.

— Nan ?

— Une de mes servantes. Elle a été conquise par ce client, ce qui n'est pas une grande affaire, messire, car Nan a un faible pour tout gentilhomme qui passe à sa portée. Je l'ai avertie que cela causerait sa perte, un jour, soupira-t-il. Mais cette fille n'écoute rien, et elle plaît aux voyageurs.

— Pourrais-je lui parler ?

— Je l'appelle immédiatement.

L'aubergiste quitta la salle et reparut quelques minutes plus tard en compagnie de la fille. Elle portait une robe toute simple sous un tablier, mais elle avait baissé le décolleté sur ses épaules afin de montrer sa gorge et la naissance de ses seins. Quand un homme l'envoyait chercher, elle venait toujours avec un sourire complaisant, et celui-ci s'élargit lorsqu'elle vit la haute silhouette vigoureuse de Nicholas. Il lui montra l'esquisse, et elle hocha aussitôt la tête. Cet homme avait logé chez eux la veille et elle en parla avec une certaine dureté. Le seul détail erroné du portrait était la boucle d'oreille. Il n'en portait pas lorsqu'elle l'avait vu.

— A-t-il indiqué son nom ? demanda Nicholas.

— Oui, messire, mais je l'ai oublié, dit le tenancier. Tant de voyageurs passent ici chaque jour que je ne me les rappelle pas tous. Mais si c'est important, je peux poser la question à mon épouse.

— S'il vous plaît.

— Sa mémoire est plus sûre que la mienne.

— Ma profonde gratitude lui serait acquise.

Nicholas demanda à voir la chambre où l'homme s'était installé. Pendant que l'aubergiste allait rejoindre sa femme, la servante conduisit Nicholas au deuxième étage par un escalier gémissant. Ils longèrent le couloir au plafond bas. Elle s'y déplaçait avec l'aisance de quelqu'un qui pouvait y trouver son chemin dans le noir — et l'avait fait bien souvent. Elle s'arrêta devant une porte et tourna la clef.

— Voilà, messire.

— Merci.

— Elle est exactement comme il l'a laissée.

— Les draps ont-ils été changés ?

— C'était inutile. Il n'a pas ouvert le lit.

Nicholas parcourut la pièce des yeux. Le visiteur n'avait rien laissé derrière lui, mais il se pouvait qu'il se fût allongé pour se reposer. Peut-être n'avait-il pas couché dans le lit, mais simplement posé la tête sur l'oreiller plat. La lettre d'Anne renfermait une description à l'appui du portrait. Leonard avait évoqué « l'odeur » de l'homme, sans pouvoir être plus précis. Nicholas se pencha sur le lit et le huma. Il devina une très légère fragrance.

— Il sentait vraiment bon, confirma la fille. C'est ce qui me plaisait en lui. La plupart des voyageurs ont mauvaise haleine et puent la sueur, mais pas celui-là. C'était un bon parfum et j'aimerais en avoir un pareil. Qu'est-ce que c'était, messire ?

Nicholas huma à nouveau.

— De l'essence de bergamote.

Durant ses deux rencontres avec le meurtrier, il n'avait pas eu le temps de remarquer son parfum. Les relents qui planaient dans l'écurie des *Coqs* auraient dominé n'importe quelle odeur et l'affrontement au *Chien et l'Ours* n'avait duré que quelques secondes. Ce qui avait échappé à Nicholas, Leonard et la servante l'avaient remarqué. Il remercia la fille et lui glissa quelques pence. Pour mieux se dédommager, elle lui déroba un baiser en riant puis le reconduisit en bas. L'aubergiste n'était pas encore revenu et Nicholas sortit dans la cour en l'attendant. L'air frais le frappa comme une gifle en plein visage et subitement il prit conscience qu'il était seul.

Les Hommes de Westfield se trouvaient à des lieues de là et ne pourraient le protéger. Il n'en ressentit aucune peur. Bien au contraire, cela lui donna un brusque sentiment de liberté. Il se trouvait à mi-chemin entre Londres et Barnstaple. Derrière lui gisaient les ruines d'un amour qui l'avait soutenu pendant quelques années ; devant lui, il ne pressentait que danger et incertitude. S'il rebroussait chemin, il pouvait peut-être recouvrer ce qu'il avait perdu à Bankside. Anne se souciait de lui, malgré tout. Elle lui avait envoyé un message pour lui sauver la vie, mais cette vie ne serait plus menacée s'il renonçait à son dessein. Que pouvait-il espérer résoudre à Barnstaple ? Cette ville était un fer rouge qui avait marqué son esprit de ses messages incandescents. Pourquoi endurer une fois encore cette douleur ?

Il ne s'agissait pas simplement de choisir entre un nouveau et un ancien foyer. Nicholas se tenait à un carrefour de son existence. Revenir en arrière, c'était aussi renoncer à un certain mode de vie. Les Hommes de Westfield étaient ses meilleurs amis, mais ces liens étaient des plus fragiles. L'incendie de *La Tête de la Reine* ne les avait pas seulement chassés de Gracechurch Street, il risquait de les tenir hors de Londres pour toujours et de les condamner à une tournée presque permanente dans les provinces. Cela, Lawrence Firethorn ne le tolérerait jamais, ni, d'ailleurs, Barnaby Gill. D'autres compagnies théâtrales les inviteraient à revenir dans la capitale et c'en serait fini des Hommes de Westfield. Nicholas ne voulait pas être là quand cela arriverait. Rompre franchement dès à présent lui épargnerait de voir la lente agonie de la troupe.

Même si la compagnie trouvait une nouvelle base à Londres, il n'était pas sûr de vouloir partager l'aventure avec elle. Le théâtre demeurait une fuite devant la réalité. Owen Elias le lui avait rappelé. Nicholas se cachait. S'il restait à Londres et se forgeait un nouvel amour avec Anne, il serait à même de quitter son refuge et de mener une vie normale ; s'il continuait sa route vers le Devon, il réveillerait les fantômes qui l'avaient poussé à partir. Lawrence Firethorn et les autres plaçaient toute leur confiance en lui, mais cela n'avait pas d'incidence sur son statut. Nicholas n'était toujours qu'un employé au sein de la compagnie, un individu parmi la population fluctuante des gens de théâtre, embauchés ou renvoyés selon le caprice des associés. Le régisseur s'était sans doute fait sa place parmi eux, mais cela ne lui procurait qu'une sécurité très précaire. Au fond, Nicholas n'était pas mieux loti que George Dart, le petit machiniste sans illusion.

Aller de l'avant impliquait une souffrance certaine, reculer offrait peut-être une libération. Il eût été fou de continuer. Une vie rangée auprès d'une femme qu'il aimait était le mieux qu'un homme pût espérer. Nicholas décida de rentrer immédiatement et de tout reconstruire avec Anne. Elle était l'élément déterminant de sa vie, il était temps de le reconnaître. L'amour qu'il éprouvait pour elle guiderait ses pas. Des images de paisible félicité domestique se présentèrent à son esprit mais s'évaporèrent bien vite dans l'air froid de la vérité. Anne n'était plus seule. Elle avait pour autre locataire une jeune morte qui avait accompli un long périple depuis Barnstaple pour trouver Nicholas. Son ombre planerait sur cette chambre à coucher jusqu'à ce qu'elle soit vengée. Retourner à Londres n'eût été considérer que lui seul. Quand il se rappelait cette enfant, quand il pensait à l'homme qui l'avait empoisonnée, il n'avait besoin d'aucune indication pour lui montrer la voie. Il lui fallait tout simplement mener ce voyage à son terme.

Nicholas détacha son cheval du poteau et bondit en selle. Il était prêt à rejoindre ses camarades au grand galop pour leur réaffirmer sa solidarité avant de s'occuper de ses obligations personnelles dans le Devon. À ce prix seulement, il aurait la moindre chance de se réconcilier ensuite avec Anne.

— Attendez, messire ! cria l'aubergiste.

— Qu'y a-t-il ?

— J'ai parlé avec mon épouse.

— J'avais complètement oublié.

— Alors votre mémoire ne vaut guère mieux que la mienne, messire. Mais je savais que l'on pouvait compter sur ma femme. Elle retient les noms comme un hérisson les feuilles sèches sur ses piquants. Elle se souvient du sien.

— Celui de l'homme à la barbe noire ?

— Lui-même, messire.

— Qu'est-ce que c'était ?

— Un beau nom, qui roule bien en bouche. Il le lui a dit.

— Alors, comment s'appelait-il ?

— Nicholas Bracewell.

9

Bankside n'était pas une partie de la ville où Margery Firethorn s'aventurait souvent. Dans le passé, sa seule raison de venir à Southwark était une représentation des Hommes de Westfield à *La Rose*, l'un des trois théâtres de Londres spécialement construits pour l'art dramatique. Les deux autres — *Le Théâtre* et *Le Rideau* — se trouvant à Shoreditch, elle pouvait y aller de chez elle à pied. Accompagnée d'une servante, elle traversa la Tamise en bateau et se dirigea vers la maison d'Anne. Celle-ci fut surprise et un peu alarmée de la voir, mais la fit aussitôt entrer.

— Avez-vous eu quelque nouvelle ? demanda-t-elle.

— Le messager est revenu à Londres cet après-midi même.

— A-t-il remis ma lettre ?

— En main propre. Nick est vivant et se porte bien.

— Dieu soit loué ! soupira Anne, qui indiqua alors un siège à sa visiteuse et s'assit en face d'elle. Où le messager l'a-t-il rejoint ?

— À Marlborough.

— Et vous dites qu'il va bien ?

— Excellemment, et il est enchanté d'avoir de vos nouvelles.

— Peut-être nos craintes étaient-elles vaines, dit Anne. Nous avons envoyé un avertissement dont il n'a nul besoin. L'homme de mon dessin ne le suivait pas, après tout.

— Si.

— Comment pouvez-vous en être aussi sûre ?

— Le courrier me l'a dit, expliqua Margery. Il a bu en compagnie des acteurs avant d'entreprendre son voyage de retour. Ils étaient avides d'apprendre les toutes dernières nouvelles de Londres, mais ils en avaient aussi à donner.

— Quelles sont-elles ?

— Quelqu'un suit bel et bien la compagnie.

— Ils l'ont vu ?

— Pire encore, Anne. Ils ont expérimenté son venin.

— Il a attaqué ?

— En visant Nick par deux fois.

— Le ciel le protège !

— Vos prières ont été entendues. Le courrier a parlé avec Owen Elias. Il semble que notre bouillant Gallois ait sauvé Nick d'un coup de poignard dans le dos à la seconde occasion. Son courage lui a coûté cher : son bras est tailladé de l'épaule au poignet. Mais cela ne l'a pas dissuadé de jouer à Marlborough, dit-elle avec un petit rire. Owen ressemble beaucoup à Lawrence. Seule la mort l'empêcherait d'entrer en scène.

— Ce traître ne sera pas facile à arrêter.

— Nick est entouré par des amis fidèles.

— Mais il ira seul à Barnstaple.

— Faites-lui confiance, Anne. Il sait se battre.

— Il n'en court pas moins un danger, dit-elle, tentant de dominer son inquiétude. Y a-t-il... une réponse à ma lettre ?

— Il envoie ses remerciements et ses meilleurs souhaits.

— Rien de plus ?

— Nick est avisé, expliqua Margery. Il aurait bien envoyé son amour, mais il n'était pas sûr de trouver bon accueil. Vous l'avez chassé et rien dans votre lettre ne l'invitait à revenir. Souhaitez-vous son retour ? demanda-t-elle en observant attentivement sa compagne.

— Je ne veux pas qu'il meure.

— Et s'il en réchappait... Voudriez-vous qu'il revienne ?

— Dans ma maison ?

— Dans votre maison et dans votre cœur.

Anne haussa les épaules, indécise. Elle était encore partagée, au sujet de Nicholas Bracewell. Des jours et des nuits entières à penser à lui n'avaient abouti à aucune résolution ferme. Elle craignait pour la vie de son ami, d'autant plus qu'il se trouvait loin. S'il était resté à Londres, elle aurait pu le voir et l'aider, mais Nicholas était complètement inaccessible. Déjà, les nouvelles de Marlborough étaient anciennes. Certes, il était en vie le matin précédent quand le courrier l'avait retrouvé, mais, à cet instant même, peut-être gisait-il au fond d'un fossé, la gorge tranchée. Le meurtrier avait même pu recourir encore au poison. Anne frissonna à l'idée d'une telle agonie pour Nicholas.

Toutefois, cette préoccupation pour sa santé n'était pas la même chose qu'un désir de le revoir. Elle se sentait toujours blessée par la cause et la nature de leur séparation. Placé devant un choix, Nicholas l'avait rejetée et il était parti pour le Devon sans vraiment justifier sa décision. Des années d'amour et de confiance mutuels avaient été gâchées. Elle respectait son désir de ne pas évoquer son passé, mais Anne avait elle-même certains droits. Quand des événements de ce passé faisaient irruption pour troubler la paix de son foyer et la joie de son existence, elle méritait qu'on lui dise la vérité. Qu'y avait-il donc de si honteux à avouer ?

Margery la voyait aux prises avec ses contradictions. Ayant de l'affection pour Nicholas et lui étant redevable de centaines de faveurs, elle tenta un stratagème de son cru.

— Je suis allée à *La Tête de la Reine*.

— Avez-vous parlé avec l'épouse de l'aubergiste ?

— Sybil Marwood et moi sommes unanimes en ce qui concerne les époux. Ils ont besoin qu'on les sauve de leurs propres sottises, résuma-t-elle avec un sourire radieux. J'ai travaillé si habilement qu'elle considère à présent les Hommes de Westfield d'un œil plus favorable, et croit que son cancrelat de mari s'est trop hâté de les chasser. Il lui faudra plus de persuasion et je m'y emploierai en secret. Convainquons-la, et lui sera convaincu. Cet Alexandre-là n'est grand que par la stupidité et la terreur que lui inspire sa femme.

— Il se pourrait que les Hommes de Westfield reviennent à *La Tête de la Reine* ?

— Ce « pourrait » recouvre bien des difficultés, pour un si petit mot, mais je m'efforcerai de les vaincre. Nous avons bon espoir, Anne, ne visons pas plus haut. Tout n'est pas encore perdu.

— Ce sont de bonnes nouvelles.

— Cela ramènerait Nick à Londres.

— À condition qu'il vive encore...

— Il est aussi vivant que vous et moi, et il voudra revenir à Bankside, affirma Margery avec assurance. Le reverrez-vous ?

— Je ne sais pas, répondit sincèrement Anne.

— Ne voudrez-vous même pas l'écouter ?

— Il a eu une chance de s'exprimer, répliqua-t-elle d'un ton sec.

— Est-ce de la dureté que je devine ?

— Je lui ai demandé de rester ici avec moi, Margery.

— Était-ce une exigence légitime ?

— Mais j'avais besoin de lui !

— J'avais besoin de Lawrence, pourtant il est parti avec sa troupe. Quel plaisir puis-je trouver, avec mon mari au loin et ses créanciers qui tambourinent à ma porte ? Ils nous aiment, Anne, mais ils aiment le théâtre plus encore, dit-elle avec un sourire résigné. Chaque pièce est une nouvelle maîtresse qui sait les attirer dans sa couche. Acceptez-le et vous apprendrez à comprendre Nick. Si vous pensez pouvoir l'arracher au théâtre, vous demandez la lune.

— Je n'ai aucun grief contre les Hommes de Westfield.

— Contre qui, alors ?

— La personne qui l'appelle à Barnstaple.

— Quel genre de personne est-ce là ?

— Il refuse de me le dire et c'est la cause de ma colère.

— Nick vous expliquera tout par le menu quand il reviendra.

— Il se peut que je n'aie pas envie de l'entendre.

— Pourquoi ?

— Parce que l'insulte est insupportable.

— Quelle insulte ?

— La pire, Margery. Il m'a tourné le dos. Au moment où j'avais le plus besoin d'être rassurée, il m'a quittée. Il m'a préféré quelqu'un d'autre, déclara-t-elle, la bouche crispée par l'amertume. Voilà pourquoi je ne veux pas qu'il revienne. Elle, il l'a fait passer en premier.

— Elle ?

— Celle qui lui a envoyé sa messagère.

— Et qui est-ce ?

— La femme silencieuse.

Lucy Whetcombe possédait la perception exacerbée d'une enfant dont les autres sens sont déficients. Ses yeux voyaient bien mieux que ceux des autres gens, ses mains savaient lire tout ce qu'elles touchaient, ses narines reconnaissaient le moindre effluve de bonté ou de méchanceté. Son monde silencieux avait ses propres sons particuliers. Elle menait une vie simple, au bord extrême de l'amour de ses parents et bien à l'écart du tumulte de la communauté. Ayant une conscience aiguë de son infirmité, Lucy rejetait les autres enfants et était rejetée par eux. De sa solitude imposée, elle fit une vertu. Son père avait été un homme fortuné, respecté par toute la ville. Il y avait toujours des visiteurs qui passaient ou dînaient à Crock Street, mais Lucy les évitait. Elle en voulait aux adultes de leur pitié, de leur air protecteur. Elle en voulait à sa mère pour d'autres raisons. Susan était sa seule véritable amie, or Susan avait disparu. Chaque jour accentuait le désarroi de Lucy, qui ressentait un vide terrible, impossible à combler.

— Nous n'avons encore aucune nouvelle, Lucy, lui dit sa mère.

De ses doigts agiles, elle traduisait les mots pour sa fille.

— On continuera les recherches jusqu'à ce qu'on la retrouve.

Une douzaine de questions, qui jamais ne seraient posées, restaient suspendues aux lèvres de l'enfant.

— Susan t'aime. Elle ne partirait pas pour de bon en te laissant seule. Susan reviendra un jour. Va jouer avec tes poupées. Elles te rappelleront Susan.

Bien qu'elle ne pût entendre la voix de sa mère, Lucy sentait qu'elle manquait de conviction. Les signes formés par ses mains, aussi, exprimaient plus l'espoir que la certitude. Sa mère ne savait pas où était la jeune servante, et elle était trop accablée de soucis pour s'en inquiéter. Mary avait toujours eu une étrange attitude envers Susan, l'aimant et la repoussant à la fois, lui marquant de la bonté, puis ne lui témoignant plus que froideur. Elle se servait de la domestique afin de veiller sur Lucy qui, de la sorte, ne venait pas l'encombrer. Lucy méprisait sa mère à cause de la façon dont elle traitait sa seule amie. Mary avait enfin quitté la chambre du haut pour descendre dans la grande salle, mais ce déplacement physique ne s'accompagnait d'aucun changement affectif. Elle continuait à se murer dans une douleur que sa fille ne comprenait pas. Tout ce que savait Lucy, c'est que Susan et elle en étaient exclues.

On frappa à la porte et une servante fit entrer Arthur Calmady. Il sembla déçu de ne plus être reçu dans la chambre à coucher, mais reprit bien vite sa contenance habituelle. Il termina sa litanie quotidienne de questions avant même de remarquer l'enfant.

— Comment allez-vous aujourd'hui, Lucy ?

Feignant de ne pas comprendre, elle secoua la tête.

— Vous êtes très jolie.

Elle le regarda fixement, concentrant sur lui toute sa méfiance.

— Votre mère et moi, nous allons lire la Bible, dit

Calmady. Bien que vous n'ayez point d'oreilles pour entendre, les Saintes Écritures trouveront un écho dans votre cœur.

Ses gestes maladroits ne se rapprochaient guère d'une traduction. Quand il prit la Bible, ce fut pour Lucy le signal du départ. Elle esquissa une révérence et sortit en courant. Elle se réfugia dans le bureau de son père et s'approcha lentement de la fenêtre, jusqu'à ce qu'elle puisse voir sans être vue.

Ils étaient encore là, tous les deux. L'un attendait dans Crock Street même, l'autre s'était adossé contre un mur au coin de la rue. Les hommes maintenaient la demeure sous une étroite surveillance, en dépit de leur nonchalance. Ils pouvaient observer tous ceux qui entraient et sortaient. Lucy ignorait pourquoi ils restaient là, mais leur présence la mettait mal à l'aise. Elle se sentait recluse. Susan aurait su que faire en pareille situation, mais Susan n'était pas là pour la guider, pour être sa voix. La servante avait disparu une nuit, avec le cheval le plus rapide des écuries. Où était-elle allée et pourquoi n'avait-elle pas emmené Lucy avec elle ? Elles avaient déjà envisagé de s'enfuir ensemble. Lucy avait trouvé le moyen de parler à son amie.

Elle quitta le bureau et courut le long de la galerie couverte qui reliait la salle aux pièces situées au-dessus des cuisines. C'était là-bas que Susan dormait. Lucy se servit d'une clef pour entrer dans la chambre exiguë et étouffante, qui retenait toutes les odeurs de cuisine montant du dessous. Dans cette pièce nue, dénuée de personnalité, elle avait passé certains des moments les plus heureux de sa vie. Susan avait, comme elle, appris à rire en silence. Lucy fermait la porte à clef, se mettait à genoux et soulevait le lit bas d'une main. Son amie tirait un vieux ballot noué avec soin. Lucy le déposait sur le plancher éraflé et le déroulait lentement.

Les poupées gisaient pêle-mêle ; elles s'accrochaient l'une à l'autre par leurs bras minuscules et détournaient la tête de la lumière soudaine. Lucy les prit une par une et les reposa avec douceur en les séparant bien. Elles étaient toutes là. Sa mère, son père, Lucy elle-même, Susan et les autres membres de la maisonnée. Faites de vieux bouts de bois et de brindilles, elles ne mesuraient que quelques pouces de hauteur, avec des costumes et des robes miniatures taillés dans des chiffons. Lucy ramassa le prêtre et se moqua du visage morose que Susan lui avait peint. Lucy avait cousu les vêtements de Gideon Livermore, les plus colorés de tous. Le costume du notaire avait été beaucoup plus facile à confectionner. Au pinceau, Susan avait tracé la petite barbe nette de Barnard Sweete.

Lucy passa la collection en revue avec fierté et affection. Il leur avait fallu du temps pour fabriquer ces poupées. Tout son univers s'étalait à présent devant elle en un microcosme, mais il renfermait deux inexactitudes. Matthew Whetcombe n'en faisait plus partie. Son visage sévère, plein de réprobation envers sa fille unique, pouvait retourner dans le ballot. Quand elles avaient commencé à inventer ces poupées, Lucy les gardait dans sa propre chambre afin de pouvoir jouer là-bas, mais son père avait découvert ces images peu flatteuses de sa femme et de lui-même, et les avait brisées en mille morceaux. Lucy et Susan avaient été punies, avec interdiction de se moquer de leurs aînés. Matthew Whetcombe fulminait devant ce manque de respect et de gratitude. Il ignora les deux jeunes filles pendant des semaines, après cet incident. Elles confectionnèrent les nouvelles poupées en secret et les lui cachèrent.

Ayant placé son père dans son linceul, Lucy saisit Susan avec délicatesse. Elle aussi avait quitté la collection. L'enfant embrassa les poils de chat qui avaient servi pour les cheveux de son amie, puis serra Susan contre sa poitrine. De sa main libre, elle disposa toutes les autres poupées en cercle puis se plaça au milieu. Elle était entourée d'ennemis. L'un d'entre eux était mort, mais les autres rognaient encore sur sa liberté. Un sursaut de révolte lui donna envie de s'échapper, et elle souleva Susan jusqu'à son oreille pour écouter son conseil. La poupée rudimentaire, à la robe crasseuse, perça un silence impénétrable pour tout autre. Lucy entendit ses paroles et frémit de joie.

Elle savait maintenant comment sortir de la maison.

Bristol leur réserva un accueil aussi cordial qu'à des fils prodigues de retour au bercail. Les Hommes de Westfield avaient passé une nuit revigorante à Chippenham avant de reprendre de bonne heure leur voyage. En poussant leur monture, ils atteignirent Bristol dans l'après-midi et reçurent une preuve immédiate de sa générosité. Nicholas partit solliciter la permission officielle de monter leur œuvre en ville et revint plus riche de trente shillings, avec un engagement pour au moins trois représentations. Comme à Barnstaple, le gouvernement était presque exclusivement aux mains des marchands, qui se réjouirent à la pensée d'emmener leurs femmes et leurs enfants voir une compagnie londonienne. La première représentation, à laquelle assisteraient le maire et la corporation entière, devait avoir lieu à l'hôtel de ville, dans Broad Street, l'après-midi suivant. Les trente shillings déjà payés par le trésorier seraient augmentés par les recettes des entrées.

Les Hommes de Westfield étaient enchantés. Il n'y avait aucun signe d'épidémie, rien qui donnât l'impression de devoir se hâter. Par la taille et par l'importance commerciale, Bristol venait juste après Londres parmi les ports britanniques, et ses rues animées réveillèrent d'affectueuses réminiscences pour les visiteurs, qui avaient la nostalgie de la capitale. Lawrence Firethorn appréciait l'ambiance qui régnait et l'ampleur de son public potentiel. Bristol comptait une population de quinze mille âmes. Bien que maints de ses habitants ne fussent pas des habitués des théâtres, on pourrait en attirer un nombre suffisant à l'hôtel de ville pendant ces journées successives pour assurer aux Hommes de Westfield un séjour lucratif. On était convenu de trois représentations, mais Firethorn pensait qu'ils pouvaient susciter assez d'intérêt pour jouer une semaine.

La compagnie logeait *Au joyeux matelot*, dans St

Nicholas Street, sur la rive ouest de la ville. Lawrence Firethorn saisit cette opportunité de faire un jeu de mots.

— St Nicholas Street sied à notre propre saint Nicholas.

— Je ne suis pas un saint, répondit le régisseur.

— Dame Anne Hendrik peut s'en porter garante !

Nicholas ne put s'empêcher de tressaillir.

— Le confort de cette auberge est l'unique raison pour laquelle je l'ai choisie.

— Foin de cette modestie, Nick. Vous nous avez guidés jusqu'ici comme vous nous avez guidés tout du long. Nous ne sommes que des enfants entre vos mains et vous avez été pour nous un véritable saint patron.

Dans la cour du *Joyeux Matelot*, les employés chantaient gaiement en déchargeant le chariot. Firethorn passa aux questions pratiques.

— Quand devez-vous partir ?

— Le plus tôt possible.

— Nous avons grand besoin de vous pour le spectacle de demain.

— Je contrôlerai le déroulement de *Mort et Ténèbres*, et j'indiquerai à mon remplaçant ce qu'il aura à faire en mon absence. Ensuite, je prendrai la route de Barnstaple.

— Combien de temps faudra-t-il que nous nous passions de vous ?

— Je ne le saurai qu'une fois là-bas.

— Je voudrais être sûr que vous y arriviez, dit Firethorn d'un ton sombre. Les Hommes de Westfield ne peuvent se permettre de perdre leur régisseur parce qu'un meurtrier à barbe noire en aura décidé ainsi. Prenez garde, Nick. Sans vous, nous ne sommes qu'une moitié de nous-mêmes.

Nicholas fut étrangement indifférent à ce compliment. Après avoir travaillé des années à se rendre indispensable, il trouvait le poids de ses responsabilités un peu oppressant. Même s'il n'anticipait pas avec plaisir le voyage vers Barnstaple, celui-ci le changerait agréablement de ses obligations coutumières. Nicholas devait encore franchir le principal obstacle qui se dressait entre lui et son ancien foyer. L'homme avait usurpé son nom à Marlborough pour le narguer. Il avait retenu sa main à Chippenham, mais frapperait presque certainement à Bristol. Nicholas avait pris la précaution de montrer à ses amis le portrait esquissé par Anne. Firethorn, Hoode et Elias sauraient aussi contre qui se prémunir. Quatre paires d'yeux scruteraient les rues de Bristol, à l'affût du danger.

Le chariot fut vidé et son chargement entreposé en lieu sûr jusqu'au moment où il serait requis, le lendemain. Le travail était terminé. Les Hommes de Westfield avaient toute une soirée de plaisir devant eux. Firethorn les regarda entrer dans l'auberge.

— C'est l'heure des réjouissances !

— Ils méritent bien un peu de gaieté.

— Et nous aussi, cher cœur. Que pourrais-je désirer de plus à présent qu'un plat d'anguilles et une pinte de xérès pour le faire descendre ? Quoique, précisa-t-il en durcissant le ton, il manque une chose encore pour assouvir mon appétit.

— Quoi donc ?

— La tête d'Israel Gunby sur un plateau d'argent.

Barnaby Gill était un élément vital dans le succès de toute représentation, et se mêlait parfaitement au reste de la troupe quand il était sur scène. Néanmoins, dès qu'il la quittait, il se sentait complètement détaché de ses collègues et les traitait avec un dédain hautain. Leur monde n'était pas le sien. Bristol le lui rappela avec force. Disposant d'une soirée de liberté, ils réagissaient d'une manière par trop prévisible, qui donnait à Gill une raison supplémentaire de garder ses distances.

Dans la salle, Lawrence Firethorn buvait plus que de raison en courtisant servantes et clientes. Quelques-uns des associés s'étaient joints à lui, mais d'autres étaient allés dans des lieux de débauche, en quête de femmes plus délurées et de compagnie plus bruyante. Les employés, trouvant les prix un peu trop élevés pour leur maigre bourse, jouaient aux dés et buvaient dans une taverne à proximité. Les apprentis observaient leurs aînés avec envie et aspiraient au temps où une voix cassée et un corps viril les aideraient à s'extirper du carcan de leurs robes de scène, afin de récolter leur part de plaisir coupable. Richard Honeydew était l'exception, et Gill regrettait de ne pouvoir contempler sa beauté candide, mais le plus jeune des quatre apprentis était parti avec Edmund Hoode faire le tour de la cité. Nicholas était leur guide, ayant connu parfaitement Bristol dans sa jeunesse, et il avait promis de leur en montrer les curiosités. Il y avait toutefois des lieux que même le régisseur n'aurait su trouver, et ce fut vers un de ces repaires que Barnaby Gill se mit en route alors que la lumière déclinait sur le port.

Bristol était une charmante cité ancienne, dont le dédale de rues médiévales n'avait pratiquement pas changé. Elle s'enorgueillissait d'un formidable château, d'une profusion d'églises et d'édifices publics saisissants par leur nombre et par leur beauté. Toute la ville était ceinte d'un haut mur de pierre percé de portes. Sa situation en faisait la gardienne du sud-ouest de l'Angleterre, et elle avait été bâtie à des fins défensives. Mais le trait prédominant de Bristol était son magnifique port naturel. Les navires qui remontaient l'estuaire de la Severn empruntaient l'Avon pour pénétrer au cœur de la cité, avec ce résultat que le commerce y était prospère et dynamique. Sur les quais, dans les entrepôts et les greniers on voyait toujours de hautes piles de marchandises en provenance des côtes ou de l'étranger. Depuis quelques années, Bristol se croyait victime d'une concurrence déloyale de la part de Londres, mais son port demeurait actif, et ses auberges et ses tavernes le long des Shambles grouillaient toujours de marins.

C'était en direction du port que Barnaby Gill marchait d'un bon pas, et bien vite des mouettes crièrent et plongèrent au-dessus de lui comme pour lui indiquer la route. Par déférence envers la sobriété vestimentaire de la province, il avait renoncé à ses toilettes les plus tapageuses au profit d'un pourpoint de satin rouge et noir à manches à crevés, avec chausses assorties. Son chapeau rouge se parait d'une plume d'autruche blanche et ses souliers à boucle, soigneusement lustrés, sonnaient sur les pavés. Une perle d'Orient pendait à l'une de ses oreilles.

La prospérité et la pauvreté se côtoyaient, à Bristol, et il vit l'illustration des deux tandis qu'il cherchait son chemin à travers les rues. Les bourgeois de la ville, bien que riches, ne songeaient pas à dépenser de l'argent pour leur vêture ou celle de leur femme. Gill marmonna une remarque méprisante en voyant certaines de leurs tenues et détourna les yeux avec dégoût devant les vagabonds et les vieilles commères qu'il croisait. Bristol réunissait le même mélange entêtant de richesse et d'ordure que Londres. Barnaby Gill réfléchit tant et si bien à leur étroite ressemblance qu'il ne s'aperçut pas qu'on le suivait.

Le Garçon noir se trouvait dans un passage étroit et fétide qui descendait jusqu'au port. De l'extérieur, il ressemblait à n'importe quelle taverne du quartier, qui en comptait des dizaines. Mais sa porte était verrouillée et les entrées étaient soigneusement contrôlées. Gill frappa avec audace et une petite grille s'ouvrit devant lui. Des yeux sombres l'examinèrent une seconde, puis les lourds verrous furent tirés de l'autre côté de la porte. Celle-ci s'entrouvrit pour le laisser entrer et claqua derrière lui. Il se trouvait dans une grande salle plongée dans la pénombre, encombrée de tables et de chaises. Barnaby Gill regarda autour de lui avec la satisfaction du voyageur exténué d'avoir longtemps cheminé sur une route hostile, et qui atteint sa destination préférée. La salle n'était qu'à demi pleine mais son atmosphère le fascina. Des hommes élégants étaient installés nonchalamment dans les fauteuils ou les sofas. Des jeunes filles séduisantes leur servaient à boire, s'abandonnaient dans leurs bras ou partageaient avec eux une pipe de tabac. La forte odeur de la fumée exerçait un attrait supplémentaire sur Gill. Une grosse femme au sourire radieux s'approcha de lui en se dandinant et le conduisit vers un siège, puis elle commanda du vin d'un claquement de doigts et lui offrit sa propre pipe. Quand il eut inhalé longuement, il souffla la fumée en arrondissant les lèvres et la femme y planta un doux baiser.

Deux des plus jeunes et des plus jolies servantes vinrent s'asseoir à côté de leur nouvel invité, et tous trois dégustèrent du xérès. Barnaby Gill fut bientôt en grande conversation avec ses compagnes, transférant son affection de l'une à l'autre avec une joie capricieuse. Il commanda un second flacon de vin quand le premier fut vide. C'était là son univers, et il s'y sentait si détendu qu'il ne remarqua pas l'homme à la barbe noir corbeau que le portier venait de laisser entrer. Barnaby Gill était aux anges. Il goûtait un plaisir dont n'aurait pu rêver aucun de ses camarades, qui n'éprouvaient que de vils appétits et des goûts conventionnels. Gill évoluait sur un plan supérieur. La femme qui dirigeait l'établissement tressautait de joie, les filles répondaient par des rires cristallins et les volutes de fumée enflammaient le désir. Barnaby Gill était un homme qui se sentait à l'aise parmi les hommes. Pendant que les deux jeunes garçons pouffaient dans leur robe de taffetas, il se décida pour celui qui ressemblait à Richard Honeydew.

— Un mot à votre oreille, doux sire.

— À moi ? dit Gill, levant les yeux.

— N'êtes-vous pas celui que je pense ?

— Et à qui pensez-vous, monsieur ?

— Vous ne souhaitez peut-être pas que je prononce votre nom devant les autres.

Lamparde avait attendu une demi-heure avant d'aborder Gill. Il but sans retenue, dépensa avec largesse et savoura la compagnie d'une des servantes, mais son regard ne quitta pas l'acteur un instant. Quand il sentit que Gill était prêt à partir, il intervint pour l'en empêcher.

— Prononcez-le, je vous en prie, si vous en êtes capable, répondit Gill avec fierté. La célébrité est une cape que je porte où que j'aille. Qui suis-je ?

— L'un des meilleurs comédiens au monde.

— Vous me connaissez en effet.

— Je vous ai vu jouer maintes fois à Londres.

— Mon nom ?

— Messire Barnaby Gill. Vous n'avez pas d'égal.

Lamparde s'y entendait en flatterie. L'accent ronronnant de son Devon natal donnait à ses paroles un charme plus suave, mais ses yeux surtout étaient éloquents. Ils brillaient, mêlant si bien l'admiration et le défi que Gill fut subjugué. Cela, c'était un homme, vigoureux et favorisé par la nature, raffiné dans ses goûts et digne d'être distingué. Son costume était confectionné par un tailleur londonien et sa boucle d'oreille était identique à celle portée par Gill lui-même. Mais ce fut la barbe qui ensorcela vraiment l'acteur. Fine et bien taillée, elle prêtait un petit air diabolique à son possesseur et le rendait irrésistible. Aucun adolescent ne soutenait la comparaison avec un homme pareil.

Lamparde lui adressa un signe de tête respectueux.

— J'ai loué une chambre ici. M'y accompagnerez-vous, messire ?

— Avec joie.

— Permettez-moi de vous y conduire.

— Je vous suis volontiers.

— Je suis comblé par ce privilège.

Les deux garçons qui s'étaient donné tant de peine pour divertir leur client firent grise mine, mais un signe de leur employeuse les envoya cajoler un autre nouveau venu. Si les deux hommes désiraient une chambre privée pour faire mieux connaissance, ils paieraient le prix fort. Quoi que décidassent les clients, *Le Garçon noir* y trouvait son avantage.

Barnaby Gill fut escorté le long d'un couloir sombre par son nouvel ami, avec la plus extrême courtoisie. Tous deux étaient des habitués de tels établissements et ils en parlaient le langage. La peste avait privé Gill d'une visite en un lieu similaire à Oxford, et il n'y avait rien eu d'équivalent à Marlborough, où la vie était bien morne pour des esprits éclairés. Les bordels masculins étaient illégaux. Tant les prostitués que les clients risquaient un châtiment bestial s'ils étaient surpris, mais le danger ne servait qu'à accroître l'intensité du plaisir. Le repaire favori de Gill à Londres était un bordel d'Hoxton, relativement à l'abri d'une incursion des autorités car il comptait parmi sa clientèle des personnages influents, tels Sir Walter Raleigh et Francis Bacon. La peur qui manquait là-bas était omniprésente ici et aiguisait les sens. Le péril agissait sur Gill tel un aphrodisiaque.

Ils gravirent un escalier et s'arrêtèrent devant une porte. Lamparde l'ouvrit avec la clef qu'on lui avait remise. Il s'effaça alors et fit signe à son compagnon d'entrer.

— Par ici, messire Gill, invita-t-il.

— Après vous, doux sire.

— Vous êtes mon invité en cette occasion.

— Alors je me laisserai guider.

— Vous êtes l'acteur et moi, un humble spectateur.

— Ainsi qu'il convient.

Il y avait un brin d'arrogance dans la démarche de Barnaby Gill, qui entra dans la chambre comme s'il montait sur scène. La porte se referma derrière lui. Il s'apprêtait à se tourner, souriant, vers son nouvel ami quand la massue le frappa si fort à l'arrière du crâne qu'il tomba en avant, assommé. Lamparde ne vérifia pas l'efficacité du coup. Il se servit de cordes pour ligoter les mains et les pieds de sa victime, puis la bâillonna à l'aide d'un bout d'étoffe.

Barnaby Gill était entré au *Garçon noir* d'un pas assuré. Il en ressortit sur l'épaule d'un meurtrier.

L'église paroissiale St Peter était, comme de juste, le plus haut édifice de Barnstaple, et sa tour massive, surmontée d'une flèche couverte de plomb, se trouvait plus près du ciel que tout le reste de la ville. Sise entre la grand-rue et Boutport Street, elle avait résisté pendant des siècles à l'assaut des éléments et aux fréquentes bourrasques du climat religieux. Une restauration systématique avait été menée à bien sous le règne d'Élisabeth, financée grâce à un impôt pour l'Église. De nouvelles ardoises furent posées sur le toit, le plafond au-dessus de la Sainte Table fut réparé, le sol fut recarrelé, les principales gouttières furent remplacées et tout l'édifice fut blanchi avec sept boisseaux de chaux. Le cimetière repavé fut doté d'un portail neuf.

Un autre changement provenait du goût grandissant pour les bancs privés. Les familles riches qui fréquentaient régulièrement l'église voulaient plus de confort pendant les longs sermons d'Arthur Calmady. Elles financèrent la construction de bancs réservés à leur propre usage, faisant montre de leur fortune en public tout en s'assurant le privilège de l'intimité. Ces bancs étaient appelés « sièges », et c'était dans celui des Whetcombe qu'une petite silhouette en manteau noir était agenouillée en prière. Quand Matthew Whetcombe l'avait loué, c'était pour attester sa position dans la communauté et pour cacher l'enfant sourde et muette qui était pour lui un embarras constant. Cette même enfant priait à cet instant, non pour l'âme de son père défunt mais pour le prompt retour d'une servante de la maison.

Lucy se leva et regarda autour d'elle. Son plan avait réussi. Susan et elle jouaient souvent à cache-cache dans le labyrinthe de la demeure, et elles en connaissaient les moindres recoins. C'est ce qui lui avait permis de s'échapper. Les deux hommes dans la rue pouvaient seulement voir qui entrait ou sortait par la porte de la façade ou par celle de côté. Ils ne pouvaient surveiller l'arrière de l'entrepôt, encore moins l'accès au grenier qui se trouvait au-dessus. Lucy attendit que le ciel commence à s'obscurcir, puis passa à l'action. Ayant mis son chapeau et son manteau, elle traversa furtivement la grande cour, se glissa dans l'entrepôt et monta au grenier par l'échelle. Les sacs de céréales étaient hissés au moyen d'une poulie. Lucy se servit de ce mécanisme et descendit rapidement par la corde avant de courir vers l'église. Ceux qui l'aperçurent ne la reconnurent pas et les deux hommes de faction ne surent même pas qu'elle était partie.

Mais l'heure était venue de rentrer. Lucy pria pour que son moyen d'évasion n'eût pas été découvert. Elle avait besoin de la corde pour pénétrer dans la maison. Il faisait nuit noire et le couvre-feu sonnerait bientôt. Elle se faufila vers le portail de l'église et souleva le loquet de fer avant de faire tourner le lourd vantail de bois sur ses gonds. Après un dernier coup d'œil vers l'autel principal, elle sortit discrètement et referma avec soin.

Elle s'apprêtait à retourner chez elle en courant quand elle vit, à peu de distance, deux silhouettes engagées dans une conversation animée. Lucy ne voyait que des profils noirs, mais elle les reconnut immédiatement. Arthur Calmady se querellait avec Barnard Sweete. Le prêtre et le notaire, qui montraient tous deux un sang-froid extraordinaire en temps normal, se disputaient ouvertement comme deux clients convoitant la même marchandise sur un étal. Lucy n'entendait pas leurs paroles, mais il était question de l'église. Véhément, Sweete désigna l'édifice pour souligner son propos et Calmady céda enfin. Le prêtre vaincu s'en fut en tapinois.

Lucy grimpa vite par la porte du grenier. Son absence était passée inaperçue. Quand elle regagna la chambre de Susan, elle sortit les poupées de leur cachette. Elle prit Arthur Calmady dans une main et Barnard Sweete dans l'autre, les leva pour les examiner, puis les cogna l'un contre l'autre comme s'ils se battaient. La tête du prêtre finit par céder avec un bruit sec. Le notaire était l'ennemi à craindre.

Le battement éveilla immédiatement Nicholas. Il se redressa dans son lit, sa dague à la main, mais aucune attaque ne survint et la porte demeura close. Le bruit continuait pourtant. Il se demanda si un oiseau était entré dans la chambre et voletait tout autour. Le régisseur avait décidé de dormir seul dans une des pièces mansardées. Après la blessure d'Owen, il ne voulait plus mettre la vie d'un ami en danger en partageant sa chambre. L'aube venait de poindre ; un minuscule trait de lumière s'insinuait par les volets. Nicholas scruta la pénombre et tendit l'oreille. Ce qu'il entendait n'était pas un oiseau, mais peut-être le doux battement d'ailes d'une chauve-souris entrée par les fissures du toit. Nicholas sortit du lit et ouvrit les volets pour éclairer la pièce.

Ce fut alors qu'il le remarqua. Le bout de parchemin était coincé sous sa porte. Une forte brise montant du fleuve créait un courant d'air dans la soupente du *Joyeux Matelot*, et le parchemin palpitait comme une aile. Nicholas le ramassa et ouvrit la porte sans découvrir aucune trace du messager. Tout en dépliant le parchemin, il s'approcha de la fenêtre et le tourna vers la lumière. Il distinguait à peine les mots, mais ceux-ci lui rendirent toute sa lucidité. Le message provenait de l'homme payé pour le tuer. Rédigé avec élégance sous forme de poème, c'était un défi à l'adresse de la compagnie.

Un échange équitable est mon dessein unique
Messire Gill contre Bracewell Nick
Là où se réunissent Wise et Meek
L'affaire sera conclue ou tout est perdu
Venez en personne et sans roublardise
Ou vous ne reverrez jamais la marchandise.

Nicholas blêmit. Il était placé devant un dilemme des plus difficiles. Si Barnaby Gill était vraiment entre les mains de cet homme, il serait assassiné sans scrupules. Le seul moyen de le délivrer était une confrontation directe. Le message avait été composé avec prudence, de façon à ce que seul Nicholas pût comprendre. La troisième ligne lui fournissait le lieu du rendez-vous.

Là où se réunissent Wise et Meek

Wise Street se trouvait dans le dédale de ruelles et d'allées qui entourait le port. Meek Row la rejoignait à son extrémité. C'était un quartier d'entrepôts et de hangars. La marchandise qui attendait là-bas était Barnaby Gill, mais rien ne prouvait qu'il fût encore vivant. Nicholas s'habilla prestement et se munit de sa dague et de son épée. En revêtant son gilet de cuir, il dissimula le poignard dans la manche de sa chemise. Même avec ces trois armes, il se sentait désavantagé. L'homme avait toujours plusieurs longueurs d'avance sur lui.

Nicholas descendit d'abord dans la chambre de Barnaby Gill, qui était vide, le lit intact. Il était donc bien détenu en otage. C'était un moyen d'attirer Nicholas loin de la sécurité de la troupe. Il eût été vain d'emmener qui que ce soit avec lui, car il serait sans doute surveillé tout le long du chemin vers le port. S'il quittait le *Joyeux Matelot* aux côtés d'Owen Elias ou d'Edmund Hoode, à leur arrivée Gill ne pourrait plus être sauvé. Le choix de la victime révélait l'intelligence aiguë de l'assassin. Ayant vu *Le Joyeux Mécontent* à Marlborough, il avait constaté l'importance cruciale de Barnaby Gill pour les Hommes de Westfield. En outre, il s'était fixé sur le solitaire de la troupe, celui qui s'éloignait pour goûter ses plaisirs en privé et qui, par là même, se rendait plus vulnérable.

Quittant l'auberge, Nicholas se dirigea d'un pas vif vers le port. Le temps était sec, avec une brise pénétrante. Déjà les rues s'éveillaient. Des marchands affluaient de la campagne pour vendre leurs denrées sur le marché. Des ménagères impatientes attendaient avec leur panier pour faire les meilleures affaires. La ville entière bourdonnerait bientôt de toute l'activité du commerce. Nicholas espérait que sa propre transaction s'achèverait à son profit.

Il n'eut pas besoin de contempler à nouveau l'esquisse envoyée par Anne. L'image était fixée clairement dans son esprit. Il avait appris un autre détail sur son adversaire : il était originaire du Devon. Seul quelqu'un de la région savait que l'apprentissage de marchand comportait un séjour de trois mois à Bristol. Wise Street et Meek Row étaient des noms dénués de signification pour la plupart des habitants de la ville. En revanche, quiconque avait travaillé du côté du port les connaissait, et l'homme avait tablé là-dessus. Le tueur pouvait même être de Barnstaple. Cela aurait expliqué qu'il eût été choisi pour intercepter la messagère à Londres.

Le régisseur ralentit le pas involontairement en approchant du port. À compter de cet instant, la plus extrême vigilance était requise. L'ayant attiré hors de l'auberge, l'homme lui tendait sans doute un guet-apens. Nicholas secoua le bras afin que le manche du poignard pût glisser dans sa paume en un clin d'œil. Il restait au milieu de chaque rue pour qu'on ne lui saute pas dessus d'un renfoncement de porte ou d'un recoin.

Wise Street apparut enfin devant lui. Certains des entrepôts ouvraient déjà et les employés arrivaient pour travailler. Meek Row se trouvait tout au bout. Un bâtiment désaffecté marquait l'intersection des deux voies, et Nicholas comprit aussitôt pourquoi il servait les intentions de son ennemi. C'était un petit entrepôt, dont un incendie n'avait laissé presque que la carcasse. La toiture avait disparu. Les portes et les fenêtres étaient condamnées, mais on pouvait facilement se glisser entre les planches de bois. C'était le lieu idéal pour cacher un otage. Nul ne le chercherait parmi les gravats d'une propriété brûlée, et l'emplacement donnait au ravisseur trois issues possibles. Il sortirait par Wise Street, par Meek Row ou par la cour derrière le bâtiment, puis il disparaîtrait dans un véritable labyrinthe.

Nicholas fit deux fois le tour de l'entrepôt avant de s'aventurer à l'intérieur. L'une des lattes avait été arrachée de la porte à l'arrière, et ce fut son entrée. Il pénétra dans la partie principale et enjamba les vestiges calcinés des réserves. Quand il se trouva au milieu, à découvert, une voix lança :

— Restez où vous êtes !

Nicholas s'arrêta. Il avait vu juste : la voix semblait un lointain écho de Barnstaple. Il se battait contre un autre enfant du Devonshire. Il s'efforça de repérer sa cachette.

— Jetez vos armes ! ordonna Lamparde.

— Quand je verrai messire Gill.

— Jetez vos armes où je le tue immédiatement.

— Prouvez-moi qu'il est encore vivant.

Il y eut un long silence qui fit craindre à Nicholas que l'homme n'eût mis sa menace à exécution. Un bruit attira alors son regard sur la porte située de l'autre côté de l'entrepôt. Encore attaché et bâillonné, Barnaby Gill était traîné sans cérémonie sur les gravats. Il regardait Nicholas avec des yeux exorbités de terreur. Gill était en vie, mais déchiré par son épreuve.

— Jetez vos armes ! répéta l'homme.

— Comment puis-je savoir que vous ne nous tuerez pas tous les deux ?

— Cet idiot ne m'intéresse pas, dit Lamparde en donnant un coup de pied à la silhouette prostrée. Et je respecte toujours un marché.

Nicholas prenait la pleine mesure de celui qui l'avait traqué sans relâche. Après deux meurtres et deux tentatives contre sa vie, ils étaient finalement face à face. Le dessin d'Anne présentait une vague ressemblance, sans saisir toutefois la menace sourde qui émanait de lui. La boucle d'oreille était revenue à sa place et la barbe luisait.

Le tueur tira une épée et la dirigea vers la poitrine de Gill.

— Il vous reste une dernière chance de jeter vos armes.

Gill se tortillait sur le sol mais l'épée restait pointée sur son cœur. Il fixa l'homme auquel il avait confié son secret le plus intime. Une trahison en un tel moment et en un tel lieu était proprement insupportable.

Nicholas lança sa rapière et sa dague par terre.

— Avancez vers nous ! ordonna l'assassin, qui attendit qu'il fût loin de ses armes. Maintenant, ôtez votre gilet !

— Pourquoi ?

— Je tiens à m'assurer que vous ne dissimulez pas d'arme. Allez ! exigea-t-il, appuyant à nouveau sa lame contre la poitrine de Gill.

Nicholas obéit. Il n'était plus qu'à dix pas d'eux, mais à vingt de son épée et de sa dague. Il n'avait aucun espoir d'atteindre sa rapière à temps pour affronter l'homme à armes égales. Il enleva son gilet avec prudence, ôtant d'abord le bras gauche puis laissant pendre le vêtement dans son dos avant de dégager peu à peu l'autre bras. Il le tint par-dessus son poignet droit pour couvrir le poignard. Écartant largement les bras, il montra sa chemise et sa ceinture.

— Tournez-vous ! dit Lamparde. Lentement !

Nicholas pivota sur lui-même en gardant les bras écartés, et raffermit sa prise sur le manche du poignard. Ce fut une sage précaution. Voyant sa proie à sa merci, Lamparde se rua en avant pour le faucher de sa rapière, mais Nicholas l'attendait de pied ferme. Il fit volte-face et détourna la menace en enroulant son gilet autour de la lame. En même temps, il sortit le poignard en un éclair et fendit la manche de son adversaire. Le sang jaillit et Lamparde laissa échapper un cri d'indignation. Il dégagea son épée et se fendit en avant, mais reçut cette fois le gilet en pleine figure. Son propre poignard fit à nouveau couler son sang en tailladant sa main armée, le forçant à lâcher prise.

Nicholas se jeta sur lui et le plaqua sur le sol, toutefois Lamparde était de force à se défendre dans un corps à corps. Il agrippa le poignet de Nicholas et y appliqua une torsion si brutale qu'il retourna la pointe de l'arme vers le visage du régisseur. Tandis qu'ils roulaient et luttaient sur le sol, le poignard se rapprochait inexorablement de son œil. Lâcher la dague eût signifié sa perte, mais elle était pressée si fort qu'il avait peine à résister. Il feignit de céder et tourna vivement la tête vers la gauche. Le poignard s'enfonça dans le sol sans le toucher et déséquilibra son assaillant.

D'un coup de genou bien placé et d'une bourrade, Nicholas se dégagea, puis se releva d'un bond. Lamparde plongea vers sa rapière mais le pied de Nicholas fut plus rapide et la bloqua de tout son poids. Cependant, l'homme n'était pas encore à bout de ressources. Il ramassa une poignée de cendres et la jeta au visage de son adversaire, ce qui lui donna un temps précieux pour se lever et fuir vers la porte. Nicholas s'essuya les yeux et ramassa la rapière. Il rejoignit Barnaby Gill et trancha la corde qui enserrait ses mains, puis lui laissa l'arme pour se débarrasser du reste de ses liens. Quant à lui, il franchit la porte et pénétra dans l'autre partie de l'entrepôt.

Les dégâts avaient été moins graves, de ce côté, et maintes d'entre les anciennes poutres tenaient encore. Sur la hauteur d'un mur se trouvait une série de claires-voies où les marchandises avaient été empilées. Des boîtes et d'énormes tas de vieux sacs offraient d'autres cachettes. Nicholas luttait à nouveau d'égal à égal. L'homme possédait certainement une dague et n'avait plus à prouver sa dextérité. Pendant que Nicholas rasait le mur de l'entrepôt, il savait que le premier coup serait décisif. La moindre erreur s'avérerait fatale.

Lamparde se tenait coi. Courroucé par ses blessures, il était déterminé à tuer Nicholas par pur plaisir. Il s'efforçait de contrôler sa respiration saccadée. Il lui suffisait d'attendre derrière l'épaisse poutre de bois et sa proie viendrait d'elle-même. À travers une fente, il voyait Nicholas approcher. Le vent tournait à nouveau en sa faveur. Empoisonner une toute jeune fille ne lui avait procuré aucune satisfaction réelle, et poignarder un vide-gousset pendant une pièce n'était qu'un pur réflexe, un geste de vengeance. Ceci serait différent. Il ôterait lentement la vie à Nicholas Bracewell.

Nicholas avançait courbé, avec prudence, quand il vit les traces de sang par terre. L'homme était quelque part devant lui. Il se rapprochait de la poutre qui dissimulait son ennemi, mais il n'eut pas conscience du danger, tout d'abord. Ce fut seulement alors qu'il arrivait presque à la hauteur de la cachette qu'une vague impression l'incita à s'arrêter. Il huma l'air. Cette odeur dont Leonard avait parlé et que la servante de Marlborough avait remarquée elle aussi, Nicholas la distingua à nouveau. De l'essence de bergamote. Une fragrance d'une suavité écœurante pour un homme si soucieux de son apparence qu'il consultait le miroir chaque jour. Et ce parfum reconnaissable entre mille fut ce qui sauva la vie de Nicholas.

Il fit mine de dépasser la poutre, puis se pencha en arrière au moment où surgissait la dague meurtrière. Sa propre lame atteignit sa cible, cette fois, perçant le cœur de l'homme, qui tomba avec un râle de souffrance et de révolte. Nicholas se tint au-dessus de lui, haletant. Barnaby Gill arriva en titubant, sa rapière à la main, et regarda le mort avec soulagement.

— Avez-vous vu ? Il a failli m'occire !

— Nous sommes tous deux sains et saufs, à présent.

— Il m'a pris en otage à cause de vous.

— Où est-ce arrivé ? s'enquit Nicholas sans hausser le ton. Comment avez-vous permis à un tel homme de vous approcher ?

La colère de Barnaby Gill fut remplacée par la honte, puis, tout aussi vite, par la gratitude. Il fondit en larmes et s'accrocha pathétiquement à Nicholas. En quête de plaisir, il s'était à son insu livré à un tueur, qui s'était servi de lui pour attirer Nicholas à l'entrepôt. Sans le courage du régisseur, les deux hommes auraient péri.

— Cela devra être signalé aux autorités, dit Nicholas.

— Je témoignerai en votre faveur, promit Gill. Vous avez tué à seule fin de vous défendre. Nul ne peut être arrêté pour cela.

— Il se peut que nous ayons une preuve supplémentaire de la noirceur de cet homme.

Nicholas fouilla le corps et trouva une lettre à l'intérieur du pourpoint. Elle contenait l'instruction d'assassiner la messagère partie du Devon, décrivait son apparence et indiquait la date approximative où elle arriverait dans la capitale. L'auteur avait eu soin de ne pas révéler sa propre identité, mais le destinataire était un certain Adam Lamparde. Ce nom-là ne signifiait rien pour Nicholas, pas plus que l'autre mentionné dans le document, mais deux éléments cruciaux du mystère étaient enfin élucidés. Nicholas savait qui avait essayé de le tuer et qui avait parcouru une longue route depuis Barnstaple pour le ramener.

La jeune fille assassinée s'appelait Susan Deakin.

Dans la ville de Barnstaple, Long Bridge, le « long pont », avait près de trois cents ans. Enjambant la Taw, il comportait seize arches suffisamment hautes pour laisser passer de petites embarcations. Le pont était une merveille d'architecture dont la beauté était oubliée par la force de l'habitude, mais même les plus blasés et les plus cyniques ressentaient une exaltation passagère lorsque, remontant le cours de l'eau, ils le voyaient pour la première fois. Par un jour ensoleillé, son reflet était si parfait que le navire approchant semblait se voir offrir seize énormes ouvertures ovales. Sa valeur, pour le trafic piétonnier, était incalculable et Long Bridge faisait partie intégrante de la vie de Barnstaple.

Sur le quai, Gideon Livermore contemplait le pont. Il se souvenait du jour lointain où, petit garçon, il avait été poussé de là par son frère, et avait découvert qu'il savait nager. Il se rappelait ses premières tentatives désastreuses pour ramer sous une des arches et les dégâts subis par le bateau quand il était entré en collision avec la pierre inflexible. Le quai était le centre de Barnstaple. Des navires, des barges, des barques et des bateaux de pêche dansaient sur leurs amarres. Des cargaisons étaient chargées ou déchargées. De la laine feutrée, du calicot, du drap, de la toile, des pots de cuivre et d'étain, des souliers, du savon, du vin, du gingembre, du fromage, du sel, du sucre et du poivre étaient envoyés sur la côte galloise tandis qu'un navire de Milford Haven livrait des peaux de mouton et de lapin, du cuir ainsi que de l'orge, du blé, du seigle et un arrivage d'huîtres. Des denrées plus exotiques étaient importées de pays lointains. Terre-Neuve, la Guinée et les Bermudes entretenaient un commerce régulier avec Barnstaple. Les routes maritimes mettaient même les Caraïbes à la portée de ce port du Devon.

Gideon Livermore avait observé avec fascination ces changements et ces progrès au fil des ans. Il se tenait près de l'endroit où les marchands de la région concluaient leur marché à la manière juive, en déposant de l'argent en espèces devant témoins, sur Tome Stone[1]. La confiance était la clef de toute activité commerciale. Barnard Sweete accourut pour l'accueillir, mais Livermore

1. Tome Stone : place publique de Barnstaple. (*N.d.T.*)

ne voulait pas perdre de temps en politesses. Il avait quitté son château bien-aimé pour se rendre en ville, ce dont il comptait être dédommagé par de bonnes nouvelles.

— L'avez-vous vue, Barnard ?

— J'ai passé une heure avec elle, répondit le notaire.

— Comment l'avez-vous trouvée ?

— L'esprit ailleurs.

— Mary comprend-elle les implications ?

— Je les lui ai expliquées plus d'une fois.

— Pourquoi diable a-t-il fallu qu'elle épouse Matthew Whetcombe ? soupira Gideon Livermore.

— Elle se pose la même question, dit Sweete. Son affliction reste lourde, mais se teinte de regrets. Mary Whetcombe n'était pas une épouse heureuse. Je ressens de la pitié pour elle, Gideon.

— Moi aussi, Barnard. Moi aussi !

— C'est encore une si belle femme !

— Le monde entier peut le voir.

— Pas si elle reste recluse.

— Cela changera bientôt, affirma Livermore en se massant l'estomac d'une main grasse. Lui parlez-vous de moi en termes élogieux ?

— À chacune de nos rencontres.

— Comment réagit-elle ?

— Favorablement, répondit Sweete avec tact.

— Consent-elle à me voir ?

— Pas encore.

— Combien de temps me faudra-t-il attendre, Barnard ? Je commence à m'impatienter. Usez de votre langue habile d'homme de loi. Pliez-la à mes désirs. Au travail, au travail !

— Cette affaire ne peut se mener à la va-vite, Gideon.

— Persévérez.

— Elle est encore en deuil.

— C'est le meilleur moment.

Gideon Livermore s'éloigna de quelques pas pour exprimer son déplaisir. Barnard Sweete le suivit afin de lui offrir ses excuses et une explication. Mary Whetcombe était encore fragile. On ne pouvait s'attendre à ce qu'elle envisage d'aussi importantes décisions si tôt après le décès de son mari, mais le notaire promit d'avancer plus vite dorénavant. Il aborda alors des nouvelles qu'il livra à contrecœur.

— Elle a eu un visiteur, hier.

— Un visiteur ?

— Il est revenu ce matin mais elle a refusé de le voir. L'homme a essuyé une rebuffade.

— Qui était-ce ?

— Elle ne veut recevoir personne hormis le prêtre et moi.

Livermore se tourna vers lui.

— Mais enfin, qui était-ce ?

— Robert Bracewell.

— Robert Bracewell ?

— Il s'est vu par deux fois fermer la porte au nez.

— Vous avez permis que Robert Bracewell lui rende visite ?

— Il est seulement venu lui présenter ses respects, Gideon.

— Tenez-le à distance.

— Mes agents avaient simplement ordre de surveiller la maison.

— Qu'il n'approche pas ! gronda Livermore. C'est la dernière personne que je veux voir importuner Mary Whetcombe en de tels moments. Informez-en vos espions. Bracewell doit recevoir un avertissement.

— Si vous le souhaitez.

— Je le souhaite vivement, Barnard.

— Il ne peut nuire, à présent.

— Le ciel nous en préserve ! La simple vue de cet homme pourrait suffire.

Il pressa l'épaule du notaire pour qu'il se pénètre de ses ordres avec plus de force.

— Robert Bracewell ne doit pas l'approcher. Il a déjà causé suffisamment de tort à cette ville comme cela. C'est une des raisons pour lesquelles je désire emmener

Mary loin de Barnstaple. Ces lieux sont trop pleins de souvenirs cruels.

Barnard Sweete hocha la tête et la main quitta son épaule endolorie. Gideon Livermore était un homme énergique, qui aimait utiliser sa force pour faire mal.

— Et l'enfant ? reprit-il.

— Lucy est complètement hébétée.

— Avez-vous parlé avec elle ?

— J'ai essayé, mais elle s'est enfuie. On dirait que je lui fais peur.

Livermore partit d'un gros rire.

— Avec une tête pareille, vous feriez peur à n'importe quelle femme. C'est peut-être votre vue qui l'a hébétée ! Je plaisante, ajouta-t-il en voyant l'autre effaré. Je disais seulement cela pour m'amuser.

— Notre problème ne vient pas de Lucy, mais de Mary.

— Je veux l'avoir !

— Les probabilités s'améliorent de jour en jour, Gideon.

— Je veux l'avoir !

Sweete allait ajouter un commentaire quand il se rendit compte que son compagnon ne parlait pas du tout de Mary Whetcombe. Avec l'instinct du marchand pour toute nouvelle voile à l'horizon, Gideon Livermore s'était tourné et regardait en aval. Un vaisseau imposant approchait du port. Même à cette distance, Livermore pouvait le reconnaître. Sa taille et sa position sur l'eau étaient pour lui des indices suffisants. Il admira le navire que Whetcombe avait baptisé d'après sa femme, un cent tonneaux qui comptait quatre-vingts hommes à bord et faisait la fierté de Barnstaple. Rares étaient les marchands qui possédaient leur propre bateau. Les plus aisés, comme Livermore, n'avaient que des parts dans un seul navire. En cela comme en tout le reste, Matthew Whetcombe était l'exception à la règle, ce qui n'était pas sans éveiller l'envie. Après une carrière fondée sur une part d'un quart dans un soixante tonneaux, Gideon Livermore convoitait le vaisseau qui fendait les flots dans leur direction.

Mary Whetcombe serait peut-être un jour couchée à ses côtés, mais un désir bien plus profond le consumait. Il voulait le *Mary*. Telle était la véritable union qu'il cherchait. L'histoire d'amour entre un marchand et un navire ne pouvait être sanctifiée que par un acte de propriété.

— Je veux l'avoir ! répéta-t-il.

Ils partirent enfin et rebroussèrent chemin vers la ville. Livermore avait des documents à signer à l'étude et une affaire à traiter avec ses associés. Ils traversèrent West Gate afin de pouvoir contempler la demeure où Mary Whetcombe veillait, abandonnée de tous, mais ce n'était pas l'adorable visage de sa future épouse qui fixait Livermore d'en haut. C'était la physionomie dure et inexpressive de Lucy.

Gideon Livermore se détourna et se hâta de passer son chemin.

— Avez-vous parlé avec messire Calmady ? demanda-t-il sèchement.

— Nous avons eu une longue discussion.

— Partage-t-il notre point de vue ?

— À présent, oui.

— Ce bavard vous a opposé de la résistance ? s'irrita l'autre. À quoi joue-t-il ?

— Il se pose en homme de principes.

— Eh bien, moi aussi, vous aussi, et chacun d'entre nous. Nous sommes tous des hommes de principes, mais nous devons apprendre à les assouplir quand besoin est. Ha ! s'exclama-t-il avec contrariété. Je ne souffrirai pas de protestation de la part d'un prêtre qui gagne trente petites livres par an.

— Arthur Calmady détient d'autres bénéfices ecclésiastiques.

— Mais ils sont loin, rétorqua le marchand. La loi interdit désormais de cumuler des bénéfices situés à moins de dix lieues les uns des autres, et ce n'est que justice. Ces prêtres grignoteraient toute l'Église si on les laissait faire. Ils recevraient de l'argent d'une douzaine de paroisses sans jamais en servir une seule honnêtement.

— Notre homme est consciencieux, accordons-lui cela.

— Oui, c'est un homme de principes, ironisa le marchand. Mais je suis assez vieux pour me rappeler d'autres gens de principes qui avaient pris la robe dans le Devon. L'un était si ivre le dimanche qu'il ne pouvait officier. Un autre portait l'épée et était un fornicateur notoire. Il y en eut même un pour brasser de l'ale au presbytère et la vendre à ses amis comme n'importe quel aubergiste.

— Arthur Calmady n'est pas coupable de ces crimes, argua le notaire. Il se montre parfois obstiné, mais je pense l'avoir guéri de ce défaut. Maintenant qu'il est de notre bord, nous sommes assurés du succès. Ce n'est qu'une question de temps.

— Cette pensée m'obsède à longueur de journée.

— Aucun nuage ne nous menace. Sauf un, peut-être, rectifia Sweete après une hésitation.

— Lequel ?

— Nicholas Bracewell.

— Ce nuage est passé, messire. Nous avons évité l'orage.

— Pouvez-vous en être certain ?

— Lamparde connaît son métier. Je n'emploie que les meilleurs.

— Nicholas possède la même détermination que son père.

— À l'instant même où nous parlons, il n'est plus de ce monde.

— Vous en avez eu confirmation ?

— Je n'en ai nul besoin.

— Mais si Lamparde échouait...

— Ayez foi en lui.

— Je suis un homme de loi, répliqua Sweete, et nous, nous ne croyons pas à la foi. Nous n'accordons du crédit qu'aux faits. Vous avez foi en Lamparde, mais le fait est que Nicholas Bracewell est sur la route de Bristol. C'est trop près pour notre tranquillité. Si votre agent essuyait un échec...

— Même cette possibilité a été envisagée, car je ne laisse rien au hasard, répondit Livermore. Si par miracle il échappe à Lamparde, il n'arrivera jamais à moins de quatre lieues d'ici.

— Pourquoi ?

— J'ai posté six robustes gaillards sur la route qu'il doit emprunter. Ils ont ordre de l'intercepter et de le faire disparaître. Je vous en donne ma parole, dit-il avec un sourire fat, nous sommes sûrs de notre coup. En aucun cas Nicholas Bracewell ne pourra atteindre Barnstaple.

Le port de Bristol déployait son effervescence coutumière, ce matin-là. Des navires entraient au bassin tandis que d'autres hissaient les voiles. Des pêcheurs déposaient leur prise. Des marchands achetaient et vendaient. Des embarcations de toutes tailles traçaient des dessins d'écume sous leur proue. Des mouettes tournoyaient autour des vaisseaux qui se dirigeaient vers le large. Les Hommes de Westfield étaient bien représentés. Lawrence Firethorn agitait joyeusement la main en clamant des recommandations. Edmund Hoode formulait des bons vœux teintés d'anxiété. Barnaby Gill marmonnait sans cesse des remerciements embarrassés. Owen Elias entonna une chanson appropriée à la circonstance. Richard Honeydew pleurait de cette séparation temporaire. Quant à George Dart, enfin confronté à la réalité, il observait les visages burinés et les yeux plissés des marins sur le pont, écoutait la verdeur de leurs obscénités, observait les extrêmes contraintes physiques exigées d'un équipage, et commençait à songer que la vie dans une compagnie théâtrale possédait, peut-être, certaines vertus.

Les six hommes lancèrent un hourra assourdissant pour accompagner le départ du navire. Avec son cheval bien attaché à bord, Nicholas faisait voile vers Barnstaple.

10

Israel Gunby remarqua immédiatement la différence. Assis parmi le public dans le somptueux hôtel de ville, il ressentit une vague déception en regardant *Le Joyeux Mécontent*. La pièce était un enchantement, les acteurs jouaient avec talent et toute la mise en scène était ingénieuse. D'ailleurs, les habitants de Bristol venus en si grand nombre pour admirer les Hommes de Westfield adoraient l'humour et la verve fastueusement déployés à leur intention. Gunby, cependant, restait insatisfait sans bien savoir pourquoi. L'après-midi précédent, il se trouvait au milieu des spectateurs debout au fond de la salle quand le maire et sa corporation avaient été bouleversés par la splendeur tragique de *Mort et Ténèbres*. Toute la troupe avait été superbe à cette occasion et Gunby avait versé des larmes sincères quand le comte Orlando, dans un accès de désespoir, se suicidait pour reposer auprès de l'épouse si cruellement assassinée le jour même de leurs noces. Lawrence Firethorn avait été si magnifique dans le rôle principal que Gunby s'était presque senti coupable de l'avoir privé d'argent et de plaisir charnel à High Wycombe.

L'éclat radieux du *Joyeux Mécontent* s'était terni, et Ellen put en identifier l'une des raisons principales. Elle avait tant aimé la pièce à Marlborough qu'elle avait hâte de la revoir à Bristol, mais la seconde représentation n'était qu'une pâle imitation de la première. Cette fois Ellen, vêtue sans élégance, passait pour la femme du gros et vieux marchand à côté d'elle. Elle se pencha vers son mari.

— Messire Gill est souffrant, jugea-t-elle.

— Toute la compagnie paraît affaiblie.

— Il a perdu sa voix, sa puissance, sa verve.

— Et ses jambes, renchérit Gunby. Il dansait mieux pour nous *Aux coqs de combat*. Quelque chose a ôté toute élasticité à sa démarche.

— Regarde, dit Ellen en tendant le doigt. J'ai raison.

La pièce s'achevait sous les acclamations générales et la compagnie venait saluer. Barnaby Gill, qui s'était précipité au centre de la scène à Marlborough, céda la place à Lawrence Firethorn, derrière lequel il se tint légèrement en retrait. Les traits tirés, il était si épuisé qu'il manqua s'évanouir et que Firethorn dut le soutenir pour l'aider à quitter les planches. Le public prit la faiblesse du docteur Blackthought pour une dernière facétie et applaudit avec plaisir. Israel Gunby et son épouse ne furent pas dupes.

— Quelque chose ne va pas, remarqua-t-il, pensif.

— L'indisposition de messire Gill les affecte tous.

— Non, Ellen. Ce sont des acteurs pleins de ressources. Ils pourraient aider un camarade défaillant et masquer ses erreurs, mais il y avait un autre défaut dans leur représentation.

— Elle était beaucoup trop lente.

— Encore assez rapide pour les bourgeois de Bristol.

— Mais deux fois moins qu'à Marlborough.

— Quelle en est la cause ? s'interrogea Gunby, qui comprit tout à coup : Ils ont perdu leur régisseur !

La pièce n'était pas seulement affaiblie par la mauvaise forme d'un acteur, elle se ressentait sérieusement de l'absence de la main qui la contrôlait. Des entrées avaient été ratées, des changements de scène avaient manqué de vivacité. Quand Barnaby Gill, oubliant son texte, avait fait signe au souffleur, la réplique était venue si tard et si fort qu'elle semblait un élément comique ajouté à dessein pour amuser le public. Israel Gunby avait savouré le spectacle qu'il avait commandé *Aux coqs de combat*, mais ce n'étaient pas seulement les acteurs qui avaient retenu son attention. Nicholas avait tout organisé avec une compétence digne d'éloges. Sa présence invisible était l'échafaudage qui maintenait toute la compagnie debout. Sans lui, les Hommes de Westfield boitillaient.

— Messire Bracewell est parti, dit Gunby.

— Pourquoi ?

— C'est son affaire, ma mie.

— Mis à part messire Firethorn, il était le plus beau d'entre tous, déclara Ellen. Si je devais jouer cette scène d'amour dont nous venons d'être témoins, je crois que j'aimerais autant être séduite par le régisseur que par l'acteur. Messire Bracewell était magnifique et avait de si belles manières !

— Pourtant, il a quitté la troupe.

— Son remplaçant fait piètre figure.

— Les Hommes de Westfield en pâtiront.

— Nous venons de le voir.

— Ils en pâtiront également en dehors des planches, Ellen, précisa-t-il, une idée se formant en lui. Messire Bracewell était leur sentinelle. Maintenant qu'il est parti, il sera peut-être plus facile de percer leurs défenses. Me suis-tu ?

— Je te suis, mon époux.

— Leur faiblesse est notre force.

— Quand frappons-nous ?

— Laissons-leur un ou deux jours, conseilla-t-il. Cela les rendra plus confiants et leur permettra de mieux remplir leur coffre. Pour *Mort et Ténèbres*, l'hôtel de ville était plein à craquer et *Le Joyeux Mécontent* a récolté une pluie d'espèces sonnantes et trébuchantes. Si nous attendons un peu, Firethorn aura plus de vingt livres dans sa cassette.

— Comment la viderons-nous ?

Il adressa à sa femme un sourire matois et lui pressa le bras. La plupart des autres spectateurs étaient partis et ils étaient parmi les retardataires. Nul n'était plus assis devant eux, si bien qu'ils avaient une vue totale de la scène improvisée que Nicholas avait bâtie à l'extrémité de la salle, pour qu'elle reçoive un maximum de lumière par les fenêtres. Elle portait encore le décor du dernier acte.

— Tu as admiré Lawrence Firethorn, je crois.

— Comme chacune des femmes qui se trouvaient ici.

— Et tu disais qu'il ne te déplairait pas de rejouer cette scène avec lui. Le ferais-tu aussi bien que Richard Honeydew ?

— Mieux.

— Ce garçon était excellent.

— Mais il reste un garçon. Sa voix et ses gestes étaient une habile imitation de ceux d'une jeune femme, toutefois il ne pourrait rivaliser avec une dame. Si j'avais été sur scène avec Lawrence Firethorn, j'aurais éclipsé le jeune apprenti, assura-t-elle, les poings serrés d'envie, en fixant la scène.

— Les femmes n'ont pas le droit de jouer sur les planches, ma mie.

— C'est une pitié et une infamie.

— Elles peuvent néanmoins exercer leur art dans un autre théâtre.

— La chambre à coucher ?

— Tu surpasserais cet apprenti, je le sais ! déclara Gunby avec chaleur. Mais jouerais-tu le jeu avec Firethorn lui-même ?

— Sans l'ombre d'un doute.

— C'est un homme avisé, qui ne se laisse pas facilement berner.

— Je l'ai fait une fois ; je peux recommencer.

— Cela n'ira pas sans danger, Ellen.

— Je m'en soucie comme d'une guigne. C'est là où est le danger qu'on trouve les plus belles récompenses. Tu me l'as enseigné. Lawrence Firethorn ne me reconnaîtra pas une seconde.

— Alors, au travail !

— J'aurai besoin d'une nouvelle robe.

— On pourvoira à tout le nécessaire.

— Je lui montrerai comment joue une vraie femme !

Israel Gunby rit tout bas et l'enlaça par la taille. Quand ils se levèrent pour regagner la porte, ils virent George Dart, affolé, tendre une corbeille aux derniers spectateurs. Ils s'étaient déjà acquittés d'un droit d'entrée, mais la représentation les avait mis d'humeur à se séparer de quelques pièces encore. Gunby jeta un ange avec le reste et George bredouilla de gratitude. C'était pour le brigand l'occasion idéale d'obtenir confirmation de ce qu'il supposait. L'assistant machiniste était plus harassé que jamais. Il ne discerna pas le lien entre le vieux marchand obèse et Samuel Grace, des *Coqs de combat*, d'autant que Gunby avait pris l'accent de la région.

— J'apprends que messire Bracewell n'est plus avec vous.

— Non, messire.

— A-t-il quitté la compagnie ?

— Hélas oui, gémit George.

— Où est-il parti ?

— À Barnstaple.

— Un étrange départ, alors que sa présence est nécessaire ici.

— Il est vrai, messire. Il reviendra un jour, mais pas avant une semaine ou plus, et d'ici là nous nous débattons sans lui.

— C'est ce que j'ai observé, dit Gunby. Les Hommes de Westfield jouissent d'une excellente réputation, toutefois elle ne sortira pas grandie par les maladresses de votre remplaçant. Nous avons vu jouer bien des pièces dans cette salle, mais rarement avec tant de maladresses dans les coulisses. Dites-moi, jeune homme, dit-il en se penchant d'un air de confidence : quel pauvre idiot a succédé à messire Bracewell aujourd'hui ?

L'air hagard de George Dart eût suffi à répondre à sa question.

— Cet idiot se tient devant vous.

Gunby jeta un autre ange dans la corbeille et ils partirent.

Le *Gabriel* était un navire de commerce côtier que possédaient cinq marchands de Barnstaple, tous à part égale. Il avait été à Carmarthen et à Tenby avant de faire escale à Bristol et sa cargaison incluait du fer-blanc, de l'avoine, de l'orge et quatre mille peaux de mouton. Le *Gabriel* ne jaugeait que quinze tonneaux et, comme beaucoup d'autres, arborait un nom biblique. Nicholas découvrit bien vite que son vieux capitaine acariâtre n'avait rien d'angélique.

— Un étron dans ses dents ! ricana le marin.

— Vous le connaissez donc ?

— Tout le monde à Barnstaple connaissait Matthew Whetcombe.

— Connaissait ? répéta Nicholas. Il a quitté la ville ?

— Non, messire. Il y est encore, et puisse-t-il y pourrir.

— Vous le connaissez donc toujours.

— Pour sûr, dit l'autre. Je peux parler au bon marchand à ma guise, maintenant. Chaque fois que je passe devant sa tombe, je peux cracher dessus deux fois et lever la jambe pour péter dessus trois fois. C'est toute la conversation qu'il mérite.

Nicholas avait eu la chance de trouver un vaisseau qui se rendait à Barnstaple. Ce n'était pas le moyen le plus rapide d'atteindre la ville, néanmoins cela lui épargnerait un long et dangereux voyage seul sur de mauvaises routes. Cela l'aiderait aussi à échapper aux pièges que l'on pouvait lui tendre près de Barnstaple. Nicholas avait éliminé une menace, toutefois l'homme qui avait employé Lamparde pouvait en payer dix autres pour exécuter la même mission. Il importait de découvrir au plus vite qui voulait sa mort, et il ne le pourrait pas s'il tombait dans une embuscade avant même de parvenir en ville.

Le *Gabriel* était un vieux rafiot, et de petite taille, malgré tout c'était bon de naviguer à nouveau, de sentir le vent ébouriffer ses cheveux et malmener ses vêtements. Nicholas, à la proue, laissait les embruns salés baigner son visage. Dans les registres du port, le bateau était baptisé avec panache le *Gabryel de Barnstaple* et son capitaine était fier d'un nom qu'il utilisait constamment sans jamais approcher d'une prononciation intelligible. L'homme était dur comme le teck et employait un langage ordurier, mais Nicholas acceptait volontiers sa compagnie. Bien qu'ayant Ilfracombe pour port d'attache, le marin travaillait avec Barnstaple depuis une décennie et connaissait les principaux marchands. Dans les tavernes le long du quai, il avait entendu tous les ragots de la région, et c'était pour Nicholas une véritable mine.

— Quand Matthew Whetcombe est-il mort ?

— Il y a un ou deux mois. Peut-être plus.

— Quelle en fut la cause ?

— La peste, la vérole et la maladie des sueurs. Du moins, ajouta-t-il en crachant dans le vent, voilà ce que ça aurait été si j'avais pu choisir sa fin. J'aurais enchaîné ce traître pour me servir d'ancre, si j'avais pas autant de respect envers le *Gabryel de Barnstaple*.

— Vous ne l'aimiez guère, à ce que je vois, dit Nicholas, usant de la litote avec nonchalance. Quelles affaires aviez-vous avec lui ?

— Aucune, et c'est là que le bât blesse !

— Vous aviez sollicité un emploi ?

— Je le méritais ! clama le capitaine. Il n'y a pas de marin plus expérimenté que moi sur la côte du Devon. Quand il lui a fallu un nouveau commandant pour le *Mary*, il n'aurait pas dû chercher plus loin, mais il m'a traité avec mépris, messire. Il a prétexté que j'étais trop vieux ! Vieux ! Ha ! Encore bien assez jeune pour déposer une merde sur sa tombe la prochaine fois que je passerai devant !

L'explication fut interrompue par un chapelet d'insultes et Nicholas eut le temps d'assimiler les faits qu'il avait jusqu'alors réussi à glaner. Matthew Whetcombe avait été immensément riche, mais cette fortune provenait moins d'un commerce légal que de la piraterie. Nul ne connaissait mieux l'hypocrisie qui recouvrait le terme « corsaire » que Nicholas, car il avait navigué sous l'un des plus célèbres flibustiers d'Angleterre. Des lettres de marque avaient octroyé à Francis Drake, et à maints autres comme lui, toute licence de se livrer à la piraterie. Durant les cinq ans écoulés depuis l'*Invincible Armada*, cette pratique s'était avérée particulièrement fructueuse et Matthew Whetcombe avait été l'un de ses bénéficiaires.

En 1590, le *Mary* franchit la barre avec un équipage complet et une belle rangée de canons. Après un raid sur un vaisseau étranger au large des côtes de Guinée, il rentra au port avec un tel butin que toute la ville ne parla plus que de cela pendant une semaine. Quatre coffres d'or furent déchargés de la cale, ainsi qu'un panier de bijoux. La valeur totale de la prise avoisinait les quinze mille livres, une fortune qui éleva Matthew Whetcombe loin au-dessus de ses contemporains. Bien qu'il se vantât d'avoir gagné cet argent par le commerce, c'était le fruit d'une piraterie éhontée. Les lettres de marque n'étaient rien de plus qu'une tête de mort légalisée.

Pour endiguer les récriminations véhémentes du capitaine, Nicholas l'orienta vers un autre sujet. Il serra les dents avant de poser la question, mais il devait savoir la vérité, tôt ou tard.

— Avez-vous entendu parler d'un certain Robert Bracewell ?

— Cela se pourrait, il y a quelques années.

— Est-il donc mort lui aussi ? s'étonna Nicholas.

— Oh non, messire. Juste dans une mauvaise passe.

Il ôta son bonnet pour se gratter le crâne de ses ongles cassés.

— Ma mémoire n'est plus ce qu'elle était, mais je me rappelle ce nom. Laissez-moi réfléchir. Ça va revenir.

Cela revint finalement, et il remit son bonnet pour marquer l'événement.

— Robert Bracewell, hein ? N'était-il pas un des marchands qui exportaient le cariset et le feutre en France ?

— C'est cela.

— Je vois très bien, à présent. Son navire rapportait la toile de lin et de chanvre de Rouen et Saint-Malo. C'est toujours le même homme, mais pas le même négoce. Il ne traite que de petites affaires, du côté du quai.

— Il avait deux fils, l'encouragea Nicholas.

— Ce fut en partie sa tragédie, messire. Le plus jeune rompit tout lien avec lui et partit vivre à Exeter. Je crois qu'il y est marchand.

— Et l'aîné ?

— Il brisa le vieux cœur de son père, répondit le capitaine, se rappelant de mieux en mieux l'histoire. Celui-là partit à Plymouth pour naviguer avec Drake. Il ne s'en retourna jamais. Le noble Sir Francis est sans doute un grand navigateur, mais il perdit bien trop d'hommes durant son voyage. Moi, j'aurais été plus attentif à mon équipage. Si j'avais emmené le *Mary* autour du monde, je n'aurais pas perdu un seul homme. J'aurais dû commander ce bateau-là.

Il continua à maugréer, mais Nicholas ne l'écoutait pas. Il réfléchissait à ce qu'il venait d'entendre. Robert Bracewell avait menti une fois de plus. Pour expliquer la disparition et l'absence prolongée de son fils, il lui avait inventé une mort en mer, dans quelque partie reculée du globe. Telle avait été la méthode de son père pour résoudre le problème. Il avait tout simplement tué son fils aîné.

Le *Gabriel* filait à belle allure le long de la côte et Nicholas n'était pas un passager inactif. Quand il fallait louvoyer, il manœuvrait au côté de l'équipage. Lorsque l'expérience de la navigation s'imposait, il intervenait par un conseil amical. Le capitaine trouva en lui un marin consciencieux et le laissa même tenir le gouvernail quelque temps. Ce plaisir n'alla pas sans contrepartie. Bien que Nicholas savourât ce moment à la barre, il dut subir une autre kyrielle de lamentations. Les marins ressemblaient aux pêcheurs. Le navire qu'ils n'avaient pu commander était comme le saumon gigantesque qui venait de leur échapper. Cet homme n'aurait jamais pu diriger un navire aussi grand et aussi difficile à maîtriser que le *Mary*, mais il nourrirait sa rancœur pendant le restant de ses jours. Le capitaine du *Gabryel de Barnstaple* était attaché au mât de ses rêves.

Des vents contraires les obligèrent à virer de bord alors qu'ils dépassaient Ilfracombe, mais ils trouvèrent une passe plus abritée dès qu'ils eurent contourné le promontoire et mis le cap plein sud. La baie de Barnstaple apparut enfin à l'horizon et Nicholas ressentit la joie soudaine du marin, apercevant pour la première fois son foyer après un long et pénible voyage. Quand il pensa à ce qui l'attendait en ville, sa joie se mua en appréhension. Pour la dernière fois, il profita des connaissances du capitaine.

— Matthew Whetcombe laisse-t-il une famille ?

— Mais oui, messire. Une jolie femme et un petit bout de fille.

— Seulement un enfant ?

— Vous avez raison de vous étonner, messire. J'en ai six moi-même et rares sont les marchands de Barnstaple qui en ont moins de trois ou quatre. Mais pas Matthew Whetcombe, dit-il avec un rire grinçant. La malédiction que j'ai jetée sur lui a dû opérer. Ce fourbe n'a pu mettre qu'une seule fille au monde, et si mal finie qu'il ne voulait pas être vu avec elle dans la rue.

— Mal finie ?

— Sourde-muette, messire

— Pauvre enfant !

— Si l'enfant est pauvre, la mère est riche. L'épouse, messire. Il avait nommé son navire d'après elle.

— Je l'avais compris, dit Nick paisiblement. Mary. Son épouse est Mary Whetcombe. Elle a été une bénédiction pour lui.

— À présent, les bénédictions tombent sur elle comme s'il en pleuvait, remarqua le capitaine. Elle aura un navire, des maisons, la fortune. C'est un oiseau rare. Je parierais que Mary Whetcombe est la veuve la plus riche du Devon. Elle aura plus de prétendants autour d'elle qu'il y a de mouches sur le cul d'une vache.

Il donna à Nicholas un coup de coude complice.

— Vous cherchez à vous marier, messire ?

Barnard Sweete choisit parfaitement l'heure de sa visite. Il fut introduit dans la demeure de Crock Street peu après Arthur Calmady. Le prêtre avait déchargé sa cargaison quotidienne de condoléances et lu des passages de la Bible à Mary. Celle-ci paraissait plus réceptive. Elle n'émit aucune protestation quand la servante fit entrer le notaire.

— Pardonnez-moi de venir si tôt, alors que vous êtes avec messire Calmady, dit-il. Je n'avais pas l'intention de vous déranger.

— Nous avions presque fini, répondit le prêtre d'un ton solennel. Je vais vous laisser seul avec dame Whetcombe.

— Restez ! dit Sweete.

— Vous souhaitez certainement discuter de questions financières.

— Votre présence nous y aidera, messire Calmady.

— Alors j'obéis.

Le prêtre se rassit dans son fauteuil avec l'empressement d'un homme qui ne compte plus en bouger quoi qu'il arrive. On l'avait déjà averti qu'il devrait rester, mais Mary était trop hébétée pour s'en apercevoir. Elle ne remarqua pas non plus les regards de connivence qu'échangeaient ses deux visiteurs. Encadrée par l'Église et la Loi, elle se sentait prisonnière.

Barnard Sweete s'éclaircit la gorge et prononça le discours qu'il avait répété dans son étude. Son ton était calme et crédible, son expression traduisait une tristesse polie.

— Il convient d'aborder la question des dernières volontés de votre époux. Matthew Whetcombe était très riche et souhaitait que sa fortune soit distribuée entre différentes personnes. La nature de son mal et la soudaineté de sa mort ne laissèrent pas le temps à de longues discussions au sujet de son héritage. Lui-même n'avait rédigé aucune instruction détaillée. Ce que nous avons...

Il toussota en sentant que Mary relâchait son attention.

— Ce que nous avons est un testament nuncupatif.

C'est-à-dire, un testament exprimé verbalement par le testateur et rédigé plus tard. Il s'agit d'une procédure parfaitement légale et nullement inusitée.

Un coup d'œil au prêtre valut immédiatement son adhésion :

— Certes. Les testaments nuncupatifs sont une pratique parfaitement acceptée. J'ai moi-même agi comme témoin en de telles occasions. L'Église remplit plusieurs fonctions, au chevet d'un mourant.

— Merci, messire Calmady, continua Sweete en ouvrant sa sacoche pour en sortir une liasse de documents. Voici les dernières volontés de Matthew Whetcombe de Barnstaple, telles que j'en ai été témoin ainsi que d'autres, parmi lesquels Gideon Livermore.

Il prononça ce nom avec une légère emphase et guetta une réaction, en vain.

— Je vous laisse cela pour que vous l'examiniez, mais les clauses principales sont telles que je vous les ai déjà indiquées. Vous et votre fille Lucy êtes totalement à l'abri du besoin et ne devriez avoir aucun souci financier. Toutefois, l'essentiel de la fortune, y compris le *Mary*, revient à l'ami intime et ancien associé du défunt, Gideon Livermore.

Cette fois, il y eut une réaction, qui révéla une répulsion si vive que Barnard Sweete se promit de l'omettre du rapport complet sur sa visite qu'il lui faudrait exposer à Livermore. Le marchand leur rendait de fréquentes visites du vivant de Whetcombe et ne cachait pas son admiration pour Mary. Ce sentiment n'était pas réciproque. Elle frémit à la pensée que non seulement il pourrait venir dans cette maison, mais qu'il y serait chez lui. Avec Lucy et ses domestiques, elle devrait s'installer dans leur maison de campagne, à deux lieues de Barnstaple. C'était une sombre perspective. Son union avait été malheureuse, mais Matthew lui avait offert à la fois la dignité et la sécurité. Elle se voyait dépouillée des deux par le biais d'une procédure juridique.

— Permettez-moi de clarifier la situation, reprit Sweete, en consultant une page devant lui. Le testament nuncupatif de Matthew Whetcombe a été fait le 23 avril. Votre époux s'est éteint deux jours plus tard. Il a été inhumé le 1er mai. Le lendemain, selon la coutume, on a dressé l'inventaire de tous ses biens en ce bas monde. J'en ai un exemplaire ici, daté du 2 mai, fait en ma présence et celle d'autres témoins. Cet inventaire sera affiché à Barnstaple d'ici dix jours quand le testament aura été authentifié.

— C'est admirablement clair, approuva Calmady.

— Avez-vous des questions ?

— Aucune, messire, répondit le prêtre avec obséquiosité.

— Je m'adressais à dame Whetcombe.

— Mes excuses, messire.

— Avez-vous la moindre question, madame ? insista l'homme de loi.

— Mary... dit le prêtre d'un ton enjôleur.

Ils attendirent un peu avant de conclure que Mary Whetcombe n'avait rien à dire. Sweete mit de l'ordre dans les documents qu'il avait apportés et les laissa en pile bien nette sur la table, certain qu'elle se contenterait d'y jeter un coup d'œil. L'inventaire était assez clair, mais le testament était si émaillé de jargon juridique qu'elle ne parviendrait jamais à le démêler à son avantage. Barnard Sweete le jugeait à toute épreuve.

Murmurant les civilités d'usage, il se leva pour partir et aussitôt le prêtre en fit autant. Tous deux se retiraient quand elle dit d'une voix remarquable de fermeté :

— Matthew a fait un testament légal.

— Et vous l'avez sous les yeux, dit tranquillement Sweete.

— Je parle d'un testament écrit, rédigé de sa propre main et devant témoins.

Les deux hommes reprirent place sur leur siège.

— La fin a été foudroyante, néanmoins le médecin l'avait averti que son cœur était fragile. Matthew a préparé son testament à ce moment-là. Le docteur Lymette en a été témoin.

— Il l'a également été du testament nuncupatif.

— L'un peut-il annuler l'autre ?

— C'est sa fonction.

— Oui, oui, approuva Calmady, selon ce qui était convenu. Ce que nous décidons à un moment de notre vie peut sembler inapproprié à un autre. C'est seulement confronté à son Créateur qu'un homme use de son vrai discernement.

— Dernières volontés et testament, souligna Sweete. Peu importe combien il y en eut avant. Seul compte le dernier.

— Où se trouve le premier ? interrogea-t-elle.

— C'est sans conséquence.

— Pas pour moi, messire. Où est-il ?

— Vous avez dû en recevoir un exemplaire, dit innocemment Calmady en se tournant vers le notaire. Avez-vous gardé le document en votre possession ?

— Non, messire Calmady.

— Pourquoi donc ? demanda Mary avec vivacité.

— Oui, pourquoi donc ? répéta le prêtre, changeant de bord.

— Parce que, messire, expliqua Sweete d'un ton mordant, nous avons de nombreux clients à Barnstaple et dans les environs. On dépose chez nous des centaines de testaments, dont certains sont modifiés ou complétés à maintes reprises. Si nous conservions chaque version de chaque testament invalide, nous n'aurions plus de place à l'étude pour le reste. Cette réponse vous satisfait-elle, messire Calmady ?

— Oh, oui. Oui, oui, dit ce dernier, réduit à la soumission.

— Mais où est-il ? se demanda Mary.

— Quoi donc ? demanda Sweete.

— Le testament.

— Je viens de vous dire qu'il a été détruit.

— Votre exemplaire, messire. Je parle de celui de Matthew.

Les deux hommes s'agitèrent avec embarras dans leur fauteuil.

— Mon époux avait ses défauts — qui n'en a

pas ? —, mais il était méticuleux en affaires. Le testament a peut-être été déposé chez vous, toutefois il en a sans doute gardé un exemplaire au cas où le vôtre serait égaré.

— Nous n'égarons jamais aucune pièce.

— Détruit, alors.

— Cet exemplaire n'est-il pas dans la maison, Mary ? s'enquit Calmady.

— Nous avons cherché en vain.

— On n'a rien trouvé parmi ses papiers au moment de l'inventaire, dit Sweete. Son propre exemplaire a donc été égaré ou détruit. Quoi qu'il en soit, s'empressa-t-il d'ajouter, couvrant toute objection, le testament antérieur n'a ni valeur ni intérêt en l'occurrence. Un autre vient le remplacer. Je vous dirai cependant que les termes du premier se trouvent très largement reproduits dans le second.

Mary fut si blessée par cette information qu'elle ne la mit pas en doute. Barnard Sweete était un notaire réputé pour son sérieux. Il avait servi son mari des années durant. Pourquoi aurait-il menti ? Elle regarda avec lassitude la pile de documents et hocha la tête, en signe de reddition.

Le notaire se leva d'un bond et indiqua au prêtre de l'imiter. Ils prirent congé, mais leur départ fut retardé à nouveau. Après avoir frappé quelques coups sonores à la porte, la servante entra et se tint entre eux, ne sachant si elle devait attendre leur départ pour transmettre le message. Mary n'avait rien à cacher.

— Eh bien, qu'y a-t-il ?

— Un gentilhomme demande à vous voir.

— A-t-il donné son nom ?

— Nicholas Bracewell.

Sitôt qu'il débarqua avec le rouan, Nicholas suivit le Strand et entra en ville par West Gate. Il ne s'arrêta pas pour revoir le lieu de sa naissance et ne laissa aucune place au sentiment. Il était venu pour une affaire urgente et cela prenait le pas sur tout. Il n'avait pour guide que le nom d'une jeune fille morte, mais cela suffit. Associé aux informations obtenues en mer, il le mena droit dans Crock Street. Le capitaine avait parlé avec une jalousie hargneuse d'une grande maison, qu'il repéra bien vite. Il alla d'abord aux écuries à l'arrière. Le palefrenier qui nettoyait la sellerie reconnut le cheval aussitôt et fut enchanté de se le voir confier à nouveau, mais Nicholas ne lui révéla pas comment il était entré en sa possession. Il réservait cette information à la maîtresse des lieux. Assuré de se trouver à la bonne adresse, il retourna frapper à l'entrée principale. Une servante lui demanda son nom, puis l'invita à attendre à l'intérieur le temps qu'elle allât voir s'il serait reçu.

Nicholas resta dans un couloir entre la boutique et la pièce de réception. Il sentait l'odeur du cuir. Une volée de marches conduisait au premier, et la servante l'avait empruntée. Il patienta jusqu'à ce qu'il entende un craquement au-dessus de sa tête. Il s'attendait à voir la servante revenir, au lieu de quoi il fut confronté à un spectacle qui fit bondir son cœur dans sa poitrine et embruma son esprit. En haut de l'escalier, une enfant en robe noire l'observait attentivement de ses grands yeux interrogateurs. Son visage était tellement semblable à celui de sa mère que Nicholas se crut transporté vingt ans en arrière, au temps où Mary Parr et lui jouaient ensemble dans les rues et se pourchassaient dans le cimetière St Peter. Il contemplait la petite fiancée de son enfance. D'autres souvenirs se joignirent au premier pour le rendre amer.

L'enfant l'observait avec une intense curiosité. Elle sentait en lui un ami. Quand Nicholas lui sourit, elle lui adressa même un petit signe de la main. Elle n'était plus Mary Parr. Bien qu'elle eût hérité la beauté de sa mère, ses cheveux étaient beaucoup plus clairs et ses traits subtilement différents. Elle l'aimait bien. En ce bref instant où il attendait au pied des marches, une affinité existait entre eux. Nicholas se demandait encore pourquoi quand les souliers de la servante claquèrent sur les lames de chêne. L'enfant disparut et la femme revint.

— Elle ne vous verra pas aujourd'hui, messire.

— Lui avez-vous dit mon nom ? interrogea-t-il d'un ton peiné.

— Ma maîtresse est indisposée, messire.

— Elle me recevra sûrement.

— Je vous ai donné sa réponse, répliqua la servante en essayant de le diriger vers la porte. Nous sommes en deuil.

— Dites-lui que j'ai d'importantes nouvelles à lui annoncer.

— Revenez demain.

— Je sais ce qui est arrivé à Susan Deakin.

L'attitude de la servante changea immédiatement et elle porta les mains à ses joues bouffies. Nicholas avait deviné juste : la jeune morte appartenait à une maison prospère. Elle avait été employée par feu Matthew Whetcombe.

— Où est Susan ? interrogea la servante avec anxiété.

— Je le dirai à votre maîtresse.

— L'avez-vous vue ? Va-t-elle bien ?

— Vous le saurez en temps voulu, répondit Nicholas, laconique. Je crois que Susan servait dans cette demeure ?

— Dieu vous bénisse, messire. Oui. Comme sa mère avant elle. Susan a suivi les traces de Joan Deakin.

— Sa mère vit-elle encore ?

— Elle est morte, messire. Il y a des années.

— Et Susan était-elle une jeune fille digne de confiance ?

— Plus que quiconque. Susan travaillait aussi dur que tout le personnel de la maison et s'occupait de Lucy. Nous avons été tellement surpris quand elle s'est enfuie !

— Elle s'est enfuie ?

Mais la servante en avait assez dit et se retrancha dans un silence attentif. L'inconnu ne serait pas reçu. Elle avait transmis le message et devait le raccompagner. Nicholas Bracewell. C'était un nom souvent entendu, mais qui à l'évidence n'était pas le bienvenu. L'arrivée du visiteur avait exercé un effet si saisissant sur Mary

Whetcombe qu'il lui avait fallu du temps pour se remettre, et Barnard Sweete avait été terriblement décontenancé. La servante supposa que le nouveau venu était le fils de Robert Bracewell, or le père n'avait plus ses entrées dans la maison. Un homme capable de causer un tel bouleversement rien qu'en se présentant devait être reconduit à la porte.

— Vous devez partir, messire, insista-t-elle.

— Transmettez un message à votre maîtresse. Je logerai au *Dauphin*, dans High Street. Ce n'est qu'à deux pas d'ici et je serai facile à joindre.

— Bonne journée, messire.

— Rappelez-vous mon nom : Nicholas Bracewell.

La servante ne s'en souvenait que trop bien, sachant quelle panique il avait causée en haut, dans la grande salle. Elle était anxieuse d'avoir des nouvelles de Susan et craignait qu'elles ne fussent pas bonnes. Nicholas fut escorté jusqu'à la porte, qui se ferma derrière lui. Tout en s'éloignant d'un pas lent, il eut conscience d'être observé et se retourna pour lever les yeux vers la façade. Des visages s'écartèrent des fenêtres, mais un autre demeura collé à celle de l'étage supérieur. Lucy lui adressa un nouveau signe de la main et leva quelque chose pour le lui montrer, mais il ne put distinguer ce que c'était. De cette distance, le minuscule objet de bois n'était qu'une tache informe dans sa petite main. Jamais il n'aurait eu idée que c'était une poupée nommée Nicholas Bracewell.

Ellen était mue par un mélange d'envie et de témérité. Bien qu'elle eût savouré l'œuvre des Hommes de Westfield, le rôle des apprentis la contrariait. De jeunes garçons ne feraient jamais de vraies femmes. Robes et perruques ne créaient l'illusion que jusqu'à un certain point, et l'interprétation demeurait inaboutie. Elle avait vu Firethorn jouer une tendre scène d'amour avec Richard Honeydew dans une pièce, puis le séduire dans une autre avec un égal talent, mais en aucune de ces occasions ils ne s'étaient convenablement embrassés.

Les mots prenaient la place des baisers. La passion se distillait en vers blancs. Si elle était sur scène, croyait-elle, le sentiment qui unissait les amants trouverait une résonance plus profonde, et elle s'attristait, sachant qu'elle n'aurait jamais la possibilité de le prouver.

Toutefois, ce qui demeurait impossible en public pourrait peut-être s'accomplir en privé, et là l'envie cédait la place à l'audace. En Judith Grace, elle avait minaudé et souri pour l'attirer dans sa chambre à coucher, mais il faudrait des rets très différents pour le prendre, cette fois-ci. Firethorn serait sur ses gardes. Si son jeu souffrait de la moindre faiblesse, il la démasquerait. La témérité d'Ellen s'exerçait cependant à un autre niveau, qu'elle dissimulait même à son époux. Firethorn était une dupe, mais c'était également un homme séduisant et fougueux, qui jetait une pluie d'étincelles chaque fois qu'il montait sur scène. Elle n'aurait pas à feindre d'attirance pour lui, car celle-ci était réelle. Si Ellen avait confiance en sa capacité à l'attirer dans sa chambre à coucher, elle était moins certaine de ce qu'elle ferait ensuite. Sa tâche consistait à le distraire pendant que son mari fouillait la chambre de Firethorn au *Joyeux Matelot*. Il y avait un moyen assuré de distraire n'importe quel homme au sang chaud.

Un coup respectueux résonna à la porte.

— Es-tu prête ? demanda une voix.

— Entre et juge par toi-même.

Un cocher apparut sur le seuil. Israel Gunby était transformé par son chapeau et sa houppelande. Il resta bouche bée à la vue de sa femme. Ellen avait subi une métamorphose. La jeune fille engageante, qui était le dernier personnage sous les traits duquel elle se cachait, était devenue une véritable aristocrate. Elle portait une robe en satin bleu foncé rembourrée aux épaules, raidie par des baleines, et rehaussée par une profusion de broderies bleu pâle ; des crevés révélaient une somptueuse doublure en soie. Les souliers, que l'on apercevait sous l'ourlet, étaient argentés. La perruque, qui tirait tout le visage vers le haut, était auburn. Le maquillage avait transformé une jolie personne en une beauté stupéfiante. Israel Gunby ne l'aurait pas reconnue au premier regard.

— Il se jettera à tes pieds, ma mie.

— Je n'en attends pas moins.

— C'est notre plus beau triomphe.

— Alors, que le spectacle commence !

Ils se mirent en route et parcoururent la courte distance jusqu'au *Joyeux Matelot.* Rendez-vous avait déjà été pris dans l'après-midi même. Pendant la représentation d'*Amour et Hasard*, elle avait noué de tels rapports avec Lawrence Firethorn qu'il ne manquait plus qu'une note pour fixer l'heure et le lieu. Bien qu'ils n'eussent point de carrosse, son cocher l'escorta dans une salle privée de l'auberge, puis se retira en saluant. Firethorn était transporté. Pendant plusieurs secondes, il ne put que la contempler, émerveillé, et s'enivrer de son parfum ensorcelant. Il portait un pourpoint et une culotte en velours noir brodé, fendus pour révéler une doublure en satin rouge sang. Il ôta son feutre et s'inclina bien bas, puis il lui prit la main pour y déposer le plus doux des baisers.

Ellen ressentit une euphorie qui accrut son audace.

— Vous fûtes majestueux cet après-midi, le complimenta-t-elle.

— Mon interprétation ne s'adressait qu'à vous.

— Elle vous vaut ma plus profonde admiration.

— Mon seul dessein était de plaire à une aussi belle femme, lui dit-il, radieux. Lawrence Firethorn est votre serviteur. Puis-je connaître le nom de l'ange qui daigne me rendre visite ?

— Penelope, messire.

— Penelope, dit-il, caressant ce prénom de sa voix. Penelope, Penelope, Penelope ! Il restera à jamais gravé dans mon cœur. La douce Penelope du *Joyeux Matelot*.

— L'endroit ne me sied point, messire, répliqua-t-elle avec réprobation. J'ai consenti à vous y rencontrer, mais non à y souper. Les Hommes de Westfield sont dans la salle, en bas. Je ne veux pas rester seule ici avec vous, tandis qu'ils plaisantent et ricanent. J'exige le secret, messire Firethorn. Je requiers la discrétion. Je suis mariée, précisa-t-elle en esquissant un sourire.

— Accordez-moi votre confiance.

— Considérez ma réputation, messire.

— N'ayez crainte.

Elle s'approcha de lui et donna ses instructions en un murmure qui caressa l'oreille de Firethorn avec tant de délicatesse qu'il sourit d'un air béat. Ellen savourait chacun de ces instants.

— Venez *Au cygne noir* de Wine Street d'ici une heure. Mon époux ne rentrera que tard dans la nuit. Empruntez l'entrée de derrière afin de ne pas être vu. Attendez mon cocher. Il vous conduira à moi.

— La vie ne peut me réserver de plus grande joie.

— Dans une heure, messire Firethorn.

— Lawrence, corrigea-t-il.

— Lawrence, murmura-t-elle d'une voix rêveuse, avant de se permettre un léger baiser sur sa joue. Adieu, doux sire.

— *Au cygne noir.*

— J'y serai.

Elle ouvrit la porte et s'éclipsa comme une ombre.

Nicholas était effondré qu'elle l'eût rejeté et ne s'expliquait pas ce comportement. Mary était en danger et, en derniers recours, lui avait adressé un appel à l'aide. Il y avait répondu. Tout au long d'un périlleux voyage, il avait été soutenu par l'idée qu'elle avait désespérément besoin de lui, et il avait mis sa vie en jeu pour parvenir à Barnstaple. Il avait supposé avant même de savoir son nom que Susan Deakin était une servante de Mary, et le court trajet depuis Bristol avait corroboré cette hypothèse tout en lui fournissant de précieuses indications sur l'atmosphère familiale. Après l'avoir appelé, pourquoi Mary refusait-elle de voir l'homme qui avait répondu quoi qu'il lui en coûtât ? Puisqu'elle avait envoyé Susan à Londres, pourquoi se désintéressait-elle du sort de la jeune fille ?

La visite à Crock Street avait abouti au moins à un

résultat. Lucy Whetcombe semblait le connaître. Durant leur rencontre momentanée, il avait senti un lien se forger sans vraiment oser songer à ce qu'il pouvait être. Était-ce en partie à cause de Lucy que sa mère refusait de le recevoir ? Qui étaient les autres visages aux fenêtres ? Que tenait l'enfant en lui faisant signe ? Pourquoi ses cheveux, son teint, lui étaient-ils familiers ? Qui était-elle ?

Il existait un moyen de démêler ce mystère. Nicholas quitta sa chambre à *L'Auberge du dauphin* et sortit dans Joy Street. Tournant dans la première ruelle, il traversa l'espace découvert où se dressait l'église St Peter. Elle avait changé depuis la dernière fois qu'il l'avait vue, mais elle gardait le même pouvoir de le blesser. Il pénétra dans le cimetière et alla d'abord sur la tombe de sa mère, passant un doigt affectueux sur le nom ciselé dans la pierre moussue. La date et la cause de sa mort ne faisaient aucun doute. Il sentit refluer en lui sa haine envers son père, mais il chassa ces tristes souvenirs. C'étaient un mariage et une naissance qui l'avaient amené ici.

Nicholas entra dans l'église et d'autres réminiscences l'assaillirent tels des charognards. Elles déchiraient si avidement son esprit qu'il leva un bras pour les repousser. Un jeune prêtre arriva, les yeux ronds de curiosité, et lui souhaita la bienvenue. Nicholas sollicita une faveur et le prêtre fut heureux de l'obliger. Le visiteur s'absorba bientôt dans un registre conservé à l'arrière de l'édifice. Le volume à reliure de cuir avait sa contrepartie dans chaque église d'Angleterre. Henri VIII, père de la reine actuelle, avait décrété que toute naissance, tout mariage et tout décès survenus dans une paroisse devaient être scrupuleusement consignés. Nicholas parcourait les pages avec une émotion croissante.

Il découvrit d'abord la date du mariage. Mary Parr s'était unie à Matthew Whetcombe un samedi de juin. Nicholas fut choqué de voir que cela s'était passé si peu de temps après son départ. Il ne pouvait blâmer Mary d'en avoir épousé un autre quand il avait pris la fuite, mais elle aurait pu attendre un laps de temps plus décent, et, assurément, choisir un parti plus digne d'elle que Matthew Whetcombe. Le marchand était un homme industrieux, doté d'un flair remarquable en affaires, mais c'était par ailleurs un personnage parfaitement ignoble. Mary avait juré qu'elle n'épouserait jamais un pareil homme, et Nicholas était blessé de voir avec quelle facilité elle avait manqué à sa parole.

Il se concentra sur le début du registre de la paroisse et lut les mots sonores comme l'écho vibrant d'une grande cloche.

Ici suivent les noms de tous ceux qui furent baptisés au sein de la paroisse de Bar' à partir du dixième jour d'octobre de l'an de grâce mil cinq cent trente-huit selon les injonctions du roi et de son vice-régent Lord Thomas Cromwell, garde du petit sceau et chevalier de la Jarretière.

Nicholas eut une pensée émue pour Thomas Cromwell, dont le nom entérinait l'édit. Ce commandement datait de 1538. Deux ans plus tard, tombé en disgrâce, il avait été exécuté avec une maladresse barbare. Quelque part en Angleterre, dans un registre de paroisse, sa propre mort était consignée. Mais c'était le début d'une vie qui fascinait Nicholas à cet instant et il tourna les pages d'une main tremblante jusqu'à ce qu'il eût trouvé la bonne. Son doigt descendit le long de la liste et il vit son nom. Lucy Whetcombe. La fillette avait été baptisée dix mois à peine après les noces. Matthew Whetcombe était désigné comme le père, mais la date de naissance suggérait une possibilité bouleversante. Nicholas songea au teint et aux cheveux clairs de Lucy. Il pensa à ses yeux. Il se rappela l'impression de déjà-vu, aussi violente qu'un coup de poignard, qu'il avait ressentie en l'apercevant pour la première fois. Il se souvint que Mary avait tenté de lui dire quelque chose durant leur dernière nuit. Tout était si vieux qu'il ne pouvait être sûr des dates, mais une idée commençait à le ronger. Cette enfant pouvait avoir une bonne raison de réagir ainsi. En dépit de ce qui était écrit, il se demandait s'il y avait entre eux un lien spécial.

Lucy Whetcombe pouvait-elle vraiment être sa fille ?

La colère de Gideon Livermore était toute de violence et d'intimidation, mais Barnard Sweete refusa de se soumettre, cette fois. Il répliqua par des sarcasmes acides qui piquèrent son complice au vif.

— « Nicholas Bracewell est mort, railla-t-il en imitant le marchand. Et même s'il vivait, il lui serait impossible de parvenir à moins de quatre lieues de la ville. »

— Il ne la quittera jamais vivant !

— Où sont vos sbires, Gideon ? Ils attendent encore sous un arbre de lui sauter dessus ?

— Cessez, Barnard.

— Vous lui barriez la route, il est arrivé par la mer.

— Cessez, j'ai dit !

— « Lamparde le tuera. » Mais qu'est-il arrivé à Lamparde ?

— Il a échoué.

— Un échec sur toute la ligne, Gideon.

Le notaire, dans son étude, ne mâchait pas ses mots. Barnard Sweete avait éprouvé un choc quand Nicholas Bracewell avait été annoncé dans la salle. À l'instant même où il s'assurait que Mary Whetcombe se résignait au testament, le seul homme capable de le contester avait frappé à la porte. L'association avec Gideon Livermore était extrêmement fructueuse, mais reposait sur un partage des tâches. Sweete se chargeait de l'aspect légal et laissait la basse besogne au marchand. Ce dernier n'avait visiblement pas rempli sa part du contrat.

Gideon Livermore tenta de réaffirmer son autorité.

— Mes hommes s'occuperont de lui, au *Dauphin*.

— Êtes-vous fou ? Nicholas Bracewell n'est pas un braconnier surpris sur vos terres, et que vous tuez pour épargner à la justice la peine de le juger. Cet homme est connu en ville. Il a une famille ici. On l'a vu sur le quai, chez les Whetcombe, à l'église et à l'auberge. Ce n'est pas une tâche pour un autre Lamparde. Nous provoquerions l'émoi à Barnstaple. Rappelez vos chiens. Cela doit être arrangé différemment.

— Apprenez-moi comment.

— Je lui parlerai.

— On l'achète ?

— Non, Gideon, dit Sweete, exaspéré. L'argent ne tentera pas cet homme. Nous découvrons d'abord ce que sait Bracewell, puis j'irai le raisonner.

— Et s'il s'entretient avec Mary ?

— Elle lui a fermé sa porte et le fera encore.

— Comment pouvez-vous en être aussi sûr ?

— Je l'ai vue défaillir quand on l'a annoncé.

— Pourtant cette femme l'a fait quérir.

— Non, dit l'homme de loi. Nous nous trompions à ce sujet. Susan Deakin n'a pas été envoyée. Elle est allée à Londres de son propre chef.

— Mais pourquoi ?

— C'est ce que Bracewell est venu découvrir.

— Arrêtez-le ! Liez-lui les mains avec des nœuds légaux !

— Cela me sera assez facile. Mais nous avons un autre problème ennuyeux. Il ne faut pas qu'il approche de son père.

— La belle affaire ! Il déteste Robert Bracewell.

— À nous d'entretenir cette haine.

— Pourquoi ?

— C'est dans notre intérêt.

— Les rapprocher pourrait nous servir encore mieux, suggéra Livermore. Robert est un gaillard susceptible. Si le père et le fils en viennent aux coups, Nicholas rebroussera chemin plus vite et tous nos soucis seront réglés.

— Vous oubliez une chose, Gideon.

— Laquelle ?

— Le testament de Matthew Whetcombe.

— Moi, l'oublier ? dit Livermore, riant tout bas. Enfin, tout est presque entièrement de mon invention ! Les autres et vous avez été témoins. Nous avons entendu le testament nuncupatif d'un homme trop malade pour parler. Vous avez écrit les termes à mesure que je les dictais.

— Je parle du testament antérieur.

— Vous disiez l'avoir détruit !

— Matthew en conservait une copie.

— Où est-elle ? demanda le marchand furieux.

— Nul ne le sait. Mais si on le découvrait, cela causerait notre perte.

Gideon Livermore avait désormais une excuse pour tempêter contre Barnard Sweete. Il incombait à celui-ci de veiller aux questions juridiques. Un exemplaire du testament antérieur pouvait causer autant de mal que le visiteur inattendu de Londres. Tous deux devaient être supprimés. Pourpre de rage, Livermore assena un coup de poing sur le bureau et jura sans retenue. Ce fut seulement en recouvrant son sang-froid qu'il songea à une question qu'il avait oublié de poser.

— Qu'est-ce que le père aurait à voir avec le vrai testament de Matthew Whetcombe ?

— Robert Bracewell était au nombre des témoins.

Lawrence Firethorn était toujours ponctuel à ses rendez-vous. Il arriva à la porte de service du *Cygne noir* à l'heure dite et trouva le cocher qui l'attendait. Firethorn portait encore son costume de velours noir, mais s'était enveloppé dans une cape de velours gris gansé d'or. Elle lui donnait un air de conspirateur qui avivait encore sa jubilation. Les plaisirs interdits étaient les plus doux. La trahison d'un époux pimentait l'occasion. Penelope et lui étaient complices dans le péché.

Il suivit le cocher dans l'escalier en colimaçon puis le long d'un couloir. L'homme frappa, reçut un ordre et ouvrit la porte. Il la tint entrebâillée pour que Firethorn puisse entrer, la referma sur le visiteur et s'en fut. Penelope était assise dans un fauteuil à dossier haut, à côté d'une table chargée de vin et de fruits. Il comprit pourquoi elle avait préféré le rencontrer ici plutôt que dans le cadre plus grossier du *Joyeux Matelot*. La chambre était grande et luxueuse, tendue d'opulentes tapisseries sur les murs et aux fenêtres. Elle était coupée par un rideau, légèrement tiré pour révéler le lit à baldaquin qui les attendait. L'extase sous un édredon en plumes était à leur portée. Ils boiraient, souperaient et tomberaient dans les bras l'un de l'autre.

— Défaites votre cape, messire, dit-elle d'une voix sensuelle.

— Avec joie.

Il l'ôta en la faisant virevolter, la jeta sur une chaise puis s'inclina devant Ellen comme il en avait l'habitude à la fin d'une représentation. Elle tendit sa main, qu'il baisa avec une douce ardeur. Elle avait enlevé les gants qu'elle portait au *Joyeux Matelot* et elle sentit la fermeté de ses lèvres et la chaleur de son souffle. La barbe de Firethorn lui chatouilla délicieusement la peau.

Ellen frémissait d'excitation et s'efforçait de ne pas perdre la tête. Dans sa peur d'être découverte, elle s'était entourée de toutes les précautions. Elle avait disposé les chandelles judicieusement, de sorte à détourner d'elle la lumière. Quand Firethorn s'assit en face d'elle à table, il la vit baignée dans un clair-obscur doré qui rehaussait l'éclat de ses cheveux auburn tout en estompant les contours de son visage. Elle, elle voyait un homme exceptionnel, dont la présence magistrale sur scène pouvait exercer un effet encore plus envoûtant en privé, un bel amant qui lui souriait dans le demi-jour. Ellen ne courait aucun risque d'être découverte, mais n'était pas à l'abri d'elle-même.

— Voulez-vous du vin ? proposa-t-elle.

— Merci, murmura-t-il en prenant la bouteille pour emplir les deux coupes. À vous, mon joyau !

— À nous !

— À nous !

Ils entrechoquèrent leurs verres et dégustèrent le vin. En regardant entre les rideaux, il laissa échapper un rire tendre plus éloquent que ses plus superbes monologues. Lawrence Firethorn n'était pas un amant lent et timoré. Une coupe de vin était tout ce qu'il lui fallait pour aplanir son chemin jusqu'à l'ivresse plus grisante d'un lit. Ellen était embarrassée. Chargée simplement d'accaparer l'attention de l'acteur, elle se sentait attirée vers lui. L'envie qu'elle avait éprouvée en regardant Richard Honeydew reprit le dessus et son audace la poussa à jouer le genre de scène d'amour qu'aucun garçon n'aurait pu imaginer. Une telle opportunité ne se représenterait plus jamais. Vingt minutes dans les bras de Lawrence Firethorn valaient toute une carrière sur scène.

— Attendez-moi, messire, dit-elle en se levant.

— Vous me quittez ?

— Seulement quelques instants. Soyez patient.

Il comprit et leva sa coupe en son honneur. Elle allait se dévêtir derrière le rideau et se préparer pour lui. Sa belle Penelope lui envoya un baiser puis se retira dans l'autre partie de la pièce, tirant le rideau derrière elle. Il l'entendit se dégrafer.

Elle ôtait sa collerette de batiste quand l'appréhension vint éteindre son désir. Elle prenait un trop grand risque. En couchant avec lui, elle perdait toute initiative et quittait son déguisement. Un amant enflammé pouvait déranger sa perruque. Même dans la pénombre, il la reconnaîtrait. Et sinon, le danger demeurait que son époux revienne et les surprenne. Perdre un moment de folie éphémère entre les bras de Firethorn était préférable à la fin de son association avec Israel Gunby. Ayant recouvré son bon sens, elle mit en œuvre le plan originel. Elle ramassa son sac et se glissa furtivement vers la seconde porte. Elle aurait quitté l'auberge avant même qu'il s'aperçoive de son départ.

Mais Lawrence Firethorn était las d'attendre. D'une main impatiente, il écarta rudement le rideau et se tint devant Ellen, qui, affolée, se tourna pour fuir. Son rire de triomphe emplit la chambre. Il tira son épée et marcha vers elle.

Israel Gunby se rendit bien vite au *Joyeux Matelot*, se sépara de quelques piécettes pour apprendre où se trouvait la chambre de Firethorn, puis monta directement. Il n'y avait pas âme qui vive dans le couloir sombre.

Devant la porte de l'acteur, il tira un petit couteau mais n'eut pas le temps de s'attaquer à la serrure. Un vieux valet descendait de l'étage supérieur en traînant des pieds. La lumière de sa chandelle illuminait la tête chauve où ne subsistaient que quelques mèches de cheveux blancs. Sa barbe grise était mêlée de fils d'argent et il portait un bandeau sur l'œil. Tout son corps était avachi. Gunby sentit une odeur de fromage et recula légèrement.

Le valet avait l'accent du Gloucestershire.

— Puis-je vous aider, messire ? demanda-t-il.

— Je suis le cocher du lord-maire, déclara Gunby avec superbe. Messire Firethorn vient dîner avec mon maître et je dois le conduire là-bas. Mais le gentilhomme a oublié un coffre dans sa chambre et m'a envoyé le lui chercher.

— Ne vous a-t-il point donné une clef ?

— Il semble que ce ne soit pas la bonne.

— Attendez, je vais essayer celle-ci.

Le valet s'approcha de la porte de son pas traînant et leva les trousseaux de clefs suspendus à sa ceinture. Après en avoir essayé quelques-unes dans la serrure, il trouva celle qui tournait.

— Entrez, messire. Appelez-moi en partant et je la refermerai. Avec tous les voleurs qui sévissent par les temps qui courent, on n'est jamais trop prudent.

— Vous avez raison.

Israel Gunby entra donc et ferma derrière lui. Il alla tout droit vers le lit et se pencha pour passer la main audessous. Il tira la lourde cassette et entreprit de défaire les attaches. Quelques instants plus tard, il soupesait avec satisfaction une lourde bourse dans sa paume. Il s'apprêta à partir, mais la porte s'était rouverte. Le valet croulant sous le poids des ans semblait avoir gagné en stature et le menaçait de sa rapière.

Lawrence Firethorn arracha sa perruque et la jeta par terre. Il venait de donner une représentation privée qu'on ne lui avait pas commandée. Israel Gunby resta pétrifié. Il avait lui-même escorté Firethorn jusqu'à la chambre du *Cygne noir*. Comment l'acteur pouvait-il se trouver dans deux endroits à la fois ?

— Asseyez-vous, ordonna Firethorn. Owen Elias sera bientôt ici avec votre épouse. Quand vous dérobez de l'argent à un homme, vous ne causez de tort qu'à sa bourse. Mais quand vous raillez sa profession, c'est sa fierté que vous blessez, or cela, c'est insupportable.

Gunby sourit avec respect, puis se mit à rire. Lui qui avait fait carrière en dupant les autres venait de se laisser berner. Il savourait l'ironie de la situation.

— Vous ne rirez pas sur le gibet, remarqua Firethorn. En revanche, les Hommes de Westfield auront des raisons de se réjouir. Non seulement nous retrouverons l'argent que vous nous avez volé, mais nous recevrons une coquette récompense pour la capture d'Israel Gunby.

— Vous la méritez, dit le bandit. Vous la méritez.

Il riait encore quand les autres arrivèrent.

Nicholas savait qu'il était suivi. L'homme lui avait emboîté le pas à l'instant où il avait quitté Crock Street. Il rôdait dans le cimetière quand Nicholas était sorti. Ce n'était pas une présence menaçante comme celle de Lamparde, mais elle ne l'irritait pas moins. Le ciel s'assombrissait et l'enclos de l'église était moucheté d'ombres. Nicholas feignit de se rendre à nouveau sur la tombe de sa mère et s'agenouilla en une prière silencieuse. L'homme se cacha derrière un if et l'épia. Nicholas se leva tout en dégainant sa dague, qu'il retourna le manche en bas. Il dépassa l'arbre derrière lequel l'homme se dissimulait et tourna au coin d'un caveau. L'espion le suivit au bout d'un moment, mais son trajet fut de courte durée. En jetant un coup d'œil au coin du caveau, il ne vit personne quitter le cimetière. Il s'avança, Nicholas abattit le manche de sa dague et lui porta un coup violent à la nuque. L'homme tomba, assommé.

En arrivant au portail, Nicholas sentit encore un regard peser sur lui et posa la main sur son arme, mais cette fois elle ne fut pas nécessaire. La silhouette qui sortit de derrière le mur était menue et amicale. Lucy le regarda avec une joie hésitante, puis lui tendit la main. Elle lui faisait confiance. L'affinité qu'il avait déjà ressentie était plus forte que jamais. On eût dit qu'ils se connaissaient. Comme si elle comprenait ce qu'il désirait, elle guida Nicholas par le chemin qu'elle avait suivi.

Mary était assise dans sa chambre et versait des larmes amères. C'était la pièce où elle avait passé le plus clair de son mariage. Alors que son époux dormait dans la grande chambre voisine, elle avait cherché à préserver un peu de liberté, mais ce n'était qu'une illusion. L'esprit de Matthew Whetcombe l'accompagnait partout et elle avait été maintes fois contrainte à le rejoindre dans le lit conjugal. Mary n'y avait jamais passé la nuit. C'était une concession à laquelle elle s'était refusée. La mort de Matthew la délivrait de tout cela, mais il lui imposait d'outre-tombe une autre forme d'emprisonnement. Les clauses de son testament étaient une punition. Pour conserver ce qui lui était précieux, elle devrait envisager l'horreur d'un mariage avec un autre riche marchand. Gideon Livermore n'était qu'une version différente de Matthew Whetcombe.

Elle se sentait folle de douleur. Au moment où elle contemplait un avenir hideux, un nom avait surgi de son passé pour exacerber son désarroi. Après toutes ces longues années de remords, Nicholas était revenu. Quand elle avait eu besoin de lui, il avait quitté la ville. Pourquoi revenait-il maintenant et qu'espérait-il ? Mary ne pouvait supporter qu'il la voie dans cet état. La dernière fois qu'ils avaient été ensemble, elle était jeune et heureuse. Ce monde-là avait disparu.

Elle se redressa en entendant frapper à la porte.

— Allez-vous-en ! cria-t-elle. Je ne veux pas être dérangée !

Les coups redoublèrent d'insistance. Elle se tamponna les yeux.

— Laissez-moi seule. Je ne verrai personne !

Mais le visiteur persistait. Les coups se firent de plus

en plus bruyants, et continuèrent jusqu'à ce qu'elle ouvre la porte avec colère. Les jointures blanchies de Lucy étaient prêtes à frapper encore, mais Mary ne vit même pas sa fille. Toute son attention se concentrait sur l'homme de haute taille qui attendait tranquillement. Mary étouffa un cri.

— Nicholas !

— Je dois impérativement te parler, Mary.

— Que fais-tu ici ? Comment es-tu entré dans la maison ?

— Lucy m'a montré un chemin.

La jeune fille leva ses yeux pleins d'espoir vers sa mère, qui la remarqua enfin. Nicholas s'étant vu refuser la porte principale, elle l'avait amené par son entrée secrète dans la grange. Mary était partagée entre la stupeur et l'inquiétude. Nicholas, lui, s'efforçait de réfléchir posément. La joie de la revoir était gâchée devant la souffrance qu'elle éprouvait si visiblement. Seule l'enfant semblait heureuse qu'ils fussent réunis. Frémissante de bonheur, Lucy leur tint les mains à tous deux un instant puis s'enfuit dans l'escalier et les laissa seuls.

— Puis-je entrer ? demanda doucement Nicholas.

— Tu ne devrais pas être ici.

— Nous avons à parler, Mary.

Elle rentra dans la chambre et il la suivit. Il jeta un coup d'œil sur la pièce, tressaillit légèrement quand son regard tomba sur le lit. Leur dernière rencontre avait aussi eu lieu dans une chambre à coucher, quoique moins élégamment meublée. Quand Mary s'assit, il plaça une chaise en face d'elle. Ils se regardèrent dans un silence blessé. Les souvenirs fanés de ce qui les avait unis étaient toujours là, sous les ruines de leur amour, mais Nicholas comprit que le gouffre qui s'était creusé entre eux ne pourrait être franchi. Tout ce qu'il pouvait tenter de faire, c'était l'appeler avec douceur, du bord où il se tenait.

— Tu m'as envoyé chercher.

— Non.

— Mais la messagère est venue à Londres.

— Une messagère ?

— Susan Deakin.

— Mon Dieu ! s'écria-t-elle en portant les mains à ses lèvres. C'est donc là-bas qu'était partie Susan ? Elle a fait tout le chemin jusqu'à Londres ?

— Je pensais qu'elle venait de ta part, Mary.

— Est-ce ce qu'elle t'a dit ?

— Nous n'avons pas même échangé un mot.

— Mais tu disais que Susan était venue te chercher !

— Quelqu'un l'en a empêchée.

— Mais alors, où est-elle à présent ?

Nicholas s'efforça de le lui apprendre avec ménagement.

— Je crains, hélas, que Susan ne revienne pas.

— Elle n'est tout de même pas morte !

Son expression fut une réponse suffisante et Mary éclata en sanglots. Nicholas l'entoura de son bras pour la réconforter mais de longues minutes s'écoulèrent avant qu'elle pût se maîtriser. Elle tremblait encore de tout son corps en levant la tête vers lui. Un désespoir nouveau, plus intense, apparaissait au fond de ses yeux.

— Comment est-ce arrivé ?

— Il n'est pas utile que tu t'en préoccupes.

— J'ai besoin de savoir, Nick.

— Elle a été empoisonnée.

— Dieu du ciel ! Non !

Elle frissonna, au bord de l'hystérie, et il continua à la soutenir, mais Mary ne s'effondra pas, bien qu'elle fût consumée par le chagrin et le remords. Sa voix n'était qu'un murmure lointain empli de souffrance.

— C'est moi qui ai tué cette petite.

— Non, Mary.

— Elle est allée à Londres à cause de moi.

— Tu ne l'y avais pas envoyée.

— Susan voulait faire tout ce qui était en son pouvoir. Elle était obstinée et ne laissait personne lui dicter ses actes. J'étais terriblement inquiète. J'avais besoin d'aide. Susan a cru pouvoir en trouver à Londres.

— Mais pourquoi s'est-elle tournée vers moi ? s'enquit Nicholas.

— Il n'y avait personne d'autre.
— Elle ne me connaissait même pas.
— Ton nom était souvent prononcé dans cette maison.

Mary se dégagea et fit quelques pas avant de s'arrêter près d'une petite table. Elle lutta contre un vestige de loyauté envers son époux puis baissa les yeux vers les papiers que Barnard Sweete lui avait laissés. Matthew Whetcombe l'avait trahie et elle ne lui devait plus rien. Il l'avait livrée à la merci de ses ennemis.

— Matthew et moi nous disputions souvent, poursuivit-elle, tournant brièvement la tête vers l'autre chambre à coucher. Il prononçait ton nom en de telles occasions, avec une grande amertume et toujours en haussant le ton. Tu étais connu, ici, Nick. De chaque serviteur de la maison. Et de Susan. Et puis, il y avait ton père.

— Mon père ? dit-il, se levant à cette simple mention.
— Il venait souvent ici, à une certaine époque.
— Pourquoi ?
— Matthew et lui faisaient affaire ensemble.
— Tu as laissé mon père venir ici, Mary ? accusa-t-il.
— Seulement sur l'invitation de mon époux. Oui, le nom de Bracewell est familier dans cette maison. Ton père ne faisait jamais allusion à toi. Il voulait croire que tu avais péri en mer. Il te ressemblait tant, Nick ! soupira-t-elle en se tournant vers lui.
— Comment as-tu appris que j'étais à Londres ?
— Par mon mari.
— Matthew ?
— Il prospérait. Il avait fait fortune. Mais plus il en avait, et plus il en voulait. Il fonda une compagnie à Londres et s'y rendit en septembre dernier. Ses associés l'emmenèrent dans tous les théâtres.
— Je gage que *La Tête de la Reine* était du nombre.
— Il vit les Hommes de Westfield trois fois. La dernière...
— Il m'aperçut.

Elle hocha la tête puis se mordit les lèvres.

— Il y a autre chose, Mary. Ne ménage pas mes sentiments. Qu'a raconté ton mari à mon sujet ?

— Matthew pouvait se montrer très cruel.

Elle respira profondément puis répondit de but en blanc :

— Si je t'avais épousé, dit-il, j'aurais été la femme d'un vagabond dans une troupe de théâtre. Lui m'avait donné tout cela, tandis que toi, tu n'aurais rien eu à m'offrir !

— En un sens, c'est vrai, reconnut Nicholas avec tristesse. Tu étais mieux lotie avec Matthew Whetcombe, après tout.

— C'est faux ! protesta-t-elle, véhémente. J'étais mariée à un homme que je méprisais au lieu de celui que j'aimais. Matthew m'a sans doute donné tout cela — mais maintenant, il me l'a arraché !

Absorbés par cette discussion passionnée, ils n'entendirent pas la porte s'ouvrir. Lucy, sur le seuil, les observait avec anxiété. Mary se reprit rapidement et alla fermer la porte après avoir attiré l'enfant à l'intérieur. Lucy portait sa collection de poupées. Elle posa le ballot devant Nicholas et le déroula avec grand soin. Une par une, elle aligna les poupées. Saisissant la dernière, elle la tendit à Nicholas.

— Prends-la, dit Mary. Je pense que c'est toi.

— Moi ?

— Susan et Lucy avaient fabriqué ces poupées toutes les deux. Matthew les aurait à nouveau battues s'il l'avait su. C'est toi.

Nicholas prit la poupée aux cheveux blonds.

— Mais elles ne savaient pas à quoi je ressemblais !

— Elles voyaient ton père.

— C'est vraiment moi ? dit-il avec surprise.

Lucy hocha vigoureusement la tête en lisant sur ses lèvres. Il la remercia en souriant puis se tourna vers Mary.

— Suis-je tellement important dans la vie de Lucy ?

— Oui, Nick.

La fillette s'était mise à genoux et plaçait ses poupées en petits groupes. Au-dessus d'elle, Nicholas posa une question d'un regard. L'idée était presque devenue une certitude dans son esprit, mais Mary secoua la tête, les yeux brillants de larmes :

— Non. Lucy n'est pas de toi.

— En es-tu sûre ?

— Elle est la fille de Matthew. Je suis bien placée pour le savoir ! Il passait l'essentiel de son temps à m'en faire reproche. C'est pour cela qu'il s'est vengé contre moi. À cause de Lucy et de...

Sa voix mourut. Nicholas regardait Lucy jouer gaiement, à la fois déçu et soulagé par cette nouvelle. Mary passa une main affectueuse dans ses cheveux, mais Lucy ne la regarda pas. Sa mère se tourna à nouveau vers son visiteur.

— Susan était l'amie la plus proche de Lucy. Sa seule amie, en fait. Je ne pourrai jamais lui dire que Susan a été... Lucy aurait le cœur brisé.

— Que voulait Susan Deakin en venant me chercher ? demanda-t-il.

— Me procurer de l'aide.

— Pourquoi ?

Mary prit les documents sur la table et les lui tendit. Il lut la première page du testament et comprit aussitôt la menace qui pesait sur elle.

— Ton mari a fait ce testament ?

— À ce qu'ils disent.

— Il te prive de tout droit sur sa fortune. En dehors d'une maison et d'un revenu dérisoire, tu n'hérites de rien. Tout va à Gideon Livermore, son associé.

Nicholas connaissait l'homme et prononça son nom avec mépris.

— Livermore passe avant une veuve et son enfant. Ce testament est une insulte. C'est révoltant !

— Le notaire m'assure qu'il est légal.

— Il hérite même du *Mary* !

— Ce navire faisait la joie et la fierté de Matthew.

— Il devrait te revenir, à présent. On cherche à te léser, Mary. Ce testament doit être contesté.

— Je n'en ai pas les moyens, se plaignit-elle. Ils sont tous contre moi, ici. Le notaire, Gideon Livermore et même le prêtre. Qui peut leur résister ?

— Nous. Ensemble, répondit-il.

— Ce n'est pas ton combat.

— Si. Susan Deakin m'a fait comprendre cela. Il s'agit d'un testament nuncupatif. Matthew n'avait-il pas fait son propre testament ?

— Si, mais celui-ci l'annule.

— Où se trouve le premier ?

— Il avait été remis au notaire, puis détruit quand celui-ci a été rédigé. Matthew en possédait un exemplaire, mais on ne sait où il le rangeait.

— Quels en furent les témoins ?

— Pourquoi ?

— Ils sauront quelles clauses il renfermait.

— Barnard Sweete en faisait partie. Le notaire de Matthew. Il jure que le second testament est presque une réplique du premier.

— Alors quel besoin y avait-il de le refaire ? objecta Nicholas. Les autres témoins peuvent-ils confirmer les dires de ce notaire ?

— Je crains que oui, Nick. Ce sont principalement les mêmes qui ont servi de témoins pour le second testament. À une exception près.

— S'agit-il d'un homme honnête ?

— Tu en seras seul juge.

— Dis-moi qui il est, et j'irai le trouver sur-le-champ. Ce document fait de Gideon Livermore le propriétaire de cette maison. Tu serais jetée à la porte de chez toi.

— Il veut que je reste, dit Mary, baissant la tête.

Nicholas comprit et sa colère ne connut plus de bornes. Ce testament ne servait pas seulement à dépouiller Mary de son héritage, mais à la pousser honteusement dans le lit d'un marchand ambitieux. Susan n'avait pas mesuré en détail la situation terrible de sa maîtresse, mais elle en savait assez pour alerter Nicholas. On l'avait assassinée pour couvrir une fraude et une grossière malversation. Un document légal n'aurait pas nécessité de recourir à de telles extrémités. Il avait été forgé de toutes pièces et devait être contesté. Une fortune colossale était en jeu. Il suffisait d'un seul homme honnête pour qu'elle revienne entre les mains de celle à qui elle était destinée. Si Nicholas pouvait avoir des éléments sur le contenu du premier testament, il serait mieux armé. Il avait désespérément besoin de cet autre témoin.

— Qui était cet homme, Mary ? demanda-t-il.

— Ton père, Robert Bracewell.

11

Alexander Marwood avait perdu toute croyance en la notion d'intervention divine. Après avoir étudié le phénomène une vie entière, il avait conclu qu'il n'existait absolument aucune déité bienveillante qui observait les affaires des hommes avec amour, et les tirait de sous les roues du destin lorsqu'ils étaient en danger. Marwood passait l'essentiel de son existence sous ces mêmes roues, qui avaient creusé de profondes ornières sur son esprit, son corps et son âme. S'il existait au ciel la moindre miséricorde, elle eût sûrement été déversée sur un homme aussi affligé que lui, pourtant rien ne venait soulager la dureté inexorable de son lot. Sa triste situation aurait dû faire pleurer les anges, et faire se tordre les mains de douleur aux archanges, mais toute compassion lui était refusée. Marwood devint athée.

Son travail, son épouse et les Hommes de Westfield, telle était la triple cause de sa ruine. Un homme de son tempérament n'aurait jamais dû se faire aubergiste. Il haïssait la bière, il haïssait les gens et il haïssait le bruit, pourtant il avait embrassé une profession qui le liait à eux à tout jamais. Sa nature renfermée s'accordait mal avec le vacarme exubérant de la salle. C'était un crime qu'il purgeait à *La Tête de la Reine*. Le mariage l'avait enfoncé dans la compromission, car Sybil Marwood l'enchaînait à l'auberge en même temps qu'à sa volonté. Une seule année de bonheur dans ses bras avait engendré une fille à qui la laideur spectaculaire de ses deux parents avait été miraculeusement épargnée. Mais le tiède lit conjugal était devenu froid et tant de glace s'était formée dans ses régions intérieures que Marwood avait l'impression de coucher à côté d'une ourse polaire. Les Hommes de Westfield parachevaient son cauchemar.

Prise séparément, chacune de ces tribulations eût suffi à briser le cœur d'un homme et les reins d'une bête. Ensemble, elles étaient insupportables. L'incendie les avait en quelque sorte fondues toutes les trois et le poids combiné de ses afflictions chassait la dernière étincelle de vie qui subsistait en lui.

— Avez-vous enfin pris une décision, Alexander ?

— Pas encore, ma douce.

— Hâtez-vous, ou nous perdons l'avantage.

— Il n'y a rien d'avantageux dans une compagnie théâtrale.

— Alors pourquoi cet autre aubergiste tente-t-il de les attirer chez lui ?

— C'est folie.

— Pour le profit.

— Un suicide.

— Pour le respect.

— Une ignominie.

— Pour le renom ! s'écria Sybil. Ne perdez pas cela, Alexander, ou nous périssons. Soyez avisé, soyez fier, soyez célèbre !

Désormais, l'ourse polaire grondait chaque jour contre son époux.

Marwood laissa sa femme dans la salle et sortit vivement dans la cour, se préparant au spectacle de dévastation coutumier et se jurant que les Hommes de Westfield n'auraient plus jamais l'occasion de mettre le feu à son établissement. Une agréable surprise l'attendait. Les travaux de restauration avaient progressé bien plus vite que prévu. Des charpentiers diligents avaient complètement enlevé les vestiges calcinés pour les remplacer par de bonnes planches solides. Derrière l'échafaudage de bois, le trou béant était peu à peu comblé. Les galeries ne s'affaissaient plus au coin. De nouveaux étais leur rendaient à peu près leur apparence première. Il restait encore beaucoup à faire, mais la cour de *La Tête de la Reine* était à nouveau reconnaissable.

Il dut constater une réalité moins plaisante. Malgré les maillets qui continuaient à s'activer et les palefreniers entrant ou sortant de l'écurie avec des chevaux, la cour était curieusement calme. Pas de foule de spectateurs jouant des coudes, pas de galeries bondées d'où montait un brouhaha, pas de serveurs circulant entre les clients avec des plateaux de bières. Et, par-dessus tout, pas de comédiens arpentant la scène pour lancer leurs monologues tels autant de traits qui restaient à jamais dans l'esprit du public. Pas de Lawrence Firethorn pour faire jaillir le verbe tel un éclair, pas de Barnaby Gill pour faire vibrer les planches sous ses gigues, pas d'Owen Elias pour faire frémir la rage d'une nation entière dans sa voix. Et pas non plus d'applaudissements. Ils manquaient à Alexander Marwood, et cela le rendait malade.

— Bien le bonjour, messire.

— Vous avez du travail, Leonard.

— Je m'en occuperai dès que j'aurai accompli mon devoir.

— Quel devoir ?

— Laissez-moi le temps, messire. Laissez-moi le temps.

Leonard s'essuya la bouche de sa main massive, puis adressa un signe à deux personnes en face de la rue. Anne venait de faire des emplettes au marché de Gracechurch Street et avait amené Preben van Loew avec elle afin de s'approvisionner ensuite au marché aux tissus. Passant à proximité de *La Tête de la Reine*, ils étaient venus voir comment les travaux avançaient. Anne avait une autre raison de désirer cette visite. Poussée par Margery, elle était prête à ajouter son poids à la campagne en faveur des Hommes de Westfield. En dépit de ses doutes concernant un des leurs, elle voulait que les autres retrouvent un foyer.

Marwood observa le couple avec un respect prudent. Anne était à l'évidence une dame, mais la sobre tenue et l'attitude austère de Preben van Loew suggéraient qu'il n'était jamais entré dans une taverne. Leonard ignorait les usages, néanmoins il réussit à faire tant bien que mal les présentations. Alors qu'il s'apprêtait à partir travailler, il ajouta une dernière précision peu diplomate :

— Dame Hendrik est une amie de messire Bracewell.

Aussitôt Marwood la regarda de travers.

— Il a brûlé ma cour !

— Ce n'est pas ce que j'ai entendu, répliqua Anne, défendant le régisseur. D'après ce qu'on raconte, il a sauvé votre auberge d'une destruction totale.

— Il provoque un incendie et ensuite il le maîtrise. C'est-à-dire qu'il me rend malade puis m'aide à guérir. Mais j'aurais préféré ne pas souffrir en premier lieu.

— Les charpentiers font de la belle ouvrage, remarqua Preben van Loew.

— Quand je les empêche de fainéanter.

— Vos galeries seront plus solides que jamais, jugea le Hollandais en regardant alentour. J'étais déjà venu une fois pour voir une pièce, et j'ai remarqué que certaines de vos poutres pourrissaient. C'était encore pire dans le coin où le feu a pris, c'est pourquoi les flammes se sont propagées si vite. C'est le bois pourri qui brûle le mieux. Eussiez-vous remplacé ces vieilles planches vous-même, elles auraient peut-être beaucoup mieux résisté à l'incendie.

— Ne me faites pas la leçon au sujet de mon auberge, messire.

— J'émets une simple évidence. Vous avez maintenant du bois sain quand vous en aviez du pourri. Pareille négligence était dangereuse. Ces piliers auraient cédé sous le poids des spectateurs, avec le temps.

— Preben a raison, intervint Anne. D'une étrange manière, l'incendie vous a peut-être rendu service.

— Oui, madame. Il m'a ouvert les yeux sur ma folie.

— Ne pas remplacer le bois pourri ? s'enquit le Hollandais.

— Supporter le poids d'une compagnie dramatique.

— Les Hommes de Westfield vous ont donné un nom, dit Anne.

— Je le renie entièrement.

— C'est montrer peu de gratitude envers leur mécène, observa-t-elle. Lord Westfield a amené la moitié de la cour à *La Tête de la Reine*. N'était-ce pas un honneur ?

— Si.

— Alors pourquoi le repousser ?

— La sagesse vient avec les années.

— Alors vous devez être immensément sage, rétorqua Preben avec un sourire en coin. Excusez-moi, je vous prie.

Il partit voir de plus près les rénovations et laissa à Anne la tâche impressionnante d'améliorer l'image des Hommes de Westfield aux yeux de l'aubergiste.

— Ils sont célébrés où qu'ils passent.

— Qui cela ?

— Les Hommes de Westfield.

— Dieu veuille qu'ils passent loin !

— Ils font fortune en province.

— Puisse la prospérité les retenir là-bas.

— Ils reviendront en triomphe dans leur nouveau foyer.

— Vous savez où ? demanda Marwood, enfin intéressé.

— À Southwark ou à Shoreditch.

— Lequel ? Les deux sont séparés par la Tamise.

— Qu'importe, messire ? Vous les avez chassés de chez vous. Ils peuvent aller où bon leur semble.

— Oui, mais selon quelles conditions ?

— Meilleures que celles dont ils bénéficiaient ici.

— Cela ne se peut.

— Je répète seulement ce que je tiens de source sûre.

Anne se garda de préciser que la source sûre n'était autre que Margery. Ayant attisé la curiosité du patron, elle feignit de s'éloigner.

— Je commence à me sentir lasse, messire. Je m'en vais.

— Attendez, attendez.

— Les Hommes de Westfield n'ont pas d'avenir ici. L'endroit est devenu aussi désert qu'un tombeau. Il me faudra les envoyer ailleurs.

— Envoyer qui ?

— J'abuse de votre patience.

— Non, non ! Vous parliez de clients ?

— En toute modestie, messire Marwood. Mon nom est hollandais, mais je suis anglaise, comme vous voyez. Je parle les deux langues, ce qui me rend utile dans notre communauté.

— Nous avons beaucoup de Hollandais par ici.

— Et la plupart sont détestés comme tout étranger. Mais un homme tel que vous ne refuse personne. C'est pourquoi votre auberge sera toujours florissante.

— Je ne sers guère de Hollandais, dit-il en regardant Preben van Loew. Ils ne boivent pas de bière.

— Si, à condition qu'on la leur fasse découvrir. Et ils aiment également le théâtre. En voici la preuve. Preben travaille pour moi et réprouve les plaisirs. Pourtant, quand il m'a accompagnée pour voir une pièce dans cette cour, il l'a tant appréciée qu'il y a envoyé une bonne dizaine de ses amis. Chacun de ces dix amis en a envoyé d'autres, et ainsi de suite. Comprenez-vous mon raisonnement ?

— Mais oui, répondit Marwood, pensif.

Anne se sentait dans son élément.

— Nous recevons tout le temps des visiteurs venus de Hollande. Quand ils cherchent un divertissement, je les envoie ici parce que les Hommes de Westfield ne déçoivent jamais. Toute cette pratique sera perdue si la compagnie s'en va.

— Elle doit partir. Ses membres ont brûlé mon établissement.

— Ils aident à le rebâtir.

— Comment cela ?

— Regardez de plus près ces ouvriers, suggéra-t-elle. Cet homme sur l'échelle est Nathan Curtis, maître charpentier des Hommes de Westfield. Je le connais, car c'est un de mes voisins à Bankside. Auprès de lui, vous voyez son assistant, David Leeke. Quand leurs camarades sont partis en tournée, eux sont restés pour reconstruire leur foyer.

— À mes frais ! Ces réparations sont onéreuses.

— Défrayez les sommes, messire Marwood.

— Si seulement je savais comment !

— Je suis mal placée pour vous conseiller, messire. Je suis moi-même dans le commerce, mais je n'emploie qu'une poignée d'artisans. Preben est l'un d'entre eux. Toutefois, je sais une chose : si je dirigeais cette auberge, je chercherais à répartir le coût de la restauration.

— J'essaie, j'essaie !

— Par tous les moyens sauf le plus aisé.

— Qui est ?

— Les Hommes de Westfield.

— Ils n'ont pas un penny.

— Pas quand ils remplissent votre cour tous les après-midi. Pensez-y. Supposez qu'ils consentent à payer la moitié de tous les frais entraînés par l'incendie. Cela ne couperait-il pas votre affliction en deux ?

— Comment en auraient-ils les moyens ?

— Levez une taxe sur chaque représentation.

— Expliquez-vous, je vous prie.

Anne se montra persuasive.

— Les Hommes de Westfield paient un loyer pour utiliser votre cour, n'est-ce pas ? Ajoutez un impôt sur le feu à ce loyer. Cela pourrait être une somme minime, étalée sur une année entière. À la fin de cette période, vous seriez rentré à moitié dans vos frais.

L'aubergiste faillit lui sourire.

— Et c'est sans compter tous les revenus supplémentaires que vous vaudra la compagnie. Londres s'est terriblement ressentie de cette absence. À leur retour, cette cour se remplira en quelques minutes.

Alexander Marwood discernait le bien-fondé de son argument, mais conservait de sérieuses réserves. Avant de le quitter, Anne lui donna une idée supplémentaire à méditer :

— Leur première représentation serait la meilleure de toutes.

— Pour quelle raison ?

— Parce que la totalité de la recette vous reviendrait.

— Ils joueraient pour rien ?

— En gage de bonne volonté, ils verseraient les bénéfices d'un après-midi au fonds de réparations. Si ce n'est pas de la générosité, alors je ne sais pas ce que c'est.

Elle fit signe à Preben pour indiquer qu'ils partaient.

— Nous devons vous quitter à présent, messire, mais je vais vous confier une chose en privé. Je ne voudrais pas que les Hommes de Westfield aillent jouer dans cette autre auberge.

— Pourquoi ?

— Le patron est des plus exécrables. Au revoir.

Il faisait sombre quand Nicholas quitta la demeure de Crock Street et il n'était pas question de rendre visite à son père cette nuit-là. La confrontation, en tout cas, nécessitait un peu de réflexion au préalable. Après sa conversation avec Mary, il était retourné sur le quai et avait longuement contemplé l'endroit qui, jadis, représentait tant pour lui. Tout était désert, mais respirait encore l'activité. Il pouvait presque sentir les cargaisons déchargées, entendre les accords conclus par des marchands matois. La première fois que son père l'avait amené ici, Nicholas avait adoré le joyeux brouhaha du quai de Barnstaple. Au-delà des quelques petits bateaux qui y étaient amarrés, c'était désormais le navire ancré au milieu du fleuve qui captivait son attention. Le *Mary* était magnifique et conservait sa réputation de vaisseau corsaire. Même au clair de lune, il semblait doté d'une personnalité propre. Posséder un tel navire était posséder la ville. Nicholas ne s'étonnait pas que Gideon Livermore fût prêt à tuer pour lui.

Quand le couvre-feu avait sonné, il était rentré en ville par West Gate et avait regagné *L'Auberge du dauphin*. Le sommeil était venu avec une délicieuse rapidité. La pluie l'éveilla en tambourinant au carreau, au matin, mais elle avait cessé lorsqu'il descendit dans la salle pour son petit déjeuner. Tout en prenant du pain grillé et de l'ale, il lut une lettre que Barnard Sweete avait laissée à son intention. Nicholas était invité à rendre visite au notaire dans son étude. Le motif du rendez-vous n'était pas précisé, mais il pouvait le deviner. Mary lui en avait dit suffisamment sur Sweete pour qu'il se méfie de cet homme intelligent, dont il se faisait déjà une idée assez claire. Avant de le confondre, il avait besoin d'une preuve et ne pouvait en obtenir qu'auprès de son père. Quelle ironie ! Celui qui l'avait séparé de Mary Parr permettrait peut-être une sorte de réparation.

Nicholas loua un cheval et trotta vers le nord de la ville, en direction de Pilton. Deux hommes le suivirent cette fois, à une distance prudente. Ils étaient là pour observer et non pour attaquer. Nicholas sourit en arrivant devant un vieux poteau qui indiquait la direction à suivre. Le village de Marwood était un des trois signalés, et il le connaissait depuis son enfance. Son homonyme à *La Tête de la Reine* n'avait rien de son charme agreste et encore moins de sa perpétuelle cordialité.

La chaumière à colombages n'était pas loin de Pilton et sa vue lui causa un choc. Petite et basse, elle était plantée au milieu de quelques arpents de terrain, et avait un aspect négligé comme si elle était lasse de ce monde. En approchant, il vit que des oiseaux nichaient sous les gouttières. L'un des arbres du jardin, renversé par une tempête, était soutenu par des planches de bois. Des vitres manquaient à une fenêtre du haut. Le portail était cassé. Une chèvre broutait avec indifférence devant la porte d'entrée.

Nicholas se sentit étrangement offensé. Quand il était petit, son père était un riche marchand, qui vivait avec sa femme, ses deux fils et ses trois filles dans une grande maison de ville de Boutport Street. Ils jouissaient de leur respectabilité et de leur position élevée. Robert Bracewell ne représentait plus rien dans la société, désormais. Il était pratiquement banni de Barnstaple. Un homme qui côtoyait jadis Matthew Whetcombe et les autres principaux marchands était relégué dans l'oubli. Cela donnait une piètre image du nom familial, mais Robert Bracewell ne méritait aucune compassion. Nicholas se le rappela tandis que, des genoux, il pressait les flancs de sa monture.

Il mit pied à terre devant le portail, attacha son cheval et remonta le sentier jusqu'à la porte d'entrée. La chèvre ne quitta pas des yeux son festin d'herbes et d'orties. Nicholas n'eut pas à frapper. La porte s'ouvrit et une vieille femme montra un visage soupçonneux. Elle était petite, corpulente et vêtue d'une robe ordinaire. Des cheveux gris dépassaient de sous son bonnet. Ses mains étaient un réseau de veines bleu sombre. Après l'avoir fixé un moment, elle sembla presque le reconnaître. Elle recula, appela quelqu'un à l'intérieur, puis disparut. Nicholas attendit. Un petit chien vint folâtrer dehors en jappant aimablement. La chèvre balança un coup de patte dans sa direction, puis se remit à brouter.

La porte d'entrée s'ouvrit plus largement et un vieillard en costume râpé le considéra sans aménité. Nicholas le prit d'abord pour un domestique, comme la femme, mais il comprit peu à peu que c'était son père. On eût dit que les années l'avaient rongé. La haute silhouette, la carrure puissante s'étaient tassées. Les cheveux comme la barbe étaient devenus gris autour du visage sillonné de rides. Nicholas se sentit ébranlé. Robert Bracewell n'était que l'ombre de l'homme d'autrefois. Il paraissait trop petit, trop insignifiant pour porter le poids de toute la haine que lui vouait son fils.

Néanmoins, il n'avait pas totalement perdu le caractère belliqueux d'antan.

— Que voulez-vous ? grogna-t-il.

— Je suis venu vous voir.

— On n'aime pas les visiteurs. Qui êtes-vous ?

— Nicholas.

— Qui ça ?

— Votre fils.

Toujours furibond, Robert Bracewell le regarda avec plus d'intensité puis eut un geste de dénégation.

— Je n'ai pas de fils nommé Nicholas. Il est parti avec Drake et s'est perdu en mer. Nicholas est mort. Ne vous moquez pas de moi, messire. Passez votre chemin et laissez-moi seul.

Il recula et voulut fermer la porte, mais son fils fut trop preste pour lui. Nicholas la bloqua en plaçant son épaule dans l'embrasure. Leurs visages étaient tout proches. L'agressivité se mua en une curiosité presque enfantine.

— Nicholas ? C'est vraiment toi ?

— Père, nous avons à parler.

Robert Bracewell, soudain pris d'embarras, commença à s'excuser pour l'humble cadre où il vivait. Il conduisit Nicholas dans la longue pièce humide qui occupait presque la totalité du rez-de-chaussée. La vieille se cachait tout au bout. Quand elle les vit venir, elle s'esquiva dans l'arrière-cuisine et referma la porte sur elle. Les meubles étaient plus luxueux qu'on ne s'y serait attendu dans une telle maison, et Nicholas en reconnut plusieurs qui provenaient de l'ancienne demeure de Boutport Street. Un fauteuil cané éveilla en lui une tendresse particulière : sa mère avait coutume de s'y asseoir pour le bercer. Robert Bracewell s'y laissa tomber avec la pesanteur d'un homme qui n'avait pas l'intention d'en bouger avant très longtemps. Nicholas avait déjà senti l'odeur de vin. Il voyait à présent que les mains de son père tremblaient en permanence.

— Assieds-toi, assieds-toi, Nick, dit son père.

— Merci, dit Nicholas en prenant une chaise à dossier droit.

— Pourquoi es-tu venu à Barnstaple ?

— On m'a appelé, père.

— Mary Whetcombe ?

— Je lui ai rendu visite hier.

Robert Bracewell hocha la tête et jaugea son fils du regard avec un mélange de fierté et d'appréhension. Ils s'étaient séparés fâchés. Une hostilité aiguë subsistait entre eux.

— Où vis-tu à présent ?

— À Londres.

— Que fais-tu ?

— Je travaille pour une compagnie théâtrale.

— Le théâtre ? dit-il en plissant le nez de dégoût. Tu appartiens à une de ces troupes ambulantes ? Comme celles que l'on voyait à Barnstaple en été ?

— Les Hommes de Westfield sont une compagnie patentée.

— Qu'est-ce que cela veut dire ?

— Ce serait trop long à expliquer.

— Acteur ? Non. Ce n'est pas une manière de vivre pour un homme.

— La vôtre non plus, père

Cette repartie lui échappa et blessa manifestement Robert Bracewell, qui se redressa dans son fauteuil, les mâchoires crispées. Il agita une main tremblotante.

— C'est ma maison, mon garçon, avertit-il. Ne l'insulte pas.

— Je suis navré.

— Si tu étais resté, elle ne serait peut-être pas dans cet état aujourd'hui.

— C'est vous qui m'avez chassé.

— Mensonge !

— Vous avez également poussé Peter à partir.

— Ton frère était différent.

— Nous avions honte de vous.

— Assez !

Robert Bracewell frappa des deux mains sur ses accoudoirs. La colère le ressuscitait. Son dos redevint droit, son menton se redressa. Sa ressemblance avec son fils fut soudain saisissante et troubla Nicholas. Au cri du vieillard, la femme ouvrit la porte de l'arrière-cuisine pour voir ce qui se passait avant de disparaître à nouveau d'un air revêche. Son père tremblait de fureur contenue, ce qui n'aiderait pas Nicholas dans son dessein. Il tenta de calmer le vieil homme en baissant le ton.

— Nous avons besoin de votre aide.

— Qui ça ?

— Mary Whetcombe et moi.

— C'est pour elle que tu es revenu ? demanda son père, incrédule.

— Un message m'a été adressé à Londres.

— Mary ne jetterait même pas un regard sur toi, à présent.

— Si.

— Après la manière dont tu l'as abandonnée...

— Nous avons longuement discuté chez elle.

— Elle te méprise !

Robert Bracewell avait toujours été direct, ce qui lui valait de compter peu de vrais amis. Nicholas et son frère avaient été élevés à la dure. Leur père les aimait à sa manière, mais se montrait intraitable sur ce qu'il considérait comme leurs défauts. Nicholas se demandait comment sa mère avait pu s'accommoder si longtemps d'un tel mari. Robert Bracewell ne l'avait pas ménagée. Elle avait enduré le pire de sa candeur cruelle. Elle avait aussi supporté ses autres vices jusqu'à ce que leur poids finisse par l'écraser. Nicholas songea à elle, reposant au cimetière, et résolut d'en terminer avec le but de sa visite avant de quitter son père pour toujours.

— Qu'est-ce qui t'amène, Nick ?

— Le testament de Matthew Whetcombe.

— Il ne te concerne en rien.

— J'en ai décidé autrement.

— Pourquoi ?

— Parce que la personne qui est venue à Londres a été assassinée avant d'avoir pu me transmettre son message. On a voulu m'empêcher d'atteindre Barnstaple. J'ai été attaqué par le même meurtrier. Il est mort à Bristol.

— Tu l'as tué ? interrogea le vieux, saisi.

— En me défendant.

— Qui était ce fourbe ?

— Un nommé Lamparde.

— Adam Lamparde ?

— Vous le connaissiez ?

— Oui, autrefois, se rappela son père. Lamparde était un marin, originaire de Tiverton. Un bon marin, qui pouvait espérer avoir un jour son propre vaisseau. Mais il aimait trop la bagarre. Une nuit, un homme fut tué dans une taverne. Lamparde disparut. On dit qu'il partit pour Londres.

— Par quel navire ?

— L'*Entreprise*. Il ne jaugeait que vingt tonneaux, mais volait entre Barnstaple et la Bretagne comme un oiseau.

— Qui possédait ce bateau ?

— Deux ou trois marchands, parmi lesquels Gideon Livermore.

— Son nom m'a guidé jusqu'ici.

— Livermore n'est qu'une charogne !

— Il est en passe d'hériter de toute la fortune de Whetcombe.

— Grand bien lui fasse. Que me chaut ?

— Vous avez été témoin de ses dernières volontés.

— Oui, soupira l'autre avec regret. En ce temps-là, je pouvais parler à Matthew, fréquenter sa maison, discuter de toutes sortes d'affaires et coudoyer ses amis.

— Vous avez lu ce testament, père.

— Je ne l'aurais pas signé autrement.

— Que disait-il ?

— C'est une affaire personnelle.

— Vous sauverez peut-être Mary en nous le disant. Elle est spoliée de ses biens par le nouveau testament. Gideon Livermore s'empare de tout. Je doute que ce soit réellement conforme au désir de Matthew Whetcombe.

— C'était un malin, ce Matthew.

— Qu'y avait-il dans le premier testament ?

— Demande donc au notaire.

— Vous l'avez lu, père ! s'indigna Nicholas. Pour l'amour de Dieu, dites-nous ce qu'il y avait dedans ! Laissait-il le navire à Gideon Livermore ? Lui léguait-il la demeure de Crock Street ? Déshéritait-il pratiquement sa femme et son enfant ? Dites-le-nous.

Robert Bracewell se pencha en avant comme pour frapper son fils, mais, au lieu d'un coup, Nicholas essuya un éclat de rire cynique qui lui fit serrer les poings de colère.

— Ainsi, c'est à cela que tu joues, mon garçon ! Voilà pourquoi tu es revenu ici. Pour elle. Tu voulais Mary Parr, et tu la veux encore plus maintenant qu'elle est la riche veuve Whetcombe. C'est donc cela que mon fils est devenu, hein ? Un flibustier ! Drake a été un bon professeur. Hisse le pavillon noir et lève la voile. Empare-toi du plus riche butin possible en écumant les mers. Pas étonnant qu'elle t'attire tant ! Mary Whetcombe est un trésor. Mais, poursuivit-il avec un rire grinçant, elle ne voudra jamais de toi. Elle préférerait plutôt un gredin comme Livermore !

Nicholas était si furieux qu'il dut se maîtriser pour ne pas se jeter sur son père et le rouer de coups. Ces paroles avaient rouvert d'anciennes blessures aussi facilement qu'un couteau aiguisé déchire le ventre tendre d'un poisson. Nicholas ferma les yeux et attendit que s'apaise le battement précipité dans ses tempes.

Robert Bracewell était un exemple typique de la classe des marchands : un homme de sens pratique, endurci par une éducation rigoureuse et par la lutte pour survivre dans un monde de rivalités. Le mariage était avant tout une affaire, pour lui. Les fils de marchands épousaient les filles de marchands. Le choix prudent d'une épouse élargissait le cercle d'amis et de relations qui pouvaient considérablement améliorer l'avenir d'un homme. La dot aussi avait son importance. Elle pouvait rééquilibrer les recettes avec les dépenses. C'était un critère de poids aux yeux de Robert Bracewell, et il avait fiancé son fils aîné en se fondant là-dessus. Du moins, en partie.

Les pères concluaient des marchés. Katherine Hurrell fut destinée à Nicholas de même que Mary fut désignée pour épouser Matthew Whetcombe. L'amour et le bonheur relevaient du hasard. Les implications commerciales d'une union semblaient beaucoup plus dignes de considération. Malgré d'intenses pressions paternelles, Nicholas et Mary résistèrent. Ils repoussèrent le parti qu'on leur avait choisi. Ils continuèrent à s'aimer, quoi qu'en eussent décidé leurs pères respectifs. Robert Bracewell resta intransigeant. Sa préférence pour la famille Hurrell devint une obsession.

Nicholas se rappela pourquoi et sentit croître son mépris.

— Vous vous êtes dressé contre nous ! accusa-t-il.

— Il le fallait, Nick. Tu dois bien le comprendre.

— Vous avez tué nos espérances.

— Je n'avais pas le choix.

— Mary m'attendait, dit Nicholas. Elle se serait enfuie avec moi plutôt que d'épouser Matthew Whetcombe. Elle le haïssait. Il n'avait rien à lui offrir.

— Oh, mais si ! répliqua son père. Il lui a offert ce que nul autre n'aurait pu lui apporter. Matthew possédait plus de qualités que tu ne penses. Un malin, crois-moi. Il avait des vertus cachées.

— Mary n'avait aucune patience envers lui.

— Ce n'est pas vrai.

— Elle ne pouvait supporter qu'il l'approche !

— Pourtant elle l'a épousé.

Cette simple constatation lui fit l'effet d'une gifle. Nicholas accusa le coup. Certes, Matthew Whetcombe avait épousé Mary, mais seulement parce que lui-même l'avait abandonnée. Par une seule action impulsive tant d'années plus tôt, il avait voué la femme qu'il aimait à un mariage de raison avec un homme dont elle ne pouvait même pas pleurer la mort. Par voie de conséquence, il l'avait aussi précipitée dans la situation humiliante à laquelle elle se trouvait confrontée. La culpabilité taraudait Nicholas, mais le vrai responsable était assis calmement en face de lui. Le père savourait la souffrance du fils.

Ç'avait été une erreur de venir. Robert Bracewell n'aiderait pas le fils qui s'était enfui, ni la femme qui avait gâché ses espérances. Il prendrait un plaisir pervers à leur faire obstacle. Nicholas se leva brusquement, mais la voix du vieillard l'arrêta devant la porte.

— J'ai été témoin de ce testament, mais je ne puis t'en révéler le contenu. Cela a eu lieu sous le sceau du secret.

Si tu tiens à le voir, adresse-toi à Barnard Sweete. Il devrait en avoir une copie.

— Il l'a détruite.

— Matthew en avait conservé un exemplaire.

— Celui-là aussi a disparu.

— Trouve-le, Nick.

— On a fouillé la maison de fond en comble.

— Cherche encore.

— Livermore était-il le principal bénéficiaire du premier testament ?

— Trouve-le et tu sauras la vérité.

— Nous refuserez-vous absolument tout secours, père ?

— Qu'avez-vous fait pour le mériter ? rétorqua l'autre avec mépris. Sors de ma maison ! Sors de mon existence !

— Un crime est en train d'être commis sous vos yeux, insista Nicholas. Vous avez le pouvoir de l'empêcher. Nous avons besoin de vous !

Mais Robert Bracewell ne dirait rien de plus à ce sujet. L'entrevue qui avait été un supplice pour son fils l'avait également éprouvé. Il se sentait vidé de toute force. La femme sortit de l'arrière-cuisine pour se placer derrière lui. Ils ressemblaient à nouveau à deux vieux domestiques dans la chaumière d'un fermier. Nicholas était accablé de tristesse.

Il sortit rapidement, mais s'arrêta sur le sentier et se retourna pour lancer une question par la porte ouverte.

— Pourquoi alliez-vous si souvent chez Matthew Whetcombe ?

Robert Bracewell se leva et avança vers lui. Une main sur la porte, il fixa son visiteur avec un mélange de nostalgie et de désarroi.

— Pourquoi y alliez-vous ? répéta Nicholas.

— Pour voir ma petite-fille.

La porte se referma avec un claquement irrévocable.

Son esprit était en tumulte tandis qu'il s'éloignait sur sa monture. Le passé et le présent semblaient inextricablement liés au point de se confondre. Mary lui rappelait le jeune homme qu'il avait été et Robert Bracewell lui montrait le vieillard qu'il deviendrait peut-être. Ces deux expériences le déchiraient jusqu'aux entrailles. Il chevauchait au petit galop en se promettant bien de ne jamais retourner dans cette maison. Si ses retrouvailles avec son père avaient apaisé certains démons, elles en avaient réveillé d'autres trop nombreux. L'image des deux vieux côte à côte dans la chaumière délabrée restait gravée dans son esprit. Robert Bracewell vivait jadis auprès d'une très belle femme, issue d'une bonne famille, qui l'aimait de tout son cœur et lui avait donné cinq enfants. Cette femme dévouée était morte prématurément. Désormais, le marchand n'avait plus pour seule compagne qu'une servante qui traînait des pieds.

Tant de choses s'étaient produites depuis son retour à Barnstaple qu'il ne pouvait en distinguer toutes les implications. Nicholas essaya de discerner les faits saillants. Mary était en passe de perdre son héritage, victime d'une conspiration. Gideon Livermore la dépossédait afin qu'elle tombe en son pouvoir. Riche, elle n'eût jamais abaissé son regard sur un homme tel que lui, mais elle changerait peut-être d'avis si le mariage lui rendait tout ce qu'elle avait perdu. Mary constituait une partie essentielle de la fortune des Whetmore, et Livermore refusait d'y renoncer. Elle avait été contrainte d'épouser un homme qu'elle haïssait. Pourquoi pas un autre ?

Cependant, si elle acceptait Gideon Livermore, elle vivrait aux côtés d'un meurtrier. Lamparde avait assassiné Susan Deakin et tenté d'expédier Nicholas sur le même chemin, mais les ordres émanaient de Livermore. C'est à lui que profitait le crime et il avait autant de sang sur les mains que Lamparde lui-même. Barnard Sweete était son complice. Contre deux hommes d'une telle duplicité, une veuve désemparée avait peu de chances de se défendre. Ils s'étaient même assuré le concours du prêtre pour rendre Mary complètement impuissante.

Une autre considération pénétrait l'esprit de Nicholas telle une pointe chauffée à blanc. Mary était la mère de son enfant. L'impression qu'il avait eue à sa première rencontre avec Lucy s'était renforcée. Malgré les dénégations de Mary, il sentait que la petite était de lui, et Robert Bracewell le lui avait confirmé. L'enfant abandonnée, recluse avec ses poupées dans un univers silencieux, était la fille de Nicholas. Elle méritait une protection particulière.

Les visites régulières de Robert Bracewell s'expliquaient désormais, mais bien des questions demeuraient sans réponses. Matthew Whetcombe savait-il que Lucy n'était pas de lui ? Sa répulsion provenait-elle de l'infirmité de la fillette ou de sa véritable ascendance ? D'après le père de Nicholas, Matthew était malin. En quel sens ? Le fier marchand avait-il accepté une enfant illégitime ? Savait-il que Mary était enceinte lorsqu'il l'avait épousée ? La maison de Crock Street était pleine de fantômes.

Nicholas s'était donné tant de mal pour exorciser les démons du passé qu'il n'était plus certain des dates. Les détails précis entourant la naissance de Lucy n'importaient pas. Il se fiait davantage à son instinct. Ce qui le peinait le plus, c'était le mensonge de Mary. Leur fille avait été conçue dans l'amour, même si elle en avait été peu entourée en grandissant. Nicholas était triste en songeant au petit corps frêle et au visage pincé, mais il ressentait également une joie étrange. Il savait enfin la vérité.

Il dépassa à nouveau le panneau indiquant Marwood et ses pensées se tournèrent une fois de plus vers la troupe. Malgré toutes ses difficultés et ses tensions, la vie avec les Hommes de Westfield était infiniment préférable à celle-ci. Là-bas, sa valeur était reconnue et il parvenait à imposer l'ordre. Barnstaple, c'était le chaos. Nicholas n'avait plus sa place dans cette communauté, qui lui inspirait des sentiments ambivalents. Mary l'avait accueilli sans grand enthousiasme et son propre père l'avait traité comme un intrus. Loin de contrôler les événements, il était emporté par eux.

Nicholas devait affirmer sa détermination. L'action s'imposait. Sa priorité immédiate était de découvrir le premier testament. Gideon Livermore était l'artisan de cette manœuvre, toutefois sa culpabilité restait à démontrer. Le document constituerait une preuve écrasante contre lui. Où pouvait-il être sinon dans la maison ?

Il s'interrogeait encore en traversant un terrain boisé. Le cheval allait au petit galop et son cavalier le laissait trouver son chemin. Cela s'avéra fatal. Les antérieurs de l'animal heurtèrent soudain une grosse corde tendue entre deux arbres, de chaque côté de la route. Le cheval tomba comme une masse en faisant vider les étriers à Nicholas. Il sut aussitôt que c'était une embuscade. Après avoir roulé sur le sol humide, il se mit à couvert en plongeant derrière un arbre — juste à temps. Il perçut un bruit sec, puis quelque chose se ficha dans le tronc à quelques pouces de son visage.

Il tira son épée pour se défendre et se leva d'un bond, mais l'attaquant invisible éperonnait déjà sa monture. Nicholas examina la courte flèche d'acier logée dans l'arbre. Un carreau d'arbalète. Ils avaient trouvé un nouveau Lamparde.

Barnard Sweete était livide. Tandis qu'il faisait les cent pas dans la pièce, son sang-froid et sa pondération commençaient à craquer d'une manière presque audible.

— Vous auriez dû me consulter auparavant, Gideon !

— Pour vous donner l'occasion de m'en empêcher ?

— Je vous avais averti de ne pas poser la main sur lui.

— Qui êtes-vous pour me donner des ordres ?

— Ce ne sont pas des ordres ! protesta le notaire. Je tiens simplement à rester en vie. Vous ne pouvez vous attaquer à Nicholas Bracewell. C'est une chose de supprimer une simple servante à des dizaines de lieues d'ici, mais nous ne voulons pas d'un cadavre à notre porte.

— Ce n'est pas notre porte, assura l'autre avec un sourire complaisant. Mon espion l'aura enterré dans les bois, à l'heure qu'il est. Personne ne retrouvera jamais Nicholas Bracewell ni ne connaîtra la raison de sa venue à Barnstaple.

— On posera des questions.

— Qui ? Mary ? Le père ? Nous leur dirons qu'il a quitté la ville, répondit Livermore en haussant les épaules. Il les aura abandonnés aujourd'hui comme par le passé. Ils ne découvriront jamais la vérité. Fiez-vous à moi, Barnard. Ma méthode est la meilleure.

— Elle nous incrimine.

— Pas plus qu'avec Lamparde.

— Il agissait loin, à Londres... Pas ici !

— Vous faites trop le délicat, dit Livermore en riant. Remerciez-moi plutôt de nous avoir débarrassés de ce souci. Je me suis borné à suivre votre conseil, après tout.

— Mon conseil ?

— Vous disiez que je ne pouvais le tuer sommairement, comme un braconnier surpris sur mes terres. Mais c'est exactement ce qui s'est passé. Je possède cette ville et Nicholas Bracewell a violé une propriété privée. J'ai simplement appliqué la loi.

Barnard Sweete s'assit sur le bord de la table et battit nerveusement du pied. Si Livermore disposait de ses ennemis de cette manière implacable, qu'arriverait-il au notaire en cas de désaccord ?

— Tout de même, cela ne me plaît pas, Gideon.

— Vous apprendrez à vous y faire.

— Songez au risque que vous courez.

— Je suis un marchand, répliqua Livermore. Le risque est l'essence de mon métier. Chaque fois que j'envoie un navire en mer, je risque de le perdre. Chaque fois que je conclus un marché, je risque une fortune. Mais il s'agit de risques calculés, qui ont toujours payé dans le passé. Fiez-vous à mon instinct. C'est l'affaire la plus fructueuse dans laquelle je sois jamais entré.

Barnard Sweete se calma. Horrifié à l'annonce de l'embuscade dans le bois, il commençait à en discerner les avantages. Nicholas Bracewell constituait une menace pour l'entreprise entière et devait être supprimé. Cette solution était terrible et inquiétante, mais elle éliminait le tout dernier obstacle. Quand il regardait ses mains, elles étaient d'une blancheur immaculée. Il savait qu'il les avait plongées dans le sang, mais on n'en voyait aucun signe.

Livermore était lassé d'attendre. Ayant réglé, pensait-il, un problème majeur, il était impatient de prendre possession du butin. Il était descendu sur le quai pour revoir le *Mary*, ce matin-là, et il l'avait contemplé pendant une heure, au milieu de la Taw. Toutes les embarcations alentour étaient réduites à des proportions dérisoires. Livermore jouirait bientôt d'une position comparable à Barnstaple. À tous les sens du terme, son tonnage serait le plus lourd au nord du Devon, et chacun s'effacerait devant lui de peur d'être entraîné dans son sillage.

Il avait encore un petit air satisfait lorsqu'un clerc nerveux entra après avoir frappé. Quand il leur annonça qui venait d'arriver à l'étude, les deux hommes blêmirent. Barnard Sweete se remit le premier. Il ordonna à son clerc de faire entrer le visiteur au bout de deux minutes. À nouveau seul avec Gideon Livermore, il se répandit en reproches véhéments. Le marchand s'était vanté de la mort de Nicholas Bracewell, pourtant celui-ci se présentait chez le notaire. Un autre plan avait échoué.

Après un échange aigrelet avec son complice, Sweete le fit passer dans une pièce adjacente et laissa la porte légèrement entrebâillée afin que ce dernier pût tout entendre. L'homme de loi respira calmement pour se composer une attitude avant de s'asseoir derrière son bureau. Nicholas Bracewell fut introduit. Après de brèves présentations, le clerc se retira à nouveau.

— Je vous en prie, prenez un siège, dit poliment l'homme de loi.

— Je ne resterai pas. Pourquoi désirez-vous me voir ?

— Au sujet d'une affaire qui nous préoccupe mutuellement, répondit Sweete en tentant de sourire. C'est un grand plaisir de rencontrer un autre membre de la famille Bracewell. J'ai agi au nom de votre frère Peter, et je connais bien votre père.

— J'étais chez lui il y a peu.

Nicholas se tenait d'un air de défi devant la table. Son gilet était éraflé et il avait des traces de boue sur le visage, mais il était indemne. Et, à l'évidence, il n'était pas d'humeur à bavarder poliment.

— Je crains qu'on ne vous ait induit en erreur, messire.

— Pourquoi donc ?

— Hier soir, on vous a vu quitter la maison des Whetcombe, bien que mon informateur n'ait pas tout à fait compris comment vous y étiez entré.

— Il vous faudrait un informateur plus vigilant. Mais avertissez-le qu'il risque davantage qu'une bosse sur le crâne s'il croise à nouveau mon chemin.

Le notaire déglutit péniblement.

— À l'évidence, vous vous êtes entretenu avec dame Whetcombe. Elle aura évoqué le problème des dispositions testamentaires de son mari. Celles-ci peuvent paraître peu charitables envers elle, mais, si on lit entre les lignes, bien des éléments sont aptes à la réconforter.

Après avoir attendu une réponse qui ne vint pas, il poursuivit :

— En outre, je suis à même de proposer certaines émendations.

— Vous avez le pouvoir de modifier le testament ?

— En aucun cas, messire, protesta Sweete d'un air outré. Il a été signé devant témoins, aussi les clauses en sont-elles inaltérables. Néanmoins, un certain nombre de concessions sont possibles.

— Comment ?

— Par un acte de donation entre vifs.

— Je ne vous suis pas, messire Sweete.

— Que savez-vous au juste du testament ?

— Assez pour me méfier de vous.

— Mettez-vous en cause mon intégrité ? dit le notaire d'un air guindé.

— Pour qu'on puisse la mettre en cause, encore faudrait-il que vous en ayez.

— Vraiment, monsieur !

— Vous parliez d'un acte de donation.

— Nous sommes une maison respectable, messire

Bracewell. Je ne tolérerai pas que vous veniez m'insulter. Ne comprenez-vous pas que j'essaie de vous aider ?

— Moi ? Quel avantage pourrais-je tirer du testament ?

— Nous vous permettrions d'avoir l'esprit en repos.

— À quel propos ?

— La veuve de Matthew Whetcombe.

— Nul ne le pourrait, murmura Nicholas. Parlez sans détour, messire Sweete. Je suis attendu ailleurs.

L'homme de loi se sentait intimidé par la personnalité de Nicholas et son refus de tout compromis. Il se leva pour se donner plus d'autorité, mais son visiteur continuait à lui en imposer. Sweete déploya toute son éloquence.

— Le principal légataire est Gideon Livermore, dont le nom, je crois, ne vous est pas inconnu. Cet homme pétri de générosité a souhaité atténuer la dureté apparente du testament en cédant certaines parties de l'héritage à la veuve par donation entre vivants. Il s'agira d'une affaire personnelle, bien distincte de l'exécution testamentaire proprement dite. Messire Livermore se montre prodigue.

— Bien, répliqua Nicholas. Mary Whetcombe acceptera l'intégralité des biens de son époux, la totalité du capital et le navire qui porte son nom.

— Oubliez cette folie, messire !

— Oubliez plutôt la vôtre. Cet acte de donation n'est qu'une bagatelle pour adoucir le coup, un stratagème pour prendre au piège une femme désemparée. Gideon Livermore ne donnera rien qu'il ne compte récupérer par un mariage forcé.

D'un geste de la main, il coupa court aux protestations frénétiques de Sweete. Ayant compris tous les rouages de la machination, il en vint directement au fait.

— Il existe un testament antérieur.

— Désormais invalide.

— La fortune y était équitablement partagée.

— Ses clauses étaient identiques à celles du présent document.

— Pourquoi en rédiger un autre, alors ?

— À cause de certaines altérations mineures.

— En effet. Le nom de Mary Whetcombe fut effacé et celui de Livermore ajouté. À cause de cette altération mineure, une veuve affligée est menacée de ruine.

— Seulement si elle fait preuve d'entêtement.

— Le premier testament lui laissait tout.

— Je le conteste et les autres témoins agiront de même. Parmi lesquels, votre père.

Il vit Nicholas tressaillir et poussa son avantage jusqu'au bout.

— Je constate que Robert Bracewell n'a pu vous aider. Lui rendre visite fut une perte de temps. Même s'il avait été prêt à mentir pour Mary Whetcombe, c'eût été inutile. Que vaut la parole d'un vieillard ivrogne et couvert d'opprobre, contre celle de trois personnalités respectables de la communauté ? Vous ne pouvez rien prouver, messire.

— Mais si. Grâce au premier testament.

— Montrez-le-moi.

— Je ne l'ai pas encore, mais je sais où le trouver, prétendit Nicholas.

Barnard Sweete pâlit. Quand Nicholas se dirigea vers la porte, le notaire lui barra précipitamment la route. Il répéta en toute hâte sa proposition et affirma que l'acte de donation ôterait toute amertume au testament nuncupatif.

— Gideon Livermore est un homme d'une extrême générosité, insista-t-il.

— Je sais, riposta Nicholas en sortant le carreau d'arbalète de son gilet pour le placer dans la main du notaire. Il m'a envoyé ceci. Par donation entre vifs.

Lucy n'avait plus à cacher ses poupées dans la chambre de Susan. Sa mère l'encourageait à les sortir et à jouer avec. L'enfant était assise par terre auprès d'elle et déroulait la toile où elle les rangeait. Sa mère l'observait avec une vague affection. Mary avait été stupéfaite quand Nicholas était entré sans être annoncé, et se sentait encore tout hébétée, mais cette visite avait eu un résultat essentiel. Elle avait libéré ses sentiments envers Lucy. Depuis la mort de son mari, elle s'était révélée incapable de la rassurer, de lui montrer l'amour dont elle avait si désespérément besoin.

La nouvelle du meurtre de Susan avait porté un coup terrible à Mary, qu'elle ne parvenait pas à surmonter. Matthew s'était éteint paisiblement dans son lit, entouré des siens, tandis que la servante avait été assassinée à des lieues de son foyer, en cherchant à secourir une veuve cernée d'ennemis. Mary contempla sa fille et soupira. Son infirmité la maintenait dans l'enfance. Susan, à peine plus âgée, avait montré infiniment plus de sens pratique et de maturité. Elle avait été une vraie mère pour Lucy. C'était un rôle que Mary devrait désormais assumer.

Lucy trouva la petite réplique de son père et la cacha sous l'étoffe. Il n'avait plus de place dans son jeu. Mary vit l'opportunité qui s'offrait à elle. S'agenouillant auprès de l'enfant, elle ramassa la poupée où les traits ingrats de Susan étaient hâtivement tracés au pinceau. Lucy tenta d'abord de l'en empêcher et s'accrocha à l'image de son amie, mais Mary resta ferme. Elle détacha avec douceur la main de sa fille et plaça la poupée sous le tissu. Lucy la regarda et, lentement, ses yeux s'emplirent de larmes. Elle avait compris que sa compagne tant aimée ne reviendrait jamais. Mary la prit dans ses bras et elles pleurèrent longtemps pour Susan, priant pour le repos de son âme. Elles étaient encore enlacées quand la servante fit entrer Nicholas.

Mary se leva et la fillette surmonta un peu son abattement. Il comprit très vite la cause de leur tristesse et serra Lucy contre lui, la laissant tremper son épaule de ses larmes. Puis il réconforta Mary. Pendant ces quelques brèves minutes, il eut l'impression de faire partie d'une petite famille, ce qui renforça sa conviction que Lucy était sa fille. Toutefois, il n'aborda pas ce sujet. Cette discussion se devait d'avoir lieu dans une atmosphère toute différente. Sauver Mary des sombres visées de Livermore était pour l'heure une priorité, or il ne pourrait y parvenir que grâce à un document légal.

— As-tu vu ton père ? demanda-t-elle.

— Oui, Mary. Cette visite fut une erreur.

— N'a-t-il pu être d'aucune aide ?

— Il l'aurait peut-être pu, mais il y était farouchement opposé.

— Pourquoi ?

Alors même qu'elle posait la question, Mary connaissait la réponse. Le passé était un souvenir trop lourd pour le père et le fils. Tant d'amertume s'était accumulée entre eux qu'il leur était impossible de se parler avec sérénité. Mary elle-même était désespérément liée à ces événements lointains qui lui avaient laissé sa propre part de rancœur.

— Donc, tu n'as rien appris de ton père.

— Non, confirma-t-il, toutefois je viens d'avoir une preuve supplémentaire de la duplicité de Livermore

— De quelle manière ?

— Il m'a tendu une embuscade.

— Tu as été attaqué ? s'écria Mary avec effroi.

— Sans succès, par un homme armé d'une arbalète.

— Nick !

Elle posa involontairement la main sur son bras et la flamme de son amour se ranima un instant, puis passa bien vite. Il risquait sa vie pour l'aider et elle lui en serait éternellement reconnaissante, cependant cela n'effaçait pas le souvenir de la peine qu'il lui avait infligée autrefois. Dans une certaine mesure, Nicholas s'efforçait de la tirer d'une situation dont il était indirectement responsable. Mary l'écouta, attentive, tandis qu'il lui relatait en détail l'embuscade dans les bois.

— Je leur fais peur, Mary. Si Livermore n'avait rien à se reprocher, il ne m'attaquerait pas. Mais ils se rongeront encore plus à présent.

— Pourquoi ?

— J'ai dit au notaire que je savais où trouver le testament.

— Et tu le sais ?

— Pas encore, mais il est vital qu'ils le croient. Plus je les pousserai à se trahir, plus j'aurai de chance de les confondre.

— Sois prudent, Nick. Ils sont dangereux.

— Dangereux et corrompus. C'est pourquoi je dois les arrêter.

— Pas au prix de ta vie.

Sa main effleura à nouveau son bras. Lucy levait vers lui des yeux affectueux et pleins d'espoir. Comment Nicholas aurait-il pu les abandonner à leur sort ? Il se tourna vers Mary.

— Où Matthew gérait-il ses affaires ?

— Dans son bureau.

— Pourrais-je le voir ?

— On a déjà fouillé la pièce.

— Un regard neuf décèle parfois un détail passé inaperçu.

— Barnard Sweete a été tout à fait rigoureux.

— Il faut que je commence quelque part, et sans tarder.

— Suis-moi, dit Mary d'un air désabusé.

Elle le conduisit au bureau et lui montra la table de travail de son époux. Des sacoches pleines de documents et d'accords commerciaux étaient posées de tous côtés, les coffres et les tiroirs débordaient de contrats. Il eût fallu une éternité pour tout trier, et Nicholas ne disposait pas d'un temps illimité. Il avait délibérément tendu un appât à Sweete, afin de forcer la main de Livermore. Nicholas devait se préparer à toute éventualité, mais serait en position de force s'il détenait réellement le document.

Quand Mary le quitta, il feuilleta très vite les papiers sur la table puis ouvrit l'un des tiroirs pour en sortir une liasse de lettres. Bien que cherchant un testament, il entrevit un instant l'existence de l'homme qui avait pris sa place devant l'autel. Matthew Whetcombe n'était pas qu'un simple marchand prospère. Il inspirait un énorme respect. Les lettres provenaient de notables de la région, voire du comté, qui tous le remerciaient pour ses bienfaits et louaient sa générosité. Ils brossaient un tableau différent de son rival, qui rabattit la présomption de Nicholas.

Il s'en voulut de son indiscrétion et s'apprêtait à écarter la correspondance quand il remarqua une lettre de Livermore. Elle remerciait brièvement Whetcombe pour un dîner donné à Crock Street. Nicholas n'était pas intéressé par le contenu de la missive, mais plutôt par l'écriture de celui qui l'avait rédigée. Sous son gilet, il conservait la lettre trouvée sur Lamparde dans la bâtisse abandonnée. Elle s'était déjà révélée utile en convainquant les autorités de Bristol que Lamparde était bel et bien un assassin, et que Nicholas ne l'avait tué que pour se défendre. Cette lettre était désormais doublement précieuse, car l'écriture y était identique à celle de cette autre missive. La plume qui remerciait un ami de son invitation pouvait aussi ordonner un meurtre. C'était une preuve irréfutable de la culpabilité de Livermore.

Nicholas rangea les deux lettres, se carra dans le fauteuil et parcourut le bureau des yeux. C'était le cœur de l'empire commercial de Matthew Whetcombe. Si Nicholas était resté marchand, il aurait possédé un tel bureau, empreint d'une atmosphère de pouvoir et d'influence. Il voyait là le monde auquel il avait tourné le dos, et éprouva un pincement de regret. Ici résidait la sécurité, ici la vie avait un sens. Mais en même temps, cela représentait un rétrécissement de l'esprit et de l'âme. Nicholas ne voulait pas que sa vie fût mesurée en piles de contrats commerciaux et en lettres de change. Posséder une telle demeure et y vivre avec une épouse comme Mary était une idée séduisante, mais il décida qu'il se trouvait mieux chez Anne, en simple locataire.

Son regard explorait les murs quand il remarqua le tableau dans son cadre doré. Chaque fois que Matthew Whetcombe levait les yeux de son travail, il le voyait et y puisait de nouvelles forces. L'artiste ne manquait pas de talent. Son pinceau avait même su restituer les reflets changeants de la Taw. Marin lui-même, Nicholas admirait les navires de toutes tailles, mais la vue du *Mary* fendant l'eau toutes voiles dehors le rendit songeur. La fierté du marchand était légitime, pourtant ses priorités choquaient Nicholas. Le tableau du navire était placé beaucoup plus en évidence que le portrait de la femme dont il portait le nom.

Il poursuivit ses recherches en redoublant d'ardeur. Une heure ou deux s'écoulèrent avant que Mary ne revienne, anxieuse.

— Ils continuent à épier la maison. Je crois qu'ils attendent que tu sortes.

— Ils ne m'attaqueront pas dans la rue et je serai en sécurité à l'auberge.

— Tu le serais plus encore si tu restais ici.

— Ici ?

— Lucy et moi nous sentirions aussi plus en sûreté.

Nicholas fut reconnaissant de cette proposition. Il ressentait une douce émotion à l'idée de passer une nuit sous le même toit qu'une femme qui aurait pu être son épouse, et qu'une fillette qui était peut-être son enfant. En outre, il était heureux de leur offrir à toutes deux une protection plus concrète. Nicholas s'approcha de la fenêtre pour regarder les deux hommes qui surveillaient la maison. Elle vint à côté de lui.

— Tes ennemis ne sont pas seulement à l'extérieur, Mary.

— Que veux-tu dire ?

— Tu en comptes également un à l'intérieur.

— Messire Calmady ?

— Il est assurément aux ordres de Livermore, mais tu devrais te méfier d'un de tes serviteurs.

— Ce n'est pas possible ! protesta-t-elle.

— Comment, sinon, auraient-ils su que Susan avait pris un cheval pour aller à Londres ? Quelqu'un t'espionne. Quelqu'un qui est payé afin d'apprendre à Livermore et à Sweete ce qui se passe dans cette maison.

— Un de nos propres domestiques ?

— Qui les a choisis ?

— Mon mari.

— C'est donc à lui qu'allait en premier leur loyauté.

— Mais je les traite bien et j'ai acquis leur respect.

— Le respect ne suffit pas, fit valoir Nicholas. Si l'un d'entre eux craint de perdre son emploi, il peut s'empresser de te trahir au profit d'un nouveau maître.

— Qui cela pourrait-il être ? Je leur accordais à tous ma confiance ! dit Mary avec alarme.

— Nous le découvrirons en temps voulu. À mon avis, Livermore a introduit quelqu'un ici depuis longtemps pour s'informer de tout ce qui se passe. Il a appris que ton époux était mourant et il a choisi son heure pour intervenir. Ne dis rien encore et ne manifeste aucun soupçon, conseilla-t-il en l'attirant à l'écart de la fenêtre. Nous allons nous servir de l'espion contre son maître.

— De quelle manière ?

— Tu verras.

— Je vais faire préparer un lit pour toi.

— Merci. Je te suis reconnaissant de cette invitation.

— C'est seulement par souci pour ta sécurité.

— Je n'avais aucune autre raison à l'esprit.

Elle lui adressa un pâle sourire puis le quitta rapidement.

Lawrence Firethorn sortit dans la cour du *Joyeux Matelot* et prit son cheval, qu'avait amené le palefrenier. Après un séjour lucratif, les Hommes de Westfield se rendaient à Bath, où ils devaient donner deux représentations chez Sir Roger Hordley, frère cadet de leur mécène. Non content de se distinguer sur scène, grâce à l'assistance d'Owen Elias, leur chef avait accompli l'exploit insigne de capturer Israel Gunby, un bandit de grand chemin dont la réputation s'étendait de Bristol à Londres. L'argent dérobé à High Wycombe avait réintégré la cassette, accompagné d'une riche récompense pour l'arrestation de Gunby. Ce qui réjouissait le plus l'acteur, cependant, n'était pas la manière dont il avait surpassé les deux complices en finesse, mais le fait que cela eût été immortalisé par une chanson. « La Ballade d'Israel Gunby » était sur toutes les lèvres. Firethorn aurait pu la chanter en dormant.

La troupe était joyeuse, sûre de recevoir à Bath un accueil chaleureux. Des temps difficiles les attendaient peut-être sur la route, mais ils ne voyaient pas plus loin que les deux prochains jours. Alors qu'ils allaient à cheval ou voyageaient dans le chariot, ils rayonnaient de satisfaction. Même George Dart souriait. À la représentation d'*Hector de Troie* l'après-midi précédent, le régisseur suppléant s'en était tiré sans le moindre désastre. Firethorn l'avait même félicité. Dart débordait d'allégresse. On l'aimait.

Barnaby Gill et Edmund Hoode furent les derniers à monter en selle. Gill avait des raisons personnelles de vouloir quitter Bristol, mais il s'était remis et avait retrouvé sur scène son brio d'antan. Edmund Hoode était tellement satisfait de lui-même que Firethorn le fixa avec inquiétude. La dernière fois que le poète de la troupe avait paru aussi heureux, il était amoureux.

— Qui est-elle, Edmund ?

— Clio.

— Joli nom pour une servante. Laquelle était-ce ? La souillon à la tignasse crasseuse ou la grosse affligée d'une coquetterie à l'œil ?

— Ne tentez pas de m'abaisser à votre niveau, Lawrence.

— Ah, je vois ! Vos vues sont plus élevées.

— Elles ne sauraient être plus hautes.

— Alors cette Clio est une ribaude appétissante en taffetas rouge.

— C'est la muse de l'histoire, rétorqua Hoode avec dignité. Et elle m'a inspiré ma pièce sur Calais.

— Votre pièce ?

— Finie, enfin !

— Dieu vous bénisse, Edmund !

— Gardez vos baisers pour Clio.

— Mes baisers, mes étreintes, mon dard et tout le reste si elle le souhaite, déclara Firethorn, enchanté. L'événement mérite d'être célébré, mon cher. Quand pourrons-nous jouer cette œuvre ?

— Sitôt que vous l'aurez lue et approuvée. Il suffira

ensuite d'embaucher un copiste pour que chacun dispose de son texte, et nous pourrons répéter *Le Marchand de Calais*.

— Cette nouvelle réjouit mon cœur, Edmund.

— J'ai cru ne jamais terminer.

— Si l'on vous avait laissé faire, vous seriez encore en train de dégrafer votre maîtresse à Londres. Les femmes sont des êtres merveilleux, mais les plus belles pièces de la création pourraient être réduites en cendres entre leurs cuisses. Songez-y, Edmund. D'abord l'écriture, le plaisir après.

— J'ai compris la leçon, assura Hoode en riant. Je n'aurais jamais cru être reconnaissant à un mari de m'avoir surpris au lit avec sa femme.

— Non, cher cœur, répondit Firethorn avec tact. C'est moi qui lui suis redevable. Il m'a rendu mon auteur et ma pièce.

— Nick a été mon guide.

— Comme toujours, quand nous avons besoin de lui.

— *Le Marchand de Calais* lui doit infiniment.

— Nous lui réserverons un accueil chaleureux à son retour.

— Que fait-il à présent, selon vous ?

— Il rédige son propre drame.

— Nick, dramaturge ? Comment l'œuvre est-elle intitulée ?

— *Le Marchand de Barnstaple*.

Après plusieurs heures futiles dans le bureau, Nicholas étendit ses recherches à d'autres parties de l'édifice, mais le testament demeura introuvable. À la tombée du jour, il était encore occupé à ouvrir les placards et à scruter chaque recoin. À la lumière d'une chandelle, il continua à sonder les murs dans chacune des pièces. Il était presque minuit quand il abandonna enfin. Le reste de la maisonnée était déjà couché et Nicholas se dirigea avec lassitude vers sa chambre. Ayant ôté son gilet, il s'étendit sur le lit, les mains sous la nuque. Il était convaincu que le document se trouvait quelque part dans cette maison, et se creusait l'esprit pour imaginer où Matthew Whetcombe avait pu le cacher.

La fatigue eut presque raison de lui et il se releva péniblement pour se dévêtir. Ce fut alors qu'il entendit les coups à la porte d'entrée. Au début, il les ignora, mais ils persistèrent. Quelqu'un descendit l'escalier et tira le verrou. Un instant après, des pas rapides montèrent vers lui et un poing tambourina à sa porte. Nicholas l'ouvrit pour découvrir un serviteur essoufflé en chemise.

— Vous avez un visiteur.

— À cette heure-ci ?

— Il attend en bas et vous réclame.

— Qui est-ce ?

— Votre père.

Nicholas lui recommanda de tranquilliser le reste de la maison, puis il descendit rapidement en s'éclairant d'une chandelle. Robert Bracewell attendait, appuyé contre un mur, dans l'entrée plongée dans l'obscurité. Sur le vieux visage illuminé par la flamme, Nicholas vit du sang. Il soutint son père et le guida jusqu'à la pièce la plus proche, dont il ferma la porte avant d'installer son visiteur dans un fauteuil. Il rapprocha la chandelle pour examiner les blessures.

— Qui vous a fait cela ?

— Qui, à ton avis ?

— Gideon Livermore ?

— Deux de ses hommes m'ont rendu visite ce soir. Ils voulaient savoir ce que je t'avais dit aujourd'hui. Quand j'ai répliqué que cela n'était pas leur affaire, ils se sont jetés sur moi. Ce n'était qu'un simple avertissement, ont-ils dit. Si je t'adressais à nouveau la parole, ils se montreraient autrement plus durs avec moi.

— Restez ici, dit Nicholas.

Il alla chercher à la cuisine de l'eau et un linge. Il baigna alors le visage de son père pour éliminer le sang séché, découvrant les contusions sur les tempes et sur la mâchoire, le cerne noir autour de l'œil. Les vêtements élimés avaient été déchirés dans la lutte. Nicholas fut touché. Son père avait vaillamment bravé la menace de ses assaillants. Il avait chevauché dans la nuit pour l'avertir de leur attaque et lui donner une arme avec laquelle il pourrait frapper à son tour.

— Dans son premier testament, dont j'ai été témoin, Matthew Whetcombe laissait la totalité de ses biens à sa femme.

— En êtes-vous sûr ?

— Aurais-je accompli tant d'efforts pour raconter des billevesées ?

— Livermore était-il nommé ?

— Seulement comme un légataire mineur.

— Le navire revenait à Mary ?

— Le navire, la maison, et tout l'ensemble de la fortune.

— Répéteriez-vous cela sous serment devant un tribunal, père ?

— Oui, si on me laisse vivre assez longtemps pour ce faire.

Cédant à une impulsion, Nicholas l'étreignit avec gratitude, mais le vieillard le repoussa. Tout épuisé qu'il fût, Robert Bracewell avait encore la force de trembler de rage.

— Bas les pattes ! gronda-t-il. Tout cela est arrivé par ta faute !

— Je m'efforce simplement d'aider.

— Et que m'a apporté ton aide ? La vue d'un fils que j'espérais mort et une rossée. Je ne voulais ni de l'une ni de l'autre. Va-t'en et laisse-moi tranquille.

— Mais je puis vous protéger de Livermore !

— Je suis capable de prendre soin de moi-même.

— Bien sûr. Merci d'être venu.

— Ce n'est pas pour toi que je suis ici, Nick. Je suis venu uniquement afin d'aider Mary, et de rendre coup pour coup à Livermore. Nul ne me dicte ce que je peux ou ne peux pas dire. Ils m'ont chassé de Barnstaple, mais je suis seul maître chez moi.

— Passez la nuit ici, proposa Nicholas.

— Jamais !

— Mais vous n'êtes pas en état de voyager !

— Si j'ai pu chevaucher jusqu'ici, je peux tout aussi bien supporter le trajet en sens inverse. Rester sous ce toit m'est pénible, dit-il en se levant. Matthew Whetcombe m'a un jour fermé la porte de cette maison. Je préférerais dormir dans la rue que passer la nuit ici.

— Père... Attendez !

— Écarte-toi de mon chemin.

— Un mot, avant que vous partiez. Ce premier testament...

— Je me porte garant de son contenu.

— Le document lui-même serait une preuve plus tangible.

— Alors, trouve-le. Matthew en conservait certainement une copie.

— J'ai cherché partout en vain.

— C'est que tu n'as pas cherché où il faut.

— Où est-ce ?

— Dans le cœur de Matthew Whetcombe.

— Je ne vous suis pas.

— C'était un marchand, rappela le vieux. Il raisonnait et ressentait en marchand. Mets-toi à sa place et demande-toi où tu cacherais un document précieux. Et maintenant, laisse-moi passer.

— Permettez-moi de venir avec vous.

— Non !

— Mais il pourrait y avoir du danger...

— Celui-ci est pour moi une connaissance de longue date et j'ai appris à l'affronter seul. Je ne me tournerai jamais vers toi. Mon fils aîné n'est plus. Il a péri en mer. Toi, tu n'es qu'une ombre qui porte son nom. J'ai accompli mon devoir envers cette maison et je suis désormais libre de partir.

— Toute cette route au plus noir de la nuit...

— On a besoin de moi là-bas.

— Ce n'est pas une manière de vivre, pour un homme.

— C'est mon foyer.

— Vous et cette vieille servante...

— Silence !

Les yeux de Robert Bracewell étincelaient dans le noir. Des années de haine et de ressentiment les dressaient à nouveau l'un contre l'autre. Le père et le fils se toisaient au-dessus d'un gouffre d'amour perdu, sans espoir de réconciliation. Ils avaient bien choisi le lieu de ce qui devait être leur dernière rencontre — car ils ne se reverraient jamais plus. Là-haut, dans la chambre à coucher, se trouvait la femme qui s'était jadis interposée entre eux, chose que Robert Bracewell ne pourrait jamais lui pardonner. Sans elle, son fils aurait épousé Katherine Hurrell et tout se serait passé à sa guise. Nicholas avait un point de vue différent concernant la famille Hurrell. Celle-ci avait changé un père respecté en un homme méprisable.

— Je vous raccompagne, insista Nicholas.

— Je connais le chemin !

— Nous vous sommes très reconnaissants d'être venu.

Le vieillard leva les yeux vers le plafond.

— Je l'ai fait pour d'autres, qui méritaient de l'aide. Contrairement à toi.

Il ouvrit la porte et sortit dans le hall. Nicholas le suivit avec la chandelle, mais son père tirait déjà le verrou de l'entrée. Sans un regard en arrière, Robert Bracewell sortit dans la rue et s'éloigna d'un pas chancelant. Nicholas eut l'impression qu'une de ses réflexions avait infligé au vieil homme un coup plus douloureux que ceux reçus lors de l'attaque.

Bien réveillé à présent et prêt à reprendre les recherches, il monta dans le bureau. Son père lui avait fourni une piste qu'il fallait suivre sans perdre un instant, et qui le ramena dans le fauteuil où Matthew Whetcombe réglait ses affaires. Nicholas parcourut une fois de plus toute la pièce du regard, se demandant où il eût caché un document capital. Robert Bracewell lui avait conseillé de sonder le cœur du marchand, mais Whetcombe, froid et intransigeant, n'avait jamais semblé en posséder aucun. Il n'aimait pas la femme et l'enfant qui partageaient sa vie. Il n'aimait ni sa famille ni ses amis avec un tant soit peu de réelle chaleur. Existait-il un être, un objet, capable de forcer son chemin dans le cœur de cet homme ?

Nicholas en douta, jusqu'au moment où il posa les yeux sur le tableau. Le *Mary*, qui faisait la joie et la fierté du marchand. C'était le couronnement de sa carrière, l'emblème de sa suprématie. Le *Mary* symbolisait tout ce qui possédait le plus de valeur à ses yeux dans la vie. Nicholas se leva d'un bond. Sa première pensée fut que le document était dissimulé dans une cabine à bord, mais c'eût été l'exposer à toutes sortes de hasards. Whetcombe n'aurait pas couru un tel risque. Le *Mary* eût gardé son secret, mais pas lorsqu'il partait en mer. Le marchand désirait un havre plus sûr pour ses dernières volontés. Elles étaient accrochées au mur.

Nicholas descendit le tableau et le posa doucement à l'envers sur la table. Des lamelles de bois avaient été clouées à l'arrière du cadre pour maintenir la toile en place. D'autres avaient été ajoutées tout en bas et il vit très vite pourquoi. Dans cette sorte de poche en bois, on avait enfoncé un parchemin. Alors qu'il commençait à l'extraire, Nicholas entendit la porte s'ouvrir derrière lui. Mary se tenait sur le seuil en chemise de nuit, une bougie à la main.

— Que fais-tu ici, Nick ?

— Je travaille à te sauver.

— J'ai entendu du bruit. Quelqu'un tapait fort à la porte.

— Tu comprendras tout dans un instant.

Nicholas tira encore et le document sortit de sa cachette. Le dépliant rapidement, il le tint vers la lumière avant d'émettre un petit rire de triomphe. Comme son père le lui avait dit, le testament authentique de Matthew Whetcombe était à l'opposé de celui qu'on lui avait substitué. Nicholas le tendit à Mary, qui posa sa bougie afin de prendre le document à deux mains. Elle le lut avec une excitation croissante. Quand elle en mesura pleinement toute la portée, elle laissa échapper un cri de soulagement et manqua s'évanouir. Nicholas la soutint et l'aida à s'asseoir.

— Comment as-tu fait pour le trouver ? demanda-t-elle.

— J'ai été patient.

— Je ne pourrai jamais assez te remercier. Cela change tout pour moi et pour Lucy !

— Pas nécessairement.

— Mais cela exprime les véritables intentions de Matthew.

— C'est possible, Mary, toutefois il reste à le prouver devant une cour, car le second testament invalide celui-ci. En revanche, nous tenons la preuve incontestable que Gideon Livermore et Barnard Sweete nous ont menti. Ce document diffère totalement de l'autre, et il va nous servir à les démasquer.

— Mais comment ?

— Je vais te l'expliquer.

Tôt ce matin-là, Nicholas rama jusqu'au *Mary*. La cargaison avait été déchargée et le navire devait subir une réparation avant de repartir pour un long voyage. Un seul marin y était posté pour monter la garde. Il se montra très soupçonneux quand Nicholas attacha son embarcation et grimpa à bord, puis réagit avec déférence lorsqu'il vit la preuve écrite que le visiteur agissait pour le compte de Matthew Whetcombe. Nicholas avait apporté les clefs de la cabine privée, réservée au propriétaire du vaisseau.

L'envie frémit en lui alors que, sur le pont, il regardait le *Mary* de plus près. Celui-ci ressemblait beaucoup au navire sur lequel il avait fait son apprentissage, bien que ce dernier eût été plus petit et réservé au commerce légal. Il lui rappelait aussi la *Biche dorée*, sur laquelle il avait navigué avec Drake. Bien que plus grand, le navire corsaire avait beaucoup en commun avec le *Mary*. L'un et l'autre avaient une coque renforcée par deux revêtements. L'un comme l'autre étaient bâtis à la française, bien gréés et équipés de bons mâts, de palans et de doubles voiles.

À l'instar de la *Biche dorée*, ce vaisseau possédait aussi un grand et un petit perroquet, addition inhabituelle au gréement d'un navire ordinaire, mais qui le rendait infiniment plus rapide. Le *Mary* était armé de dix-huit pièces, pour la plupart des demi-couleuvrines, des canons de neuf à longue portée. Nicholas soupçonnait que l'équipage disposait également d'arquebuses, de pistolets et de bombes incendiaires pour compléter l'armement lourd, ainsi que de piques, de rapières, d'arcs et de flèches. Sir Francis Drake eût été fier de commander le *Mary*. C'était un arsenal flottant idéal pour la flibuste.

Il s'informa auprès du marin sur l'emplacement de la cabine, puis descendit. Il la trouva petite, mais bien équipée. Il y avait une couchette basse contre le mur, une table et une chaise fixées au sol et des armoires de rangement. Une lanterne oscillait doucement au plafond. Nicholas ressentit une nouvelle pointe d'envie. Comme le marchand, lui aussi se serait réservé une cabine privée et aurait navigué chaque fois qu'il l'aurait pu. Le même amour de la mer les possédait.

Un hublot donnant sur le fleuve lui permit de voir l'ombre imposante de Long Bridge. Un clapotis de rames lui fit tourner la tête dans l'autre direction et il découvrit exactement ce qu'il espérait. Gideon Livermore se faisait transporter vers le bateau par une silhouette bien bâtie. Il avait passé la nuit en ville et avait été réveillé de bonne heure par le serviteur qu'il payait pour surveiller ce qui se passait chez les Whetcombe. Conformément au plan de Nicholas, Mary avait prétendu que le document qu'ils cherchaient se trouvait à bord. La nouvelle circula dans toute la maison et parvint à destination. Livermore venait porter le coup final.

Nicholas se servit d'une des clefs dont il s'était muni pour ouvrir une armoire et sortit une liasse de papiers. Il attendit que les pas des deux hommes résonnent sur le pont, puis feignit de s'absorber dans sa lecture avec un intérêt intense. Peu après, la porte s'ouvrit avec violence. Livermore le considérait sans dissimuler son hostilité. Son compagnon, trapu et affligé d'un nez cassé, pouvait bien être celui qui avait décoché un carreau d'arbalète vers Nicholas.

— Où est-il ? demanda Livermore.

— Qui donc ?

— Le testament.

— Vous le savez, messire. Il est conservé chez le notaire.

— Je parle du premier. Celui que vous avez entre les mains.

— Celui-ci n'est plus valide.

— Je désire le voir.

— Non, répliqua Nicholas en glissant les documents dans son gilet. Vous voulez le détruire.

Sans plus insister, Gideon Livermore s'écarta et son compagnon chargea en brandissant un gourdin. Sa force brutale ne valait pas l'agilité de son adversaire. Voyant l'homme se ruer sur lui, Nicholas esquiva le coup, agrippa le poignet épais et projeta l'autre contre la paroi de chêne, qui émit un craquement terrifiant. Il s'écroula comme une masse et cessa de prendre part aux événements.

Nicholas attira Livermore à l'intérieur de la cabine.

— J'ai en ma possession le message que vous avez envoyé à Lamparde. Vous lui ordonniez d'assassiner une jeune fille. Il a obéi. Désormais, il gît à six pieds sous terre. Votre propre lettre vous enverra à l'échafaud.

Les joues de Livermore s'empourprèrent de fureur. Il ne laisserait pas cet intrus gâcher tous ses plans minutieux. Un poignard jaillit de sa ceinture et s'abattit sur Nicholas. Le régisseur s'écarta prestement, néanmoins la lame tailladа sa main où du sang perla. Il empoigna Livermore et ils luttèrent dans l'espace confiné, se cognant contre les murs et butant sur le corps inerte.

Alerté par ce tapage, le matelot de garde accourut dans la cabine, mais Nicholas lui ordonna de rester à l'écart. Le marin serait un témoin précieux de ce combat entre un marchand fou furieux et un homme désarmé. Livermore était fort, et l'idée de ce qu'il allait perdre décuplait sa vigueur. Nicholas avait peine à le maîtriser. Il aurait eu besoin de plus d'espace pour manœuvrer. Il parvint à déséquilibrer son adversaire, qui lâcha prise et tomba à la renverse, ce qui donna à Nicholas une précieuse avance pour monter sur le pont.

Gideon Livermore le suivit en haletant. Ils étaient en vue du quai et d'autres témoins se trouvaient sur Long Bridge, mais cela n'arrêta pas le marchand. Tous ses plans allaient s'effondrer par la faute d'un seul homme. Tant que Nicholas Bracewell vivrait, Livermore n'hériterait jamais de la fortune de Whetcombe, dont Mary constituait une agréable partie. Et surtout, il ne posséderait jamais le *Mary*. Or, cela, c'était son rêve. Gideon Livermore était un pirate dans l'âme. Son destin n'aurait pu se jouer en un lieu plus approprié.

L'espace découvert laissait à Nicholas les coudées franches, et il avait tiré sa propre dague. Les deux hommes tournaient en rond en s'observant avec prudence. Nicholas perdait du sang, mais n'osait baisser les yeux vers sa main blessée. On ne pouvait sous-estimer Livermore. Bien qu'il payât les autres pour tuer, il était plus que capable d'accomplir la besogne lui-même. Le marchand feinta, puis se fendit en avant, mais Nicholas lui échappa. Une deuxième attaque força le régisseur à reculer et il tomba sur un rouleau de corde. Livermore se jeta sur lui de tout son poids, lui coupant le souffle. Nicholas avait été désarmé.

Ils s'empoignèrent, roulèrent, se bourrèrent de coups. Livermore tenta même de le mordre. Nicholas le repoussa et se releva d'un bond, mais son adversaire revint aussitôt à la charge. Il prit l'avantage et, narquois, l'obligea à reculer vers le plat-bord. Nicholas était acculé.

— Donnez-moi le testament ! exigea Livermore.

— Le *Mary* ne sera jamais à vous.

— Le testament !

— Venez le chercher, déclara Nicholas en tapotant son gilet.

Le marchand ne se le fit pas dire deux fois. Pointant sa lame vers le visage de son ennemi, il fonça en avant. Le régisseur fut trop rapide pour lui. Il se baissa, le saisit à bras-le-corps puis le souleva de toutes ses forces, et

Gideon Livermore passa par-dessus bord. Les gens arrêtés sur le pont furent si impressionnés qu'ils lancèrent des hourras. D'autres bateaux s'éloignaient du quai à coups de rame.

Nicholas, penché au-dessus du plat-bord, vit le marchand remonter à la surface, toussant et crachant. Bien qu'il eût appris à nager dans le fleuve, il ne l'avait jamais fait vêtu de lourds vêtements, épuisé après une bagarre. Livermore battit frénétiquement des bras et appela à l'aide. Il se noyait. Nicholas ôta son gilet et se débarrassa vivement de ses souliers avant de plonger. Il fendit l'eau sans presque une éclaboussure et explora les profondeurs glauques pendant quelques instants avant de remonter, juste à temps pour voir Livermore commencer à couler. L'attrapant par-derrière, il nagea sur le dos vers le navire en maintenant la tête du rescapé au-dessus des flots.

Le marin de garde se préparait à leur prêter main-forte, et les bateaux à rames approchaient. Sur le pont et sur le quai, les spectateurs applaudissaient l'héroïsme de Nicholas. Mais celui qu'il venait de sauver se ravisait. Il n'aurait jamais la fortune et la femme qu'il convoitait. Il ne posséderait jamais le *Mary*. Seuls l'attendaient un procès infamant et une longue corde. Cela, il ne s'y soumettrait jamais.

Quand Nicholas l'attira enfin vers le flanc du navire, Livermore attendit le moment propice, puis replongea la tête la première dans les eaux sombres. Nicholas se jeta après lui et quelques autres hommes des bateaux l'imitèrent pour leur porter secours, mais ils ne trouvèrent pas le marchand. Plusieurs minutes s'écoulèrent avant que la Taw ne rende sa victime expiatoire. Quand Gideon Livermore flotta à la surface, le visage encore submergé, il était bien au-delà de toute forme de justice humaine.

En une seule transaction, maintes dettes avaient été payées.

C'était un après-midi venteux, mais cela ne l'arrêta pas. Pour la dernière fois, il suivit un long chemin sinueux à travers la ville pour renouer avec une jeunesse qui semblait désormais remonter à un siècle. Il descendit des rues où il jouait, dans le temps, et traversa un champ où son frère et lui avaient appris à monter à cheval. Au cimetière, il déposa des fleurs sur la tombe de sa mère, puis rebroussa lentement chemin vers l'ancienne maison de sa famille, dans Boutport Street. Elle semblait telle qu'à l'époque où ses parents élevaient cinq enfants. Comparée à la chaumière où vivait son père, c'était un petit château. Un profond chagrin le poussa à lui tourner le dos.

Nicholas franchit la porte et quitta la ville ; aussitôt, il se sentit plus libre. Barnstaple, qui avait représenté pour lui le monde entier, n'était plus à ses yeux qu'une prison. Le plaisir de revoir des endroits familiers était terni par des souvenirs douloureux. Il continua à marcher d'un pas vif dans le vent, jusqu'à ce qu'il parvienne à un jardin clos par un mur. Nicholas se figea, plein d'appréhension. Ses pas l'avaient conduit insensiblement vers l'unique maison de la région où il s'était promis de ne jamais retourner. Quand il tenta de s'éloigner, ses jambes le trahirent à nouveau et l'obligèrent à rester. Un coup d'œil sur la façade à colombages réveilla tout le passé.

La maison des Hurrell, jadis remplie de rires et de joie de vivre, paraissait étrangement vide. Le jardin avait besoin d'être taillé et la demeure était déserte. Il poussa la barrière, qui grinça sur ses gonds, et entra. Battu par le vent, le toit de chaume perdait ses roseaux et quelque part une fenêtre claquait. Ce bruit guida Nicholas vers l'arrière. Une pelouse rectangulaire était bordée de massifs de fleurs négligés. L'herbe montait jusqu'aux chevilles. Dans ce jardin, Nicholas avait été contraint de courtiser Katherine Hurrell. Il frissonna en se rappelant qu'il s'était laissé fiancer pour contenter leurs respectables familles.

Le claquement de la fenêtre lui fit lever les yeux. C'était une longue maison basse, où les gouttières saillaient juste au sommet des murs. La fenêtre ouverte était celle d'une chambre à coucher qu'il identifia immédiatement, et le bruit rythmé lui fit l'effet d'un maillet enfon çant une pointe de fer dans son crâne. Nicholas resta immobile. Cette maison, cette fenêtre avaient altéré tout le cours de sa vie. Bien des gens en avaient souffert et il avait commis des fautes qu'il ne pourrait jamais se pardonner. Katherine Hurrell l'avait oublié en épousant un autre homme et en quittant la région. Mary Parr n'avait pas eu cette chance, et sa fille non plus.

Nicholas fixait toujours la fenêtre qui battait telles les ailes d'un papillon pris au piège. Il n'avait pas envie de regarder à l'intérieur de cette pièce, de ce tombeau où étaient ensevelis tant de ses espoirs et de ses ambitions. Tout abandonnée qu'elle fût, cette demeure restait pour lui menaçante et hostile. Il ne put le supporter plus longtemps. La maison Hurrell l'avait déjà écrasé une fois. Avant qu'elle ne puisse l'assaillir à nouveau, il tourna les talons et courut tout le long du chemin qui le ramenait à Crock Street.

Il était temps d'oublier Barnstaple.

— Quand partiras-tu ? demanda Mary.

— Demain à l'aube.

— Si tôt ?

— La troupe m'attend.

— Rien ne peut donc te retenir ici ?

— Non, Mary, je le crains.

Ils se trouvaient dans la grande salle de la maison, dont elle avait désormais hérité de plein droit. Lucy jouait avec ses poupées sur la table. Nicholas avait accompli tout ce pour quoi il était venu. La mort de Susan Deakin avait été vengée et Mary Whetcombe avait été sauvée. Gideon Livermore était mort et Barnard Sweete, ainsi que d'autres complices, était sous les verrous. L'espion de la maison avait été renvoyé. Un doute subsistait quant au rôle d'Arthur Calmady, dont les sermons se teintaient d'hésitation et de contrition. Ses visites à Crock Street avaient brusquement cessé. Nicholas portait un épais bandage sur sa main blessée, mais cela ne l'empêcherait pas de prendre un navire pour Bristol.

Cependant, Mary tentait de l'en dissuader. D'abord

réticente à le voir, elle désirait maintenant le garder à Barnstaple, et Lucy ajoutait son sourire pour le retenir. Quand tous trois étaient seuls ensemble, le bonheur semblait entrer dans la demeure pour la première fois. Nicholas ne fut tenté que brièvement. Certains souvenirs avaient été effacés, mais d'autres demeureraient à jamais. Robert Bracewell arpentait encore les rues de Barnstaple.

— Du moins, je saurai pourquoi, cette fois-ci, dit Mary.

— Je n'avais pas pu te parler avant mon départ.

— Tu ne le voulais pas, Nick.

— J'avais trop honte.

— Mais je t'aimais !

— Cela ne suffisait pas. Je ne pouvais te charger de ce fardeau. Cela n'aurait pas été juste envers toi. Je devais m'éloigner de lui. Tu dois comprendre cela.

— Mais enfin, qu'a fait ton père ?

Elle avait le droit de poser cette question et il ne pouvait se taire plus longtemps. Mary avait souffert des conséquences d'un secret qu'il n'avait osé lui révéler, et elle méritait de connaître la vérité. Cependant, il désirait avoir confirmation que Lucy était sa fille. Mary jeta un coup d'œil à l'enfant, puis le regarda lui. Dans la demeure d'un marchand, sa veuve proposait un marché devant un témoin muet. Si Nicholas lui parlait de la dernière nuit qu'ils avaient passée ensemble, elle se confierait à lui.

— C'est toi que je voulais, Mary, lui dit-il. Je te voulais plus que tout au monde, mais mon père choisit pour moi Katherine Hurrell. Tout avait été arrangé avec la famille. La dot était superbe et mon père en avait besoin pour consolider ses acquis. C'est toi que j'avais choisie, mais ta dot était plus modeste et d'ailleurs ton père tenait à une union avec les Whetcombe. C'était une situation impossible.

— Il n'y avait qu'une seule manière d'y échapper.

— Je me suis efforcé de persuader mon père.

— Je sais, se rappela-t-elle. Cette nuit-là, tu es allé le

trouver pour le supplier une dernière fois. Si cela échouait, nous devions nous enfuir plutôt que d'être séparés. Mais tu n'es jamais revenu me chercher. Que s'est-il passé, chez toi ? demanda-t-elle d'un ton chargé de reproche.

— Je ne suis pas allé chez moi, Mary.

— Où, alors ?

— Chez Katherine Hurrell.

— Mais pourquoi ? s'indigna-t-elle. Tu n'en avais aucune raison !

— Nous étions fiancés. Elle avait le droit de savoir. Je t'aimais, seulement je ne pouvais abandonner Katherine sans au moins un mot d'explication.

— Tu ne m'en as donné aucun, à moi.

— Je n'en ai pas eu le temps.

— Tu en as bien trouvé pour Katherine Hurrell !

— Mary, je t'en prie, écoute-moi ! l'exhorta Nicholas en tâchant de garder son calme. C'est déjà assez difficile comme ça. Patiente.

— Très bien. Donc, tu es allé chez elle...

— Oui.

— Et tu y as passé la nuit. C'est ce que je dois comprendre ?

— Non.

— Dis-moi la vérité, dit Mary, tremblante de jalousie accumulée pendant des années. Dis-la-moi, Nick !

— Katherine n'était pas à la maison. Son père non plus. Tout était tranquille, raconta Nicholas, qui frissonna en revivant ce souvenir. J'ai fait le tour jusqu'au jardin à l'arrière. La fenêtre de la chambre de Katherine se trouvait tout au bout. J'espérais attirer son attention et la faire sortir afin que nous puissions parler en privé. J'ai sifflé, sans obtenir de réponse. Je ne voulais pas jeter de cailloux sur sa vitre, de peur que le bruit n'éveille d'autres occupants de la maison.

— Qu'as-tu fait, alors ?

— J'ai grimpé à la vigne vierge pour regarder dans sa chambre.

— Et alors ?

— Elle n'y était pas.
— Eh bien ? insista Mary.
— Je les ai vus au lit tous les deux.
— Qui ?
— La mère de Katherine et...
— Continue.
Il la regarda, sentant un goût de bile dans sa gorge.
— Mon père, Robert Bracewell. Il faisait l'amour avec Margaret Hurrell. Voilà pourquoi je devais épouser Katherine — pour permettre à mon père de poursuivre plus facilement son adultère. Je n'étais pas un fils que l'on mariait par souci de son bonheur, rien qu'un instrument dans un marché corrompu. J'étais anéanti, dit-il avec une souffrance manifeste. Ma mère savait, Mary. C'est ce qui l'a tuée. Pendant tout ce temps, elle savait, mais elle n'avait pas le pouvoir de l'arrêter. Ma mère savait, pourtant elle n'a rien dit. Elle s'est seulement laissée mourir.
— Qu'as-tu fait, après les avoir surpris ?
— Je me suis enfui, avoua-t-il avec simplicité. Je ne pensais qu'à m'éloigner de cet endroit et de ces gens. Moi qui plaçais mon père sur un piédestal ! C'était un homme difficile à aimer, néanmoins j'avais toujours admiré sa force de caractère. Cette nuit-là, j'ai perdu tout respect envers lui, envers ses valeurs. Je ne voulais plus rien avoir à faire avec Barnstaple et ses marchands. Mon seul désir était de tourner les talons.
— Tu n'as même pas eu une seule pensée pour moi ?
— Je ne pensais qu'à toi, Mary. Je ne voulais pas t'entraîner là-dedans. Après ce que j'avais vu, je me sentais souillé et je ne voulais pas que toute cette boue rejaillisse sur toi. J'ai cru qu'en fuyant je pourrais t'épargner.
— M'épargner ! répéta-t-elle, ironique. Et m'épargner quoi ?
— Je t'aurais évité de prendre le nom des Bracewell. De souffrir de cette honte. D'endurer notre ignominie. J'étais jeune, Mary, dit-il en soupirant. Je ressentais cela au plus profond de moi. Je ne pouvais te demander d'entrer dans une famille marquée par cette flétrissure.

— Et que pensais-tu qu'il m'arriverait ?

— Que tu trouverais quelqu'un d'autre et que tu m'oublierais.

— Oh, j'ai trouvé quelqu'un d'autre. Et ce fut une chance, vu les circonstances. Mais je ne t'ai pas oublié. Comment l'aurais-je pu ? Nous avions été amants.

Nicholas regarda Lucy, puis Mary.

— Est-elle ma fille ? demanda-t-il.

— Non, Nick.

— Elle l'est pourtant, d'après mon père.

— C'est impossible.

— Mais si, Mary. Ce sont ses propres mots.

— Qu'a-t-il dit exactement ?

— Je lui ai demandé pourquoi il rendait de si fréquentes visites chez toi.

— Et il t'a répondu que c'était pour voir sa petite-fille.

— Oui. Lucy.

— Non, dit Mary. Susan Deakin.

— La jeune servante ?

— Elle était notre enfant, Nick.

Il était complètement abasourdi. La jeune messagère aux traits ingrats, qui lui avaient permis de passer pour un garçon, avait été sa fille ! Au début, il ne put y croire, et pourtant, au fond de son cœur, il devait en avoir eu une infime intuition. Susan lui avait inspiré un désir de vengeance irrépressible, une soif de justice telle que nul ne pouvait en ressentir pour une simple inconnue. Cela l'avait poussé tout du long. Ce n'était pas seulement le désir d'aller à Barnstaple pour aider la femme qui, croyait-il, l'avait appelé. Nicholas aspirait à châtier ceux qui avaient assassiné sa propre fille.

Ses yeux cherchèrent ceux de Mary, réclamant un éclaircissement.

— Cette dernière nuit où nous nous sommes retrouvés, expliqua-t-elle, je portais ton enfant depuis plusieurs mois.

— Pourquoi ne me l'as-tu pas dit ?

— J'ai essayé, Nick, mais je n'arrivais pas à trouver

les mots. J'espérais que ton père céderait, que nous pourrions nous marier avec sa bénédiction. Tout se serait arrangé, alors. Mais tu es parti et je me suis retrouvée seule.

Elle se raidit comme un animal traqué, puis secoua la tête avec désespoir.

— Je n'avais nulle part où aller, et aucune chance de dissimuler mon état longtemps. Quelle vie aurais-je eue, fille mère, avec un enfant bâtard ? Tu avais ta honte, j'en aurais enduré une autre. J'ai fait la seule chose encore possible. Je me suis tournée vers Matthew Whetcombe.

— Tu lui as dit la vérité ?

— Oui. Matthew était dur, mais il savait ce qu'il voulait. Je devais devenir sa femme, quelles que fussent les conditions. Il m'a proposé un marché que j'ai accepté avec gratitude. Je suis restée confinée dans ma chambre, et l'on a prétendu que j'étais en visite chez des amis à Crediton. Susan vint au monde trop tôt et faillit mourir, dit-elle en frissonnant. Elle réclamait une attention constante. Joan Deakin, qui avait été ma nourrice, déclara Susan comme sa propre fille. C'est le nom que tu trouveras dans le registre de l'église. Susan Deakin.

— Et ensuite tu t'es mariée ?

— Dès que j'ai recouvré suffisamment mes forces.

— Et Lucy ?

— Elle arriva très vite, répondit-elle, sur la défensive. Je le devais à Matthew. Il était prêt à laisser ma fille vivre sous son toit, mais à condition d'avoir lui aussi des enfants. Tel était le contrat et il fit valoir ses droits. Mais Lucy fut la première et la dernière.

— Pourquoi ?

— Il y eut des complications. Je ne pouvais plus porter d'enfant. Mon époux ne me l'a jamais pardonné. Il avait accepté Susan, et tout ce que je pouvais lui donner en retour était ce petit être blessé. Matthew se sentait dupé Ton enfant éclatait de santé, tandis que la sienne était sourde et muette.

Nicholas commençait à comprendre. Lucy avait été élevée comme la fille de la maison. Susan Deakin avait grandi en occupant la place d'une servante. Le lien très fort qui les unissait s'expliquait, désormais. Elles étaient demi-sœurs. Mary poursuivit ses explications :

— Juste avant de mourir, Joan apprit la vérité à Susan. Elle savait que tu étais son père. C'est pourquoi elle partit à Londres, Nick — pour te chercher. Nous étions en danger et tu étais le seul à pouvoir nous aider. Susan te vénérait. Elle vola des vêtements, prit le cheval le plus rapide et résolut de te trouver. Peux-tu imaginer quels risques elle courut ? Elle ne les aurait acceptés que pour rejoindre son père.

Cette fois, Nicholas portait sur le passé un regard lucide. Il avait fui Barnstaple, mais d'autres étaient restés pour supporter les fardeaux qu'il avait laissés derrière lui. Il ne pourrait jamais justifier entièrement ses actes, mais, du moins, on lui avait offert l'occasion de se racheter. Il n'avait pas sauvé Mary d'un mariage avec Matthew Whetcombe, mais il avait repoussé un autre prédateur et préservé son héritage. Pour parvenir à Barnstaple, il avait mis sa vie en danger. Afin d'aider Mary, il s'était même forcé à une confrontation avec le père qu'il méprisait.

Il contempla Lucy qui jouait avec ses poupées et se pencha pour déposer un doux baiser sur ses cheveux. Mais sa compassion véritable, il la réservait à Susan. Sa fille avait été reléguée toute sa vie au rang d'une domestique. En apprenant le nom de son vrai père, elle avait acquis pour la première fois une dignité, une place dans la société. Susan avait montré une bravoure digne des Bracewell en essayant de le retrouver, mais elle était morte avant qu'ils eussent pu se parler. Sa disparition pesait comme une pierre sur son cœur. Elle avait été l'enfant infortunée d'un amour maudit. La seule consolation résidait dans le fait qu'il était parvenu à la venger.

Nicholas ne voulait pas passer une autre nuit dans la demeure où elle avait vécu. L'âme de sa fille hantait sa conscience. Il se leva et voulut prendre congé, mais elles réagirent avec alarme. Lucy s'accrocha à son bras et Mary le supplia sincèrement :

— Reste ici avec nous, Nick !

— Cela m'est impossible.

— Qu'est-ce qui t'en empêche ?

— Il n'y a pas de place pour moi dans cette maison.

— Nous t'en ferons une, promit Mary en enlaçant les épaules de Lucy. Sans toi, nous aurions été chassées de chez nous. Sans toi, on nous aurait dépouillées de tout ce qui nous revenait légitimement. Tu nous as tout rendu et tu as le droit de partager ce bonheur avec nous.

Lucy hochait la tête avec empressement, comme si elle entendait la moindre de ces paroles.

— Commence une nouvelle vie ici, auprès de nous. C'est ce que Susan aurait voulu.

— Est-ce que, toi, tu veux, Mary ?

— Je pense que oui.

— Après tout ce qui s'est passé entre nous ?

— Le passé est mort et enterré. Maintenant que tu t'es expliqué, je comprends ta conduite et je te pardonne. En un sens, je suis tout autant à blâmer. Si, cette nuit-là, je t'avais révélé que j'étais enceinte, tu aurais agi différemment.

— C'est vrai.

— Reste, Nick, dit-elle doucement. Ni l'un ni l'autre, nous n'avons su être de vrais parents pour la pauvre Susan. Tu ignorais jusqu'à son existence et moi, je devais feindre l'indifférence. Rattrapons-nous avec Lucy. Elle peut être notre fille, à présent. Tu seras pour elle un bon père.

L'enfant acquiesça à nouveau et leur montra deux poupées. Nicholas se reconnut, à côté de Mary, en miniature. C'était une image forte qui l'émut profondément. Sa détermination faiblit un instant, puis il secoua la tête.

— C'est hors de question, répondit-il en parcourant la pièce des yeux. Je suis incapable de t'assurer un pareil train de vie.

— Tu n'en aurais pas besoin. Nous avons assez d'argent pour vivre largement tout le restant de nos jours.

— Je ne pourrai jamais vivre de l'argent de Matthew Whetcombe.

— Alors utilise-le pour le faire fructifier. Tu es issu d'une famille de marchands. Achète et vends comme le faisait Matthew. Un navire et son équipage sont à ta disposition. N'aimerais-tu pas commander le *Mary* ?

La tentation était grande et Nicholas vacilla à nouveau. Posséder un tel navire était réaliser l'ambition de toute une vie. Il aurait pu l'utiliser de sorte à laver le nom des Bracewell parmi les cercles commerciaux. Par cette généreuse proposition, Mary montrait qu'elle lui avait sincèrement pardonné. Toutefois, il ne pourrait jamais accepter. Pour disposer du *Mary*, il devait se charger d'une cargaison qui ne cesserait de tourmenter son âme. Tant qu'il resterait dans cette maison, il se sentirait hanté.

— Merci, Mary. Tu fais preuve d'une bonté et d'une longanimité dont je ne suis pas digne. Je t'en aime encore davantage. Mais je ne puis demeurer ici avec Lucy et toi. Il m'est impossible de commencer une nouvelle vie en un lieu chargé de tant de souvenirs. Pour ma propre tranquillité d'esprit, je dois m'éloigner de Barnstaple.

— Et de moi.

— Surtout de mon père. Il a été la cause de tout ce qui est arrivé dans le passé. J'ai du mal à lui pardonner.

— Ne sois pas trop dur envers lui.

— Sa concupiscence a tué ma mère. Il l'a poussée au tombeau. Dans son égoïsme, il a tenté d'unir son fils à la famille Hurrell afin d'avoir une bonne excuse pour multiplier ses visites. Il n'aurait jamais consenti à notre mariage. Mon père plaçait ses propres désirs en premier.

— Il a payé pour cela, Nick.

— Comme nous tous.

— Sais-tu ce qui lui est arrivé ?

— De toute évidence, il est tombé en disgrâce.

— Mais sais-tu comment ? Et quand ?

— Je préférerais ne pas m'attarder sur ce sujet.

— Tu le devrais pourtant, insista-t-elle. Tu ne peux le juger avant de connaître les faits dans leur ensemble. Je n'avais pas idée que sa liaison avec Margaret Hurrell était aussi ancienne. On ne l'a découverte que bien après ton départ. Ton père se montrait très discret. Personne ne soupçonnait la moindre inconvenance.

— Pas même Katherine ?

— Elle était un bon parti et épousa bien vite quelqu'un d'autre. Ils vivent à Exeter et ont de nombreux enfants. Ils étaient loin de Barnstaple au moment du scandale.

— Quand a-t-il éclaté ?

— Il y a seulement quelques années.

— Ils ont gardé le secret tout ce temps ?

— Ton père était intelligent. Il savait dissimuler, malgré son franc-parler. Et il pouvait être charmant lorsqu'il le voulait. Matthew l'appréciait assez pour faire affaire avec lui et pour l'inviter en ami. Ils avaient, après tout, quelque chose en commun.

— Susan ?

— Nul n'en avait soufflé mot. Ton père devina par lui-même. Dès qu'il la vit, il sut qu'elle était de toi. Il ne m'a jamais trahie, même quand Matthew lui a interdit la porte de sa maison. Il était très bon envers Susan, dit-elle en repoussant une mèche de ses cheveux. Il l'aimait et lui apportait des présents. À sa façon, en silence, il essayait de réparer. Susan fut très malheureuse quand il cessa de venir.

— Et quand était-ce ?

— Quand la vérité éclata enfin. Margaret et lui furent surpris par le mari. Tu imagines que la nouvelle se répandit comme une traînée de poudre. Robert Bracewell et l'épouse d'un homme avec qui il faisait affaire ! Cela causa la perte de ton père. Tout Barnstaple lui tourna le dos. Matthew refusa même de lui parler. La communauté entière le traita comme un pestiféré.

— Il dut donc quitter la ville.

— Dans une totale déchéance.

Nicholas éprouva une pointe de compassion pour son père. Il comprenait ce que cela avait dû représenter de se voir frappé d'ostracisme par le monde où il avait passé sa vie entière. Barnstaple était une communauté à l'esprit étroit, tournée sur elle-même. Elle conférait un respect immense à ses membres, mais se montrait impitoyable envers ceux qui la trahissaient. Robert Bracewell avait été chassé d'une ville dont il avait fait la fierté. Mais la compassion de Nicholas fut bien vite ensevelie sous la haine. En poursuivant une femme avec acharnement, son père avait brisé le cœur d'une autre. Et après avoir sacrifié une épouse sur l'autel de la luxure, il avait été prêt à immoler son fils aîné.

— Que devint Margaret Hurrell ? demanda-t-il.

— Son mari divorça.

— Elle se trouva donc elle aussi au ban de la société. Seule et abandonnée.

— Dans une certaine mesure.

— Comment cela ?

— Elle épousa ton père. Ils vivent ensemble.

Cette nouvelle fit à Nicholas l'impression d'un coup de massue. La vieille femme de la chaumière n'était donc pas une servante. Jadis épouse d'un riche marchand, savourant les privilèges de la réussite sociale, elle avait tout risqué en faveur de l'homme qui comptait réellement pour elle. Margaret Hurrell aimait Robert Bracewell au point de partager sa honte et sa pauvreté. Nicholas comprenait pourquoi son père avait été blessé lorsqu'il avait fait allusion à la chaumière et à la vieille servante. Il s'était senti insulté.

Mary conclut avec philosophie :

— Nous avons tous été punis.

— Punis ?

— Pour un amour illicite. Toi et moi, nous nous sommes unis en dehors du mariage et nous en avons payé le prix. Ce que nous avons fait était mal, Nick. Nous étions fiancés à d'autres.

— Ce n'était que des mots.

— Dieu nous a châtiés de même qu'il a châtié ton père et Margaret Hurrell.

— Il n'y a aucune comparaison ! soutint-il avec vivacité.

— Mais si ! Leur cas n'est pas tellement différent du

nôtre. Ils s'aimaient sans en avoir le droit. Oui, tu peux appeler cela de la luxure, mais il devait s'agir de bien plus. La luxure se serait consumée il y a longtemps. Ce qu'ils ressentent les a liés pour la vie.

Cela donnait effectivement à réfléchir. Le père sévère qui avait voulu contraindre Nicholas à un mariage de raison avait lui-même pris une seconde femme uniquement par amour. Robert Bracewell avait rejeté les valeurs de la communauté de marchands où il s'était fait un nom. Quoi qu'il lui en coûtât, il terminait ses jours auprès de celle qu'il aimait depuis tant d'années.

Nicholas y vit une leçon salutaire. Il devait choisir une épouse en écoutant son cœur, non son intérêt. Un mariage avec Mary Whetcombe lui eût ouvert un nouveau monde, mais pas celui qu'il méritait. Jamais ils ne pourraient retrouver la passion de leur jeunesse. Il était enchanté qu'ils soient réconciliés et la requête de Mary le bouleversait, mais il ne pouvait s'engager envers elle.

— Reste avec nous, Nick. Nous avons besoin de toi.

— Je devrai partir demain.

— Mais nous pouvons tout recommencer. Toi, moi et Lucy.

Il baissa la tête d'un air gêné et elle comprit.

— Il y a quelqu'un d'autre.

— Oui, Mary.

— Elle t'attend ?

— Je l'espère.

Il n'y avait plus rien à ajouter. Nicholas jugea peu sage de passer une autre nuit dans une maison où résonnait l'écho de tant de chuchotements cruels du passé. Il coucherait au *Dauphin* et s'en irait dès l'aube. Mary se jeta impulsivement dans ses bras et il la serra fort pour lui dire adieu. Lucy se joignit à leur étreinte et ils l'embrassèrent avec affection. L'enfant se dégagea alors et déroula l'étoffe où elle conservait ses poupées. Elle sentait qu'elle ne reverrait jamais Nicholas et elle désirait qu'il conserve un souvenir précieux. Après avoir caressé une de ses poupées avec amour, elle la lui tendit.

Nicholas regarda l'objet fragile dans sa paume.

C'était Susan Deakin. Sa fille.

Épilogue

Margery Firethorn rendait désormais de très fréquentes visites à *La Tête de la Reine*. La douce pression qu'elle avait d'abord appliquée avait été remplacée peu à peu par une poussée plus concertée. La résistance d'Alexander Marwood avait fini par céder sous l'action conjuguée d'Anne, de Lord Westfield et de leur alliée la plus précieuse, Sybil Marwood. Margery avait rangé ses troupes en vétéran et la détermination d'airain de Marwood avait enfin subi une brèche. La compagnie théâtrale était autorisée à réinvestir sa cour. Les Hommes de Westfield avaient de nouveau un foyer.

— Quand arriveront-ils ? demanda un Leonard rubi cond de plaisir.

— D'une heure à l'autre, répondit Margery.

— On dirait qu'ils viennent à peine de partir.

— Cela fait tout un mois, Leonard. Et ils nous ont terriblement manqué.

— Certes. Mais ils reviennent triomphants.

— Il est vrai, approuva Margery. Après avoir mal commencé, la tournée s'est achevée sous d'excellents auspices. Les lettres de mon époux évoquent un chemin glorieux. On a même composé une ballade en son honneur. Sans doute me la chantera-t-il. Tout est-il prêt, ici ? s'enquit-elle en parcourant la cour restaurée des yeux. La menuiserie est terminée, le chaume est posé ?

— Notre auberge paraît toute neuve, dame Firethorn.

— Et nous avons une nouvelle œuvre pour l'embellir encore.

Leonard lui fit faire un bref tour des lieux afin de lui indiquer chaque amélioration. Les réparations avaient été coûteuses, mais les ouvriers avaient travaillé avec ardeur et fini bien avant la date prévue. Même Marwood était satisfait du résultat. Une partie vétuste de son établissement, détruite par le feu, avait été remplacée par du bois solide, ouvragé par d'excellents artisans. Les Hommes de Westfield seraient ravis de leur théâtre rénové, tout comme les habitués. Un mois sans sa troupe favorite avait rendu le public avide de spectacle.

— Serez-vous ici demain ? demanda Leonard.

— Rien ne m'en empêchera.

— Je prendrai place parmi les spectateurs debout.

— Vous l'avez bien mérité, Leonard. Vous avez contribué à convaincre cet idiot d'aubergiste de montrer un tant soit peu de bon sens. Demain, les Hommes de Westfield fouleront à nouveau les planches. Ils ont quitté la ville tels des bannis, mais ils reviennent en conquérants.

Un sourire fugitif passa sur le visage de Margery.

— Je réserve à mon époux l'accueil dû à un général victorieux.

Nicholas trouva vite l'endroit qu'on lui avait indiqué, dans le cimetière. Un petit monticule marquait l'emplacement où sa fille avait été inhumée. Avec le temps, quand la terre se serait tassée, il serait possible de poser une pierre tombale. Nicholas savait maintenant quel nom y graver. On avait déposé un bouquet de fleurs sur le tertre. Cela ne pouvait provenir que d'Anne. Il en fut infiniment touché. L'ultime lieu de repos de Susan serait toujours fleuri, dorénavant. Son père viendrait s'y recueillir chaque fois qu'il le pourrait. De son gilet, il tira la petite figurine que Lucy lui avait donnée. Il creusa un trou dans la terre et y coucha la poupée, à côté de la jeune fille qu'elle représentait. Après un dernier regard, il la recouvrit doucement.

Agenouillé près de la tombe, il récita une prière puis se releva. Le reste de la troupe était allé directement à *La Tête de la Reine*, mais lui s'était hâté vers Southwark. Ayant rendu visite à sa fille, il s'empressa de retourner chez Anne. Penser à elle avait éclairé le trajet du retour. Barnstaple était derrière lui et elle pouvait l'aider à le chasser complètement de sa mémoire. Quand il parvint à la maison, il frappa poliment ; il ne savait quel accueil on lui réserverait, et espérait qu'il serait chaleureux tout en redoutant de le trouver glacial.

Anne vint ouvrir en personne et sourit, surprise.

— Nick !

— Bien le bonjour !

— J'avais entendu dire que la compagnie revenait aujourd'hui.

— Nous avons à nouveau un foyer, dit-il en la regardant dans les yeux. Du moins, c'est ce que nous croyons.

— Entrez donc.

Nicholas n'eut pas le baiser auquel il s'attendait à demi, mais on lui permettait de franchir le seuil. Anne tournait autour de lui avec animation et lui posait une douzaine de questions sans le laisser répondre. Quand elle le serra dans ses bras, il sentit s'atténuer les tensions qui subsistaient entre eux.

— Margery m'apprend que vous avez une nouvelle pièce.

— *Le Marchand de Calais*. Montée pour la première fois à Bath chez Sir Roger Hordley. Lord Westfield est très jaloux que son frère l'ait vue avant lui.

— J'ai hâte de la découvrir moi aussi à *La Tête de la Reine*.

— Edmund a écrit là un petit chef-d'œuvre.

— Vous répétez donc demain.

— Non, Anne.

— Mais pour qu'elle soit présentée l'après-midi...

— Les Hommes de Westfield répéteront peut-être, mais sans moi.

— Pourquoi ?

— Parce qu'il est temps qu'ils apprennent à se passer

de mes services, dit-il, désinvolte. J'ai voué ma vie au théâtre pendant trop d'années. Aujourd'hui, j'ai remis ma démission. La compagnie devra se trouver un nouveau régisseur.

— Vous vous êtes brouillé avec eux, Nick ? demanda-t-elle, stupéfaite.

— Non, répondit-il en l'embrassant doucement sur la joue. Je me suis réconcilié avec vous. Les Hommes de Westfield m'ont poussé à partir d'ici. Cela ne se reproduira pas.

— Que me dites-vous là ?

— Vous m'avez demandé de choisir. Voilà qui est fait.

— Mais il fallait choisir entre partir et rester.

— Tout est réglé, maintenant, dit-il avec entrain. Je ne retournerai jamais dans le Devon. Je n'en ai plus aucun motif. Ce chapitre de ma vie est clos pour de bon. C'est vous que je veux, Anne.

Il passa un bras autour d'elle, mais elle se déroba et le considéra d'un œil plus critique. L'euphorie de le revoir se dissipait et de sérieux doutes renaissaient. Barnstaple n'était pas un simple point qu'il pouvait rayer de la carte, et elle tenait à comprendre pourquoi.

— Dites-moi tout, Nick, ou je ne veux plus rien savoir de vous.

— Anne...

— Je veux un honnête homme sous mon toit, pas un être mystérieux qui tait de lourds secrets. Qui était cette jeune fille et pourquoi êtes-vous parti ?

— Pour terminer une affaire restée en suspens.

— De quelle nature ?

— Je souffre rien que d'y penser.

— Tant pis, répliqua-t-elle avec aigreur. Croyez-vous que je n'ai pas souffert, de mon côté ? J'étais démesurément inquiète. Vous aviez disparu dans le néant. Les seules nouvelles que j'avais de la compagnie me provenaient de Margery, grâce aux lettres de son époux. Pourquoi ne m'avez-vous pas écrit ?

— Je ne savais comment mes lettres seraient reçues.

— Mieux que votre silence !

— C'était... trop compliqué pour être couché sur le papier.

— Alors expliquez-le-moi de vive voix.

— Il vaut peut-être mieux laisser certaines choses...

— Maintenant ! insista-t-elle. J'ai attendu assez longtemps.

Anne s'assit sur une chaise à dossier droit, les bras croisés. Nicholas admira sa fougue, toutefois il aurait préféré que ces retrouvailles prennent moins le tour d'un interrogatoire. Les informations qu'il projetait de livrer à petites doses étaient exigées dans leur intégralité. Il se gratta la tête et fit les cent pas, ne sachant par où commencer. Anne prit les devants.

— Qui était cette jeune messagère ?

— Une servante de Barnstaple.

— Il y a beaucoup plus là-dessous.

— Elle s'appelait Susan Deakin.

— Vous me cachez quelque chose, Nick.

— Écoutez, ne pourrions-nous en discuter plus tard ?

— Qui était-ce au juste ?

— Ma fille.

Il fallut à Anne quelques moments pour se remettre avant de lui faire signe de continuer. Son expression trahissait sa crainte que le pire ne fût encore à venir. Ayant commencé, Nicholas se plongea dans son histoire. Il relata la vérité pure et simple, sans rien dissimuler. Il répéta même l'offre que Mary lui avait faite de vivre avec elle. Anne l'écouta sans l'interrompre, tenaillée par toutes sortes d'émotions, et ses mains jouaient nerveusement sur son giron. Nicholas ne pouvait présumer de sa réaction après cette confession, mais il ne fut pas indulgent envers lui-même. Il parla avec honnêteté des erreurs du passé, et raconta comment il avait tenté de réparer de son mieux. Quand il en vint à sa visite devant la tombe où elle avait laissé des fleurs, Anne fut bouleversée. Elle se leva et lui tendit les mains, les joues baignées de larmes.

Nicholas tenta de les sécher sous ses baisers, mais elle les essuya d'un geste bref.

— Tous deux, nous pourrions commencer une nouvelle vie, Anne.

— Un instant, répondit-elle. Ce n'est pas aussi simple que vous l'imaginez.

— J'ai eu des semaines pour y songer et je sais ce que je veux.

— Alors il est temps que vous sachiez ce que, moi, je veux.

— Vos reproches étaient justifiés, dit-il calmement. J'étais trop sûr de vous. Quand je logeais ici et travaillais pour les Hommes de Westfield, vous formiez une merveilleuse facette de mon existence, et vous l'enrichissiez immensément. Mais je ne vous accordais pas le respect que vous méritiez. Je ne vous prenais pas assez au sérieux.

— Vous l'avez compris trop tard, Nick.

— Je voyais en vous une amie qui me réconfortait lorsque le besoin s'en faisait sentir, admit-il. Ce temps-là est révolu. Ce que je veux à présent, c'est une épouse qui partagera entièrement ma vie, dit-il en essayant de l'enlacer.

Elle le repoussa.

— En ce cas, j'espère que vous en trouverez une, messire.

— Anne, je vous offre ma main !

— Grand merci, mais je me vois contrainte de la refuser.

— Mais je vous aime !

— À votre façon, je veux bien le croire.

— Je vous aime, et je vous veux.

— Trop de choses nous séparent à présent. Vous parviendrez peut-être à oublier Barnstaple. Moi pas. Le souvenir de cette jeune fille morte dans ma chambre me hantera à jamais. Qu'elle ait été votre enfant rend ce souvenir encore plus dur à effacer. Non, dit Anne, secouant la tête. Je suis désolée, Nick. En votre absence, j'ai beaucoup pensé à vous et j'aspirais à votre retour, mais mes sentiments à votre égard ont changé. Après ces révélations, vous ne pouvez plus être ce que vous étiez autrefois.

— Vous réclamiez la vérité.

— Et vous me l'avez exposée avec une franchise que je respecte. Nous resterons toujours amis et je viendrai souvent à *La Tête de la Reine*, mais nos relations se borneront à cela.

— Pourquoi ? demanda-t-il, plein de désarroi.

— J'ai mon passé et vous avez le vôtre. Je demeurerai toujours la veuve de Jacob Hendrik et vous serez toujours le père de l'enfant de Mary Parr. On ne peut rien y changer. Jamais je ne serai l'épouse que vous vouliez qu'elle fût.

— Je vous choisis pour ce que vous êtes, soutint-il.

— Non, répliqua-t-elle en relevant fièrement le menton. Vous m'avez repoussée quand je vous ai demandé de rester. Londres ou Barnstaple, le choix vous appartenait. Vous avez voulu les deux. Moi, je ne désire plus ni l'un ni l'autre.

Nicholas se sentait blessé. Il lui avait tout avoué dans l'espoir d'expliquer son comportement, mais l'honnêteté lui avait été fatale. Lorsqu'il la tenait dans l'ignorance concernant certains aspects de sa vie, elle était heureuse de partager son lit. Maintenant qu'il s'était confié, qu'il avait franchi le cap ultime en la demandant en mariage, elle le rejetait. Durant le long voyage de retour, il avait mûrement réfléchi et s'était convaincu que la seule manière de clore ce chapitre désagréable de sa vie était d'épouser Anne. Il avait négligé ses sentiments à elle. Quelle ironie ! Dans la demeure de Crock Street, Mary l'avait supplié de rester. À cet instant précis, Nicholas avait senti qu'il lui fallait choisir celle qu'il épouserait. En se décidant pour Anne, il les avait toutes deux perdues.

— Cela n'aurait pas marché, Nick, souligna-t-elle, en venant aux questions pratiques. Comment auriez-vous subvenu aux besoins d'une épouse ?

— J'aurais trouvé un emploi.

— Comme chapelier ? J'ai suffisamment d'ouvriers.

— Ne vous moquez pas de moi.

— Je me borne à énoncer une réalité.

— Vous n'auriez manqué de rien, affirma Nicholas. Je sais m'adapter et j'ai quelques talents.

— Assurément, convint-elle avec admiration. Et c'est au théâtre qu'ils apparaissent le mieux.

— J'étais prêt à quitter cette vie-là pour vous.

— Je vous crois, Nick. Mais au bout de combien de temps l'auriez-vous regrettée ? Vous me demandez trop. Je ne pourrai jamais combler toutes vos attentes.

Elle entoura Nicholas par la taille et leva les yeux vers lui.

— Retournez auprès des Hommes de Westfield. Ils sont votre vraie famille.

Nicholas lui donna un long baiser d'adieu, puis s'en alla.

Des clients à la voix éraillée emplissaient la cour de *La Tête de la Reine*. La compagnie était de retour à Londres avec une nouvelle pièce et les foules affluaient dans Gracechurch Street. Lord Westfield avait proposé de garantir la représentation et d'octroyer dix livres à sa troupe. Cela permettait de donner le produit de toutes les entrées à Alexander Marwood, en premier versement pour son fonds de réparations. L'aubergiste ne serait jamais heureux, mais sa mélancolie chronique fut du moins adoucie par la perspective de rentrer dans ses frais. Lord Westfield était là en personne avec sa suite. Assis à sa place accoutumée, il se réjouissait une fois de plus d'être le mécène d'une troupe de comédiens en or.

Le Marchand de Calais était une nouvelle œuvre qui abordait des thèmes éternels. On y critiquait l'usage de considérer l'amour et le mariage comme des transactions financières. Un marchand anglais luttait seul contre ceux qui voulaient usurper sa fortune, et célébrait l'idéal du sacrifice de soi. À la fin, le marchand de Calais renonçait à tout pour la femme qu'il aimait. Cet amour interdit leur apportait un bonheur qu'aucun mariage arrangé n'aurait rendu possible.

Cette comédie vivante, traversée de scènes plus sombres, était interprétée avec allant. Lawrence Firethorn prêtait sa voix retentissante au marchand, Barnaby Gill dansait et Owen Elias chantait. Edmund Hoode s'était taillé un rôle sur mesure en vieux berger français ironique, doté de l'accent d'Oxford. Richard Honeydew était une héroïne avenante. George Dart fit quatre apparitions maladroites en constable stupide et passa aux yeux indulgents du public pour un remarquable comique. L'après-midi fut un triomphe complet.

Nicholas observait tout cela depuis les coulisses. La pièce revêtait pour lui une signification qui dépassait de loin sa valeur intrinsèque. Il retrouvait sur scène des éléments de sa propre expérience, qui l'incitaient à réfléchir. Lawrence Firethorn ne ressemblait sans doute pas à Robert Bracewell, mais ses paroles avaient une résonance étrange, par moments. Dans le monologue final, le personnage renonçait à sa fortune et à son rang avec une sincérité farouche.

En digne marchand, je suis un fils de l'aventure, dont les espoirs dépendent du vent de la fortune. Maître du marin et ami du soldat, j'ouvre d'un cœur vaillant de nouveaux continents. Je ne crains ni Scylla ni Charybde. Nulle créature marine ne peut me faire sombrer. Mon navire vogue à jamais sous l'étendard de la fierté et de la franchise, ses canons armés de vérité, son équipage loyal ayant juré de se conduire avec honneur. De par mon rang et ma richesse, on m'honore dans le monde entier. Tout cela, je le risque pour un seul baiser de vous, mon amour. Accordez la félicité à un ancien marchand de Calais, qui renonce à tout pour gagner plus encore.

L'ovation éclata tel le tonnerre tandis que la troupe revenait pour le salut final. Lawrence Firethorn, plus flamboyant que jamais, dégustait les applaudissements comme il eût fait d'un vin fin. Il venait de déclarer sa flamme à Richard Honeydew pour la vingtième fois en un mois, mais le véritable objet de sa passion tapait des mains dans la galerie du haut. Margery avait œuvré sans ménager ses forces ni son astuce afin que les voyageurs aient à nouveau un foyer, et elle savourait la joie des retrouvailles après une longue absence. À côté d'elle, Anne, transportée comme toujours par le talent des Hommes de Westfield, discernait dans la pièce un sens plus profond que les autres spectateurs. Elle savait que Calais était en grande partie une transposition de Barnstaple. Le saint Nicholas de la troupe n'était-il pas, d'ailleurs, le saint patron des marchands ?

Quant au régisseur, il avait vu sa ville natale reconstituée sur scène avec une réalité poignante, mais seulement de derrière. Tandis que le public la découvrait directement de face, pour lui, elle se fondait déjà dans le passé. Il pouvait entendre son père sans réel chagrin. Il pouvait observer les événements de sa propre vie sans une honte indue. Son retour à Barnstaple l'avait aidé à comprendre et à surmonter nombre des épreuves qu'il y avait rencontrées.

En regardant discrètement derrière le rideau, il vit Anne parmi l'océan de visages. Elle portait un chapeau bien reconnaissable qui sortait de son atelier. Leur séparation n'inspirait pas d'amertume à Nicholas. Anne l'avait repoussé, sa décision devait être respectée. Il commençait à comprendre que cela comportait des avantages pour chacun d'eux. Elle recouvrait sa précieuse indépendance, et lui-même se trouvait joyeusement réuni aux Hommes de Westfield. Leurs univers respectifs pouvaient se côtoyer, comme en cet instant, toutefois ils ne pourraient jamais se confondre parfaitement. En épousant Anne, il aurait été coupable de bigamie. Nicholas était déjà marié à sa profession.

Tandis que le tumulte s'apaisait, Firethorn et sa troupe quittèrent la scène en bondissant et la loge devint une masse de corps en mouvement. Les comédiens se changèrent rapidement et se rendirent dans la salle de l'auberge. Des plaisanteries bon enfant égayèrent l'atmosphère pendant des heures et l'ale de Marwood fut consommée en vastes quantités. Edmund Hoode se trouva parmi les derniers à quitter l'auberge. Tout en s'éloignant de *La Tête de la Reine*, il passa un bras autour des épaules de Nicholas.

— Nous voilà maintenant revenus à bon port.

— Et bien heureux de l'être.

— Ceux que nous avions laissés derrière nous ont repris leur place au sein de la troupe. Les Hommes de Westfield sont à nouveau au grand complet et Londres ne peut garder aucun doute à ce propos.

Hoode attendit qu'ils soient loin de l'auberge, puis donna un coup de coude à son ami. Il voulait avoir enfin la clef du mystère.

— En réalité, qu'est-ce donc qui vous a éloigné de nous ?

— L'histoire serait trop longue et compliquée, Edmund.

— J'ai toute la nuit pour écouter, répondit le poète, riant tout bas. Allons, Nick, vous pouvez me le dire. Nous n'avons pas de secret l'un pour l'autre. D'après ce que vous m'avez appris sur votre père, ce devait être un sacré marchand. Mais ce n'est pas à cause de lui que vous êtes retourné à Barnstaple, n'est-ce pas ?

— Non. Vous avez vu juste.

— Je sens de la romance dans l'air.

— Indéniablement.

— Il y avait une femme silencieuse, là-bas, dans le Devon.

— Je rougis de l'admettre, mais vous dites vrai.

— Qui était-elle, mon ami ? Dites-moi au moins son nom.

Nicholas esquissa un sourire. Un certain nombre de femmes silencieuses avaient peuplé cette aventure. Susan, la messagère que l'on avait fait taire, raison première de son voyage. Lucy, privée par la nature de la faculté de parler. Mary, dont la voix, enfin, avait réveillé le passé. Pendant qu'il était au loin, Anne non plus n'avait dit mot au sujet de ses sentiments, ce qu'il avait stupidement pris pour une forme de consentement. Quant à la Taw elle-même, dont le nom signifiait « silencieuse », n'avait-elle pas étouffé l'ambition assourdissante de Livermore ? Nicholas avait été environné par le silence.

Il restait une autre présence muette à ajouter à la liste.

— Eh bien, Nick ? Quel est son nom ?

— *Mary.*

— Cela ne manque pas de grâce. Où résidait la dame ?

— Sur le fleuve.

— Votre maîtresse demeure sur l'eau ?

— Elle y est solidement ancrée.

— Et vous êtes donc monté à bord ?

— Seulement pour rompre un autre long silence.

— Quelle femme étrange est cette Mary ?

— Un navire, dit Nicholas. Ce fut la cause véritable de mon départ pour Barnstaple. Un navire marchand de cent tonneaux. Je vous le dis, Edmund, il pouvait rendre un homme fou de désir. Et c'est à moi qu'il incombait de protéger son honneur.

Cet ouvrage a été réalisé par

FIRMIN DIDOT

GROUPE CPI

SOCIÉTÉ NOUVELLE FIRMIN-DIDOT
Mesnil-sur-l'Estrée
pour le compte des Éditions 10/18
en novembre 2002

Imprimé en France
Dépôt légal : novembre 2002
N° d'édition : 3421 – N° d'impression : 61477